[鹿 小 姐 书 系]

她心跳怦怦 2

Her heart is beating faster

纪南方 著

江苏凤凰文艺出版社
JIANGSU PHOENIX LITERATURE AND ART PUBLISHING, LTD

图书在版编目（CIP）数据

她心跳怦怦. 2 / 纪南方著. --南京：江苏凤凰文艺出版社，2020.7

ISBN 978-7-5594-4417-2

Ⅰ.①她… Ⅱ.①纪… Ⅲ.①长篇小说—中国—当代 Ⅳ.①I247.5

中国版本图书馆CIP数据核字（2020）第002616号

她心跳怦怦2

纪南方 著

责任编辑 丁小卉

特约编辑 林栀蓝 杨 珍

装帧设计 苏 荼 李映龙

责任印制 刘 巍

出版发行 江苏凤凰文艺出版社

出版社地址 南京市中央路165号，邮编：210009

出版社网址 http://www.jswenyi.com

印 刷 湖南凌宇纸品有限公司

开 本 880mm×1230mm 1/32

字 数 280千字

印 张 9

版 次 2020年7月第1版 2020年7月第1次印刷

书 号 ISBN 978-7-5594-4417-2

定 价 38.80元

目录

Contents

目录

第一章 

致你的春日情诗

01

临溪，初春，大雪。

林招招小跑进法医楼，伞上的雪扑簌簌地掉在红毯上，她抖了抖身上的雪，裹紧了羽绒服。保卫室里的收音机正播放着晨间新闻。

主持人普通话标准，字正腔圆地播报着：“继匈牙利公开赛后，长河训练中心男女队员兵分两路，开赴冬城、江北，展开为期30天的封闭式训练，备战2月28日在吉隆坡开赛的世界乒乓球锦标赛团体赛。世乒赛是在奥运会之前考察队员的最好机会。①

“匈牙利公开赛中，冷神陈寂夺得三冠，分别是以全胜战绩获得的男子团体冠军，与周尽燃协力拿下的男子双打冠军，以及男子单打冠军。今日封闭训练结束，明日他将做客本直播间，与大家聊一聊他与乒乓球的故事。陈寂，师出……”

林招招加快了脚步，收音机的声音被甩在了身后，等进了楼梯间，周围才彻底地安静下来。

她心里却像空了一块。

应该听完的。林招招想，不然得念念不忘一上午。她抬步上了楼梯，楼梯间空荡荡的，她的脚步声和伞尖触及地面的声音交替响起。转角的窗户没关，风卷着雪花从高高的天窗上扑面而下，颤巍巍地落到她的肩膀上。

林招招眨了眨眼。

口袋里的手机不停地在振动，是云汀发来的消息。

---

① 部分参考资讯《2016里约奥运会乒乓球阵容被刘国梁透露 4月将决出单打人选》。

云汀：我看到了！我看到了！我看到那颗星星了！是一颗恒星，位于摩羯座。纬度变化位于+60° 和90° 之间，可全见。是工作人员告诉我的，我没那么有文化。

云汀：2016年1月16日，这颗星星被命名为林招招，为了纪念这一天，世界多了个小可爱。

云汀：太感人了，陈寂有心。

林招招继续爬楼梯。她穿得太多了，爬起楼梯来有点吃力。于是，她扯掉围巾，慢吞吞地打字：等我有钱了，再还他一颗。

云汀：先见着他的人再说吧。

匈牙利比赛结束后，陈寂甚至没能跟他们碰上面便回国了，简单的调整后便开始了封闭式训练。地点不在临溪，想去看也找不到人，所以自16号后，林招招就没跟陈寂单独说过话。

想起那晚的场景还是觉得丢人，林招招捂着脸羞愧了一下，选择把陈寂踢到黑名单里以平复心情。

哪想她刚在教室里坐下，手机铃声便响了起来。

“谁啊？”澄子边抄笔记边问，“今天是沈老师的理论课哦，小心点。”

是陈寂打来的。

“嘘——离上课还有三分钟。”

林招招走到教室外，长长的走廊里开着灯，干净明亮，窗户关得很严，将漫天的风雪关在了外面。她按下接听键：“喂？”

“为什么拉黑我？”

质问突如其来，林招招一时没想好理由，支支吾吾了半分钟，才小声问道：“你封闭训练结束啦？”

陈寂语气淡淡的：“傍晚到家。”

“哦。”

“还没回答我的问题。”陈寂提醒道。

然后，他跟着周尽燃上了大巴，队友们在旁边吵吵闹闹，林招招说了什么他没有听清，又问：“什么？”

林招招叹了口气：“因为我喜欢你啊。”

她自暴自弃地用额头贴着窗户玻璃，冷冰冰的雪像是打在她的身上，她向下扯了扯嘴角，说：“当然了，不是因为我喜欢你才把你拉黑的。是因为我一想到你不喜欢我，我就来了气，可是我又舍不得对你动手，只好委屈你去黑名单里待一会儿了。”

一口气说了那么多话，花掉了十五秒，她看到沈老师从电梯里走了出来。沈老师见她还在门口杵着，递过来一个疑问的眼神。林招招讪讪地一笑，低声对陈寂说：“你要没什么事我挂了。”

说完，再也经受不住沈老师的目光，她飞快地挂了电话。

“嘟——嘟——嘟——”陈寂把手机拿到眼前看了看，又看了眼通话记录，2分15秒，林招招挂了他的电话。

这就是……她的喜欢？

陈寂面无表情地看向窗外，冬城离临溪有点远，坐了大巴还要转高铁，五个小时的车程，从一场大雪奔赴另一场大雪。窗外飞快掠过的麦田上铺了一层厚厚的雪，北风呼呼，树枝摇晃。

末了，他收回目光，盯着他和林招招的对话框发呆。

陈寂：临溪的雪下得大吗？

终于发送成功了。

看来是把他从黑名单里拖出来了。

“陈寂，你是不是集训三十天自闭了？”周尽燃终于忍不住搅扰了他的清净，“彻底变成哑巴了？”

陈寂问：“喜欢一个人，是什么感觉？”

“嗯……”周尽燃若有所思，“是心跳、脸红与仅她可见的欲望。”他说得直白，自从他在非洲把他家的时映彻底拐回国后，春风得意，秀恩爱不停。

紧接着，他问：“怎么？你有喜欢的人了？”

陈寂复杂地看了他一眼。

他想起那会儿，他以为林招招喜欢的是周尽燃，他觉得周尽燃眼瞎，现在风水轮流转，眼瞎的变成了他本人，那种滋味真是……不太好。

陈寂不说话，周尽燃也习惯了，小喇叭似的又开始叽叽喳喳了：“喜欢还是羞涩、拥抱与雪中的亲吻，是胆怯、孤勇与不可言说的绝望。”

陈寂说：“你也知道？”

周尽燃愣了愣，讷讷地“嗯”了一声。陈寂出神地望着车窗外的雪景，好一会儿，才开了口：“我没想过这些事。”

“你一直醉心比赛嘛，我懂的。”

“嗯，可能从小跟招招一起长大，正经的学没上过几天，看哪个女生都没她可爱，所以从来没有心动过。”他说，“她对我很重要，但是我没想过是爱情。”

直到吴浩说林招招在他高烧的时候照顾了他整整一夜，又默不作声地离开。

那一刻，他瞬间醍醐灌顶。

林招招的喜欢顿时有迹可循起来，他才恍然——原来她喜欢他。

说不清楚的异样感觉在心底升起，酥酥麻麻的，他不断地否认又不断地举新的例子证明，最终还是没忍住去问了她。

“喜欢我这件事，什么时候开始的？”

布达佩斯的天真冷啊，她望向他的目光却是暖烘烘的，她甚至笑了笑，眼睛笑成月牙，对他说：“陈寂，你不该这样问。你应该先确定我喜不喜欢你。”

于是他问：“你喜欢我吗？”

林招招点头道：“嗯，我喜欢你。”

他却没话接了，只是沉默地看着她，凛冽的风穿过风衣呼呼地吹来。他以为她有很多话要说，她却推了推他，说：“陈寂，我想看星星。”

“你打算怎么办？”周尽燃开口，打断了陈寂的回忆。

陈寂愣了愣，道：“不知道。”

周尽燃被他气笑了，道：“拒绝还是答应，这两个选择很难吗？哦，是挺难的。”周尽燃自顾自地说，“毕竟一个热搜把林招招弄哭你都能心疼半天，这该死的友情。”

“我刚刚可听见了，你给林招招打电话说傍晚到家，你连表情都没整理好，到家怎么见她？”

“没表情。”陈寂从善如流。

周尽燃抱拳道：“好的。”

越往临溪走，雪下得越大，如鹅毛般在风中飘荡、晃悠，奔向属于它的角落。车厢里暖气十足，林招招回了他的消息：雪很大，路上小心。

陈寂想，喜欢可能还是犹豫、理智与想要触碰却又收回的手。①

“来两个小的，一个大的。”林招招站在三月街长月巷的小窗口前，跺了跺脚，哈了口热气，说，“要甜一点哦。”

卖红薯的婆婆调侃道：“哪次给你的不甜？”

林招招笑得见牙不见眼，跟婆婆说着话，听见婆婆问：“我听新闻说，陈寂今天回临溪？”

“嗯！”林招招伸手接过红薯，说，“不过也待不了几天，马上世乒赛要开始了。”

“多辛苦啊这孩子，年也没回来过。”婆婆絮叨着把红薯递给她，“也不知道云汀那孩子怎么过的除夕，在你家过的吗？”

林招招愣了一下，说：“不是。”

聊着聊着就聊到了云汀为什么还不找女朋友，陈寂都长大了，他也该关注一下自己的生活了。林招招听着不停地点头，跟婆婆告别后，在心里嘀咕，关于除夕在哪里过的这件事，林招招也问过云汀。

云汀答得含含糊糊：“在朋友家过的。”

---

① “想要触碰却又收回的手”出自塞林格短篇小说《破碎故事之心》。

林招招问："那为什么不在我家过？就在对门，一点也不麻烦。"

云汀说："朋友盛情，不好拒绝。"

林招招便也没再说什么，但现在怎么想怎么觉得不对劲。

嘀嘀咕咕着到了平遥巷口，刚一抬脚，她就"啊"了一声，往后退了退。

站在巷子里两个人同时回头。

林招招的眼睛微微瞪大，冬天天黑得快，都拖到现在了那盏坏了的路灯也没修好，另一盏也忽明忽暗，她只能认清其中一人是云汀。而站在他旁边的男人高高瘦瘦的，穿一身颜色未明的西装，整个人气场很强。

林招招一时愣住了。

云汀倒是坦然地打招呼："回来了。"

林招招说："嗯……"

"你见过的。"云汀说，"尤知寒。"

想起来了。是她去年暑假实习的时候经手的第一起案件，受害者尤知言的哥哥。

与那时候的疲惫颓然相比，此刻的尤知寒优雅绅士，他对林招招微微点头，说："你好。"

音色低沉，磁性十足。

林招招回以僵硬的笑容，又看了看云汀。然后云汀走上前跟尤知寒低声说了两句话，尤知寒说："云老师，我明天来接你。"便转身走出了巷子。

林招招往旁边让了让，等他的身影彻底消失在夜色中后，她迅速回头："有新案子？还是什么事？"

"没有。"云汀冷不丁地被冷神上身，很决绝地转身就走。

林招招小跑上前："哎呀，你跟我说说嘛！你怎么不早点告诉我，我难道不是你最喜欢的小招宝了吗？"

云汀说："是的。"

林招招说："那开始你的发言吧！"

云汀说："是的，你不是。"

"……"林招招无语了一下，就扯住云汀的袖口，晃了晃，无往而不利地开启撒娇技能，"舅舅，我发誓，我绝对不告诉陈寂！我要是告诉他我就是狗！"

"不告诉我什么？"

雪还在下，隔着纷扬的雪花传来的声音有点模糊，以至于林招招以为是幻觉。她踮起脚越过云汀的肩膀朝前看去，恰好有片雪花落在她的睫毛上，颤巍巍地化成水珠，朦胧的光影，在微弱的路灯下忽明忽暗。

她看到了陈寂。

陈寂穿着灰色毛呢大衣，长长的及至膝盖以下，围了条米白色的围巾，身侧立了个黑色行李箱，戴着手套的手放在把手上。他没打伞，发上、肩上、大衣上落满了雪，愈发衬得唇红齿白，说不出的好看。

见两人没说话，他不耐烦地牵了牵嘴角："林招招？"

林招招反应迅速地答道："林招招不在！"

陈寂眉梢微动，质疑道："哦？"

云汀快步走上前，问："没带钥匙？等多久了？"

"没多久。"陈寂说。

他看向云汀的身后，这一段路的雪被踩得多了，化成水又结成冰，走起来有点滑，林招招正小心地走过来。他提醒道："踩旁边的雪堆过来。"

林招招听了他的话，雪地靴踩在厚厚的雪上，发出"咯吱咯吱"的声音，顺利地走到了他的面前。

莫名地，陈寂松了口气。

这才有空去打量她，她戴了顶红色针织帽，两条辫子俏皮地垂下，是属于林招招的独一无二的甜。雪与夜色将她笼罩起来，她却温柔、可爱、明亮。

陈寂移开目光，说："胖了。"

林招招面无表情。

"那是，过年的时候好像胖了有十斤吧？"云汀添油加醋道，"天天吃了睡睡了吃，连我找她去看烟花都是在阳台上看的。"

"那怪不得。"陈寂说。

"而且，看了四十分钟，有半个小时都在跟赵闻溪打电话。"

"那是因为他信号不好，断断续续的，总共时间不超过五分钟！"林招招愤怒地为自己澄清，但显然听众只听了他自己想听的部分。

陈寂说："哦，外面冷，进去吧。"

说完，他便拎起箱子推门走了进去。云汀惊讶地跟林招招对视一眼，悄声说："他怎么不问你们聊了什么？怎么一点也不好奇？"

林招招看着被风抵上的门，笑了笑，没说话。

她其实知道陈寂为什么不好奇。不是不好奇，是不能好奇。他们太熟了，她对陈寂太重要了，越不想伤害，越要冷漠，越要克制。

比她预想的结果要好，难过也比她想象的更汹涌。

林招招说："我回家啦。"

"不进来坐坐？陈寂明天一堆采访，后天可就归队了。"

"我也好想他啊，舅舅。"林招招低下头道，雪地靴蹭着脚边的雪，她的声音低低的，"可我不想打扰他了。"

风呼呼地吹，云汀没听清，问："你说什么？"

林招招扬起笑容，道："没什么啦。太冷了，我要赶紧回家了！等到陈寂走了我再找你，你要想说什么快点编哦。"

不等云汀说话，她就小跑进了家，拍掉一身雪花，喊道：“爸，妈！我回来了！”

“你怎么回来了？”

“下着大雪，又没赶上周末，回来冷不冷啊？”

“吃饭了没有？”

“听说陈寂今天回来，你见着了？”

嘘寒问暖的声音从一进门就没停过，屋中的暖气十足，电视上正放着《新闻联播》，各种国事家事轮番上演，条理清晰地被一一播报。

林招招小声地说：“见着了。”

没变，还是那么高，还是那么瘦，还是那么淡漠，还是她喜欢的陈寂。

窗外的雪，又下大了。

02

“雪又下大了。”陈寂推开窗户，让风雪吹起来替代房间里久不通风的空气。他扯了扯围巾，问，“你多久没回家了？”

云汀刚抱了一床被子进屋，闻言便反应迅速地扯谎：“局里实在太忙了。”

“你不刚休了假？”

“我没有。”

“你有。”

“你都去封闭式训练一个月了，你知道个头！再跟舅舅犟嘴就把你丢到外面睡！”

陈寂住了口。

云汀满意地点点头，说：“对了，我前两天去了趟童溪古镇，给招招买了件汉服，忘了给她，你跑一趟去送给她。”

陈寂应道：“哦。”

云汀奇怪地看了他一眼，说：“我发现自从招招过完生日你们俩就怪怪的。”

陈寂接过被子，说：“请云汀先生不要随便猜测。”

藏青色的被单上缀着淡黄色的星星，有点幼稚，完全不符合冷神的人设，他皱了皱眉，问道：“哪来的？”

“哦。”云汀说，“这是你过十八岁生日时，招招给你买的生日礼物，你忘了？”

还真忘了。

林招招送人礼物，没钱的时候极不靠谱，实现不了的愿望也说得出口；手头宽裕的时候送的又很实用，剃须刀、定制的乒乓球拍，甚至是吉他，他都收到过。

送一套床单被罩，花色还这么不深沉。

有这么喜欢人的吗？

陈寂疑惑了片刻，把被子在床上铺开，左看右看，又觉得顺眼了不少。

通了五分钟的风，终于觉得冷了，云汀走过去把窗户关上。

陈寂问：“衣服在哪儿？”

林招招小时候曾穿汉服拍过一组照片，小小的两团发髻顶在脑袋上，淡绿色的对襟襦裙及地，她化了妆，唇上涂的是恰到好处的豆沙粉色，踩在荷花池里对着镜头露出洁白的牙齿，可爱极了。

云汀记挂着招招当时的可爱，见了汉服就买了一套，他盘算着：“等春暖花开的时候，就让小招宝穿着出去溜达。也不知道她愿不愿意。”

“她很好说话。”陈寂说。

云汀说：“说得也是。她耳根子那么软，闻溪的条件也那么好，怎么就没把人追到手呢？不过应该也快了。”

说着说着便絮叨了起来。

陈寂听着不耐烦，说了句“走了”便往楼下走去。

虽说风雪加身，但也就走两步路的事，他都不用敲门就进了院子。林母正在厨房刷碗，听到门响，便往外看了一眼，笑眯眯地说：“陈寂来了？”

陈寂说：“阿姨好，招招呢？”

“房间里看书呢。”林母说，然后朝屋里喊，“招招，陈寂来找你了！”

“让他上来！”

“这孩子！”林母说，“外面也冷，陈寂，你进来吧。”

陈寂没着急进去，林家的院子很大，自制的秋千上堆满了雪，偶尔有风吹过，雪便飞了起来，他单手插在大衣的兜里，在院里来回踱步。

一秒，两秒，三秒。

时间被无限地拉长，他却出奇地耐心十足，胡思乱想了很多事情，兜兜转转地还是正视了被他刻意忽略的问题。他想，云汀说赵闻溪快追到林招招了，到底有多快？

今晚吗？

林招招喜欢的不是他吗？她会在喜欢他的时候答应别人的追求吗？

口袋里的手机振动了。

林招招：风景好看吗？

他踩在细碎的雪上，脚印轻浅。

见他不回，林招招又发来一条：很冷哎，快进来。

林招招：反正我是不会出去的，你死了这条心吧！

林招招：再喜欢你也不可能。

一贯冷淡的神情略略松动，陈寂将手机丢回口袋。

屋子里暖气开得很足，加湿器在某个角落悄声运作，空气并不干燥。他顺着走廊往前走，在林招招的房门前站定。

想了想，他直接推门走了进去。

林招招正在看书。她穿了身长袖家居服坐在椅子上，长腿曲起，下巴放在膝盖上，略大的家居服看不出任何曲线，白皙的脚正随着音乐的节拍小小地动作着。听到推门声，她转动椅子，面向他，笑着唤道：“陈寂。”

陈寂把装衣服的袋子放在桌上，说：“舅舅给你买的。”

林招招问：“汉服吗？”

陈寂说：“嗯。”

林招招说：“看起来很好看的样子。”

“那你还坐着不动？”陈寂道。

他四下看了看，在小书柜旁的沙发上坐下来，随手挑了本书翻了翻，等半天都没等到林招招“哒哒哒”地跑过来的脚步声，他的手一顿，挑眉看向她。

林招招似乎就等着他看她，早就准备好了甜甜的笑，道：“可是我好懒啊，陈寂。”

“那你别动。”陈寂说。

水蓝色的沙发旁立了盏落地灯，橘黄色的灯罩打在他的侧脸上，一半明朗一半昏暗。他饶有兴趣地翻着书，好似送衣服只是顺便，他其实是来看书的。

林招招问：“看的什么书？”

陈寂的手一顿，很是坦然地翻到封面，说：“《杀死一只知更鸟》。”

“勇敢是，当你还未开始就已知道自己会输，可你依然要去做，而且无论如何都要把它坚持到底。”林招招说，“别具一格地讲述了种族偏见的一本书。”

陈寂说：“借我。”

“书不外借。”

“抠门。”

“你到底——”林招招终于动了，她把腿放下来，脚尖抵着毛茸茸的地毯，问道，“你到底想说什么呀，陈寂？”

陈寂沉默了。好一会儿，他才开了口。

“我没想过感情方面的事。”陈寂慢吞吞地合上书，抬眼看向她，目光平淡，却分明地透露出了犹豫。顿了顿，他继续说，“乒乓球很好玩，拿冠军会上瘾。对于喜欢一个人的感觉，我请教了周尽燃。”

那是大师级别的人物了。

最后，他也还是犹疑、茫然及依旧保持的理智。

“他说了很多。恋爱很好，很甜。可是我想了很久，目前的我，只想专注地打乒乓球，备战大赛，不想谈恋爱。你很好，招招。”

“你是在给我发好人卡吗？”林招招靠在椅背上，脸颊被压得红了起来，她努力收住往下坠的嘴角，“可我不想要。”

“我是想你可以用喜欢我的时间去做更有意义的事情，不要浪费时间在我身上。”

“你好烦啊，陈寂。”

陈寂微微瞪大眼睛看着林招招。

“我给你算算啊。”林招招盘腿坐好，掰着手指头跟他算，“我是高一下学期意识到自己喜欢你的。这期间，每学期期末考试我都排年级前十，年年拿‘三好学生’，当过班长、劳动委员、学生会副会长。高考以全市第107名被临溪医学院法医系录取。”

她缓了口气，道：“我大学的履历还要说吗？”

陈寂面无表情地答：“不用了。”

白担心了。

白忐忑了。

白去请教周尽燃了。

陈寂一副伤自尊的样子，很是不爽地盯着空气发呆，又听见林招招说：“所以你想想你刚刚那些话多烦人，我喜欢你那么久了我心里难道没数吗，要你在这儿叨叨叨……”她的声音越来越小，“没有你我也挺好的。”

陈寂说：“你喜欢人的方式也很别致。”

情绪莫名，像是在夸她，但又不像是真心的。林招招没往心里听，见陈寂还拿着她那本书，说：“算了，看在你是我喜欢的人的分上，借给你看了。”

陈寂顿时无语：“……”

他竟然一时之间不知道该不该把书拿走了。沉默了一会儿，他起身，说：“走了。”

“等下——”林招招喊住他。

陈寂的脚步一顿，问：“怎么了？”

“也没什么大事啦。”林招招的小脸红扑扑的，连雪白的脖颈上都染上了一抹粉红，耳尖在他的注视下发烫，她讪讪地扇了扇风，说，“你明天很忙。”

“嗯。”

“后天就要归队。”

“嗯。”

“然后就要去吉隆坡参加世乒赛。”

“是。”他好像知道她想干什么了，说，“请林招招同学有话直说。”

林招招说：“你往前站一点。”

——都看不清了。

陈寂却忽地笑了。你看她，哪怕喜欢着他，哪怕暗恋了那么多年，在被他窥破了秘密后，还能这般要求他。

不卑不亢，却又理直气壮。

不愧是林招招。

陈寂往前走了一步。

他可真好看啊，林招招想。明明自风雪中来，他却丝毫不显狼狈，眉眼干净，是她记忆中永恒的澄澈动人。

他看出来了，她只是想多看他两眼。

话题#长河双子星#在陈寂和周尽燃录了第七个专访后荣登热搜榜第三，后面跟了个“沸”的字样，阅读量达1.8亿。

而“既然”CP的超话里也是欢天喜地、敲锣打鼓，为前线姐妹拍的绝美路透图尖叫不停。林招招边写论文边抽空保存了几张精修图，存了半天后，才发现自己存的都是双人图。她想了想，全发给了周尽燃。

周尽燃：舞CP舞到正主面前，林招招同学看起来是想被骂。

林招招：好看呀。

周尽燃：刚刚结束最后一场专访，下午还有个访谈类节目，我已经累死了……麻烦告诉时映，我爱她。

林招招：？

周尽燃：我帮你问问，陈寂在累死之前有没有什么要托付你的。

不等林招招回话，他就把手机一收，抵了抵旁边的陈寂。陈寂正端坐在休息室的沙发上慢条斯理地吃早已凉透的早饭。周尽燃说：“陈寂。”

“嗯。”

一副对他的话完全不感兴趣的样子。

“如果我们被累死了，你有没有什么话要留给招招？”

“没有如果。”

“有。”

那好吧。陈寂懒得跟他再杠下去，咬了口饭团，软糯的米饭哪怕凉了也依旧香甜，他舔了舔唇，说：“书不还了。”

周尽燃问：“这是什么梗？”

陈寂却不搭理他了。他吃完了最后一口饭团，把包装纸往垃圾桶里一丢，说：“我去外面透透气，走了喊我。”

等他出去后，周尽燃才把手机摸出来，看到了林招招之前发来的消息。

林招招：没有如果。

周尽燃：呸呸呸！

林招招：你去问了？我猜他肯定是说不还我书了，哼，我早就看穿他了。

周尽燃沉默了一会儿，然后打开林招招和陈寂的双人超话，点了关注。他想，搞CP的话一定要搞真的才行，“着急”CP太真了，比他跟时映还真。

请陈寂早点开窍，他要吃糖。

03

林招招敲完论文的最后一个句号，又仔仔细细地从头至尾过了两遍后，才整理好发给了指导老师。她伸了个懒腰，这才发现天已经黑透了，路灯明晃晃地在学校各处亮起，身后的床上，澄子正在睡傍晚觉。

叮——文件传送完毕。

时针正好走到了六点，澄子枕边的闹钟毫无预兆地响了起来，她条件反射地伸出手，闭着眼找闹钟。她左找右找就是摸不到闹钟，林招招无奈地起身，走过去，按掉闹钟，轻声喊她：“澄子，起床了。”

“我不要起床！”澄子撒着娇把自己往被子里一裹，“我被封印在被窝里了，动不了，你自己去吃饭吧！”

林招招笑道：“吃什么饭？不是说好要去送陈寂吗？”

澄子安静了两秒，猛地坐了起来。

她披头散发地发了会儿呆，在没开灯的宿舍里像个幽灵似的。这时候，“幽灵”推了林招招一把：“啊！快快快，赶紧走。”

“别急，十点的飞机，来得及。”

林招招按开灯，慢吞吞地边收拾东西边等澄子。看似不紧不慢，心里却像被火燎过般烦躁。

这种情绪从前被她藏得很好，她尽可能地以平常心对待陈寂，却在真相大白于天下时，再也按捺不住，要他特殊化，要他与众不同，要他光明正大地排在第一位。这种情绪在开往机场的地铁上她看到车载电视里陈寂的广告时，变得愈发强烈。

澄子在旁边碰了碰她，说：“又有新采访出来了。”

居然是个陈寂的单人专访，而且还是轻松娱乐类的，澄子说：“我看评论都笑疯了，我倒要看看有多好笑。”

林招招戴上耳机，道：“来来来。”

轻松类的专访环境也相对舒适，陈寂坐在双人沙发上，面前的茶几上摆着数件整蛊道具。陈寂举着带标志的话筒，一脸警惕地问道：“待会儿不会为难我吧？”

镜头外传来工作人员的声音：“不会不会。”

“扯。”陈寂摆明了不信。

“提问！这个是广大球迷一直很关心的，你的理想型是什么样的？”

广大球迷之一的林招招有点紧张。

"广大球迷？"陈寂反问道，"会关心这个？"

"是的，是你的女友粉问的。"

嗯嗯嗯，林招招在心里想，她才不是广大球迷，她是女友粉。

陈寂不是偶像明星，没有公司给他预习好功课，给最标准的答案，全都要靠临场发挥。他思索了两秒，说："要可爱——"

澄子念叨："可爱？林招招本人。"

"喜欢笑——"

"招招最爱笑了。"

"我喜欢的。"

"要是冷神不喜欢招招，我的头拧下来给你当球踢。"CP粉发言时间，林招招选择不说话。

"提问！对于队规第二十一条，未满二十三周岁不能谈恋爱，你的看法是什么？因为在网上关于这方面你的争议还蛮大的。"

"队规存在肯定有它的理由，即使它并不合理。郑指导让我顺便告诉广大球迷……"顿了顿，陈寂眉头皱了皱，继续说，"和我的女友粉们，从2016年1月1日起，长河乒乓球训练中心第二十一条队规做出以下更改。"

这段倒是人教的，所以他背诵得毫无感情："未满二十三周岁队员不可谈恋爱，否则每天自领任意加训一项。"

"怎么会突然改队规？"

"因为不合理。"

"但我觉得会有人认为是为了你改的，毕竟加训的惩罚太轻了。"

做此次专访的团队虽然是娱乐性质的，提的问题却是出了名的直白犀利。当然了，如果这题陈寂回答得不好也不会放出来。

陈寂奇怪地看了眼镜头，说："说这种话的人恐怕不了解我们的训练项目，我宁愿退队。"

说完，他又补充道："哦，不能让郑指导知道，麻烦剪掉。"

后期冒文字泡："不可能！"

"提问！你觉得好朋友和女朋友的界限在哪里？"

"没有女朋友，下一题。"

屏幕上方飞过一串乌鸦，配以主持人号啕大哭的表情包：采访冷神，我太难了！采访卡给你们，你们来！

陈寂坐在沙发上，看似一派纯真，让人想怪都怪不起来。

澄子说："哦，怪不得刚刚看评论，底下都是'虽然宝宝不乖乖回答问题，但是妈妈不怪你''不准怪他！他不想说就不说''时长多点，我光盯小表情和脸就行了'，陈寂什么时候多了那么多妈妈粉？"

“呃……”林招招也很好奇。

采访已经进行到了下一个环节，开始用上了茶几上的整蛊道具。规则是从恐怖箱里抽问题回答，分真心话和大冒险两种。陈寂无语地看了会儿被封闭的箱子，问：“这里面不会放奇奇怪怪的东西吧？”

“冷神你对我们节目组也太不信任了！”

“嗯。”

“太直接了！冷神你不会不敢吧？”

陈寂看了眼镜头，眼神杀气十足，然后身子前倾，手肘放在膝盖上，一边把手往恐怖箱里放一边说：“真心话大冒险？这种游戏我初中就不玩了。”

好，不但不怕，还顺便嫌弃节目组土。

不愧是冷神。

恐怖箱对着镜头的那一面是透明的，能看到陈寂无所畏惧的手在里面扫荡，先揪出一只毛绒小黄鸭，又解决掉一只劣质的毛毛虫，最后把玩具蜘蛛请了出来后，才慢吞吞地摸出装了问题的球。

字幕组：节目组和主持人已惊呆，吸了口氧才得以继续采访下去。

“怎么一点也不怕啊！”

“可能是因为相信你们不敢迫害国家一级运动员？”

“？”

“开个玩笑。”陈寂说。

他打开塑料小球，抽出里面的小纸条，打开看了看之后眉头微微一皱，说：“大冒险，对镜头说一段情话。”

紧接着，他就沉默了。

地铁上人很多，大多是去坐飞机的，拎着箱子挤在一起。林招招和澄子缩在角落里笑得一抽一抽的，忍得很辛苦。

澄子表示：“如果不是在地铁上，我能笑到方圆百里的人都想报警抓我。”

林招招怕笑出声，不敢说话。

她缓了好一会儿，镜头里的陈寂也缓了缓，才说：“我想打比赛。”

主持人问：“说情话比打比赛还难吗？”

“游乐园那个骑在上面旋转的，带音乐的是叫旋转什么？”

“木马。”

“嗯，”陈寂慢慢地靠近镜头，手在迟疑间碰了碰摄像机，开口，“mua。”

然后，他闭了闭眼，扶额，脸往后一转逃离镜头，像是害羞又像是赌气地说：“不录了。”

“好撩啊。”澄子摸着小心脏，手机在掌心颤抖，她小声尖叫，“陈寂也太撩了吧，呜呜呜，招招，我又有素材剪视频了。”

“这算什么！”

林招招故作淡定，地铁恰好到了一站，稳稳停下后又乌泱泱上来一大堆人，脸上的温度却在不断攀升。然后，她扶住澄子的手，把那一段又倒回去看了一遍又一遍。

又看了三遍后，她捂住红扑扑的脸，趴在澄子肩膀上说：“完了，澄子，陈寂太犯规了，看多少遍我都产生不了抗体。”

怦。

怦怦。

怦怦怦。

无论看多少遍，她还是会心动。

采访不过短短十分钟，却让人发现了冷神陈寂的另一面，会说情话也会突然害羞的陈寂可爱得不行，粉丝“噌噌”地上涨。林招招惆怅道：“粉丝八百万，太难追了这个男人，算了，不追了。”

澄子问：“真的？”

“江樾机场，到了。开左侧车门，下车请注意……”

“到了。”澄子把林招招拉起来，跟随人潮下了地铁。

一出站，两人便看到了面前墙上的巨幕应援——由粉丝自发组织的，为长河乒乓球训练中心出征世乒赛的应援。

男队顾则、女队程珂挂帅。其余参赛运动员在两人身边一字排开，陈寂站在周尽燃的旁边，队服是鲜艳的红色，衬得他背脊挺拔，朝气蓬勃，惊艳出众。

林招招说：“假的。”

澄子说：“啊？”

林招招严肃地看着她，说：“这个男人太好看了，再难追都得追，不追就暗恋。”

反正是跑不掉了。

送机的人比想象中要多，林招招望着前面乌泱泱一群人围着陈寂和周尽燃等一众运动员，且有秩序有素质，绝不影响路人。

她喃喃道：“好多人啊。”

澄子说：“我以为的离别场面没了。”

林招招纳闷道：“你以为的？”

“对啊。”澄子说，“你跟陈寂见面，你眼泪汪汪地说舍不得他，他情不自禁地把你抱在怀里，然后你们……”

“停。”林招招面无表情地打断她，“然后我们俩就被送上热搜。”

“呃……”

“不过这种场面不可能出现啦。”说到热搜，林招招终于想起她出现在这里太暧昧了，拉着澄子就往柱子后面躲，边躲边说，“陈寂一年要打好多好多比赛，要眼泪汪汪我早瞎了，要情不自禁我俩的孩子都会打酱油了。”

澄子吐槽道：“你这什么破类比？你要躲自己去躲，我得去多看两眼周尽燃。”

林招招震惊道：“你喜欢周尽燃？”

“嗯。”澄子底气不足，“我是他的技术粉。”

“不是女友粉就好，他有女朋友了。”

“啥？你要聊这个我可就不去看他了啊，什么女友？周尽燃居然谈恋爱了？啊啊啊啊，我心碎了！”

“嘘！”林招招按住她，“回去跟你说。”

澄子很了然地比了个“好的”的手势，便完全没有心理负担地撇下林招招去看周尽燃了。

机场明亮宽敞，人群熙熙攘攘，播报声间或响起，林招招想起刚刚的采访中陈寂从恐怖箱里拿出的第三个问题。

“人生中最丢人的事，印象最深刻的是哪件？”

“没有。”

“……”

好吧，陈寂再次妥协。他拿起桌边的乒乓球拍，球拍在指间转来转去，他缓缓开口：“印象最深刻的，是九岁时第一次坐飞机。”

九岁第一次坐飞机，是去国外找云静，他的妈妈。机票太贵，所以只有他自己。云汀太忙，所以去送机的是林招招一家。机场太大，他走丢了。那时候的他已经很冷静了，至少冷静了五分钟才开始慌，最后被空姐送去咨询台。

咨询台的姐姐很漂亮，笑得很温柔：“小朋友，你叫什么名字呀？”

“陈寂。”

“你的爸爸妈妈叫什么呀？”

“不知道。”

“你在这里等会儿哦。”她按下按钮，对着话筒说，“现在播送一则通知，陈寂的家长您好，您的宝宝在咨询台等你，请尽快来接他。陈寂的家长您好……”

好丢人。

九岁的还没成长为冷神的陈寂接受不了这些。他正思考着要不要制止漂亮姐姐继续播报时，耳边突然传来奔跑的声音。

鞋面很急促地摩擦着地板，光滑如镜面的地面上有个小小的身影渐渐靠近。

随即——他被扑倒了。

小声的呜咽响起："呜呜呜，陈寂，妈妈担心死你了。"

陈寂顿时无语："……"

身后的空姐及赶来的林家父母爆笑，陈寂仰躺在地面上，看着机场高而宽广天花板，又无奈地移开目光。林招招很不雅地趴在他身上，穿得像个娃娃，小脸红扑扑的，泪痕未干。他觉得丢人，想跑，但最后，还是把冰凉的手背放在了女孩的脸上。

他小声说："别哭，没丢。"

——别哭，没丢。

人是没丢，面子却丢完了。打那之后的三年，陈寂都避免从江樾机场出发。林招招一想到这里，不由得"扑哧"一声笑出来。

她小心地从柱子后面探出头，应该是郑同说了什么，人群开始渐渐散开，又成群结队一步三回头地朝外走去。

"陈寂好帅啊，他给的签名也好好看。"

"大家状态都不错哎。"

"夺冠这两个字我都说腻了。"

"周尽燃刚刚找陈寂要签名的时候好甜啊！说什么'冷神，你也给我签个名呗'，他肯定是有点紧张吧？本来我都以为冷神不会理他的，谁知道冷神真的给他签了。"

"甜死我了。"

"既然CP才是真的！你看陈寂那个小青梅都没来送他，不过这对我偶尔也嗑嗑啦，毕竟青梅竹马啥的还挺甜的。"

"说不定人家偷偷送呢？"

呃……林招招在柱子后面躲了又躲，前面的对话没听清多少，就听到了最后一句，她登时吓了一跳，等这波人走后立马开溜。

江樾国际机场确实很大，她这个路痴很自然地重蹈了陈寂九岁时的覆辙——迷路了。

机场的标志有时候也没那么管用，在林招招再次看到出口箭头往下，而她又很清楚地知道自己不会遁地时，她绝望地给澄子发消息：别等我了，我今天在机场锻炼身体。

澄子跟她去过几次长河训练中心，跟周尽燃也混了个脸熟，估计这会儿正在聊天，没空理她。

想及此，林招招也放松下来，戴上耳机，随机播了首歌，真准备在机场散散步的时候，手腕突然被人攥住。她愣了一下，还没回过头就被人拉着跌跌撞撞地进了楼梯间。

厚重的门被打开，又借力关上。

喧闹像是隔了一层薄薄的气泡，似是而非地拍打着她的耳膜，贴在她手腕上的指尖冰凉，渐渐被她的体温传染变得滚烫。

紧接着，她的手心被塞了杯奶茶。

布丁不加糖。

是陈寂。

林招招微微瞪大眼睛，道："好奇怪啊陈寂。"

陈寂从容不迫地喝了口奶茶，问得漫不经心："奇怪什么？"

"你是怎么找到我的？"林招招插上吸管，左耳的耳机里正放着很轻缓的歌声，她早就走得累了，便靠在门上，问，"你是不是在我身上装……那个东西叫什么来着？"

"GPS？"

"嗯，对。"林招招点头。

"没有。"陈寂一脸冷漠，见她又这么好奇，又详细解释了一下，"看到你室友，就知道你来了。她指了个方向，就找到你了。"

"不可能！我的位置没那么好找！"林招招坚决地为自己散步了那么久找理由，"我离出口很远。"

陈寂说："嗯。"

很是敷衍的样子。

算了，看在她喜欢他的分上，忍了。林招招咬着布丁，它很不乖地在口腔里打转，甜腻腻地与奶茶的味道混在一起。她闷闷地开口："我是来送你的，可你粉丝太多了，我怕被人看见，就躲得远远的。"

——谁知道还是被他找到了。

"知道。"陈寂说。

说着，他忽然往她面前走了一大步。

林招招捧着奶茶杯的手抖了抖，故作的镇定顿时破功，她紧靠着门，金属门把手蹭到她的手腕上，略显冰凉。她结结巴巴地说："你……你干什么靠这么近？"

陈寂抬手，覆上了她的额头。

好奇怪，林招招想，以前再亲密的动作都做过，怎么在他知道她喜欢他之后，一切就变得这么暧昧，让人浮想联翩呢？

只一秒，陈寂就把手放下了。

"我的手太凉了，摸不出来。"他说，"但你好像发烧了。"

林招招抬手，贴了贴自己的额头，到底是学过临床医学的，试了两下，就说："低烧，没事，多喝热水就行了。"顿了顿，她又补充，"热奶茶也可以。"

陈寂问：“不看医生？”

“不用啦！”她小口小口地喝着奶茶，说，“开春就容易这样，不该穿那么少的，我以为地铁里有暖气。”她仰起头，巴掌大的脸烧得泛起粉红色，眼波溶溶，像是含着水光般，“陈寂。”

“嗯？”

“你不是偷跑出来的吧？郑指导不会骂你吗？”

“没偷跑。”陈寂理直气壮地说，“买奶茶的。”

“好好好。”林招招站累了，便走到台阶边坐下来，问，“陈寂，我耳机里的歌特别好听，你要不要一起听？”

陈寂无语地看了她一会儿，很是冷酷地拒绝：“不听。”

顿了一下，他问：“什么歌？”

陈寂如她所愿地坐在了她的身边，戴上了耳机，门外是熙熙攘攘的机场大厅，迎来送往着来自世界各地的忙碌的人，门里却安然、沉静，是她短暂的世外桃源。

她轻声哼唱：“什么都可以错，别再错过我，你在哪里，请跟我联络。”

“好了。”陈寂喝完最后一口奶茶，看了眼时间，说，“会联系你的。”

04

吉隆坡的预赛毫无悬念，陈寂发挥出色，还有空在微博上发“明信片”，全是美食特写，配字：好吃。

发在小群里的则是：椰浆饭和肉骨茶最好吃。

云汀：学会了做给我吃。

林招招：喂，有钱能找到更好的厨师吧！

云汀：不说话没人当你是哑巴。

陈寂发来一个竖起耳朵的表情包，八卦十足地要求林招招立刻把知道的从实招来。

林招招却转移了话题：对了，那天你在临溪过安检的时候，跟周尽燃说要去医院是什么意思？你生病了吗？

陈寂：周尽燃告诉你的？

林招招：不是啊，我在网上看到的。

她回以竖起耳朵的表情包。

陈寂却不理她了，她重新把笔拿了起来在指间转啊转，嘟囔道：“小气鬼！”但还是担心，忍不住又问了一遍。

林招招：你没生病吧？

陈寂：没。

回得倒挺快。

林招招再次说了句“小气鬼”后，终于打开了手中的专业书，一个不慎，夹在里面的信哗啦啦地全掉了出来。她连忙去捡，下意识地数了数。

总共六封，来自赵闻溪。

自年前赵闻溪因事回了非洲后，便被各种事情拖在那里，归期迟迟未定。某次他用卫星电话给她打来电话，心血来潮地提议：“我给你写信怎么样？”

“会丢的。”她提反对意见。

“可是我给你发的消息有时候也会发不出去啊。”他很有理，自作主张地开始跟她讨论用什么信纸、什么样的钢笔、什么样的墨水、什么样的字体。

寄来的信纸是木色的，用派克钢笔及黑色墨水，是漂亮的瘦金体。

赵闻溪很聪明，他从不在信中说爱。他总是漫不经心地提起他吃到一颗很甜的果子，他遇到眼镜蛇，他开车走了好远的路，可茫茫草原，不见终点。他那里下雨了，瓢泼大雨，三分钟就停。他把睡袋挂在两棵树的中间，荡来荡去时透过树缝看星星。

“星星真的很好看。我也真的很想你。”

林招招把散落的信封重新拢到一起，想了想，她扯下发绳将它们捆在一起，放到桌子上。赵闻溪寄来的信肯定不止六封，其他的许是在漂洋过来时丢失了。他居无定所，不留地址，就算她想回信也回不了。

不过正好，林招招想，她也不想回信。

虽然对赵闻溪来说太残酷了，但是她有喜欢的人，对他的喜欢不回应才是最好的。

然后，林招招把信塞到桌洞里，把书重新翻开。

去年解剖课程结束后，她的成绩优异，沈老师特批可让她辅修麻醉学。要学的东西立刻急剧增加，为了期末的考试能顺利通过，她从开学就一边学新知识一边补麻醉学的相关知识。

时映也在准备考试，两人经常相约看书打卡。

林招招按下语音键：“小映映同学。我今天的任务完成了，你呢？”

“呃……”时映回得有些心虚。

林招招缓缓地打了个问号。

时映：看比赛呢。半决赛，你不看吗？你暗恋对象正在打比赛。

林招招：我一般都看决赛。

时映：哦！

林招招：半决赛好像没有解说吧，你看得懂？

时映：重点是比赛吗？重点是我男朋友。

好，吃了一吨的狗粮，林招招觉得自己已经饱了。

她看了眼窗外。半下午的天出了太阳，温度在渐渐回升，树枝抽出嫩芽，积雪在悄然融化，一切都昭示着春日将近。

半决赛的比分在林招招关注的一个乒乓球博主的微博上实时更新，目前陈寂的比赛已经结束了。

他刚从休息室出来，坐在场外看周尽燃打比赛。周尽燃刚打完一轮，小跑过去擦汗，转了转脖子，听郑同的指导。

等郑同说完，周尽燃小声地喊陈寂，陈寂看过去。

周尽燃笑得很奸诈："你的病好点了没？"

陈寂面无表情。

周尽燃笑得肆无忌惮："哈哈哈哈哈哈！"

"滚去打比赛。"陈寂推了他一把。

周尽燃装作很疼的样子扶着肩膀走向赛场，想起那天过安检的时候，陈寂说："到吉隆坡了要去趟医院。"

"你怎么了？身体不舒服吗？"

"嗯。"陈寂拿过自己的东西，说，"刚刚心脏突然跳得好快。"

"刚刚是什么时候？"

"跟招招在一起的时候。"

"哦。"

"哦？"

"你真的有病。"周尽燃如是说。

决赛日当天，云汀接手了一起案件。尸体被安排在临溪医学院的法医楼进行解剖，云汀直接把林招招叫了过来。

"不该问的不要问，让你做什么你就做什么。听见了吗？"

"听见了。"

"换好衣服进来。"

距离上次实习已经过去大半年，林招招的心态和专业能力都增强了，因此看到尸体的那一刻，内心毫无波澜。等到去做病理分析时，后怕的劲才慢慢袭来，她的手颤抖着，后背出了层细密的汗。

林招招看过报道，躺在解剖台上的女孩是上吊自杀，但是家长不相信，说孩子开朗外向，不可能自杀，强烈要求做尸检。

"做完还能赶上陈寂的比赛。"云汀说，"啧，陈寂应该没什么心理疾病吧？很多孩子看上去好好的，但其实……"

"自杀只是内在的自己把外在的自己杀死了。"林招招接道。

"很有思想啊，小招宝。"

"网上看来的。有些人是真的不想活了吧，这个世界没什么美好能吸引他们了。可以不理解，但是不能站在自己的角度去说他们傻。"她笑了笑，说，"不过如果是我的话……"

“你会怎么做？”

“我只要看我的偶像笑一下，我就能跟生活大战三百回合啦！”

“那你多跟陈寂发点糖，救救舅舅吧！”云汀戴上口罩，他工作的时候慢条斯理，纵使在努力地活跃着气氛，到最后也忍不住叹了口气，“我见着家长了。”

“是个很典型的知识分子家庭，一生没经历过什么波折，怎么都不会想到向来乖巧的女儿会自杀。”

解剖刀抵住皮肤，划动的声音在封闭的室内清晰可闻。

“我想到了陈寂。”云汀继续说，“他是我从小带大的，我自己当时还是个孩子，哪里会教育小孩？我以前总觉得他太孤僻了，只有在你面前，我才知道，原来那些都是装的。撕开那些伪装，其实他跟同龄人一样，是个会生气、会耍酷、会大笑的小孩子。”

与其说云汀喜欢站林招招和陈寂的CP，不如说是喜欢在林招招面前的陈寂，只有那时候他才会觉得，他从小带到大的陈寂，是个活生生的、有血有肉的少年。

“我真是老了。”结束工作后，云汀摸了摸红红的眼眶，说，“就爱感伤些乱七八糟的。”

随即，他就威胁林招招：“你要是跟陈寂说，下学期等着补考。”

“你也太狠了吧！”林招招一边抗议，一边把防护服脱掉，“不说不说。云汀先生的小秘密越来越多了。”

“你没有吗？”

“我……我能有什么秘密？！”林招招心虚地反驳。

“老赵都跟我说了，说他儿子对你是一往情深，你是怎么撑到现在都没答应的？你难道有喜欢的人？”

“我没有……”林招招辩解道，“就是不想谈恋爱。”

“嗯，我信了。”云汀说。

很显然，是完全不信的样子。

两人忙了一上午，都不怎么有胃口，干脆在食堂随便吃点就找了间教室准备看比赛。投影在幕布上慢慢展开，解说员正在介绍即将要出场的运动员。

“世界乒乓球锦标赛团体赛，陈寂对L国选手路易，将在14点20分开始，请锁定草莓台，为您直播。此次直播间请来了长河训练中心女队教练许璨许指导，许指导好。”

“你好。”

“大家都知道，虽然陈寂没入许门，但这些年也得到了您的指导，能以您的角度预估一下这场比赛陈寂会有怎样的表现吗？”

“好。”许璨笑得很迷人，“陈寂啊，陈寂是个抗压能力、应变能力都很强的运动员，一般外界的压力对他来说都不会有太大的影响。大家都叫他冷神是吧？表面上确实够冷，但性子完全不是这样，他可不是对什么都无所谓的。”

然后，屏幕被切割成两部分，一半是演播厅一半是赛场，工作人员正在陆续入场，场馆内座无虚席，不少球迷拿着手幅在镜头扫过的时候疯狂摇动。在一晃而过的镜头里，林招招很敏锐地看到手幅上面写了陈寂的名字。

“……像那句话说的，永远热血滚烫，永远横冲直撞。”许璨做最后的总结。

“许指导说得太好了。”解说员接道，“我看陈寂比赛那么多年，看得出他的身上有股别人没有的韧劲，你以为他是冷的，但其实他比谁都要热血滚烫。刚刚我翻了翻陈寂在匈牙利公开赛上的成绩，团体赛全胜的记录又刷新了大家对陈寂实力的认识。

“而此次他的对手路易则是……”

对手的介绍林招招没怎么仔细听，因为云汀的手机响了。他把手机拿出来看了看，道：“哟，是陈寂。”

闻言，林招招心头一跳。

“不是快比赛了吗？”她问。

云汀按了接听：“喂？”

那头沉默了一下，才缓缓开口：“在看比赛？”

“对啊。”云汀说，“我跟招招忙了一上午，饭都没怎么吃，就为了看我心爱的外甥打比赛，感人不？”

陈寂提取关键词：“招招也在？你们在医学院？”

云汀说：“招招，打招呼。”

“噢。”林招招清了清嗓子，正准备说话。谁知道连“陈”这个字还没出来，教室的门就突然被推开，打断了她的话。

推门的是几个学生，他们跟林招招对视一眼，又看了看门牌，面露疑惑。云汀淡定地问道：“走错教室了？”

“没有啊。”学生说，“这节课就是在这里自习。”

“咦？”后来的学生探出头，“这是在看乒乓球比赛吗？世乒赛？谁跟谁啊？”

“陈寂，是陈寂。”

“云老师，您在这里看陈寂的比赛啊！”

“我也要看！”

“招招学姐也在？”

“一起看一起看，自什么习，我要看冷神！”

于是，猝不及防地，教室的座位被坐满了，林招招和云汀被夹在中间，面面相觑。她小声问："你不是说这间教室没课吗？"

"是没课，谁知道这群孩子把自习课当课了？"

"太实诚了。"林招招指了指他的手机，"陈寂还没挂电话。"

云汀这才反应过来，晾了陈寂两分钟，陈寂竟然能忍住没挂电话。他连忙把手机放在耳边，问："陈寂，你怎么了？有什么事吗？"

"没事。"陈寂淡淡地道，沉默了两秒，他才再次开口，"招……"

"那个……"有人戳了戳云汀，"云老师是在跟陈寂打电话吗？"

被打断的陈寂很无语："……"

云汀只好应道："……嗯。"

"我好喜欢他！"该男生一激动脸就通红，扯着云汀的袖子小声而兴奋地说，"我太喜欢他了，他每场比赛我都看！"

云汀笑了笑，说："陈寂，我旁边坐了个你的粉丝，你要不要跟他说什么？"

声音有点大，很快就传遍了整间教室，学生们吵吵嚷嚷地想跟陈寂连线，听说过的、没听说过的、喜欢的，都盯着云汀的手机。

"好啊。"陈寂开口。

免提将他的声音放大，在众人屏住呼吸、努力维持寂静的教室里回荡，撞上墙壁，被顺着窗缝吹进来的春风吹散，鼓噪不安的心跳声在林招招耳边回响。

陈寂却一如既往的沉静、平缓。

他说："一会儿见。"

05

"草莓台转播的你这场比赛，许指导配合解说。"顾则递给陈寂一瓶水，拍了拍他的肩膀，"不要有压力。"

团体赛决赛跟正常比赛一样，两场比赛同时进行，五局三胜。先上场的是顾则和陈寂。

陈寂闷闷不乐地喝了一口水。

顾则纳闷道："怎么了？刚刚出去打完电话状态就不太对。"

陈寂进长河训练中心的时候，顾则已经是主力兼担队长一职了。他性子温和，待人待事都极有耐心，所以长河上下都很尊敬他。但一到尊敬这个层面，就没办法成为兄弟了，也没办法太过亲密。

"没。"陈寂站起来，说，"先去热热身。"

于是，当天陈寂的个人超话出现的第一张图就是他从选手通道走出来的那一刻：他拎了瓶喝了一半的水，外套的拉链拉到最上面，眉头微微皱着，却不是平时的冷漠和拒人千里，而像是在——生气。

气鼓鼓的。

有人看到这张图后，尖叫道："好……好可爱！"

——都不关注冷神在气什么吗？你们没有心。

——不想打比赛，想睡觉觉。

——来妈妈怀里吧，陈寂！

——都是妈妈粉吗？婆婆们好。

林招招看着图片下的评论失语了半天后，又去仔细打量那张照片，没修过，是很高清的一张图，所以小表情也很清楚。

是在生气。

可是在气什么？

从挂电话到出来不过五六分钟，谁有本事在这么短的时间内把陈寂气成这样？林招招太费解了，便碰了碰云汀的肩膀，说："你看看。"

"嚯——"云汀画错了重点，"我外甥真帅。"

林招招瞪他。

云汀说："比赛快开始了。"

林招招抬头看向大屏幕。陈寂已经在做准备活动了，跟金发碧眼的对手练了会儿手，又去听郑同说了话才返回比赛场地。

"感觉郑指导带陈寂真跟自己孩子似的。"解说员开玩笑道。

许璨也笑着说："别看郑指导整天很严厉，其实心很软。我听说前阵子封闭式训练最后一天，还带着他们去吃了火锅。"

"郑指导挺爱吃火锅的，在役期间好像还在宿舍吃火锅被抓到。呃……"解说员像是突然起了求生欲，迅速地转移话题，"导演麻烦重播的时候把这段剪掉。好，我们来看下场内情况，陈寂发球。"

在家休养了将近半年，陈寂在匈牙利公开赛中发挥出色，状态在渐渐回升的同时，打法也有了些许改变。

"谨慎又大胆，不浮躁。"许璨说，"这是匈牙利时的陈寂。"

"但陈寂刚上场的时候情绪不太对，郑指导把他叫过去估计也是为了这事。好，比分三比零，陈寂这场打得很……不保守。"

说不保守还是委婉的，简直是毫不留情。

林招招听到有人小声问："陈寂是不是跟这个叫路易的有仇？"

"不是吧？两人好像没怎么遇到过。"

"找到了找到了，前年公开赛决赛的时候遇到过，但是当时是陈寂赢了，要记仇的话也是路易记仇吧？"

"可是好帅啊。"

这样的比赛看起来也很爽，每一板都直逼命门，逼得对手束手无策，最后以丢分告终。

拿下一局后，陈寂走到场边喝水。

“落点的变化还要调整，一旦他适应你的节奏，你再想压制就没那么容易了。”郑同说，“你今天情绪不太对，跟顾则在休息室打架了？”

“没有。”

“打个全胜有没有问题？”

“没有。”

“去吧。”

“是！”

陈寂放下矿泉水瓶，目光淡淡地扫过镜头，朝乒乓球台走去。那一眼的杀伤力太大，仿佛隔着屏幕对视，引得女友粉不停尖叫。

很可惜，林招招忙着刷个人超话存图，没接收到陈寂的目光。等她喜滋滋地用小号犯完花痴后，最后一场比分已经到了10：7。

“赛点到了，赛点到了。”

“全胜拿下团队赛吧！陈寂！”

“最后一板！”

在几个来回中，陈寂将乒乓球压得很低，堪堪越过球网飞过去，路易没接住，最终11：7，比赛结束。陈寂把球拍放下，正准备去跟他握手，便听到对面喊道：“他犯规！不作数！”

陈寂的动作一顿，他抬起头。

路易生得很漂亮，二十几岁的混血儿相貌天生就有优势，他的英文流利而急促：“他刚刚在击打球时，球触到了手！”

声音被麦放大，扩散到场馆内，本来正为了胜利而欢欣鼓舞的观众顿时怔在了原地。

两方裁判迅速走到一起，小声讨论了片刻，对陈寂说：“再比一次。”

陈寂没有动。

裁判皱了皱眉，道：“陈寂？”

“我没犯规。”陈寂的英文标准，声音低低的很有磁性，“不可能再比一次。”

“可我就看到你碰到手了！”路易叫道。

“那是你看错了。”陈寂看了看正走进场的郑同，说，“可以调一下直播的近镜头。”

他又对路易说：“再打一次我也可以赢，但是没必要。”

路易大怒：“你！”

两队教练也赶到了场内，在紧急讨论后，对方要求再比一次，态度十分强硬，就连郑同一时之间也不知道如何应对。

陈寂不耐烦地牵了牵嘴角，说了句什么，但场内太吵闹没人听清，他走到裁判席，拿起话筒。

“我请求调直播近镜头，如果我犯规，三年内不会参加国际赛事。”

此话一出，满场哗然。

林招招紧张得手心冒汗，她舔了舔发干的嘴唇，听后面的学生们在不停地问：“你们刚刚看见了吗？到底有没有碰到手？”

“刚刚那一下拉的是远景啊，我没看到。”

“肯定有摄像头记录下来了，陈寂说没犯规肯定就没犯规。”

比赛场上的讨论还在继续，陈寂默默地站在裁判席前。像是幻觉般，那边的讨论和观众席上的沸沸扬扬仿佛与他无关，他被这个纷扰的世界隔离了起来，在他专属的气泡里飘荡。

直到郑同朝他走过来，说：“不比了，走。”

陈寂微微点点头，向观众席鞠了一躬，拎起矿泉水瓶，边走边仰头喝掉最后一口，走至场外，对准垃圾桶。

砰——矿泉水瓶稳稳当当地进了垃圾桶。

郑同放慢脚步等他，问：“说吧，今天情绪为什么波动那么大？”

陈寂愣了一下，说：“跟我的情绪无关。”

他没犯规，说不再来就不会再来。

“知道，也没说有关。”郑同不耐烦地说，两人走到选手通道前，“等会儿采访的时候，自己掂量着点。”

陈寂说：“嗯。”

他往旁边走去，早就等待着的记者立刻蜂拥而至，话筒在身前晃来晃去，陈寂却走了一下神。

他想，为什么有情绪波动？

虽然不想承认，但好像是因为在赛前，他没能跟林招招说上话。

当天的团队赛以顾则3：1，周尽燃3：1，陈寂3：0的成绩顺利拿下决赛冠军，颁奖仪式在当晚七点举行，林招招一边听着国歌响起一边在键盘上敲字。

陈寂的比赛结束后，她接到论文老师的电话，说最终的意见稿出来了，杂志社那边要得急，早上六点前必须发给他审最后一遍，然后在上班时间发给杂志社。这就意味着林招招今晚睡不了几个小时了。

这次的论文要上的杂志是国内首屈一指的大刊，要抠每一个字眼，林招招揉了揉干涩的眼，打着哈欠看陈寂和周尽燃分别站在顾则的两侧，三人手拉手对着镜头深深鞠了一躬，满场的欢呼都值得赠给他们。

颁奖仪式结束后，林招招关掉视频，去洗了个澡，定了个半夜一点的闹钟，准备小睡片刻再起来修改。

她心里装着事，睡也睡不踏实，梦一个接着一个，将仅有的几个小时睡眠无限地拉长。而在她不知道的地方，却夜色深沉，长灯不灭。

没人料到路易会在回酒店开直播时，大谈比赛时的那场闹剧。

就连陈寂在接受采访时也只轻描淡写地用一句“没犯规”带过，路易却在直播时大声指责裁判偏袒，甚至哭着说：“我知道我会输，可是我想输得甘心。”

当有人把直播视频发给郑同时，郑同差点没气死过去，恨不得直接冲到路易的房间里问他脑子是不是被驴踢了，驴踢过也得说一句不用它踢他也没救了。当然，最后还是被许瓅拦下来了。饶是许瓅这样好脾气的人，也缓了好一会儿才开始想对策。

紧急会议在郑同的房间里进行。

“热搜第几了？”许瓅问。

“第二。”周尽燃拿着手机实时关注着热点，“不过都是向着我们的。但外网就不是了，很多人要求裁判和主办方给说法。”

“给什么说法！给我去看直播！”郑同大骂道，“他们以为把陈寂搞到三年不比赛他们就能拿冠军了？我们最不缺的就是世界冠军，派谁上去他们都是一个‘死’字！”

顾则说：“我建议先发声明，越快越好。”

许瓅赞同道：“我也是这么想的，现在距离他直播过去了十五分钟，事情已经发酵成这样了，官方必须介入。”

周尽燃说：“我来发。”

许瓅站起来，说：“我去联系组委会。声明和现场视频一起发。”

三分钟后，长河乒乓球训练中心官方账号发了声明。

长河乒乓球训练中心官博——关于网上散播的有关我训练中心队员陈寂在世界乒乓球锦标赛中犯规一事，作如下声明：系谣言，保留对造谣者追究责任的权利。

附现场拍摄视频。

同一时间，组委会官博发布声明的同时向陈寂及其所在的训练中心道歉。

散会后，许瓅给陈寂打电话，让他放心，说他们绝对不允许任何人往为国争光的运动员身上泼脏水，最后让他好好休息。

周尽燃也打来电话，问陈寂要不要去他房间玩，说他正无聊地看恐怖片，被陈寂拒绝后，他不高兴地说：“哼，那你早点睡吧。”

顾则打来电话，问陈寂要不要出去走走，说他找到一家椰浆饭很好吃的店，当然不愿意出去也没关系，他可以带给陈寂。

最后打来电话的是云汀，陈寂靠在酒店的墙上，无奈又好笑地反问：“我有那么脆弱？”

“呃……”云汀解释道，“可能是因为你最近妈妈粉太多了……”

“哦？”

“搞得我也有点母爱泛滥。”

“云汀先生，你泛滥得太晚了。”陈寂笑道，又跟自家舅舅扯了一会儿。

云汀到最后也没忍住叮嘱：“别想太多。”

“嗯，我知道。”陈寂说，“没什么事我先挂了。”

“早点休息。”

“嗯。”

最后一通电话挂断，陈寂将手机丢到床上。雪白的床单整整齐齐，没有睡过的痕迹。目光越过床，窗帘没有拉上，落地窗打上灯光，模模糊糊地映出他的身影。

吉隆坡的夜色在黑暗中逐渐亮起，他按下按钮，窗帘一点一点地合上，将夜景关在了外面，满室明亮温柔的灯光缓缓亮起。他洗了个澡，连续几天的高强度比赛，让他的胳膊有点抬不起来，只好坐在床沿慢吞吞地擦头发。

随机放了首歌，低低的男声充斥了寂静的房间。

“别听我说 听内心呼唤

这是否想要的结果

别跟我说 你情愿不死不活

隔着这人海 相濡以沫……”

陈寂擦着头发的手微微一顿，是那天在机场的时候，林招招耳机里的歌，好像叫《请跟我联络》。她唱过的那句是“你在哪里，请跟我联络”。

歌渐渐接近尾声，他有一下没一下地擦着头发。

他想，为什么林招招没给他打电话？

第二章 

让我爱你好吗

01

林招招的电话是在凌晨四点过五分打过去的。

她被一点的闹钟吵醒后，随便洗了个脸，边贴面膜边刷朋友圈，陈寂分享了首外文歌，很沉很静，她边听边开始改论文。

天渐渐从黑暗走向拂晓，犹如剖开的一条线，天光斩开缝隙渗进来，和着晨间凉凉的风吹动窗帘。敲打键盘的声音渐渐缓和下来，林招招滑动着鼠标，一句一句地顺，手边凉透的黑咖啡散发着幽香。

她打了个哈欠，按下发送键，便再也支撑不住，趴在桌子上昏昏欲睡。

手机里单曲循环的那首外文歌还在放，钢琴声行云流水，又在某一刻交响乐起，肃穆又低沉。她想，陈寂哪来的那么偏门的歌单，她听都没听过。一想到陈寂，便不由自主地想远了，也不知道陈寂有没有寄明信片。

林招招勉强打起精神，打开了社交平台，刷新。

明信片没看到，第一条看到的便是长河训练中心的声明。

林招招顿时清醒了，她坐起身，快速地将声明看了一遍，又点开了热搜。经过一夜的发酵，热搜仍处高位，与此同时新的热搜是“外网 陈寂”。

她点开这条热搜。

外网搬运：陈寂在外网被骂惨了，你们怎么看？

附外网部分言论。

——陈寂算什么东西？一点绅士风度也没有，打比赛不打11：0是国际礼仪不清楚吗？丢不丢人？

——犯规不承认！没有担当！

——就算没有犯规，但既然有了质疑，为什么不再比一次证明自己呢？不太明白，是心虚吗？

——陈寂太让我失望了，亏我还这么喜欢你。

——就算路易看错了，那也是本着对比赛负责的态度，他自己也说了，想要输得甘心。但是陈寂就是不愿意配合，看他那是什么态度。

林招招随便翻了几张，担心得不行，飞快地打开通讯录想给陈寂打电话，刚拨打过去还没接通时，才恍然想到现在才五点。她愣了愣，把手机放下了。

陈寂应该在睡觉。

像许指导说过的一样，陈寂的抗压能力很强，而且他没有错，那么多人都站在他这边，他应该……不会受影响。

想了想，林招招拍了张将亮未亮的天，雾蒙蒙的并不好看，发到群里。

林招招：早上好。

陈寂：。

林招招震惊：你怎么起那么早？

陈寂：你不也是？

林招招：我是还没睡！

她噼里啪啦地打着字：赶了一晚上的论文，刚刚才发给指导老师，我跟你说啊陈寂，这次的论文……

打字的页面突然消失，陈寂发来通话请求。

“嘟——嘟——嘟——”

“喂？”林招招手忙脚乱地按下接听键，把手机放在耳边，她紧张地舔了舔唇，“陈寂啊。”

“嗯？”陈寂的语气平淡，听不出情绪，“为什么没睡？”

“在赶论文。”

“哦。”

“你呢？”林招招靠在椅子上，三月街渐渐在晨霭中苏醒，山山水水也逐渐清晰，她垂下眼看桌上的黑咖啡，“为什么还没睡？因为比赛的事情吗？”

“嗯。”陈寂随口扯了个小谎。

“陈寂，你没有错。”林招招倒在床上，看着天花板，说，“你看那个人什么态度啊，哇，要是我在现场我肯定会跟他动手的！”

“冷静。”陈寂很及时地提醒她。

“哦，我失态了。”毫无诚意地反思后，林招招气鼓鼓地咬牙道，“反正你没有错，没错就不需要低头，也不需要妥协！”

陈寂心下一动，鬼使神差地开口：“外网很多人骂我。”

“我也不想你被骂啊，陈寂。”林招招攥住被子的一角，她的声音低低的，“可我更不想你对这些人低头，我要你意气风发，没有错就不必妥协，永远高高在上。好不好啊？”

停顿了两三秒，她听到陈寂说：“好。”

真乖。林招招想，要是能一直这么乖就好了。

陈寂应了她的话后等她的回应，等了一会儿，传来的却是女孩绵长轻微的呼吸声。陈寂仔细听了片刻，旋即无奈地扶了扶额头。

居然睡着了？

不过……他坐起身，手机贴近耳廓。他想，他见过林招招很多次睡颜，穿着浅粉色的睡衣像个粉团子躺在柔软的床榻上，很乖巧，有时候吵得很了，她的眉头会小小地皱起来，小声嘟囔两句不满的话，再将自己埋在被子里面。

平白地让人觉得很甜。

时间一分一秒地过去，晨间的闹钟在嗡嗡振动时，周尽燃敲响了他的房门。像是被撞破了什么秘密，陈寂少有地慌乱了一下，他连忙挂断电话打开门。

周尽燃明显是晨跑刚回来，奇怪地看了他一眼："来开门不用这么急吧？"他把手中的袋子往陈寂眼前一递，"给你带了早饭。"

"谢谢。"陈寂恢复镇定。

"你是……没睡？"

"起得早。"

"我就说嘛，那点破事也不值得你彻夜未眠。"周尽燃咬了口烧饼，说，"收拾行李准备撤了。"

陈寂说："嗯。"

周尽燃转身走向自己的房间，走到一半，又顿住脚步，回头说："对了，有空就发条微博，很多人都挺关心你的。"

于是，清晨六点十六分，所有人都收到了陈寂寄来的明信片。

热腾腾的早饭。

他说："很快到家。"

林招招昏昏沉沉地睡了大半天，赶回学校上了节病理课，边打着哈欠边记笔记，结果被老师点名回答了好几次问题。病理课是麻醉学课程，身边都是不熟的同学，她一节课站起来两三次，居然混了个脸熟。

她给澄子发消息："麻醉系的同学都太友善了。见我是新来的，都把笔记借给我，人美心善麻醉师。"

澄子说："怎么还控上评了？"

林招招发了个可爱的表情包。

澄子问："晚饭要一起吃吗？你今晚还回宿舍吗？"

"一起吃呀，想吃麻辣烫了。"林招招说，"吃完我回家。"

澄子了然："陈寂到了？"

林招招迟疑道："到了……吧？"

应该到了，吉隆坡离临溪也不远，五个小时左右的航程，现在怎么也该到了。云汀已经请了假，所以他应该会先回三月街。

林招招到食堂的时候，麻辣烫已经上来了，整个二楼都弥漫着麻辣烫的香气，她咽了咽口水，飞快地坐下，道：“好久没吃了，想死我了。”

“上次我来的时候，老板还问我，那个小招招呢？”澄子吃得鼻尖沁汗，她喝了口可乐，说，“我说你忙得像个陀螺，你猜老板怎么说？”

“说什么？”林招招打开可乐罐的拉环，可乐晃荡，不断冒着气泡，与飘着红油的麻辣烫很配。林招招很满意地捧着可乐，笑眯眯地说，“我猜猜，肯定是觉得我厉害得不得了呗。”

“那倒没有。”澄子泼她冷水道，“他问我，你是不是忙着跟陈寂谈恋爱？”

林招招霍然抬头。

“你也别惊讶。”澄子咬了口鱼丸，说，“长河训练中心不是改队规了吗？其实之前大家就讨论，觉得队规不太合理，退队什么的。但是现在改成加训了，那这不就意味着陈寂可以谈恋爱了吗？”

“加训也很累的。”林招招小声反驳道，“陈寂没夸张。”

虽然她害得陈寂加训过那么一两天，但也随着两人的“分手”迅速告终。如果陈寂谈恋爱，一谈两三年，天天加训哪里受得住？

澄子笑话她：“你还心疼啦？”

林招招理直气壮地说：“心疼喜欢的人不行吗？”

“行行行。”澄子说，“哦，对了，赵闻溪给你寄的信昨天下午送到宿舍了，我给你带来了，你带回家看吧。”

澄子把信推过来，迟疑了一下，还是没忍住，苦口婆心地说：“其实也不必在一棵树上吊死，你觉得呢？”

林招招点点头：“我觉得你再不吃的话，虾滑就被我吃完了。”

“啊啊啊！住手！”澄子立刻把赵闻溪抛到了脑后。

“我让你多点一份的吧！”

“点两份吃不完，点一份不够吃，你自己心里没点数吗？”

“我的肥牛卷！”

“招招，等忙完这阵子一起去吃火锅吧，我一直想认识时映来着。”心满意足地吃完了麻辣烫，澄子喝完最后一口可乐，说道，“带我见见呗。”

“好啊。”林招招答应了下来，问她，“吃不吃雪糕？”

“才三月份哎——给我来一支可爱多，巧克力味的。”

林招招把可爱多丢给她，自己挑了支草莓味的，一手抱着信一手拿着可爱多，跟她告别后就跑去等公交车了。

三月天的傍晚，晚风微凉，将被染红的云吹开，如丝般飘向远方。正是要吃饭的点，学生们三三两两地从学校里走出来，奔向附近的步行街。步行街离得近，走十分钟就能到，公交站反而备受冷落。

29路公交车发车时间不急不缓，二十分钟等不来一辆也是常有的事。林招招坐在长椅上剥开可爱多上的包装纸，在心里盘算着等会儿见到陈寂第一句话应该说什么。

哦，应该是“嗨，陈寂”。

毕竟要先礼貌地打个招呼，然后再寒暄些其他的，比如这一路累不累啊，晚饭吃了什么，马上要开始的科威特公开赛你会参加吗……

虽然陈寂多半不会回答，但问还是要问的。

林招招边乐观地想，边咬了口可爱多。傍晚的温度低，雪糕融化得慢，咬下去的一口还是硬的，牙齿浸了凉意，她忍不住打了个寒战。

正准备看看29路怎么还不来，一抬眼，她却愣住了。

面前刚站定一个人。

白色运动鞋，黑色长裤，笔直修长的双腿，再往上看是同色系的外套，一板一眼地将拉链拉到最上面。她仰起头，对上陈寂压在鸭舌帽下面的波澜不惊的眼睛。

陈寂看了一眼她手上的可爱多。

林招招下意识地把可爱多往回缩了缩，说：“你什么都没看见！”

“不是低烧吗？”

“那都过去多长时间啦！”林招招往旁边坐了坐，给他让位，并认认真真地掰手指给他算，“至少五天了。”

陈寂说：“哦。”

林招招自认为是说通了陈寂，便正大光明地准备吃雪糕，斜里却伸出一只手，毫不费力地就从她手中把可爱多拿走了。

林招招微微瞪大眼睛。

陈寂面不改色，坐得端正。林招招说：“哎，陈寂，你不会打算把它扔了吧？我发誓，这个春天我就吃这一次！”

见陈寂不为所动，她又说：“它很贵的，你不能这么腐败，你忘了之前贫穷得买不起雪糕的自己了吗？”

陈寂躲避开她的手，又看了眼手上的可爱多，说：“倒也没那么惨。”

草莓味的可爱多果酱是红色的，搭配雪白的冰淇淋，已经化了一些，在边缘处摇摇欲坠，看上去很让人有食欲。

像是被蛊惑了那般，把可爱多凑到嘴边，他舔了一口。

林招招的脸一热。陈寂也愣了愣，知道林招招喜欢他后，他总是刻意地拿捏着分寸，唯恐生出让人误会的事端来。可刚刚的气氛太好太自然，他与林招招刻在骨子里的熟稔就像条件反射，根本不受他的控制。

陈寂抬起头，林招招连忙又往旁边坐了坐，还红着脸摆手道："我没误会！"

没误会脸那么红？

陈寂移开目光，装作若无其事地看公交车有没有来。

他也不知道怎么把可爱多吃完的，没找到垃圾桶扔，包装纸拿在手上，都浸了汗。

等上了车坐定后，林招招才反应过来，说："我以为你会先回家。"

"开了个会。"

"什么会？"

"排名。"

林招招觉得自己再问下去就会像过年时候的七大姑八大姨，一个劲地问人家孩子成绩怎么样，很招人烦。于是，她点了点头，沉默了。

倒是陈寂没沉住气，说："我第二。"

不等林招招惊叹，他又继续说："还是被骂了。"

林招招瞪大眼睛："为什么？！"

"还不是最好。"

"郑指导也太严厉了点。"林招招嘟囔道，"该夸的还是要夸的。他夸你了没？"

"……没。"

"那我替他夸你好了。绝对不带任何滤镜。"

"夸吧。"陈寂压了压帽檐，躲避掉正在上车寻找座位的乘客的目光，他示意她，"夸多一点。"

他这么一说，林招招反而不知道说什么了。

等了一会儿没等到夸奖，陈寂挑眉看向她，林招招平白无故地红了脸。紧接着，她垮下脸，说："不好意思啊，陈寂。我看你的时候自带滤镜。"

女孩说这话的时候，隔着车窗玻璃，黄昏的光影斜斜地打在她的身上，越到尾声就燃烧得越灿烂的夕阳亮得晃眼，又在微风中减弱。她懊恼、纠结、害羞，浑然不知自己在说撩人的情话，在这汹涌的人群中显得可爱极了。

手心里的包装纸似乎在发烫，顺着掌纹、血管撞击心脏。

怦怦在跳。

02

最后一丝余晖终于随着路灯次第亮起而沉入了黑暗中，车灯闪烁，斑驳的光在马路上交互，车辆长长的排成一队。

"堵车了。"林招招说，她连打了两个哈欠，"不知道要堵到什么时候。”

“下车走路？”陈寂提议道。

“我不要！”

“……”

林招招完全没意识到自己撒了个娇，心想着就算堵死在路上也休想让她再走一步。见她莫名其妙地坚持着，陈寂也没再说什么。

公交车上大多是刚刚结束了一天工作的上班族，个个昏昏欲睡，在昏暗的灯光中随着车身动荡颠簸。

林招招的手指在手机页面上滑动，从这个APP跳到另一个APP，最后打开了医学院的群。常年禁言的群里，老师发了个文件，文件名为《有关2016年无国界医生项目实习计划》，并说：“请符合条件且有意向的同学到临床系教务处报名。”

林招招点开文件，前情繁杂冗长且有用，在时走时停的公交车上看起来有点费力，她干脆滑到了最后看报名条件。①

“在看什么？”陈寂忽地开口问。

“有关2016年无国界医生项目实习计划。”

“具体是指？”

“我们学校的一个项目，对接的是无国界医生组织，为期一到两个月，主要是为了锻炼在校生。”

“要去非洲？”

“唔，也不一定。”林招招说，“不一定是非洲。而且条件很苛刻，我不一定符合。”

“什么条件？”

“车子太晃了，还没仔细看。”

陈寂伸手：“让我看看。”

手机便到了他的手上，他滑着页面，稳稳地将字体放大，在林招招的催促下，才慢吞吞地读给她听：“第一，不因其神圣而加入，摒弃理想主义情结。”

“嗯，我可以。”

“第二，临床系与麻醉系优先，年级前十优先，在《SCI》发过文章优先。”

“我最近在修麻醉学来着。”

“第三，修读《热带病学课程》。”

“马上安排。”

---

① 部分条件参考“无国界医生基本要求”，部分为情节发展稍作更改。

“第四……”陈寂皱了皱眉，声音冷冷的，“要求真多，不去了。”

“喂——哪有很多？快读！”

公交车缓慢地往前挪动，十分钟好歹走了百十米，离三月街遥遥，有的是时间给陈寂读这些条件。陈寂不情不愿地继续读下去：“第四，有良好的团队精神及抗压能力，有基本的防身技能及适应能力，有吃苦耐劳的精神，能说一口流利的英语或法语。”

“没了？”

“没了。”

林招招若有所思：“我好像全都符合哎。”

陈寂把手机塞给她，无意中瞥到她的屏保，是她的偶像，穿一身白衬衫黑长裤，对着镜头笑得很甜。他收回目光，问：“你要去？”

“我是挺想去的，而且暑假也没什么安排。”林招招边说边打开跟时映的对话框，“我问问时映。”

“要吃苦耐劳。”

“嗯，我可以啊。”

陈寂没说话。林招招敲字的手顿了顿，她抬起头对上陈寂淡淡的目光，赧然道：“虽然我是没受过什么苦，但是该受的话我也可以的！”

“一个月都洗不上一次澡？”

“啊？”

“天气恶劣？”

“呃……”

“可能还会有危险。可能会去战场，也可能是去任何环境恶劣的地方。”陈寂平淡地叙述着她可能会遭遇的事情，仿佛她报了名就会成功，他未雨绸缪地给她打退堂鼓，“你那么爱干净，连太阳都晒不得，得……”

得多苦啊。

最后一句话他没说出口就被林招招打断了。她靠在车窗玻璃上，窗外的车灯交错，映着她的侧脸，是出奇的温柔和宁静。

“可是陈寂，总得有人去做啊，这个世界上就是有那么多人在经历这些。你就当我是圣母心在泛滥吧。而且——”她笑了笑，说，“我学的是法医，麻醉也是今年才开始辅修的，能不能申请通过还不知道。就算通过了，也不会让我在救援一线。”

“那就不要去。”

“试试又不要钱。”林招招看着时映发来的消息，说，“而且我会的也挺多的，我会包扎、会打针、会配药。哇，陈寂，这么一看我好厉害啊。”

陈寂敷衍道：“嗯，好厉害。”

公交车走一段停一段，而后像挤牙膏般终于顺畅了起来，叮叮当当地驶向三月街，在阳明小学的门口停了下来。

临近三月河，风吹得愈发凉了，林招招裹紧了大衣，跺了跺脚跟着陈寂。陈寂的影子一会儿长一会儿短，到她眼前时她就踩一踩，不在她眼前时她就等会儿再踩。她踩得正欢的时候，一头撞上了陈寂的背。

“疼。”林招招摸了摸鼻子，埋怨道，“陈寂，你的背好硬啊。”

陈寂沉默了一下，转过身催促道：“走快点。”

林招招嘟囔：“走那么快干什么？”她终于厌倦了无聊的踩影子游戏，小跑着追上他，“刚刚时映跟我说了，之前他们那组也有个法医系的去过，听说还就艾热登的病理研究跟宋行水讨论过呢。”

“宋行水，你知道吗？就是时映以前喜欢的那个人，他可厉害了，他主持研发了艾热登病毒疫苗，是我们学校的荣誉校友。如果我也能分到他那组就好了。”

陈寂说：“话太多了。”

“那我不说了！”林招招很有脾气地说。

倒也真的安静了下来。这个季节正是旺季，晚上的三月街热热闹闹的，悬空的红灯笼随风摇摆。陈寂对这里太熟了，挑着无人的小巷东转西转，等林招招反应过来的时候，他们已经到了一条无人的窄巷。

陈寂停下脚步。

林招招仰着头看他，路灯映进她的瞳孔中，一派纯真，是无条件的信任：“怎么不走了？前面没路了吗？”

“不是。”陈寂动了动脚步，说，“招招。”

“嗯？”

“为了备战八月的比赛，所以科威特公开赛和卡塔尔公开赛我都不会参加。”

“八月比赛的名额定了吗？”

“快了。”陈寂不满她的偏题，又强行将话题扯了回来，“所以我会在临溪待将近两个月。”

“那也会很忙吧？”

“嗯，但是每天可以抽出一个小时教你简单的防身技能。”

“哦，那很……什么？”林招招霍然抬头，眼睛瞪圆以表达自己的惊讶，又有点委委屈屈地问，“你不是不想让我去吗？”

陈寂问：“我不想让你去，你就不去了？”

林招招说：“那不会。”

“嗯。”

陈寂也没抱什么林招招会因为他而不去的念想，他转身继续往前走去。

窄巷很快就到了头，三月河上映着明晃晃的月色，过了一座桥，就是平遥巷了。他边下桥边增加着筹码："每课时两百。"

"哇！"林招招也跟着下了桥，忙里偷闲欣赏了会儿月色又去夸他，"陈寂，你人真好。"

陈寂皱了皱眉，道："收少了？"

"一课时多长时间？"

"我的时间不多，要准备高考、要训练，每天一小时。"

"是哦，马上要高考了。"

"……"好像有种不太好的预感。

"课时费我就收你三百吧！"林招招很有义气，她负手在后，在陈寂开锁进家门前堵在了他的面前，对着他笑，一如既往地笑得很甜，又伸出手道，"找我一百。"

陈寂无语了："……"大意了。

"哈哈哈哈！"林招招笑弯了腰，拍了他一下，说，"跟你开玩笑啦。我先回家了！"她说着就径直朝对面走去。

就在陈寂以为她会直接开门进去时，她突然顿了顿，回过头，一副像忘了什么的样子拍了拍脑袋："对了。"

"什么？"

"嗨，陈寂。"她露出洁白整齐的牙齿，小小的脸上漾起淡淡的粉红，声线温软而甜糯，"你一路累不累呀？"

——见到陈寂，首先要礼貌地打个招呼。然后寒暄些其他的，比如这一路累不累啊，吃晚饭了吗。

莫名其妙地打招呼、生硬的突如其来的关怀，让人一头雾水。陈寂却忽地笑了："没吃的话，怎么办？"

"呃……"

这人怎么不按剧本走？林招招卡壳了一下，试探地问："我做给你吃？"

陈寂走过来："好。"

林招招的厨艺一般般，不至于炸了厨房，但离色香味俱全还差得远。而陈寂又是个挑食的，等两菜一汤端上来后，她很心虚地把手机递给他："你看你喜欢哪家外卖，我点给你吃。上次那家冒菜怎么样？"

陈寂拿起筷子夹了口菜，说："你都做好了。"

林招招眼巴巴地看着他，看到他把菜放进嘴巴里，眉头皱了一下，又慢吞吞地嚼了嚼，咽了下去。她感慨道："陈寂，你人真好。"

陈寂放下筷子，擦了擦嘴，道："那还是上次那家冒菜吧。"

林招招顿时无语："……"

陈寂笑了笑，道：“开个玩笑。”

倒也没那么难吃，他品着品着品出了香味，下米饭的速度就快了点。

林招招已经吃过晚饭了，本想着趁陈寂吃饭的时候去把厨房收拾一下，结果见陈寂又添了碗米饭，顿时膨胀了，坐在他对面看他吃饭。陈寂被看得有点不好意思，头也不抬地警告她：“再看收钱。”

“陈寂。”林招招托着下巴，说，“你知道吗？你妈妈粉特别多。”

陈寂否认道：“不可能。”

林招招说：“真的！我看你的采访微博下面的转发评论好多都是‘妈妈爱你’‘崽崽好可爱’‘宝宝要多吃点呀’这样的发言。”

“胆子太大了。”陈寂很不爽。顿了顿，他看向她，“你是不是也有这个倾向？”

“我没有！”林招招比三指起誓状，“我是你的技术粉。”

“匈牙利公开赛男单半决赛，我用的什么打法？”

林招招一脸问号。

超纲了，她不会。

陈寂也料到她回答不出来，便打开电视，把这场比赛调了出来，说：“你看比赛。”他扫了一眼桌上的残羹，“我刷碗。”

林招招夸他：“很自觉嘛。”

好像莫名其妙被夸了。陈寂很不屑地进了厨房，又忍不住扬了扬嘴角。淅淅沥沥的水声与电视机里乒乓球的声音碰撞分离，间或听到女孩的一两声惊呼。

他仔细思考了一下，应该是他得分的时候。

夜晚被拉得更长，单调的声音反而使周围变得寂静。不知不觉中起了风，敲得窗户哐哐作响。林招招在客厅喊了句什么，他没听清。正巧最后一个盘子刷完，他朝客厅走去，边走边问：“怎么了？”

眼前忽地一黑，他的脚步顿了顿，等了两三秒才反应过来是停电了。

果然，他听见林招招说：“停电了。刚刚电路就不太稳，现在彻底停了。”她迟疑了片刻，目光在黑暗中寻找着陈寂的身影，“陈寂？你在哪儿？”

“这里。”

近在咫尺的声音，在视线盲区中放大，直直地穿过耳膜撞进她的心底。她忍不住心头狂跳起来。

林招招的眼睛适应了黑暗，模模糊糊间看到陈寂正摸索着朝她这边走来。他站得笔直，不见丝毫的慌乱，不紧不慢地问：“电路烧了吗？”

“应该是吧。”

到底是老城区了，电路不稳是常有的事，一不留神烧了也不稀奇。林招招已经习惯了，她往沙发里面缩了缩，靠着柔软的抱枕，问：“你要不要回家看看你家的烧了没？”

陈寂在她旁边坐了下来：“不看了。”

他手上似乎还有水，坐下来的时候，几丝凉意落在了她的手背上。林招招莫名地有点紧张，正想往旁边再撤一撤的时候，陈寂突然抓住了她的手。

轰——林招招脸一热，结结巴巴地问道：“怎……怎么了？”

陈寂松开她：“哦，没丢。”

林招招有些莫名其妙。

想起来了。那是很小的时候了，夏天断了电，她跟陈寂、云汀就跑出去玩，三个人坐在一起，没星星没月亮的晚上只能听云汀讲故事。云汀专挑鬼故事讲，还装模作样地跟他们讲所谓“常识”，比如：“天这么黑，别以为你身边有人，说不定他就没了呢！”

那时候陈寂已经很能装酷了，故作淡定地点着头，背地里却偷偷摸摸地抓住了她的手，一抓一晚上。

林招招松了口气。

空气突然安静了下来，陈寂出来得太匆忙，厨房的水龙头似乎没关严，嘀嗒嘀嗒作响，他作势要起来去关掉，却被林招招抓住了手臂。

陈寂一怔。林招招抿了抿唇，说：“别关了。”

陈寂便没有动。

他坐了五个小时的飞机，又去训练中心开了会，奔波了一整天的疲惫在黑暗中无所遁形。他干脆往后靠了靠闭上眼睛小憩片刻。

“舅舅在家吗？”林招招问。

“……好像在。”

“嗯。”

林招招的声音忽近忽远，他好像听到她喊了他的名字，又好像没喊，在清醒与昏睡间显得模糊。但很快，又清晰起来。

“陈寂，喜欢一个太熟太熟的人真的不太好，因为这会剥夺你对我好的权利。但是，拜托你啦，你对我有多好我都不会误会的，就算当下误会了，我也会很快清醒过来的。”

“我早就有这样的觉悟了，所以，你得继续对我好啊。”

“可能我也没那么喜欢你，如果要改的话，努努力还是能改掉的。”她的声音软软糯糯的，像粉红色的棉花糖般绵软，藏着点小小的委屈，唯恐他会发现似的，将那点委屈藏啊藏，还是没忍住露出了一点，“我会努力的，好不好？”

好不好？

林招招听到春雨在风中细润无声，听到窗户玻璃在阵阵作响，听到她的呼吸与心跳声，听到水池的水滴滴答答，却没听到陈寂应一声好。

好吧。她想，看来陈寂是不同意了。

03

群组“我嗑的CP是真的”正式改名为“学习互助小组”，由林招招修改。

云汀：我家房子塌了？

云汀：我就出了个现场忙了将近三十个小时，准备吃颗糖恢复一下体力，你给我看这个？林招招同学，立刻出现回答我的问题。

云汀：你别隐身不出声，我知道你在线！林招招，你有本事改群名，你有本事说话啊！

陈寂：我改的。

云汀：哇哦！

云汀：嗑到了。

陈寂：如果把你踢出群，这个群还会在吗？

云汀：那你为什么不找招招私聊？

陈寂：她就在我旁边。

云汀：这么多糖吗？砸死我，谢谢。

“在跟谁聊天？”林招招气喘吁吁地在跑步机上奋力奔跑，两分钟看陈寂皱了三次眉，忍不住问道，“舅舅吗？”

陈寂说：“嗯。”

“在质问为什么改群名？”

“嗯。”陈寂顿了顿，抬眼，“为什么改？回答完就别说话了。”

“呃……”林招招把速度调慢了点，说，“为了督促我们互相进步，成为更好的自己呗。”说完，跑步机再次加速，她再也无暇顾及陈寂，专心跑步去了。

陈寂把她说的话敲出来，发到群里。

云汀：进步什么？怎么互助？小招宝准备去学打乒乓球了？有点晚了吧！

陈寂言简意赅：无国界医生，要有基本的防身能力。

那头云汀沉默了很久，就在陈寂以为他不会回复了的时候，云汀气势汹汹地发了几个问号，外加生气的表情包。

云汀：你们在长河？给我等着！

陈寂一头雾水，说：“舅舅生气了。”

林招招没空说话。

汗水在小小的健身房内挥洒，窗外晨曦的微光照进来，犹如天光乍泄般透彻明亮。她给了陈寂一个眼神，示意他继续往下说。

“没了。”陈寂说，他翻了翻手边的试卷册，有点头疼。

叮——林招招关掉跑步机，汗水浸湿了发，小脸也热得通红。她随意地撩了撩发，喘着气道：“你……你跟他说了什么？”

她走下跑步机，随手捞起一瓶矿泉水，作势就要往肚子里灌。陈寂头也不抬地说：“慢慢喝。”

哦。林招招收住动作，变为了小口小口地啜，喝了好一会儿才缓过来。

她拿起手机，快速地看了遍聊天记录，喃喃道：“舅舅在生什么气？难道他不想让我去？”

“可能是。”陈寂把试卷在窗前的平台上铺开，正好是阳光能照到的角度。他跪坐在地上，手肘放在平台上，写字声沙沙，解题解得很认真。

林招招虽然在小事上不在意，但大事上从来不含糊。从动了要申请去当无国界医生的念头后，二十四个小时内，她打印了报名表，准备好了资料，并经由辅导员同意，送至麻醉系沈老师处，沈老师签字后，才送到了教务处的审核处。

等报名消息公布后，所有人都大吃一惊，觉得林招招疯了，专业不对口也敢报。也有人赞叹林招招不愧是学霸，辅修的麻醉学相关课程也能拿八十分以上。但毕竟都是理论，没有实践经验一切都是空的。

质疑和轻视、佩服和鼓励是一起来的。

林招招却按照自己的步伐，制定了学习计划和学习基本防身能力的计划，跟陈寂约了每天早上五点半，她运动，他写试卷，最后半小时学习防身技能。

当是约会，苦也能变得甜一点。

林招招觉得自己赚了。

今天的防身技能课程被来势汹汹的云汀打断，他面色不虞地站在健身房门口，说：“出来！”

林招招颤了一下，小声问陈寂：“舅舅不会打我吧？”

“他不敢。”陈寂把试卷收起来。

“那就好。”

林招招刚刚去洗了个澡，换下的衣服拎在袋子里，为了穿得舒服故意买了大一码的长袖T恤穿着松松垮垮的。有了陈寂的保证，她换上帆布鞋边往外走边跟云汀挥手：“云汀先生也太敬业了，忙到现在还不去休息！”

“少在这儿散发可爱，没用。”云汀不买账，黑着脸转身就走。

林招招碰了颗钉子，回头瞪陈寂。

陈寂表示不背锅：“没打你。”

是没打，还不如打呢！

长河乒乓球训练中心的食堂大厨厨艺精湛，连早饭也能做得色香味俱全。陈寂去窗口用托盘端了三碗粥，外加油条、饭团、包子，摆在桌上。香味直往鼻子里钻，林招招锻炼了那么久，早就饿了，忍不住咽了咽口水。

早起的运动员完成了晨间训练，吵吵嚷嚷勾肩搭背地进了食堂，一路招呼打过去：“早早早！”

“早上好！”

“陈寂居然带家属来吃早饭？！”

“这是传说中的小招宝吗？”

“大家早上好啊！”林招招对这些拉出去乒乓球界都要抖三抖的全国冠军、世界冠军早就认了个门清，笑着跟人打招呼。

“哎呀，还真的挺可爱的。”运动员们打完招呼又八卦兮兮地私下讨论去了，“我觉得为了她加训，我可以。”

“你醒醒，你是个女生！”

“哦，是吗？”

啪。云汀把筷子放下，及时刷了波存在感，把林招招的注意力从其他地方拉了回来。她立刻坐直。

陈寂慢条斯理地吃了口包子，头也不抬，俨然一副“事不关己，高高挂起”的没义气样子。

云汀问：“你告诉你爸妈了吗？”

林招招说：“没有，他们肯定会同意啦。”

“为什么会同意？”

“我从小到大的决定都是我自己做的啊。”林招招见云汀没再发火，便小心地在他眼皮底下去拿饭团，饭团有点远，她边防着云汀边去够，有点费力，“这次肯定也不例外。”

见状，陈寂的筷子动了动，饭团往她面前滚了滚。

她顺势将其拿到了手上。还是热的。

云汀瞪她，道：“你知道那里有多苦吗？我早就对学校这个乱七八糟的项目不满意了，在校生去除了添乱还能帮上忙吗？你会什么？你连在实验室都得人盯着，还想去救援一线？是你救别人还是别人救你？”

这话就说得有点重了，云汀也愣了愣，旁边的陈寂提了点小建议：“委婉点。”

说哭了不太好哄。

林招招倒也没那么容易哭，她小声反驳：“我这不是在努力地学吗？”

“你看你看！”云汀气道，“我说得那么直接她都能反驳，再委婉点她还以为我同意她去了！”

顿了顿，他开始动之以情：“太危险而且太苦了，招招。”又瞪向陈寂，“你都不说点什么？”

陈寂放下筷子，说：“随便她。”

“我看你们都想气死我！”云汀指了指他，又指了指林招招，“没事，我可以把你的报名表退回去。”

林招招一惊：“舅舅！”

云汀像是找到了办法，他点了点头，说：“对，我怎么才想到，报名表得经过教务处，我有一票否决权。”他擦了擦嘴，“等着，我现在就去。”

说完，他站起来就往外走去。林招招连忙追了上去，扯着他的袖子：“我真的很想去，你不让我去怎么知道我不可以呢？之前选法医专业的时候也有很多人说我不行，可是我可以变得很厉害啊。”

闻言，云汀的脚步一顿。

他们已经下了食堂的楼梯，正迎着从操场上荡来的春风，曦光在眼前轻晃，温和无害。他回过头，女孩的眼眶果然已经红了，小小的委屈自眼尾流露，看上去可怜极了。陈寂送了餐盘后，不紧不慢地跟在她的身后。

云汀朝他使了个眼色——你哄。

陈寂眨眨眼——凭什么？

没用！云汀收回目光，叹了口气，说：“你如果想锻炼，这世界上有的是地方让你体验人生疾苦，没必要去参加这个项目。其次，从医学院老师的角度出发，哪怕你修了麻醉学，能通过的概率也很小。我可以不阻止你，剩下的你自己掂量吧。”

云汀走后好久，林招招还在原地回不过神来。陈寂就默默地陪她站着，直到铃声响起，他才说：“别思考人生了。”

林招招看向他，眼眶红红的，更像只小兔子了。

陈寂缓缓地移开目光，又无奈地重新落在她的身上：“别看他很凶，其实很好说服。”顿了顿，又问，“饿不饿？”

林招招魂不守舍地说：“陈寂，你别说话了，你一说我就想哭，我就觉得委屈。”

陈寂果然不说话了。

林招招却自顾自地絮叨开了：“从小到大，我做的每个决定都有把握让大家都满意，可是这次我自己心里也没底。但就算这样，我还是想坚持一下……我会不会很叛逆？别人会不会觉得，林招招怎么这么不自量力？林招招就是想添乱吧？林招招怎么……怎么这么固执？明明以前不是这样的。”

林招招最好说话了，林招招最温柔贴心了，林招招脾气最好了。所以林招招不能变，林招招最好能一直维持原来的样子，很乖很甜很招人喜欢。

“可是有时候林招招也有特别特别想去做的事，就算全世界都反对也想做的事。好吧，也没那么严重，就算夸张手法，你懂的。你怎么不说话？”

陈寂看着她，好像有点哀怨。

“呃，你可以说话了。”

陈寂还是沉默了一会儿才开口，他的语气趋于冷淡，又像是在初春的朝阳里染上温度："林招招可以撒娇，可以大笑，可以散发可爱。"他的心软得一塌糊涂，却还在强装着平静，"林招招可以生气，可以发脾气，可以做任何她不想做的事情，也可以做她想做的事情。"

"陈寂……"

"耽误太长时间了。"陈寂打断她，"林招招。"

"啊？"

"你到底饿不饿？"

他不说还好，一说便立刻把她从消极的情绪里拖出来，肚子开始咕咕地叫了。她说："好饿，要饿死了，我回学校买点吃的。"

还没迈开步，手里就被塞了个东西，温温热热的。

是个饭团。

林招招一怔。

陈寂不耐烦地看了她一眼，迎着朝阳装酷："话那么多，再说两句就凉透了。"

他往前走去，走了两步没见人跟上来，便回头道："走不走？"

"来了来了。"林招招回过神来，连忙应道。

她加快了脚步，手上的袋子随着脚步甩来甩去。明明是运动了一早上，早该没了力气，她却觉得充满了力量，步伐变得愈发轻盈。

像是做了件全世界都在质疑的事情，只有陈寂还坚定地站在她这边。他不动声色，永远平静，从不怀疑，也从不动摇。

无论她是怎样的林招招，他都不会走。

她也只好奔向阳光，奔向他。

04

为了备战八月的赛事，长河乒乓球训练中心的训练计划一再调整，主力队员则分别用公开赛练手、调整状态。比如顾则挂帅科威特公开赛，周尽燃出战卡塔尔公开赛，陈寂则开赴日本参加日本公开赛。

八月赛事的团体赛名额是四月中旬定下来的，陈寂在队内选拔赛中，在经过九场鏖战后，以八比一的成绩优势位居第一，拿下了最后一个名额。

"陈寂，你猜我在训练馆遇到谁了？"周尽燃倚在酒店的阳台上，边欣赏多哈的夜色边噼里啪啦地打字，"路易那小子也报了单打！"

之前的事情在外网发酵到一定程度后，却又随着时间的流逝淡出球迷的视野。尽管大多数人都抱着"该相信你的人一定会相信，不信你的人再怎么解释也没用"的心态，但陈寂的粉丝还是不遗余力地做澄清视频，并坚持认为路易该道歉。

周尽燃：他的教练都道歉了，他居然还不道歉，而且还没被禁赛，我真的好奇他到底有什么背景。

陈寂：你能遇到他？

周尽燃：没抽到，看他能不能进半决赛。我已经迫不及待地想打他个11：0，让其他人尽早掐灭在竞技体育比赛中找礼仪这种念头。

陈寂：礼仪可以有，但不能手软。

周尽燃：跟值得尊敬的对手讲礼仪。你现在说教的样子好像许指导啊，你忙什么呢？

陈寂：准备睡觉。

哦，忘了时差这个问题了。周尽燃算了一下，国内时间大概已经将近一点了，陈寂没睡他管不着，但为什么时映刚刚还在跟他聊天？

周尽燃：时映最近要考医师证，在跟招招一起学习打卡什么的，你管管你家学霸小招宝吧！学到一点真的很过分了！

陈寂：你怎么不管时映？

周尽燃：呃，我会管的！

陈寂：哦，不是我家的，管不了。

周尽燃：你也喜欢她不就是你家的了吗？

玩笑的语气，还发了个“别拉黑我”的表情。陈寂面无表情地关掉跟他的对话框，手指在屏幕上滑动。他的通讯录里人不多，所以很精准地就找到了林招招。

最后的对话停留在早上，林招招来长河，问他要不要带早饭。

被拒绝后，她气呼呼地在他面前喝完了一杯豆浆，吃完了两根油条和包子，并吐槽他：“饿死你。”

他冷哼，道：“天将降大任于斯人也，必先……”

“别说了，快写吧。”林招招打断他。

陈寂有时候怀疑林招招说喜欢他是不是在逗他，有她这样喜欢人的吗？这么想着，陈寂点开她的对话框，意外地发现上面显示的是“对方正在输入中……”。

在输入什么？

等了五分钟，他都快要睡着了，林招招要说的话还没发出来。

陈寂：在输入什么？

林招招：！！！

陈寂：？

林招招故作镇定：哦，就是想问你，云汀舅舅在家吗？

陈寂：我在长河。

林招招：嗯，好的，谢谢。

陈寂：?

林招招回了个可爱的表情包，然后把手机一丢，在床上滚了一圈，滚烫的脸埋进被子里。啊，太丢人了。

居然被抓包了。

这是她很久之前就有的习惯，把想说的话在对话框里打出来再删掉，宣泄完就结束，以前从没被陈寂发现过，也从没失手发出去过。不承想现在居然被抓包了。

算了，林招招想，好在她在陈寂面前也没什么形象可言，独自懊恼了一会儿也就过去了。她趴在床上，将热带病学课程的专业书在枕头上打开。要背的东西太多，她用了思维导图整理了知识点，便于理解和记忆。

有关无国界医生项目实习计划的最终通过名单是上周公布的，郑重地贴在学院的公告栏里，公告栏前挤满了围观的吃瓜群众。林招招发誓，当年等高考成绩的时候她都没有这么紧张。

那时，她边往里面挤边在群里说话：查成绩那天我还睡到中午十二点呢。

云汀许是在忙，没回。等她挤进去踮着脚在眼镜的帮助下找到了自己的名字后，陈寂回了她。

陈寂：晚上蹦迪到两三点。

言下之意是，不睡到中午十二点才怪。

林招招的脸热了热。

她查成绩的前两天，正好赶上中国乒乓球公开赛结束，陈寂从北京飞回来，风尘仆仆地拎着行李箱回三月街。六月底的三月街正是燥热的时候，店铺懒洋洋地开着门，就连猫儿也不愿意营业，敞着肚皮躺在几案上睡得正熟。

水流声潺潺，石子不断被投进其中，发出轻微的碰撞声。

陈寂上桥的脚步顿了顿，往桥下望了一眼，果然看到三月街最闲的高中毕业生林招招正百无聊赖地扔着石子，他喊她："招招。"

林招招眼前一亮，喊道："陈寂！"

她仰起头，阳光穿过细密的树叶零碎地打在她的侧脸上，衬得眼神愈发明亮："你回来啦？"

"嗯。"陈寂折回去，顺着台阶下到岸边，"在干什么？"

"思考人生。"

"思考出什么了？"

"人生就是这样。你想得到什么，就要失去什么。"

"你得到什么，又失去什么了？"陈寂出奇地有耐心。他将行李箱放在一旁，坐在林招招旁边，两条大长腿悬空晃啊晃，时而碰到水面，荡起微波。没听到林招招的回应，他疑惑地看向她，"嗯？林招招？"

扑通——林招招一边继续扔石子，一边说：“在高考的前一晚看冷神斩获了一个冠军，就要承担高考失利的风险。”

陈寂默了默，说：“罪名太大，我不背。”

“得有人来背。”

“不该是无辜的陈寂。”

“那难道应该是更无辜的林招招吗？”

“你无辜什么？”陈寂瞥了她一眼，“试卷不是你写的？”

“是我没错啦。”林招招说，“可是我哪知道这次数学会这么难，居然比我还难，我太难了，陈寂。”

陈寂慢条斯理地开口：“我听说，林家的小招宝是三月街最淡定的高考生，跟平时没什么两样。”

林招招点头应道：“我人设立得还算稳吧？”

可其实呢？还是慌，还是怕考砸，还是惶惶地等着最终的结果。幸好没到放假的时间，邻居家的弟弟妹妹都还在上学，她有着大把的时间独自虚度，也就陈寂回来了能听她吐槽一二。

林招招吐槽完毕，也没指望陈寂能说什么宽慰的话，又紧接着自我治愈：“考都考完了，再想也没用，不如做点有趣的事。”

“有趣的事？”

三月河在阳光下波光粼粼，偶尔有一两艘小船划过去，碰上熟识的人就打了个招呼，夏蝉不知疲倦地在头顶的树上聒噪着。林招招的声音清晰可闻：“比如那些高中时不敢做的事，去染头发、去网吧、去蹦迪、去买好多好多漂亮的裙子，还有什么？”

陈寂说：“睡三天三夜。”

“哦，这件事考完试后我就做了。但是我睡不着。”她皱着眉说，“本来以为卸下了所有的包袱能好好地睡一觉，可是狂欢后，躺在床上才觉得茫然。”

那时候才知道，高考并不是结束，远远不是所谓的终点与解脱，往后比高考难的事多着呢，望也望不到头，却又充满五彩斑斓与希望。

陈寂站起来，道：“那走吧。”

“去哪儿？”她仰起头看他。

十八岁的陈寂换下了运动服时爱穿的衬衫，身板像小白杨般笔直挺拔，清冷寡淡的一张脸，卸下伪装后，偶尔也会露出点孩子气。比如现在，面对她的疑问，他一副“你说呢”的表情，又不耐烦地解释：“按你说的做。”

按她说的，去染头发、去网吧、去蹦迪、去买好多好多漂亮的裙子。

像是逃离现实的一场冒险。陈寂放下行李后，扣上棒球帽、戴上口罩，骑着单车带她去了理发店。

色卡一张张地翻，不敢太过分，染了个偏暗的颜色，林招招对着镜子发誓要蓄长发。陈寂敷衍地点头："都好看。"

理发师当他们是小情侣，跟陈寂开玩笑："男朋友对女朋友的问题要上心，小心人家跟你分手！"

陈寂愣了一下，目光定在林招招脸上，看得她莫名地脸热，正准备转移话题的时候，陈寂开口，说："很上心。"

"嗯？"

"所以短发长发都好看。"

哦，看样子是懒得解释，默认她是他女朋友了。林招招为占这点小便宜开心了一下，结果去网吧的时候傻了眼。她这位临时男朋友严肃地站在网吧门口，说："这次的比赛你没有去现场看。"

"嗯……"林招招也有一点惋惜，"离家太远啦。"

"没关系，现在看也可以。"陈寂边说着边推开网吧的门，冷空气扑面而来。室内倒是将"禁止吸烟"贯彻落实到底，噼里啪啦的键盘声混杂着指挥游戏的声音。

林招招看着新奇，不停地四处张望着，而后听到陈寂把两人的身份证拍在前台："开两台连着的。"

见陈寂自然熟稔地上机，林招招小声怀疑："你经常来吧？"

陈寂否认："我没有。"

信他个鬼。

林招招是摆明了不信，陈寂也没解释。他指挥林招招打开网页，输入网址，找到了他的总决赛视频，说："看吧。"

林招招在评论区打了一串省略号。

陈寂挑眉。

林招招压低声音道："我是来网吧打游戏的！谁要看你的比赛，看比赛在家看不好吗？为什么要来这里看？"

陈寂问："打什么游戏？"

林招招说："你最擅长的吧。"

陈寂沉默了一下，说："那来吧。"竟然出乎意料地顺从她。

林招招意外地看了他一眼，又开心地申请了网游《山河》的账号，挑了个角色，在与陈寂的角色会合的路上被小怪砍死了五次后，她沉默了。

陈寂无聊地砍着小怪，问："到了没？"

"没有。"林招招很没底气地质问他，"凭什么是我去找你，不是你来找我？我是新手啊！"

游戏名词学得还挺快的。

陈寂笑了笑，声音闷在口罩里："我60级的大号去新手村欺负人吗？"

“你可以来接我啊。”

“自己出来。”陈寂摘掉耳机，指挥她去领新手任务。

新手任务乏善可陈，不是给这家送信，就是给那家看家，甚至——林招招看着新的任务卡：“为什么他家小孩哭也要我去哄？你也哄过吗？”

冷神没有，冷神不可能哄，冷神直接杀出了新手村。但碍于这样说她肯定又会有意见，于是陈寂答道：“嗯，哄过。”

哦，那心理平衡了。林招招这才操作着角色去哄了小孩，看着摇篮里熟睡的宝宝，嘀咕道：“还不如看你的比赛呢，我想看比赛。”

陈寂说：“好。”

她像个任性的小孩，他则是成熟的大哥哥，对她有求必应，迁就她所有的心血来潮。

等乒乓球比赛开始的时候，林招招偷偷看陈寂，只见他漫不经心地打着游戏，长指按在键盘上，节奏缓慢而有规律，只露了一双眼睛，沉默而冷静。

在赛场上发光发热的少年，褪去了光环，将她特殊化，放肆地陪她疯玩。

看完整场比赛后，天已经黑透了，陈寂正在下副本，时不时出声指挥搭档，余光瞥见她在看他打游戏，问：“看完了？”

林招招说：“嗯，饿了。”

陈寂说：“我马上好，等我一下。”

估计是游戏里有人问陈寂在跟谁说话，急着去干什么，陈寂说：“哦，我的小女朋友。”说到这里把自己也逗笑了，揶揄地看了林招招一眼，继续说，“要我陪她去买漂亮的小裙子。”

林招招拍了他一下，说：“喂，你这样说好像我很无理取闹。”

“没有。”陈寂的手指在键盘上飞快地敲着，屏幕上剑光闪耀，在BOSS身上划出一道漂亮的血花，血线清零，副本通关的字样出现在屏幕上。陈寂松开鼠标，转了转手腕，说，“买漂亮的小裙子是很好的理由。”

所以不是无理取闹。

正是下班高峰期，商场里挤满了人，他们挨家逛，买了各种风格的裙子，从大胆的吊带到可爱的洛丽塔风格，可以说是满载而归。陈寂也有了理由打消她去蹦迪这个太出格的念头：“东西太多了，蹦不起来。”

林招招说：“哦，没关系啊，放家里就好了。”

陈寂这才知道，林招招说的“蹦迪”是指在客厅里唱歌。

林家父母在家，她家的客厅是用不了了，只能征用他家的。他们从云汀的酒窖里搬出两坛桃花酿，她刚开始还慢悠悠地倒进杯子里，后来就直接捧着小酒坛喝了。

陈寂点了首慢歌，有一句没一句地唱着。林招招有点醉了，红着脸笑盈盈地看他，眼里盛满了水光。

陈寂看着觉得可爱，伸指戳了戳她的脸。

软软的。

他没忍住，又戳了一下。林招招不高兴了，拍掉他的手，瞪他道：“你为什么不唱了？快唱，我要听。”

于是，他象征性地唱了两句。

“我走过动荡日子，追过梦的放肆，穿过多少生死。”见她听得认真，他又跟着唱了下去，“却假装若无其事，穿过半个城市，只想看你样子……”

这一刻，最重要的事，是属于你最小的事。

有什么东西在心底扎了根，在迅速地破土而出，在他不知道的时候渐渐枝繁叶茂。

突然，他听到林招招小声喊他的名字：“陈寂。”

“嗯？”他侧过脸应道。

“陈寂……”林招招抱着酒坛，小脸喝得红彤彤的，像是染了胭脂般，眼睛烧得明亮，像星星一般闪烁着。她张了张口，想说的话临到嘴边，可能又有点委屈，忍不住扁了扁嘴角，“陈寂，我……”

“什么？”

“你！”她大喊，眼泪猝不及防地跌落出眼眶，她抽噎着，“你怎么唱得那么好听啊！为什么啊！”

陈寂愣了愣，旋即笑了，伸手去擦她的眼泪：“好听哭了吗？”

林招招边哭边点头。

陈寂说：“那你今晚可有的哭了。”他唱起歌来时，嗓音低低，自带深情与浪漫。

“世界纷纷扰扰喧喧闹闹什么是真实，为你跌跌撞撞傻傻笑笑买一杯果汁，就算庸庸碌碌匆匆忙忙活过一辈子，也要分分秒秒年年日日全心守护你……”

最小的事。

后来陈寂再想起那晚，才恍然察觉，林招招当时小声地喊他，其实是想跟他说她喜欢他吧？借着酒劲鼓足了勇气，却又临阵逃脱，没敢说出来。

而林招招印象最深的，则是那晚陈寂唱了很久的歌，唱得嗓子哑了，才抱起醉醺醺的她去卧室，为她盖上柔软的被子。林招招想，有时候陈寂看起来很凶很冷酷，内心却是柔软的。她可能有火眼金睛，能看透他的本质，喜欢上他本来的样子。

她扬扬得意地藏着自己的秘密，在她心里偷偷当了他一天的小女朋友。

不亏，赚了。

嗡嗡嗡——掌心的手机在振动，把林招招从高考的那个夏日拉了回来，是陈寂发来的消息。

陈寂：过了吗？

林招招发了个“我最棒”的表情包：当然了。

云汀：哼！

林招招：舅舅忙完了呀？

云汀：你爸妈已经挨个儿给我打过电话了，问我这个项目的风险性，你看看你把他们吓成什么样子了！

林招招：我跟他们说的时候，他们可是一副随便你的样子！

云汀：难道打你一顿不让你去吗？

也是。

林招招从人群中挤出来，有人在喊她，寒暄着“学姐你好厉害啊，居然真的过了”“学姐你要保护好自己”“招招你真的要去啊，还不如去法医科实习，这又不是你的专业，找罪受干什么”……

林招招一一打了招呼，终于在转进通往法医系的路上得以喘息。她想，她其实一直很乖，也是因为父母从不干涉她做的任何决定，但不是漠不关心，而是在她不知道的地方默默地关心着她。

就像高考查成绩的那天，任由她睡到中午十二点，等她起来后，眼前是热了又热的饭菜：“先吃完饭再说。”

林招招吃了饭，跑回卧室，跪坐在地毯上，手指按上数字，一个一个数字拨号。

输入烂熟于心的身份证号、准考证号，等着最后的通告。

那头冰冷的女声机械地报着她的成绩。她边听边在心里计算着总分，算到一半才想到一会儿会报出总分。

在听到成绩的那一瞬间，有人敲响了她的门。

林招招听到自己说了句“请进”，于是陈寂便推门进来了。满室的阳光，充斥着浓郁热烈的夏日气息。她抬起头看他，喃喃道：“我有个好消息和坏消息，你想先听哪个？”

“坏消息吧。”

“我好了，我不是你的限定小女朋友了。”

“好消息呢？”

“超一本线一百多分。”

“这两个不都是好消息吗？”陈寂一边说，一边蹲在她面前，自然地顺了顺她乱糟糟的短发，“你好啊，林医生。”

她摇了摇头，道：“不对。”

“嗯？”陈寂笑了笑，点点头，顺着她的话说，“是不对，应该是——”

你好啊，林警官。

05

比起林招招的高考，陈寂的高考就有波澜得多了。

毕竟是外甥初次高考，云汀特意请了两天假，考试前一天，他紧张兮兮地问林招招："他确定都会吗？"

林招招沉默了一下，说："我不确定。"

按理说，应该没问题。陈寂从世乒赛回来后，按照她制订的学习计划，考了一模、二模、三模，除了理科差了点，要背的差了点，总体成绩还是不错的。

云汀一脸无语地说："理科差了点，要背的差了点，还有什么？"

林招招说："英语。"

她安慰云汀："陈寂是世界冠军和全国冠军，会有加分的。如果他考体育大学，应该是稳进的。他要报什么来着？"

"你没问过？"

"我怕给他压力，就没问。"

"临溪大学。"

"啊？"

"陈寂要报临溪大学。"

真是"人有多大胆，地有多大产"。作为土生土长的临溪人，林招招不用翻百科也能把临溪大学的历史背下来——"211""985"，世界一流大学建设高校，划重点，A类。

林招招喃喃道："他疯了吧？"

从早上陈寂去考场考试，社交平台上关于"陈寂 高考"的热度便不断上升，到最后一场考试结束，依然稳定在前三。林招招不无惆怅地托着下巴，边刷微博边说："陈寂说必须要考上，我作为老师心里很没底啊。"

云汀毫无原则地相信陈寂："他说能考上就肯定能。"

林招招羡慕地看了他一眼，人到中年还能保持天真很不容易。她人那么好，就不打击他了。随手保存了一张今早陈寂进考场的照片后，她放下手机，问："我们要去接他吗？现场肯定有很多人吧？"

现场确实有很多球迷，自发地却有秩序地在考场外拉起横幅——"恭喜冷神高考结束，毕业快乐，前程似锦"。

林招招和云汀看到网上发的一线消息，沉默了一会儿后决定让陈寂自己回家。

云汀说："他已经长大了，应该学会自己回家了。"

林招招说："就算他没长大，有那么多人看着他也不会丢的。嗯，我们小陈寂一定可以准时到家。"

云汀说："男人不可以说小。"

林招招说：“你，黄色颜料，继续倒。”

不能去接人的两人紧张地看了陈寂的一场比赛后，终于听到了敲门声。林招招和云汀对视了一眼：“陈寂？”

云汀说：“应该不是，他带钥匙了。”

林招招问：“那是谁？”

云汀说：“你去开门不就知道了？招招小可爱？”

林招招……忍了。

她起身朝外面走去，越过院子里大片绽放的无名的黄色花儿，走到门口，一边问一边打开了门：“谁啊？”

门开了，夏日的风吹进来，陈寂站在门口。

比照片上要好看点。林招招想，虽然照片加了滤镜、调了光，但还是不如本人。眼前的人，有着照片无法表达的生动、沉静与惊艳。

他笔直挺拔地站在她面前，目光一寸寸地上移，对上波澜不惊的双眼，淡淡开口：“考完了。”

林招招说：“恭喜。没带钥匙？”

陈寂说：“带了。”

林招招微微瞪大眼睛：“带了你还敲门？”

陈寂反问：“从三月街到我考试的十三中，要坐几路车？”

“十四路。”

“今天停运了吗？”

“没有啊。”

“那为什么不去接我？”

哦，原来在这儿等着她呢。直球打得让人猝不及防，林招招被噎了一下，等反应过来的时候，陈寂已经绕过她往院里走去。

林招招连忙跟上，开启喋喋不休的模式：“你看啊，陈寂，有那么多人接你，我和舅舅去就直接被淹没在人流中了呀。”

“嗯。”

“而且我跟你本来就传绯闻，我过去接你去给CP粉发糖吗？”

陈寂没说话。

“呃……”倒是林招招想到了什么，说，“当然了，人家嗑个CP也不容易，偶尔吃个糖也不犯法，但是我这不是怕再锤一下，你就要加训吗？”

临到门前，陈寂突然顿住脚步。

林招招问：“怎么了？”

他回头道：“招招。”

“嗯？”

“就没去接我这件事，你要编多少理由？要不要等你编完了我再进去听舅舅编？”

“……”这个人，什么时候这么伶牙俐齿了？

林招招被他说得哑口无言，撒娇就撒不出来了，故作气势汹汹地瞪了他一眼，说：“我编完了，你进去听你舅舅编吧！”

陈寂却笑了。

他本就极有少年气，又完成了件人生大事，这一笑，尽是挡也挡不住的意气风发。他按下门把手，说：“好，我去听听。”

他推开门，云汀的嘘寒问暖一秒到达。等到陈寂问为什么没去接他时，云汀胡扯起来比林招招厉害。林招招怎么在陈寂身后向他使眼色他都熟视无睹，末了还问她：“我们差点在学校门口被挤死，是吧？”

“啊？”林招招冷不丁被点名，“是吧……”

是个头。

去过考场附近是真的，只不过是在十三中对面的奶茶店里坐了半小时。云汀边喝边感慨陈寂人气真不低，这一眼看过去，全是外甥媳妇。看了半个小时的外甥媳妇，他们便打了个车回家专心等陈寂了。

家庭内部矛盾，林招招选择不参与，她打了个哈哈，说：“你考完了就好。你要不要我陪你去染发、去网吧、去蹦迪？”

陈寂说：“我二十岁了。”

言下之意，这些看似出格的事早就做过了。

林招招说：“那我先回家了。”

“等下。”

“怎么啦？”

“你高考结束后，我陪你做了很多事情。”

“是啊。”

像是觉得不要求林招招做点什么就亏了，陈寂思考了一会儿，思考到云汀眼神放光，一副“嗑到了”的样子时，他才说：“陪我去网吧。”

才三年，当年的小网吧已经完全变了样，改造成两层楼，分大厅和包厢，宽敞明亮。林招招率先把身份证给前台，轻车熟路地登记，要了个二楼包厢。陈寂凉凉地看了她一眼：“你常来？”

“我没有。”林招招否认。

她推了陈寂一把：“快走，别被人认出来了。”

林招招确实不常来，但也不是三年前的小白了。电脑开机后，她随便找了个小游戏玩。水果消消乐，点一下少一堆。玩到一半，无意中瞥了眼陈寂的屏幕，她大惊：“不是吧你？来网吧看比赛？”

陈寂在看乒乓球比赛。

准确地说，是在复盘世乒赛时他自己的比赛。

陈寂目不斜视："嗯，准备高考耽误了很多事情，要重新温习一遍。"顿了顿，他看了她一眼，"你以为我要打游戏？"

"对啊。"

"哼。"

"我知道我知道，你现在已经不是当初可爱又稚嫩的陈寂了，你是钮钴禄·陈寂！"

"什么乱七八糟的。"陈寂自顾自地敲键盘，按下回车，关于世乒赛单打的评论一一在网页上出现，他抿嘴，手指滑动鼠标，看得认真又专注。

"陈寂。"林招招小声喊他。

"嗯？"

"我有个好消息和坏消息，你想听哪个？"

"好消息吧。"

"你以后不用再补课了，恭喜你毕业了。"

"坏消息呢？"

"你现在认真的样子太好看了，我打算这会儿再多喜欢你一点点。"

说完，林招招小心翼翼地偷眼看陈寂，陈寂还在认真地看着评论，似乎没有听清她说什么。她却又松了口气，装作什么都没有发生般戴上耳机继续玩连连看，以至于错过了陈寂的小声反问——

"这两个不都是好消息吗？"

关于无国界医生的实习项目审核通过后，林招招便更忙了——院系之间将审核通过的学生们聚在一起，有单独的课程要上。跟他们对好时间后，便将课程表发下来，恨不得占用他们所有空闲的时间。

而过了审核的十五人最不缺的就是一腔热血，下了最后一节课后相约去吃烧烤，举着杯子说要为医学事业献身。

林招招作为唯一的法医生，为医学事业献不着身，默念了两句"为生者权，为死者言"才干了这杯酒。十五个人闹腾着吃完烧烤又要去唱歌，部分人明早有课就先走了，林招招也借口有事没去。

她从烧烤店走出来。已近六月中旬了，晚风变得暖和，把酒气吹散，吹得人很舒服。这里就在三月街的街尾，她慢吞吞地往家走，借着路灯的微弱光芒读赵闻溪的信。

"……机缘巧合，遇到了无国界组织，有过短暂的交流。我这样说是不是太严肃了？我跟你说啊，虽然这里很苦，他们也很苦，但是他们眼里有光，我不知道该怎么形容那种光，就像破晓时分的第一束光，打破黑暗，一点点亮起来，大概就是这样的光。

"还是挺想你的。你跟陈寂怎么样了？如果他不答应你，不如考虑考虑我吧，我永远都不会拒绝你。”

赵闻溪第一次聊起这些，大胆、直白且赤诚。林招招笑了笑，翻了页——

“（划掉）还是不聊这些了，搞得我很惨。”

接下来的都是些琐事了，事无巨细，却又显得温情无比。她一边读信一边漫无目的地在三月街晃荡，路过清吧的时候，老板在里面喊：“小招宝，谁给你写的情书啊？都什么年纪了怎么还写情书？这么纯情吗？”

“没有啦！”林招招笑着反驳他。

她在起哄声中红了脸，把信纸折好塞进信封里，跟他们隔着窗户说笑了一阵才跑开了，下桥时，不慎撞上了要上桥的人。

林招招揉了揉鼻子，埋怨道：“陈寂，你的胸口比背还硬。”

“以你的身高。”陈寂退开了点，打量着她，“撞到的是我的腹肌。”

他往后看了看：“刚刚跟谁说话？”

“你不提身高会死吗？！我还会再长的！”林招招大怒，连他的问题也不回答，“噔噔噔”地就下了桥。

余光瞥见陈寂跟上来，她纳闷道：“你刚刚要去干什么？”

陈寂说：“买醋。”

林招招惊讶地问：“你要做菜？”

陈寂对她的惊讶熟视无睹：“是舅舅。”

“哦，我就说嘛。”

“说什么？”

“没什么啦，那你去吧，我先回家了。”她对他摆摆手，手上的信封也跟着摆动，在昏暗的路灯下很是显眼。

陈寂问：“情书？”

林招招缩回手：“不是！”

“我刚刚都听见了。”陈寂面无表情地说，“这个年代还有人写信？”

“好吧。”林招招屈服了，“是赵闻溪寄来的。他那边信号不好，打电话总是断断续续的，所以就写信给我了。”

陈寂愣了愣，说：“哦。”

“你看看你这个人！”林招招忍不住凶他，“刚刚一副我不说就不放我走的样子，现在我说了你又‘哦’，这要是跟女朋友，你就要被拉黑了。”

说着说着才发现有歧义，求而不得的是她，她居然还在这里质问他。

尴尬了。

林招招低头看着地，刚刚的醉意好像又一瞬间回来了，她委屈道：“那我先回家了。”

“写了什么？”陈寂突然问。

“就一些日常啊，说他的工作什么的，所以真不是什么情书了，像……”

她顿了一下，“家书”这两个字怎么也没说出来，干脆自暴自弃，“你觉得赵闻溪怎么样？”

她抬起头看他。

她穿着她最喜欢的小裙子，黄格子百褶裙搭着白色衬衫，像从少女漫中走出来的天真的小姑娘，征求着好朋友的意见，苦恼着要不要答应那个追她的男孩子。

陈寂听到自己说：“不了解。”

林招招说：“哦。”

其实还是变了吧，林招招根本做不到在他知道她的心意后，还能在他面前藏得住心思，于是心中的酸楚便怎么也抑制不住，像刺般竖起来。

她沉默了一会儿，说：“我回家了。”

说完，她转身走进平遥巷，长长的路像是走不到尽头。

在她看不见的地方，陈寂默默地注视着她，直到她推开门进了家，他才慢吞吞地收回了目光。

他想，醋不用买了。

他现在就是一瓶陈醋。

陈寂觉得用不了两天，他就能在朋友圈看到林招招官宣恋爱的动态，于是这两天刷朋友圈的次数频繁了点。周尽燃好奇地问道：“什么时候开始喜欢刷朋友圈了？”

沉默。

“朋友圈有什么好看的，我好多朋友都去当微商了，一刷全是广告。”

沉默。

“陈寂，说说话吧，不笑可以叫冷神，不说话叫你哑巴吗？”

周尽燃本来以为自己等来的还会是沉默，结果挨了一记眼刀。他沉默了一会儿，突然八卦兮兮地问：“你有没有看过我们俩的双人超话？”

陈寂的头顶缓缓地出现一个问号：“你看了？”

周尽燃说：“偶尔逛一下。”

陈寂问：“时映知道吗？”

周尽燃说：“时映带我逛啊，她跟我说挺有意思的。”

陈寂把手机收起来，拿起乒乓球拍，淡淡地开口：“你应该庆幸，我们现在不是在手机上聊天。”

“为什么？”

“不然你就在黑名单里了。”陈寂弯下腰，乒乓球被抛起，打向对面。

训练馆里大大小小的场地，到处都是训练的人，乒乒乓乓的声响此起彼伏。周尽燃和陈寂练了快一上午了，打得很不走心。

等休息的时候，周尽燃还是忍不住问：“所以你刷朋友圈是在等什么？”

陈寂擦了擦汗，说：“招招问我赵闻溪怎么样。”

周尽燃问：“什么怎么样？”

顿了顿，他恍然：“哦，当男朋友吗？”

陈寂说：“是吧。”

“你怎么回答的？”

“不了解。”

“所以你对招招其实……是有点喜欢的吧？”周尽燃试探地问，“不是这么多年的朋友的占有欲，是男人对女人的喜欢，对吗？”

对吗？

陈寂也不知道。这种感觉对他来说太陌生了，在他情窦未开时就遇到了乒乓球，全身心都专注在它身上，儿女情长被队规扼杀，他想都没想过要谈恋爱。

“队规？你在乎这个？”

“你不在乎？”

“你别忘了，我追时映那年还不满二十三周岁。也可能是叛逆吧，想跟不合理的规定唱反调，来显示自己的个性。”

“嗯。”陈寂点点头，拧开运动饮料的瓶盖，缓缓地喝了一口，“我不怕，但是觉得没必要。”

没必要动心，没必要非要找个人喜欢，没必要非要谈个恋爱来彰显自己的个性。

周尽燃问：“所以在招招跟你说喜欢你之前，你都没考虑过这些事情？不过现在考虑也不晚啊，为什么不试试？”

陈寂小口小口地喝着饮料，正要开口，便听到场外郑同喊：“陈寂！”

“有！”

“过来训练！”

“是！”陈寂拿起乒乓球拍，拍了拍周尽燃的肩膀，从隔离栏上翻过去，小跑到郑同面前。

郑同上上下下地打量着他，喊道：“其他人吃饭！”然后对陈寂说，“你加训。”

陈寂站直：“是！”

陈寂是第一次参加这样的大赛，心态和状态上的调整尤其重要，所以郑同对他最上心，训练节奏跟着他的心态变换。突如其来地加训是常有的事，他也习惯了，魔鬼般的训练，将郑同的“大魔王”名头贯彻到底。

等加训结束，陈寂累得瘫倒在塑胶地上。他望着体育馆高高的屋顶，汗水顺着脸滴下来。郑同靠在乒乓球台边喝水，问：“有感情问题啊？”

陈寂条件反射地坐起来：“没有！”

“哦？”

“不敢有。”

“你还有不敢的？”郑同见他那副散漫的样子，不由得大怒，本想学许璨当个贴心长辈的念头顿时烟消云散，“你自己看看给你发几个声明了？”

陈寂说：“给训练中心添麻烦了！”

郑同冷笑：“看不出任何歉意。”

闻言，陈寂沉默了。

“有感情问题没关系，反正你现在每天都在加训。”郑同把乒乓球拍拿起来，边往外面走边说，“没有的话，加训都亏了。”

等郑同走了后，偌大的场馆只剩下了陈寂一人。他往后退了退，靠在隔离栏上，坐在数不清的乒乓球中间，边打开朋友圈边想着郑同刚刚说的话。

手指滑动，林招招有新动态。

陈寂的心沉了沉，虽然心里百般不情愿，但还是抱着是祸躲不过的心理点开了朋友圈，刷新。

林招招——“当我和世界初相见，当我曾经是少年。”

配图是她偶像刚出道那会儿的照片，青涩又可爱。

哦，在追星。

莫名地，陈寂松了口气。

过了片刻，他站起来，训练服被汗水打湿，蝴蝶骨忽隐忽现，他抹了把汗水，目光沉静而冷淡。

他觉得郑指导说得挺对的。

没有感情问题，每天加训都亏了。

06

“这节课就上到这里了，作业请同学们下节课带来，下课。”

“老师再见！”

临时课程结束，等老师走了，不大的教室里才传来窃窃私语，学生们边说话边收拾东西离开教室。林招招盖上笔盖，同桌招呼她：“招招，快点啦！”

“等下等下。”林招招把书收好抱起来，问，“一起去吃饭？”

同桌打了个哈欠：“你饿吗？”

刚刚的课堂上看了不少沾染病毒去世的人的案例，就算饿也没什么胃口。林招招摇了摇头，说：“那回宿舍吧。”

同桌拉住她的手臂：“走吧走吧。”

林招招笑道：“急什么啊！”却也跟着他踉踉跄跄地往外面走。

同桌是麻醉系的学生，叫郑杳。郑杳虽然跟她同级，但比她小两个月，一头自然卷的黑发，戴上眼镜像个小书生，又是个爱撒娇的，像个糯米团子，可爱得不行。

对于他的要求，林招招只有无条件答应这个选项。

郑杳说：“我先送你回宿舍。”

林招招说：“我先送你吧？你看起来很好骗的样子。”

“你才看起来很好骗！”郑杳一生气，头发随着脑袋摇晃，眼镜腿眼看也要挂不住了。

林招招连忙说：“好好好，先送我回宿舍。”

郑杳笑眯眯地说：“这还差不多。”

临时课程是晚课，上完已经将近晚上十点，校园里空荡荡的，偶尔有两三对情侣依依不舍地不肯分开。其他学生要么在自修室奋战整夜，要么准备睡觉了。林招招这几天睡眠不足，一路上打了不知道多少个哈欠，迷迷瞪瞪地跟着郑杳往前走。

走着走着，郑杳的脚步突然一顿。

林招招问：“到了？”

“不是。”郑杳伸手揽住她的肩膀，神神秘秘地把她往旁边的小树林带，边走边小声说，“我看到你的绯闻男友了。”

“什么绯闻男友？”林招招蒙了一下。

“那个……那个……”郑杳不怎么看乒乓球比赛，对陈寂的名字不熟，憋了好一会儿，林招招都看到陈寂了，他才想起来，“那个不爱笑的打乒乓球的！”

林招招喃喃道：“陈寂。”

郑杳狂点头：“对对对，陈寂！就是他！你怎么不说话？”

林招招沉默地看着他的身后，往旁边走了走，越过重重树影看向站在路灯下的陈寂。

许是人不多，他没有戴口罩和帽子，一张过分好看的脸在昏黄的光影下显得清晰。他穿白色长袖，黑色长裤，双手插在裤兜里，沉默地跟她对望。

瘦了。

林招招想，其实才三四天没见面，但她还是敏锐地看出了他的变化。长河乒乓球训练中心的官博上，关于运动员的日常还在更新，陈寂也时常接受采访，镜头里的他淡然自持，与现在没什么两样。

自那天模棱两可地闹了别扭后，她没有再跟陈寂联系过，准确地说，是陈寂没再跟她说过话。三人的群里，云汀还像往常般偶尔冒泡，林招招看见了就回他，陈寂则没有回过，哪怕只是一个句号。

云汀说：“太忙了吧，郑指导又在虐待我家小孩了。”

再怎么忙，回一句话能浪费多少时间？

陈寂是在躲她吧？

想到这里，林招招心底的委屈就藏不住了，像打地鼠般，按下去这边的，那边的又冒出来。她也干脆不想藏了，跟郑杳说："你先回去。"

郑杳回头看了看，问："你跟他很熟？"

林招招点头："特别熟。"

"你们的绯闻……"郑杳忍不住八卦，"难道是真的？网上说的都是真的？天哪，我都知道了什么？会被你灭口吗？"

林招招面无表情："闭嘴，赶紧走。"

"那你告诉我到底是不是真的！"郑杳拉着她的手腕不肯放她走。

林招招无奈："我倒是想。"

郑杳说："啊？"

林招招推了他一把："回头再跟你说。"

好不容易把郑杳哄走了，林招招才松了口气。她走向陈寂，一步比一步慢，磨磨蹭蹭地把委屈磨没了。到了他的面前，她到底不忍心冷着脸，挂上笑意，道："你怎么来啦？"

陈寂的眉头微微拧了一下："他是谁？"

"谁？哦，郑杳吗？我同学。"

"哦。"

"你还没回答我的问题。"林招招说。

陈寂默默地看着她，像是在找什么借口，找来找去没找到好的，干脆胡扯："饿了。"

"饿了该找地方吃饭。"

"没钱。"

他坦然地站在她的面前，理直气壮得好似她欠他一顿饭，林招招瞪他："要不是看你长得好看，我现在就找人把你轰走了。"

陈寂挑眉。

"不过谁让你长得好看呢？"林招招絮叨着，"走吧走吧。"

"去哪儿？"

"吃饭呗。"

十分钟后。

林招招和陈寂并排坐在她宿舍的床上，眼巴巴地看着桌上被平板电脑压着的两桶泡面。林招招闻着香味，馋了："可以吃了吗？"

"再等两分钟。"陈寂认真地遵守时间。林招招只好悻悻地缩回手，沉默了一会儿，陈寂侧过脸，问，"你室友呢？"

"澄子啊？约会去了。"

陈寂点点头，很快又提出新的疑问："男生可以进女生宿舍？"

"你的问题真的很多哎！"林招招吐槽他，对上他平淡无波的目光后，又莫名心虚地错开。她清了清嗓子，说，"也不算女生宿舍啦，系里人少，所以就分了一栋楼混住。"

陈寂说："哦。"

你这样会被女孩子拉黑的。

陈寂想，还好是当面聊天，不然他又要被林招招拖到黑名单里去了。

他走了一下神，旁边的小姑娘就已经"噔噔噔"地跑下床，掀开泡面的盖，深深地吸了口气："好香啊。"

是很香，香味在不大的宿舍里弥漫，让人食指大动。

林招招把小茶几拉出来放在靠阳台的地毯上，两桶泡面被陈寂放上去，掀开盖子，香味便再也藏不住了，林招招咽了咽口水："我小时候最喜欢坐火车了。"

"为什么？"陈寂掰开叉子。

"因为只有那时候，我爸才允许我吃泡面。"她挑起泡面，吹了吹，唇色水光潋滟，像樱桃般红润。她边吃边说，"有次我吃吐了。"

"嗯，我记得。"

"你就专门记我丢人的事情！"

"我没有。"好的也全记着的。

只不过这件事印象有点深。那是小学的事了，林招招一家出行，回来的时候好好的小姑娘硬是被折腾得面黄肌瘦。

"你还给我买了好多糖果。"林招招也想起来了，糖果被放在篮子里从窗口吊上来，"你很酷很酷地站在楼下仰着头，说'多吃点糖'，好像糖能治病。"

林招招忍不住笑了出来。

陈寂说："不准笑。"

林招招说："我忍一忍。"忍了一会儿，还是没忍住，干脆笑倒在地毯上，"我跟你……跟你说，陈寂，那些糖果我吃了好久好久，差点得蛀牙。"

是大白兔奶糖，包装纸舍不得扔，放在小盒子里藏着，偶尔拿出来，还能想起那年的大白兔奶糖有多甜。

太甜了。

林招招低下头吃面，眼眶里渐渐蓄满了泪水。你看啊，她和陈寂有好多好多回忆，事无巨细，她只要想，总能想起来，够她在没有他的未来里尽情回味。

喝完了最后一口汤，林招招也成功把眼泪憋了回去。她擦了擦嘴巴，故作轻松："你今天到底来找我干什么啊？"

陈寂在看夜色。

通往阳台的落地窗映出临溪医学院的夜景，时间已经很晚了，自修室的灯光却是彻夜明亮。他淡淡地移开目光，说："没事。"

"就是来蹭饭？"

"嗯。"

"你图什么啊！"林招招趴在桌子上，仰着头看他，长长的睫毛在灯光下轻颤，她生气地问，"我们不是吵架了吗？"

"什么时候吵架了？"陈寂发出疑问。

"呃……"林招招被问得卡了一下，又闷闷地开口，"就算没吵架也是不欢而散，我回去都认真想了，要不跟陈寂绝交好了。"

闻言，陈寂微微瞪大眼睛。

林招招说："开个玩笑，把你的卡姿兰大眼睛收回去。"她起身将泡面桶收起来扔到垃圾桶里，打开阳台的门通气。

晚风便吹进来了，她抱着膝盖，夜色沉进她的眼瞳中，如墨般散开。她像是想起什么般，一拍脑子，说："对了，下周周尽燃过生日，正好是你去日本的前一晚吧？你还去吗？好像是化装舞会。"

"他邀请你了？"

"是啊。"

"我去。"

"好端端地为什么骂人？"

"……"

林招招笑了起来："知道啦，知道啦，你也去。"

陈寂想，她可真爱笑，嘴巴笑成心形，甜甜的像块草莓软糖，好像不管什么样的难关都能扛过去，她就是这样坚韧美好的小姑娘。

他开口："因为想你了。"

林招招不知道在想什么，没听清他的话，仰起头看他："你说什么？"

陈寂却没有再说了。

他想，他要挑个晴天，最好有星星有月亮，最好有小夜曲，最好有玫瑰花和酒，最好有萤火虫，最好有细细的风声。当然，最好她能来。

他再告诉她。

因为想你，所以来找你了。

第三章 

我喜欢你，你得亲我

01

由于陈寂太久没在群里冒泡，云汀又打不通他的电话，大清早的就给林招招打了八个电话。好不容易接通后，他急声道：“招招，你现在在学校吗？我上午请假了，准备去长河看看，又没有封闭式训练，郑同凭什么收陈寂的手机！”

“可是他太凶了，你跟我一起去吧？”

“怎么不说话？”

聒噪的声音在耳边喋喋不休，陈寂闭了闭眼，缓了半天才想起现在是在林招招的宿舍。

昨晚吃完泡面已经很晚了，宿舍的大门已经落了锁，陈寂便在林招招这里留宿了一晚。林招招睡澄子的床，他睡林招招的床。

以前没想法的时候，她就算躺在自己身侧也没感觉。现在想法多了，女孩身上的清香残留在床铺间，充斥着他的鼻间，难免有些心猿意马。他一晚上没怎么睡，到了凌晨才迷迷糊糊地睡了过去，还没睡沉就被电话吵醒了。

手机就在耳边，便顺手接了起来。

结果……接错了。

那头云汀还在说话，陈寂觉得吵，开口打断他：“舅舅。”

云汀终于沉默下来了。陈寂松了口气，他准备挂了电话睡个回笼觉。刚翻了个身，就听到电话那头传来一句脏话。

千言万语，一个字概括。

很不文明。

陈寂皱了皱眉，床头灯突然被人拧亮，橘黄色的灯光温柔，林招招揉着眼睛坐起来，问：“谁啊？”

她换了身长袖的睡衣，严谨地扣着每颗扣子，只能看到修长白皙的脖颈。头发乱糟糟地趴在肩膀上，她往后拢了拢，露出整张小小的干净的脸来。明明没那么诱人，陈寂却觉得口干舌燥。

他舔了舔唇，说："是舅舅。"

林招招点点头："哦。"

反应过来后，她瞪大眼睛，要说的脏话在喉咙口转啊转，终究是忍住了。她问："打给我的？"

陈寂把手机递给她："还通着。"

完了。

林招招认命地接过手机，放在耳边，就听到云汀大喊："我搞到真的了！"

旁边有人让他小点声，他"哦"了一声，说："可是我太激动了！"

林招招说："你听我解释。"

云汀说："你说吧，反正说什么我都不会信的。"

"其实……"

"嗯嗯嗯！"

"你太敷衍了！"林招招气鼓鼓地瞪着陈寂。

他是和衣睡的，由于初醒，脸上还带着点茫然，唇像是浸了水光般红润，好看得惊心动魄。她连忙错开了眼光，说："懒得跟你解释了，挂了。"

云汀说："好，你们忙。"

林招招挂了电话，呆呆地看着陈寂，说："舅舅好像误会了。"

陈寂重新躺了回去，床铺柔软，他不由得闭上眼睛："嗯，反正不是一天两天了。"

说得也是。

林招招还想说什么，陈寂却打断了她："再睡会儿吧，还早。"

可不是还早吗？太阳还没升起来，露珠还在新生繁茂的枝叶上摇摇欲坠，似是要投身向广阔的大地，有晨跑的学生在操场上迎接朝阳，而更多的人还在沉睡。

也不知道怎么又睡了过去，醒来的时候陈寂已经走了。

他给她留了言：泡面很好吃。

林招招回他：老坛酸菜牛肉面，记得还。

陈寂应该在训练了，没有回她。林招招边刷牙边点开跟云汀的对话框，果然，自陈寂挂了电话，云汀的消息就没停过。过了初期激动的劲儿，又开始惶惶不安起来。

CP粉就是这样，天天想搞真的，搞到真的又害怕了。

云汀：什么时候开始的？

云汀：谁先告的白？你们藏得挺严啊！整天一副你们是铁哥们的感觉，居然早就在一起了！我就知道，你们有一腿！

云汀：为什么没人通知我！我不是你们最喜欢的舅舅了吗？

云汀：还没睡醒吗？凭什么你们还能睡着！给我愧疚！天啊，我居然搞到真的了，这是真实存在的吗？我是全世界最幸福的着急CP粉。

说到最后，连婚礼在哪里办都想好了。林招招丢了个白眼的表情包。

林招招：我看出来你是真的请假了，居然这么闲。

云汀：你还知道回我！赶紧的，给我如实交代，用糖砸死我，谢谢。

林招招漱了漱口，然后把牙刷放回去，擦了擦嘴巴，才慢条斯理地给云汀发语音："你在哪里啊？"

云汀发了个定位。

林招招点开一看，好吧，离临溪医学院还有五分钟。她问："去哪儿？"

云汀：长河见。

天终于不可避免地热了起来，林招招挑了件无袖连衣裙，外面套上白色防晒外套，随便扣了顶粉色棒球帽就出门了。

夏天到了，自然有了借口吃雪糕。

林招招买了两个可爱多，把其中一个递给在训练中心门口等她的云汀，边拆包装纸边问："能进去吗？"

云汀说："开放日，里面热闹得不得了。"

"夸张，现在才几点？"

"十点半了。"

"……"

"呃……"林招招看了眼时间，还真的已经十点半了。她起来的时候太混乱了，洗漱时都没想到要看时间。

云汀幽幽地说："居然睡到现在。"

林招招的脸瞬间爆红，她推了推云汀："云汀先生！"

云汀不为所动，他好不容易休假一天，自然睡得神清气爽，早上又吃了这样一颗惊天巨糖，心情好得不得了。他笑眼弯弯地咬了口雪糕，说："怎么了？"

都说外甥像舅，云汀这一笑更像陈寂了，严重影响了林招招的口才，等组织好语言想解释的时候，他们已经越过足球场，走到了训练场馆门口。意外的是，里面并没有队员在训练乒乓球，而是把场子清了出来，在进行一场篮球比赛。

林招招一眼就看见了陈寂。

他像是被人临时拉入场的，还穿着今早那身衣服，白色长袖卷上去，露出一半截线条分明的小臂。正赶上中场休息，陈寂边听队友说话边不耐烦地揪着衣领。

云汀吃了雪糕，含含糊糊地说："你看看，陈寂就是不喜欢笑。"

林招招说："想洗澡换衣服呢。"

云汀说："啊？"

林招招瞪他："你怎么当人舅舅的！他昨天来学校找我，太晚了出不去，我室友正好也不在，就在我那里留宿了一晚。衣服没换，他有多爱干净你也知道。"

云汀眯起眼睛："你借机跟我解释今早的电话，别以为我没发现。"

林招招说："我说的是事实，赶紧把你脑子里的黄色颜料倒一倒，想一下自己作为CP粉的原则！"见云汀嗑昏了头，俨然忘了CP还能有什么原则，她好心提醒他，"不嗑假糖。"

云汀不为所动："哦，我说真的就是真的。"

林招招顿时无语。

算了。林招招放弃了解释。

篮球场外挤了不少人看，跟往常一样，小孩子居多。像堆墙头草似的，一会儿喊"冷神加油"，一会儿喊"尽燃冲啊"，很没立场地乱站队。林招招寻了个好地方蹲下来，问旁边的人："打多久了？"

旁边的小女孩很敷衍："我也不知道呀。"

"为什么突然打篮球比赛？"

"不知道哇。"

"谁赢得多？"

"谁知道！"

"那你知道什么？"

"冷神哥哥好帅啊，呜呜呜，怎么打篮球也这么帅？"

林招招沉默了，行吧，又问出个小情敌。她悻悻地往后坐了坐，云汀刚好吃完雪糕，说："陈寂打篮球挺帅的。"

还用他说?

其实林招招没怎么见陈寂打过篮球。以前上高中的时候，每逢体育课陈寂在的话，男同学组队去打篮球时，也会有人把陈寂拽向乒乓球台，要跟他切磋。陈寂乐得有人陪他练手，一节课下来不知道换了多少对手也不知疲倦。

所以篮球是没怎么碰过。

没见过，自然就稀罕了。林招招无视掉云汀意味深长的目光，认真地看着这场篮球赛。

陈寂所在的队伍暂时落后，中场休息时，陈寂被换下场。他热得大汗淋漓，小口喝了半瓶矿泉水后，跟队友小声说了什么，便绕到裁判席后面出了赛场。

云汀问：“他去哪儿？”

林招招猜测：“回宿舍洗澡吧？”

也只能是这个选项了。像陈寂这种只要训练必须洗澡换衣服的习惯，连衣服都没换就被拽去打篮球赛肯定不爽，现在指定是寻了个借口就溜了。

林招招不无遗憾：“还想看他打篮球呢。”

云汀说：“让他回家打给你看呗。”

“云汀先生——”林招招忍无可忍，拉长声音叫他的名字，还没开口“教育”他便怔住了。

云汀问：“怎么了？”

林招招直直地望着篮球赛场，喃喃道：“陈寂回来了。”

云汀顺着她的目光看过去。

场馆里很吵。孩子们并不整齐的呐喊声，家长们的窃窃私语声，快门按下的声音，篮球在运动员手中传递、落在地上，敲打着并不符合比赛规定的塑胶地面，由女乒乓球队员出任的临时裁判小声地讨论赛制……

喧嚣中，陈寂则显得安静。

他换了身运动装，边走边用手将额前的发往后撩，露出额头，整个人气场全开。他舔了舔唇，跟周尽燃比了个OK的手势，周尽燃挥手，裁判吹哨。

比赛暂停。

围观的群众也看到了陈寂，尖叫声渐渐传来。

吴浩下了场，喊道：“陈寂，别告诉我你连篮球打得也挺好？如果是这样的话，我马上让郑指导给你介绍到篮球队去。”

陈寂随口胡扯：“我不会打。”

“你不会打为什么一副王者气质？”

“可能我们陈寂天生自带这种气质吧！”周尽燃一把勾住陈寂的肩膀，“没办法，你看看。”

陈寂动了动肩膀，把他的手抖了下来，问：“谁出的馊主意？”

顿时，全体队员指向周尽燃。

周尽燃举手：“我也是没办法了嘛！”

如林招招所想，陈寂确实是被临时拉过来打篮球的。早上他再次醒来后，林招招还没醒，女孩侧躺在床上，蜷缩成小小的一团，可爱得不得了，在他跟她说“林招招，我走了”的时候，她还小声地让他路上小心。

所以，他在路过一训练馆之前，心情都是非常好的。然而，他刚到一训练馆，就迎面撞上周尽燃，周尽燃如同见了救星：“陈寂，你来得正好。”

陈寂顿时有种不太好的预感。

他往后退了两步：“我有事。”

周尽燃说：“不，你没事。”

陈寂有些无语：“……”

虽然陈寂很想掉头就走，哪怕绕一圈也得回宿舍洗澡换个衣服，但在周尽燃十分坚定的注视下，他妥协了：“什么事？”

周尽燃想向时映求婚。

陈寂眉头微微皱了皱，默默算了算周尽燃和时映在一起的时间，问：“这么快？”

周尽燃说：“不快不行。”

并不是要立刻结婚，只是想让时映戴上他的戒指，盖章确认她是属于他的，他的心才能安定一点点。

陈寂泼冷水：“如果想分手……”

“住口！”周尽燃抓着陈寂的袖子，把他往场馆里带，“你不懂，你真的不懂，陈寂。我太喜欢她了，我当然恨不得现在就带她去民政局把证领了，但是不可能。所以只能先求求她，暂时相信我，把未来交给我，给我个接受考察的机会。”

陈寂说：“是不太理解。”

“不理解拉倒。”

周尽燃推开场馆的门，训练馆已经被改成了临时的篮球比赛场，一队二队的运动员各围了个圈在小声讨论什么，见周尽燃带着陈寂进来了，有人喊道：“冷神都来了？他跟周尽燃关系那么好，就不关我们的事了。”

陈寂往旁边站了站：“跟他不熟，同事关系。”

周尽燃笑眯眯的。

陈寂凉凉的目光扫过来，周尽燃这才解释道，下周他过生日，搞了个化装舞会，他想在化装舞会上向时映求婚。但是——重点来了：“如果请专业的公司来搞的话，肯定会被媒体知道，到时候给我在网上一披露，就没惊喜了。所以只好靠大家了。”

一队二队一起人太多，正好大家休息日闲得无聊，便提议来场篮球比赛，谁输了谁上。

于是就这样了。

林招招到的时候，他们正好打到第三场，陈寂所在的一队一比二落后。

哨响。

比赛重新开始。

篮球在无数双手中被不断传递，球鞋摩擦着地面，急促又有节奏。

周尽燃喊道：“陈寂，接球！”

陈寂打多了乒乓球，见有球飞过来几乎是条件反射地打回去，生怕落了地，也生怕没打住。冷不丁换了个大点的球，身体的条件反射让大脑短路，直直地打到眼前才在别人截掉前抱住了篮球。

他“啧”了一声，转身，跳起，抛球，进篮，一气呵成。

篮球在地上滚啊滚，临时裁判手忙脚乱地翻着规则计分。陈寂也有点惊讶，然而转过身后，架子又端起来了，他反手在脖子边晃了晃，有点得意。

没办法，你看看。

周尽燃喊道：“可以啊，陈寂！”

陈寂扬了扬嘴角。

比赛仍在继续，有人架起了手机现场直播。乒乓球运动员当众打篮球赛毕竟还是少数，难免让人耳目一新，观看人数噌噌噌地往上涨。而比赛结束后，话题也顺利地被带上了热搜。

陈寂跟吴浩并肩走下场，说：“辛苦二队了。”

吴浩冷哼：“你不出力对得起周尽燃吗？”

陈寂冷漠：“别乱扣锅。”

有运动员在后面唱：“他为你付出的青春，这么多年，换来了一句谢谢你的成全，成全了你的潇洒和冒险，成全了他的碧海蓝天……”

周尽燃跑过来问：“唱什么呢？”

陈寂说：“一个人的成全，好过三个人的纠结。”

周尽燃闻言一头问号。

他们靠在裁判席旁，跟被拉来当临时裁判的女队员掰扯分数，也有人给跑过来的粉丝签名。陈寂则拿毛巾擦了擦汗，目光自围观群众身上扫过，扫了一圈，顿住，又重新扫了回去。隔着球场，他看见了林招招。

她不知道哪来的棒棒糖，含在嘴巴里，边吃边跟旁边的云汀说话。估计是提到他了，她抬头找他，找了一圈，终于对上了他的目光。

林招招一怔，然后抬起手朝他挥了挥。陈寂下意识地朝她走去，却又被突如其来的粉丝打断了脚步：“冷神，你好帅呀！”

“明明是可爱！”

“我不管我不管，冷神给我签名！”

“跟我抱抱！”

“给我握手！”

涌过来的都是小孩子，抱大腿的抱大腿，扯胳膊的扯胳膊，生生地拽住了他。陈寂走是走不掉了，签名、弯下腰跟小孩拥抱握手，尽量让声音染上温度。

“冷神也给我签个名吧。”一只手伸到眼前，白生生的，掌心的纹路清晰，不大，但很明显是只大人的手。

陈寂垂眼打量她的掌心，慢吞吞地说：“生命线很长，可以长命百岁。”

长长的手指动了动，虚虚地握了个拳头，来人语气像是在撒娇：“冷神什么时候会看手相了？”

她说着就要把手收回去，却突然被人抓住了。

战栗自指尖传递，顺着掌纹蔓延至手臂，她的耳尖莫名地开始发烫，只有声音还维持着镇定：“怎么了？”

陈寂淡淡地开口：“不是要签名吗？”

场馆里的喧闹没有一刻是休止的，嘈杂声嗡嗡的，林招招却觉得在这样的吵闹中，她和陈寂被锁进了同一个气泡中。一切都变得虚幻、模糊，只有他的掌心是真实的。

温热、干燥、暧昧。

心跳怦怦。

像是故意在考验她，他签得很慢，一笔一画都认真地，在掌心细嫩的皮肤上划过。慢条斯理，有条不紊。

直到最后一笔落下，陈寂将她的掌心收拢，说：“好了，要珍藏。”

林招招听到自己说：“好。”

珍藏。

02

周尽燃的生日是周二，化装舞会挑在了一家会所的顶楼举办，林招招为要穿什么焦头烂额。她发消息问时映：你穿什么？

时映：杀手。

林招招默然脑补了一下周尽燃求婚时，对方是个杀手的场景，不由打了个寒战。她劝时映三思：要不别这么飒？

时映：那丧尸好了。

林招招：还是杀手吧。

时映：那你呢？

林招招站在床边，看着床上摊着的两件衣服，一件是云汀上次送的汉服，一件是洛丽塔装，纠结了一会儿，她打字：汉服吧。

时映：啧，我穿越千年的小美人儿啊。

林招招脸红，老老实实地回答：这个方便点。你怎么去？要我去接你吗？

时映沉默了一会儿才发来消息：我有男朋友。

林招招：黑名单见。

不等时映挽回她，林招招就把手机往床上一丢，飞快地换了衣服，把化妆盒摊开，开始化妆。眉是柳叶眉，唇是点绛红，像胭脂掉进水中晕开，脸颊是淡淡的粉红。

陈寂敲门的时候，林招招正在挽发髻，她抬着手，来不及招呼他：“你等下哦。”

陈寂说："嗯。"然后仔细地打量她。

她坐在化妆台前，淡绿色的对襟襦裙，腰带缠了一圈又一圈，勾勒出细窄的腰线，裙摆绣着大片大片的荷花，长长的及至脚踝。灵巧的手将长发挽起，发型可爱又俏皮。

她在化妆台上摸索着："咦？我的发簪呢？"

"这个吗？"陈寂站起身，拿起搁在化妆台上的发簪，走到她的身后，"放哪儿？"

林招招愣了愣，然后指着自己的头发，说："这里。"

陈寂弯腰，将发簪轻轻地插进她柔软的发中，离得近了，发香扑鼻。她转过身，发簪上的流苏随她的摆动而轻轻摇晃，是从骨子里透出来的温婉动人。

林招招小声说："谢谢。"

陈寂往后退了退，故作镇定地朝门口抬了抬下巴："走吗？"

"走。"林招招站起来，她提着裙摆，说，"走是要走，但是陈寂……"

"嗯？"

"你今天太好看了吧！"

作为吹冷神专业户，在坦白喜欢他之后，林招招已经很克制了，但现在还是没忍住发出赞叹，陈寂今天未免也太好看了！她歪了歪头，说："你太犯规了。"

真的太犯规了，怎么可以化吸血鬼妆呢？

他本就高，一袭黑色燕尾服将身形拉得更挺拔，袖扣是低调内敛的宝蓝色，雪白的衬衫最上面的扣子没有扣上，露出漂亮瘦削的锁骨。他装扮成了吸血鬼，姿态翩翩，獠牙闪烁，大拇指在嘴角抹开血痕，黑暗与明媚的冲击，惊人的漂亮。

"嗯，接受夸奖。"陈寂朝她伸出手，再次问她，"走吗？"

林招招挽住他的手腕，说："走吧。"

中世纪与古代的碰撞比想象中更令人震撼，林招招和陈寂自电梯走出后，便收获了来自四面八方的惊艳的注视。她俏皮可爱，他危险致命，却无比和谐。

林招招打量了一圈，小声说："二队厉害呀，把要求婚的场景藏得很干净。"

陈寂说："比一队还差了点。"

这该死的获胜欲！

时映披着件黑色西装靠在天台的护栏边吹风，果然是杀手的打扮，头发全部被利落地扎了起来，露出白净的脸，冷淡厌世的妆容。她的指间夹了支烟，烟雾四散，生人勿进。

"太酷了。"林招招松开陈寂的胳膊，"我去找时映了。"

也没非得他同意，说完林招招就已经飞快地扎入了人群中。人们在谈笑、跳舞、唱歌，喧闹浮华，她却显得澄净。

陈寂注视了片刻，又慢吞吞地把目光收了回来。

正好周尽燃走过来招呼他："怎么就你一个人？招招呢？"

陈寂抬了抬下巴："找你女朋友。"

到底是锁定女朋友，周尽燃很快就在人群中找到了林招招："啧，怪不得时映说今天的招招是穿越千年的小美人，真好看。"

好看是好看，你都有女朋友了还看那么久干什么？陈寂心里不爽，碰了碰他，把手中的礼物往前一递："生日快乐。"

周尽燃瞪他："拜托，冷神，你祝人生日快乐的时候能不能笑一下？"

陈寂笑了一下。

得，能博冷神一笑，周尽燃觉得自己已经很有面子了。

跟陈寂的性格相比，周尽燃简直是"交际花"般的存在，所以这次私密的化装舞会上，人来人往，多的是林招招不认识的人。说是不认识，也是别人单方面的不认识她。比如——林招招戳了戳时映："周副队怎么还认识江溪？"

江溪，娱乐圈流量小花之一，跟林招招的偶像有过合作。

时映扫了一眼，说："是顾则的女朋友。"顿了顿，她问，"你不知道？就在陈寂发微博说乒乓球是他女朋友的时候公开的。"

林招招讷讷："我那个时候焦头烂额……"

"也是。"时映低头抽了口烟，将烟头压在护栏上，深深吸了口气，说，"谈恋爱一点也不好。"

林招招有点莫名其妙："啊？"

"我答应周尽燃以后不抽烟了。"时映面无表情，"我觉得戒掉烟比戒掉周尽燃还难。"

"真的吗？"林招招问。

"当然——"时映扬起头，她转了转手上的手枪模型，抵上林招招的心口，她笑得迷人，轻声说，"当然是假的。如果我不愿意戒烟，没人能逼我。可是我愿意。唉。"

时映忽地收了枪，话锋一转："小招宝，有人在勾搭陈寂。"

天台很大，挂上暖白的小灯绵延至尽头，自助点心和晚餐陈列在铺上蓝白格子桌布的长方桌上，调酒师在临时搭建的吧台边调酒，应接不暇，一杯又一杯。吧台旁是个小型舞池，乐队正演奏着一首欢快的舞曲。

陈寂靠在吧台一侧，晃着杯红酒，不时地拒绝来邀请他跳舞的女孩。

时映往后靠了靠，说："意志力还挺坚定。"

林招招说："嗯……"

很是心虚。

时映挑眉：“怎么？我夸错了？那么漂亮的姑娘邀请他跳舞他都能拒绝？也太厉害了，等等——”像是忽然想到什么，她一惊，拉住林招招的胳膊，压低声音，“陈寂不会不喜欢女生吧？”

“胡说什么？”林招招无奈地摇了摇头，“他只是不会跳舞。”

时映歪头：“啊？”

林招招拍了拍她，说：“保持冷酷杀手的人设。别惊讶。”

像是察觉到了两人的目光，陈寂侧过脸朝她这边望来。

目光隔着人群交汇。

陈寂无声开口：“过来。”

太犯规了。林招招边往陈寂那边走，边在心里重复这句话。如果陈寂今天不是吸血鬼，凭她多年的自制力，也不必像现在这样他一招手，她就像受了蛊惑般不受控制地走向他。

为了维持最后的骄傲，林招招在离他半米的地方拐了个弯，坐在了吧台边。

陈寂凉凉的目光看过来，他顺手把高脚杯放在吧台上，问她：“喝什么？”

调酒师忙得热火朝天，暂时没空搭理她。

林招招一怔。陈寂会调酒？这个技能她怎么不知道？

就在她还在讶异质疑的时候，陈寂已经绕到了吧台里面。他拿出玻璃杯，手帕在杯中轻轻擦了擦，耐心地等她的回答。

林招招说：“鸡尾酒？”

“什么鸡尾酒？”

“黑刺李起泡。”

“懂得还不少。”陈寂淡淡地道，语气莫名。

他不紧不慢地拿起希普史密斯黑刺李金酒，深紫色的酒瓶上开着白色的花儿，经过了冷藏，与热烈的温度相撞，有水珠顺着瓶身滑落下来。他说：“少点酒精？”

“那我不如直接喝柠檬汁好了。”

“说得对。”陈寂的手顿了顿，从旁边拿出一杯柠檬水推给她，“给。”

“喂！”林招招大怒，碍于穿着汉服，要维持温柔的形象，她又压下怒气，改喊为瞪，一双大眼睛里尽是谴责。

陈寂转眸，眼尾的笑意倾泻下来，终于再次拿起了酒瓶。趁林招招走神，他将希普史密斯黑刺李金酒少放了点，一点波特酒，再加多点柠檬味气泡水，最后加上起泡酒，轻轻摇晃，缓缓地倒进玻璃杯中。

柠檬捻皮，黑莓装饰。

陈寂把杯子推到她面前，说：“第一次做，只能夸，走心地夸。”

明明是求夸奖的话，他却偏偏面无表情，语气冷淡得如同三月的春雪，架子端得十足。在她小口喝着的时候，他却又不住地偷瞄她，观察她的表情。

林招招忍着笑，喝了一口，眼睛忽地一亮，说：“好好喝！厉害啊，陈寂！”

陈寂冷淡自持地“嗯”了一声。

嘴角却扬了扬。

化装舞会很自由，人们都穿着奇装异服，三五成群地围在一起玩游戏，时不时爆发出欢呼声，也有不少在舞池中跳舞，步伐轻快，热情洋溢。林招招喝杯鸡尾酒的工夫，就有三四个男人来邀请她跳舞。

林招招拒绝的理由如出一辙：“在品酒，现在没空哦。”

陈寂突然有点后悔没多加点柠檬气泡水了，眼看一杯鸡尾酒磨磨蹭蹭地终于要到底了，又有人走向林招招想邀请她跳舞，而此时全场的灯光忽然暗了下来。

随着灯光暗下来后亮起的，是无数只发光的气球。

五颜六色地摇曳在桌角、护栏、乐器以及每个你能想到或不能想到的地方。在片刻的寂静后，小提琴手将小提琴重新架在肩膀上，琴弓搭上去，音符缓慢，渐渐有钢琴声、大提琴声加入，庄重却又不失浪漫。

林招招站起来问：“要开始了吗？”

“嗯。”陈寂不知道什么时候走到了她的身边，靠在吧台上。关于求婚的流程，周尽燃跟陈寂对过细节，虽然没怎么仔细听，但大致的流程是清楚的，他从口袋里摸出小烟花棒，点燃。

与此同时，无数小烟花棒被点燃，绚烂的烟火升起，又与乐队一同归于沉寂。

周尽燃自黑暗中走出。

他换了身烟灰色的西服，惯是散漫的神情收起，灯光打在他的身上，深情而认真。像往常的任何时候一样，他总能在第一时间看到时映。

这次也不例外。

他喜欢了那么久的姑娘，在灯光能照到的地方，破天荒地有点手足无措地看着他。他笑了笑，示意她不用这么紧张，她却又皱起了眉，本就是冷酷的装扮，这一皱眉，仿佛周尽燃是来要她的性命。

她背在身后拿着手枪模型的手紧了紧。

后来时映跟周尽燃说过那时候的心路历程，她是真的想对他拔枪相向，让他不要再靠近她，然而她的孤注一掷抵不过他的认真。

终于，他还是走到了她的面前。

“周尽燃……”杀手时映生了怯，背后却是天台的护栏，退无可退，她舔了舔唇，说，“生日快乐。”

周尽燃伸手："礼物。"

"不是吧你？"时映四下看了看，低声说，"就因为我忘了给你买礼物，你需要这么大张旗鼓地问我要吗？等我明天偷偷给你补上就是了。"

"那太晚了。"周尽燃提反对意见，"我今天就要。"

"你讲不讲理啊，周尽燃。"时映一脸不满，"就借着这么多人压迫我是吧？我是那么小气的人吗，会缺你一个礼物？"

"那就把自己给我吧。"

"我……"时映微微失神，"什么？"

"我真的真的太喜欢你了。"周尽燃答非所问，背在身后的手在轻微地发抖，声音却比往常要坚定，"时映，我其实喜欢过好多人，从幼儿园就会招惹小姑娘，一直招惹到遇到你之前。我想招惹你，你没给我机会，可我还是喜欢你。

"你不是我喜欢的第一个人，但我可以保证绝对是最后一个。所以……所以，时映，你愿不愿意让我也变成最后一个啊？"

全场的目光聚焦在他们身上，压在护栏上的烟头似乎还有烟草的味道在蔓延，时映的大脑一片空白，她愣愣地看着周尽燃。

他太紧张了，鼻尖沁了汗，惶惶不安地等着她的回答，完全没了初见时的意气与张扬。

时映听到自己问："你是在求婚吗？"

"我知道太快了，也知道不该选在这么多人在的地方，我应该晚点再悄悄地问你。"他抬起头，说，"没关系的，你可以拒绝我，等过段时间我再问一次。"

是吧？时映这样的性格，就算枪口堵在太阳穴上，但只要是她不愿意的事就休想让她做。所以拒绝他，也不是没有可能。

时映张口。

来了，周尽燃闭了闭眼，等着她最后的审判。

"可是戒指呢？"时映慢吞吞地说，"求婚就知道说话，矫情又中二，说了半天又没下跪也没戒指，你让我怎么愿意？"

周尽燃睁眼："啊？"

"啧，丢人。"陈寂喝了口柠檬水，"周尽燃是出了名的临场反应快，现在居然这么迟钝。"

林招招正被感动得眼泪汪汪，听到他吐槽，泪眼蒙眬地看向他："啊？"

陈寂的手一顿，他无奈地笑了笑，说："没什么。"

林招招说："跪下了。"

周尽燃确实反应很快，单膝跪地的同时，戒指也亮了出来，他依了她的要求，郑重地问："时映，你愿意嫁给我吗？"

"也不是很愿意。"时映转了转手枪，"可是怎么办？周尽燃，我当然不在乎别人怎么看我，比如我拒绝了你他们会说我不知好歹，他们的评价我都不在乎。我在乎什么呢？"

她看着他，声音像深深地叹息："我在乎你啊。"

她想，她过往的经历可能真的不算什么，无论是不羁的少年时代或是为爱追去非洲，又或者在非洲时无尽的忙碌与黑暗，那些都不算什么。因为周尽燃还在前面等她，等着她走向他。

她还在乎什么？

自由吗？他从没束缚过她，何来的失去自由？

"所以——"时映低下头，她眉目终于柔和了起来，"其实我可愿意了，周尽燃，我太愿意了。"

愿意让他据为己有，愿意与他共历风雨，愿意往后长长的路，把手交给他。

戒指终于如周尽燃所愿，套上了时映的无名指。

接吻，拥抱。

在欢呼声中，所有的气球被放飞，飘向高高的黑沉的星空。乐队将歇，钢琴声起，是首很缓慢的华尔兹舞曲。

林招招抹了抹眼泪，把最后一口鸡尾酒喝完了，说："再来一杯。"

"没了。"陈寂说，又忍不住放软了声线，"别哭了。"

林招招问："跳舞吗？"

陈寂无言地看着她。

这道题超纲了，他根本不会。

"就随便晃晃，我也不是很会跳啦。"林招招拉住他的胳膊，"可是这样的气氛不跳舞多可惜，你说呢？"

陈寂还能说什么？

也不知道是怎么跟林招招一起走进舞池的，等他反应过来的时候，林招招的手已经搭上了他的肩膀，他则用手臂环住了她的腰。纤细的腰盈盈一握，触感柔软，他垂下眼看她。

她只到他的胸口处，许是因为喝了点酒，小小的脸上漾起红晕，唇闪着水光潋滟般的光泽。

陈寂喉结微动。

危险的想法自心底升起，顺着血液往上涌，耳尖在不知不觉中发烫。乐曲太缓太慢，他们摇摇晃晃，他忍不住用了力气，将她往怀里带了带，暧昧的气氛让一切合理化，她发上簪子的流苏摇晃，也成了撩人的导火索。

他想吻她，就现在，吻她。

陈寂舔了舔唇，喊她：“招招。”

林招招抬起头：“嗯？”

灯光在闪烁，周围不时有人晃过，在小声地说着话，夏日晚风吹拂，是恰到好处的气氛与温度。在陈寂要将自己的想法付诸实践时，林招招突然开口打断了他：“陈寂。”

“嗯。”

“你看今晚的气氛真好。”

“是。”

他都想吻她了，气氛简直不能再好了。

“我以前从来没想过时映会答应周尽燃，太不可思议了不是吗？她当时那么狠心地拒绝了他。”

人都会变的。

“可能我出去一趟，也能有点改变。”

陈寂将揽在她腰上的手慢慢上移，放在了她的后脑勺，轻轻拍了拍，在心里默默地反驳她：那可不行，你不能变。

他想了想，默默反驳不行，得说出来。

陈寂刚要开口，林招招却往前走了走，离他更近了。她的身子向前倾，额头刚刚好搭在了他的肩膀上。他带着她轻轻晃，心猿意马地胡思乱想，恨不得这个化装舞会赶紧结束，他好带着他的小招宝离开。

心再急，他还是耐下心听她说话。

“我上次问你，你做什么我都不会误会的，所以你要继续对我好，我问你好不好啊，你没回答。我猜你是觉得不好吧。”

她的声音闷在他的燕尾服里，听得不甚清楚，却又在乐曲低下来时清晰无比。

她说：“那，陈寂，我以后不喜欢你了，好不好？”

03

不好。

当然不好。

陈寂想，他才刚刚喜欢上她，还没来得及告诉她，她怎么可以不喜欢他了？他想告诉她，他已经很喜欢很喜欢她了。

可是，这晚的林招招注定要抢他的节奏，决绝的话说完就自动屏蔽了一切回应，松开他的手转身就走。

舞会还在继续，乐曲变得欢快，有温度的风横贯长空。

“招招——”陈寂疾步走出舞池，循着她的方向去找她，手机却在这时候没命地响了起来。

像所有狗血剧中横插一脚的数不清的事端，郑同承担了此次的转折，他在电话那头吼："陈寂！明天八点的飞机，你现在还在给我蹦迪？马上滚回来！"

求婚成功，周尽燃自然要发个微博昭告天下，一张照片不够，非要发九宫格。其中有张图的背景就是陈寂在调酒，光影朦胧，神情寡淡，被眼睛有如显微镜一般的粉丝迅速发现并评论，而后迅速成了热评第一："恭喜恭喜！第六张好像看到了我老公！是他吗？！"

周尽燃回复：是他。

陈寂咬牙向周尽燃再次表达祝福后，便匆匆忙忙地赶回了长河乒乓球训练中心。

郑同黑着脸在宿舍楼下等他，打量了他半分钟才说："妆化得不错。"

陈寂站直身子，不说话。

"怎么不说话？"

"不敢！"

"我看你就是太敢了！"郑同气得胡子翘起来，来回踱步，抬了抬下巴，"把手机交上来，绕操场跑五圈再回去睡觉！"

跑步好说，但是交手机……

陈寂往后退了一步。

郑同挑眉："怎么？不交？"

"不敢。"

"给我！"

为了让队员能静下心训练及比赛，教练有权将其手机收上来，等到比赛结束再还给他。陈寂不是第一次被收了，但平时收也就收了，问题是现在他有好多好多话要跟林招招说，收了手机就意味着要推迟很久。

万一她变心了怎么办？

陈寂没有动，直到郑同等得不耐烦了，才说："那我再打个电话。"

郑同说："一分钟。"

一分钟，六十秒，加上等她接电话的时间，太漫长了。

陈寂从来没经历过这么漫长的一分钟，电话那头忙音太冰冷，在初夏的晚风中浸着他的心脏。

怦怦，怦怦。

林招招终于接起了电话，带了点鼻音喊他的名字："陈寂？"

"招招……"

"十，九，八，七……"

郑同毫无感情地掐着秒。

陈寂的语气破天荒地失去了一贯的冷静，匆促地说："记得看比赛，等我回来。"

话音刚落，手机便被郑同拿到了手上。他转了转手机，问："追姑娘啊？"

陈寂老老实实地答："嗯。"

居然还真是。

郑同瞪他："我就知道你跟那个小招招有问题！"

"之前没问题。"

"胡扯！"

"……"

"我逛过你们的双人超话。"

"没想到郑指导有这样的兴趣。"

"你说什么？"

"没什么！"陈寂站直身子。

"青梅竹马？两小无猜？一起跨年？"郑同越说越气，"从来都不笑，好像球迷欠你八十万，见到林招招笑得眼睛都看不见了！"

"……也没那么夸张。"

"闭嘴！这全是超话里大家抠出来的，分析帖都有八千一万字，还能冤枉你？"

陈寂沉默了一下，答道："不能。"

郑同瞪他："跑步去。"

陈寂目视前方："是！"

双人超话吗？

陈寂边跑边想，他也该逛逛了。

"你跟陈寂说——"澄子瞪大了眼睛，拉长了声音，尽可能地表达自己的难以置信，"你以后不喜欢他了？"

林招招边吃饭边点头："你都问一千八百遍了。"

临近期末，学业繁重，临溪医学院的学习热情已经到了巅峰。图书馆里、食堂、自修室，到处都是看书复习的学生们。林招招跟澄子起晚了，没找到位置，只好回宿舍看书，然后就顺口说了周尽燃求婚当晚的事。

一顺口，把她跟陈寂的事也一起说了。

这不，她才吃了一半，澄子已经反复问了她一千八百遍。再次得到她肯定的回答后，澄子把筷子往外卖盒上一放，说："啊！为什么要告诉我？！"

林招招笑道："你上次还说在我身边能嗑到第一手的糖。"

"可是现在吃了一嘴的玻璃碴！"

“还好啦。”林招招挑了根面里的肉丝，“本来就是单相思，全是玻璃碴，我都习惯了。”

“可是我们都以为你们已经在一起了啊！”

“啊？从哪得出的结论？”

“你自己看看。”澄子把手机往她手里一塞，“昨天晚上，周尽燃求婚成功的事上热搜后，他发的图里有陈寂。”

林招招滑动页面，这是她和陈寂的双人超话。

好久没来，粉丝居然涨了一万多。

“我在陈寂旁边？”林招招点开一个分析帖，粗略地扫了一眼，无语道，“就露出来半边身子，这也能认出来？是你认出来的吧？”

澄子有点不好意思：“毕竟我是大粉嘛！这个不重要，总之我们都嗑昏头了。”

确实是嗑昏头了。

“CP超话榜第六，你们也太能嗑了！”

“那谁知道你们会偷偷BE！”澄子愤然，像是突然想到什么又重新燃起了希望，“那陈寂说什么了？”

林招招的手一顿，她若无其事地吃了口面：“我说完就走了。回到家后，他给我打了个电话。”

“说什么？”

“让我看他的比赛，等他回来。”

“然后呢？”

“没了。”

她都来不及说话，电话就被挂断了。

“那你看比赛吗？”澄子问。

林招招放下筷子，擦了擦嘴巴，说：“我最近都忙死了。比赛的时候正好都有课，没空。”

澄子沉默了一会儿，才问：“真不喜欢他了？”

外卖盒子被放进袋子里，系紧后扔进垃圾桶。书本被摊开，一页一页地翻，就在澄子以为林招招不会回答的时候，她却忽然开了口：“我知道很难。”

“我当然还会喜欢他很长时间，但是我会慢慢改掉的。”林招招攥紧笔，指尖泛白，“其实如果不告诉他。我可能会暗恋到天荒地老，可是他都知道了，也说过并不想谈恋爱，那也该结束了。

“是我不好，明明对他目的不纯，还要仗着他对我好不肯退半分，这世上哪有那么好的事啊？”

“所以——”林招招转过来，她盘腿坐在椅子上，把手机还给澄子，“别嗑了。”

“那你会答应赵闻溪吗？”

“不会啦。”林招招笑了笑，“我才不信忘掉前一段感情的最好方法是开启新的恋情。而且这样对赵闻溪也太不公平了，我不喜欢他，就不会给他希望。唔，这点我跟陈寂挺像的。”

“虽然……但是，”澄子把手机屏幕对着林招招，“陈寂到达日本了。”

这还真不是澄子故意的。是她刚刚拿到手机，随手刷了下微博，就刷到了乒乓前线发的微博。

照片里的陈寂穿着运动服，戴着鸭舌帽，可能是起得太早，面容疲惫，沉默地跟在郑同的身后。郑同说了什么，他又侧脸跟旁边的顾则说话，顾则笑得很温柔。

——顾队好温柔啊。

——我在旁边，我听到冷神问顾队：“为什么你没被罚跑？”

——哈哈哈哈哈，难道昨晚去看好朋友求婚的冷神被罚跑了吗？太惨了吧，怪不得一脸不高兴！

——郑指导对冷神太严了，我喜欢！

随便刷了刷评论，澄子心想反正林招招现在要克制对陈寂的感情，便没有多说。她正要收手机，便见林招招拿着手机喃喃道：“他的手机被收了？”

“你还看？！”澄子震惊地问。

“我没有。”林招招把手机一扔，对上澄子正义的目光不免心虚，小声说，“我都说需要过程啦，一口气能吃成胖子吗？”

澄子失笑：“好好好。”

而林招招这一过程在日本公开赛中，注定无法完成最终的目标。

路透从陈寂一行上了车后戛然而止，她算了算时间，已经过去三个小时了，陈寂在干什么呢？

林招招绝对想不到，陈寂在想她。

挠心肝地想她。

以前不是没想过。更小的时候外出比赛，云汀忙得走不开，就把他全权托给郑同，他装酷，一副谁也不想的样子，但其实还是想每个人。

可现在的想是不一样的。

想念变成了渴望，像是变了质的糖果，如毒药般侵蚀着他。他渴望见到她，渴望被她注视，渴望与她接触，渴望与她共同呼吸同一片空气。

“来一局，热热身？”刚把行李放下，顾则就提议。

主办方定的酒店有一层是体育馆，乒乓球馆尤其大。陈寂洗了个澡就下去找顾则，顾则已经完成了基本的热身，他拿毛巾擦了擦台子，笑话陈寂：“都要热身了，还洗澡？”

“习惯了。”陈寂擦了擦球拍上并不存在的灰，说，“来吧。”

顾则却没有动，问：“你有心事？”

“没有。”

“知心顾队能看穿一切，你不知道？”

“怕了你了，确实有。”陈寂无奈，只能坦然以对，“你跟江溪很长时间都不见一面，不会很想她吗？”

本以为陈寂是在工作方面有什么问题，没想到居然是感情问题。顾则惊了一下，他四下看了看，别的球台已经有队友或其他国家的参赛选手在热身，没人注意到他们。他走近陈寂轻声问：“你是娱乐记者派过来的？”

陈寂冷漠地说：“顾队觉得呢？”

“你没那么闲。”

“嗯……”

顾则松了口气，说：“我被溪溪弄得有点神经过敏。想啊，怎么可能不想？”他靠在乒乓球台上，“最想的时候，是她闭关在一个小岛上拍戏，我好不容易比完了赛，回国却见不到人。我也很奇怪，怎么会那么想她？”

“因为太喜欢了。”

“嗯。”顾则点头，“你怎么会突然问这样的问题？有喜欢的人了？”

沉默了一会儿，陈寂转移话题：“郑指导要来了，热身吧。”说完，他就转身绕到球台的另一边。

顾则不是周尽燃，见陈寂并不想说，很贴心地没有选择追问。

小小的球被抛起。

乒乒乓乓的声音有节奏地在室内回响。拉练不在乎输赢，主要是调整节奏和发现问题，打得也很轻松。

六月的东京，雨淅淅沥沥地下，风吹得树枝摇晃，低垂的枝叶拍打着窗户，沙沙作响。

细雨被风吹起，飘向远方。

04

“林招招。”实习项目计划考核的老师在讲台上报最终成绩，她翻了一页，停顿半秒，让林招招的心也跟着提起来后，才说，“优秀。”

老师抬起头，赞赏地点点头，说：“被分配到非洲洛肯基十六行动小组，组长宋行水。”

宋行水。

林招招松了口气。

她走上讲台，老师把成绩单和机票递给她，说：“宋老师亲自把你挑出来的，好好表现。”

“是！”林招招露出洁白的牙齿，雀跃地下了讲台，小跑回座位。

郑杳正一脸担心地等她：“他们为什么让你一个女生去非洲？那里可是滋养病毒的温床，能换吗？”

林招招说：“我挺想去的，不换不换，坚决不换。”

她先把成绩单拍下来发到林家的群里，又发到三人小群里，跟云汀炫耀：“彻底过啦！应该很快就能出发。”

云汀：我一看到这个就来气。

云汀：能赶上陈寂从日本回来吗？

林招招看了看机票日期，心里咯噔一下。

林招招：同一天。

云汀：这时候的标签是什么你知道吗？

林招招：什么？

云汀：阴差阳错，虐恋情深，破镜重圆。

前两个还差不多，最后一个不至于。林招招敲字：集合日期有两天时间，如果我想改签的话也可以，但是也没必要吧？

毕竟又不是常住非洲，过不了两个月就回来了，也没必要改签就为了见陈寂一面。而且——

林招招哀怨地敲字：这次没让我们期末考试，等开学了再一起补考，就是不想耽误时间。我要是改签了，大家就等我一个，我多不好意思。

云汀：你有一万个理由。

顿了顿，他又戳了林招招的个人聊天框：“我后天上午在临床系有节课，结束后跟舅舅一起看男双决赛吧！”

林招招问：“陈寂和顾则？”

云汀：“绝对很精彩，不看后悔一年。”

是万众瞩目的男子双打，毕竟由于排兵布阵的原因，陈寂和顾则在一起打双打的机会少之又少。而这次，为了备战大赛，周尽燃留队集训，长河双子星缺一，便派了顾则跟陈寂打配合。

两年前的科威特公开赛上，周尽燃负伤未能参加比赛，陈寂和顾则第一次在国际赛事中合作，临近比赛，顾则腰伤复发，在他的坚持下，打了封闭上场。

对手先发制人，陈寂和顾则连输两局。两人并肩站在郑同面前，听他指挥。郑同平生第一次没了冲劲，问顾则：“还能打吗？”

顾则向来稳重，当下只笑了笑，说：“尽力吧。”而后侧过脸，“陈寂难一点，要很配合很配合我才行。”

闻言，陈寂眼眶一热。他微微抬头，球拍无意识地敲着栏杆，尽可能让自己的声音保持平稳："那是我的强项。"

顾则伸手握拳，两拳相抵握在一起，肩膀相撞："走吧。"

第三局，11：10。汗水在空气中肆意挥洒，浸湿了衣服。拿分时的握拳，丢分时彼此更加坚定的目光，比肩的两个人，打得一如既往地坚决。

第四局，11：9。他们像裹在巨大的气泡里，全场寂静，只听得到乒乓球撞击球拍的声音，一切都是虚幻，他们的眼里只有输赢。

第五局，决胜局。比分咬到10：10时，顾则已经快要坚持不下去了。最后一次休息时，顾则慢慢地喝着水，说："男双冠军不能丢，不然尽燃肯定会怪我们的。"

陈寂说："他不会的。"

顾则低低地"嗯"了一声。

陈寂继续说："就算不会，也不能丢。走吧，队长。"他低头吹了吹球拍，"很快就结束了。"

他从不迷信，很少求上天很少祈祷，可在那场比赛中，他却无数次在心底默默祈求。

赢吧。

就赢下这一分，赢下这一局，赢下这场比赛吧。

小小的球在来来回回中偏离了最初的轨道，陈寂全神贯注，在最后的十五秒里，专注力达到了前所未有的高度。

横拍反手。

随着欢呼声，比分被翻到了11：10。

赢了！

顾则的球拍自手中无意识地脱落，被陈寂接了个正着。他闭上眼睛，直接瘫倒在了地上，体育馆的屋顶很高，天窗开着，风呼呼地吹进来。队友们纷纷跑进场，有人搀扶他，有人把陈寂抱了起来，郑同也走进来，沉默了片刻，拳头抵了抵两人的肩膀。

"真有你们的！"

生死与共，逆风翻盘。注定要载入史册的一场男子双打。

然而在之后的两年里，陈寂和顾则便没有再合作过，一是陈寂和周尽燃是固定搭档，双子星的配合度更高；二是顾则打混双较多。哪怕球迷的呼声再高，排兵布阵也没因此改变过。

而这次的日本公开赛，陈寂和顾则再次联手，便成了本次公开赛最大的噱头之一。球迷称："一想到有三场双打可以看，我幸福得都要窒息了。"

"陈顾这个北极圈CP终于有糖吃了吗？我要流泪了。"

"他俩还有CP粉？"

"我们曾冲到过一环好吗！我们也曾美帝过好吗！"

就连顾则的女朋友江溪当天也发了个微博，同时@了陈寂和顾则：期待今天的比赛，加油！

林招招说不想看那是假的。所以她不但在总决赛当天跟云汀相约小酒馆，并且在决赛前看了1/4决赛及半决赛。

她到小酒馆的时候，大屏幕上已经在实时直播了，两个解说员正在介绍运动员。林招招倒了杯柠檬水，喝了一口，眉头皱了皱："酸。"

她放下杯子，跟云汀撒娇："让我喝酒吧，舅舅？"

云汀敷衍道："你还小。"

林招招脸一黑："我比你外甥大半年！"

云汀道："嗯，那他更小。下次他喝酒你打电话给我，我打断他的腿。"顿了顿，他往林招招杯子里丢了块方糖，"这样就不酸了。"

林招招心想，更酸了。

到底不是来喝酒的，将就地喝了几口后，林招招就专注地看起了直播。她拈起花生米，在指尖搓了搓，说："那场比赛我记得，陈寂回去就进了医院，休假一个月，每天都吃止痛药，把我……"

把她心疼坏了。

林招招没说下去，云汀问："把你……什么？"

"折腾坏了。"林招招说，"你忘啦？那时候你正在忙一起大案子，陈寂是我照顾的。"

"不可能！陈寂生病从来不闹人的！"

云汀喝了口啤酒，趁着比赛还没开始抓紧时间忆往昔："六岁发烧那次你不记得了吗？哦，你可能忘了，我帮你回忆。"

林招招本来是记得不清楚了，毕竟已经过去了太长时间，但是经云汀声情并茂地一说，大致也就想起来了。那天是周末，云汀要去听讲座，去得很早。林招招在家陪陈寂玩，陈寂那时候已经在发高烧了，小脸烧得通红。

林招招问："陈寂，你热不热啊？"

陈寂摸了摸自己的额头，说："哦，我可能发烧了。"然后他跳下沙发，噔噔蹬跑到厨房里，说，"多喝热水就好了。"

六岁的陈寂，声音还很稚气，却无比地坚定和稳重，水一杯又一杯地喝，热汗一层层地发下来。等云汀回来的时候，烧居然退了个七七八八。但还是让云汀心疼得不行，逢人就夸他家小外甥可乖可聪明了。

回忆完毕。林招招沉默了一会儿，才说："那时候他六岁。"

"嗯哼。"

"两年前十九岁。"林招招强调，"他变了！他再也不是那个小可爱啦！他会在人家看书的时候，一遍遍地喊你，最后还装可怜，说什么'我无聊啊，陪我说话'，我就去陪他说话了，但是他能把天聊死他心里没数吗？"

“呃……”云汀尴尬了一下，正巧运动员已经在陆续入场了，他连忙转过身，“比赛开始了！”

正襟危坐，一副要好好看比赛的认真模样。

林招招喝了口柠檬水，加多了糖，又有点甜。她牙疼了一下，想起那天她气呼呼地说陈寂能把天聊死，陈寂是怎么回答的来着？

他的膝盖受了伤，半躺在床上，被子上反扣了本书，他说：“那你可以给我读书听啊。”

林招招本就是心软的人，他吃准了她这点，安静地等她妥协。都不用半秒，林招招就把书拿了过来。

那是本刘慈欣的科幻小说短篇集，那一页的最后一句话是：“在一个不可知的宇宙里，我的心脏懒得跳动了。”

怦怦，怦怦。

林招招想，宇宙是不可知的，她对他的喜欢却是明确的，所以她心跳怦怦。

日本乒乓球公开赛现场。

陈寂和顾则的粉丝坐在一起，手幅在镜头前摆动，更有外国球迷拉了横幅，用中英文写道：“陈寂。再笑一个给妈妈看看吧！”

顾则边热身边笑：“你妈妈粉真多。”

陈寂说：“不应该。”

他那么酷，应该女友粉多才对，一看就是女友粉装妈粉。这么一想，陈寂也就释然了。

“顾队加油！陈寂加油！”

场外突然传来加油声。陈寂抬起头，是已经比完赛的队友来给他们加油，乌泱泱的一群，仗的是人多势众。陈寂问：“外面让站那么多人？”

顾则说：“加完油就坐到观众席上去吧。”

他们走过去。

女队的队长扔过来两瓶水，说：“庆功宴的地点都定好了，就等着你们拿个冠军赶紧去吃了。”

顾则常跟她打双打，所以很熟，说说笑笑地喝着水。

陈寂则沉默地听着，等到吹第一遍哨时，才问郑同：“郑指导，比赛赢了能不能把手机给我？”

郑同冷漠地答道：“不行。”

“……”他就知道。

陈寂也没指望成功，点了点头，把矿泉水瓶放下，跟顾则并肩往球台边走去。顾则说：“听到你刚刚跟郑指导的对话了，他明令禁止大家把手机借给你。但是你要是想打电话，酒店的电话也可以啊。”

陈寂哑然：“……”

顾则一看陈寂的脸色，就知道他没想到，不由失笑：“犯傻了？”

陈寂沉默了一会儿，说：“我有点赶时间，配合一下我的节奏。”

顾则说：“可以。”

陈寂点点头，突然说：“保密。”

这时候还想着面子。顾则笑着摇了摇头，而后朝场上瞥了一眼，说：“我跟镜头打个招呼，我女朋友在看。”

说着，他拿着球拍朝镜头比了个大大的爱心。

笑容温暖纯良，融化了一大批人。

陈寂想了想，虽然林招招最近很忙，但是说不定也会抽个空看她喜欢的人的比赛，于是在镜头转向他时，他抬了抬下巴，笑了笑。

“啊——”

“我……救命！氧气给我氧气！”

“陈寂是什么人间绝色，这样的美貌是真实存在的吗？呜呜呜，美貌原来真的可以杀人，我死了。”

陈寂一笑，不但网上炸了，小酒馆里也跟着炸了。

云汀扶额：“现在的小姑娘都这么可怕吗？这都是我外甥媳妇吗？这嗓子不去唱高音都可惜了。”叨叨了半天，没听到林招招说话，纳闷地回头，“怎么不说话？”

林招招喝了口柠檬水，长舒了口气，说：“我怕叫出来。”

云汀一时没反应过来，有些疑惑。

紧接着，他震惊地左右看了看，压低声音：“你跟陈寂认识那么多年了，怎么一点抵抗力都没有？哦，你们是真的。”

林招招敷衍道：“是真的是真的。”

她的目光却没有离开大屏幕，因为随着哨响，第一局比赛已经开始了。林招招坐直身子，看了一会儿，说：“陈寂打得有点急。”

“嗯，解说员也在说，但是顾则配合得蛮好的，出不了错。”

“陈寂急什么？”

“就是，那么大的人了还那么不稳重。”

然而，不管观众怎么疑惑，解说员怎么不解，陈寂的节奏调整得很快，顾则的配合更是完美无瑕，两人就这么用赶时间的打法硬是用最短的时间打了个完胜。

网上讨论得沸沸扬扬。

“我确定，顾队和冷神跟对手没有任何恩怨，完毕。”

“难道是急着上厕所？”

“求求郑指导了，让他俩多多打配合吧，多么完美的组合！我没有说周尽燃不好的意思，周尽燃也很棒！”

“楼上别以为这么说我就不骂你！我们既然CP拿了多少冠军要不要我帮你数？”

“他们三个是真的，我说腻了。”

“喂！你们跑题了！所以到底为什么急啊？赛后采访的时候，陈寂好像也挺急的，都没回答几个问题就走了。”

“顾队倒是挺慢条斯理的，那应该是冷神有事吧？”

“大家听我说，听我说。我就在现场，冷神确实是第一个退场的，换好衣服出来领奖之后也是第一个走的，但据说队内有庆功宴，我估计是饿了想早点吃上饭。”

“太真实、太可爱了吧，看把我们宝宝饿的！”

“妈妈粉又开始了是吗？”

陈寂的话题度太高，铁杆粉丝和路人粉又很多，所以讨论人数逐渐增加，猜测也越来越大胆。顾则在去庆功宴的路上刷了会儿手机，把网友汇集的猜测都看了一遍后，沉默了。

他想，你们都想多了。

冷神只是赶着回去给喜欢的人打电话罢了。

05

陈寂发誓，他从来没有吃过那么难熬的庆功宴，即便是郑同大出血带他们吃了著名的日料。席上欢声笑语，聊什么的都有，甚至有桌趁机口头复盘了下前天的比赛。

陈寂默默地吃了一会儿，趁其他人没注意偷偷溜了出去。他像高中生逃课出去看喜欢的女生的少年，心脏在莫名的紧张中怦怦乱跳。

北海道岛西部的札幌，丁香花落了，在浸了雨的柏油路上随风四散，花香被冲淡，变得清冽。杜鹃在枝头啼叫，有人经过时拍打着翅膀飞往丛林深处，无人的街道上，偶尔有电车叮叮叮地驶过。

行至街尾，一座电话亭静悄悄地立在那儿无人问询。

陈寂看了眼时间，这里离酒店还有一段距离，等回去的时候已经很晚了。他想了想，推开了电话亭的门。

玻璃门被雨水冲刷得干净，触手微凉。

陈寂拿起话筒，往里面投币，一枚又一枚，直到口袋里只剩一枚硬币后，他才开始拨号。国际长途，隔着并不长的距离，翻山越岭，漂洋过海。

他耐心地等着。

嘟——嘟——电话被接起，传回的声音模模糊糊的：“喂？谁啊？怎么不说话？”

“是我。”陈寂抿了抿唇，“舅舅。”

“陈寂？”

“嗯。招招呢？”

“喝醉了！”云汀无奈地看了眼刚被他放在床上的林招招，“我们俩去看你的比赛，本来让她喝柠檬水，谁知道看完也不知道从哪来的鸡尾酒，干得那叫一个利索，不知道的以为是她赢了！”

“叔叔阿姨呢？”

“她喝成这样我敢把她往家送吗？送到你房间了。”云汀顿了顿，问，“你不介意吧？”

陈寂说：“不介意。”

“我就说嘛！刚刚小招宝看是你的房间，死活不愿意上床。”云汀留了星星灯后，小心地关上门，继续吐槽，“眼泪吧嗒吧嗒地流，小声说‘陈寂有洁癖，他会生气的’，我好说歹说她才躺上去。你看看你，把人家小姑娘吓成什么样？”

陈寂沉默了一下，才说：“我的错。”

“今天打得不错啊，不过你到底急着干什么？网上都说你是急着吃饭，真的假的？郑同又虐待你了？我马上就……”

“把电话给招招。”

“找他要个……”云汀的声音猛地一顿，“什么？”

陈寂问：“她睡着了？”

云汀说：“没有。”

陈寂靠在玻璃门上，风顺着门缝吹进来，他低下头，说：“那把手机给她吧。”不等云汀说话，他又接着说，“嗯，我急着回来给招招打电话。”

云汀还没反应过来，开着玩笑：“你这么想她？”

陈寂说：“对。”

云汀有些疑惑。

陈寂又说：“我就这么想她。”

云汀震惊得一脸问号。

陈寂恳求道：“拜托了，舅舅。”

云汀觉得自己在做梦，踩在云上重新推门进去，把手机塞给半睡半醒的林招招，又踩着云没轻没重地出去后，他才反应过来。

“啊——”他给尤知寒发消息，“我搞到真的了！”

陈寂记得，他房间里的星星灯是林招招挑的，圣诞节礼物，花里胡哨的一串星星灯被林招招挂在了窗帘上，很有少女心，被他嫌弃了好久。

林招招威胁他："你要是敢不用，这辈子都收不到我的圣诞礼物了！"

呵，冷神缺她一个圣诞礼物吗？

缺。

所幸他回家住的时间少，眼不见心不烦。虽然没开过几次，但也记得灯光暖白，温柔得不像话。他将话筒往耳边贴了贴，终于如愿听到了林招招轻微的呼吸声。似是因为喝了酒，又哭了好一会儿，她的呼吸声并不平缓。

片刻后，林招招小小的带着鼻音的声音传来："喂？"

还醉着，完全是出于本能在接电话。陈寂却莫名地松了口气，他看了眼电话表上的时间，把最后一块硬币也投了进去。

咚。

"招招。"陈寂低声开口，"是我。"

"唔……"

"札幌的天气挺好的，下了点小雨，没那么热。"他慢吞吞地开口，声音有了温度，在风中飘荡，"你今天看比赛了对吗？嗯，我打得有点急，都怪你。"

也不知道林招招听进去多少，总之是很有礼貌地没有挂电话，强撑着"嗯"了一声。

陈寂无声地笑了笑："我想你了。"

"……"林招招没说话。

"已经不是第一次这么想你了。因为想你，所以想见你。那天你问我，以后不喜欢我了，好不好？"他透过灰蒙蒙的玻璃窗看到外面，有辆电车叮叮叮地驶过来，雨刷摆动，又下雨了。

他慢慢地收回目光："你都没有听到我的回答，怎么可以擅自走啊？"

那头沉默着。好久好久，他才听到林招招抽了抽鼻子，小声问："我是……我是在做梦吗？"

"不是。"

"那……你的回答是什么啊？"

"不好。"陈寂说，他的声音坚决有力，"我才喜欢上你，你不可以不喜欢我。你要更喜欢我才行。"

林招招似乎清醒了点，皱着眉头分辨着他这句话是什么意思，分辨着分辨着，觉得委屈了，突然毫无征兆地哭了起来。是真的哭，呜咽得不成句子。

陈寂吓了一跳，手足无措地站了一会儿，温声哄她："好了好了。"他叹了口气，"哭什么啊？"

"我……我好不容易才做了决定，我不要喜欢你了啊！"林招招委屈地抹着眼泪，抹也抹不完，生了气，翻了个身把脸埋在枕头里，闷着声凶陈寂，"你别以为你在梦里胡言乱语，我就会改变我的决定，不可能！"

“好好好。”陈寂依着她，“不改不改。”

顿了顿，他又说：“招招，我以前看书上说，如果把你的情绪交给别人来掌控，你就不会快乐。我深以为然，所以一直以来我不肯示弱，我想成为自己情绪的主人。如果我爱你，那它们还会在我手上吗？

“不会。所以我不想爱任何人，可是如果我能控制得住，我又为什么会站在这里跟你打这通电话？我改主意了。招招，怎么办？我不该看那些乱七八糟的书，我反悔了。”

“不行啊。”林招招抽抽搭搭地说。

“为什么？”

“现在谈恋爱的话，你要领加训的。”

别看她喝醉了，该记得的一点也没忘。陈寂愣了一下，随即失笑。他能想象到她现在的样子，躺在他的床上，小脸贴着他的枕头，周围都是他的味道。窗帘上的星星灯长长的一串，像星星般的光芒笼罩着她。

他舔了舔唇，说：“你不答应我的话就不会。”

“可是我忍不住啊，陈寂。”林招招委屈极了，喃喃着重复，“我肯定忍不住的，我肯定会答应你的。”

“好。”

札幌的雨拍打着玻璃，长长的雨线蜿蜒，纹路在昏暗的路灯下难辨方向，只有雨声清晰。便是在这样的风雨中，陈寂笑了笑。他说：“加训没关系的，我热爱运动。”

第四章 

得你陪我在天地间一掷孤勇

01

“林医生。”

“有！”

“A1区宋医生找！”

“好，马上。”林招招应道。紧接着，她匆忙地跟床上的病人交代，“挂完这瓶消炎的药水后才能走，记得喊护士拔针，明天还要继续来。”

英语流利标准，床上的病人却似懂非懂地点点头。

林招招放心不下，又跟护士交代了几句才急匆匆地往A1区赶。一路人病人的呻吟声不绝于耳，担架在医务人员之间传递，每个人都忙忙碌碌，行色匆匆。谁都别想睡个好觉，也都别想坐下来吃一顿好饭。

半个月前，林招招转了两次机又改坐大巴及越野车来到洛肯基境内，加入宋行水所在的十六行动小组后，就过上了这样的生活。

苦是苦了点，但还在能接受的范围内。

一周前，他们按计划继续往南走，越靠近赤道，气候越变幻莫测，滋养病毒的温床也越活跃。在就近进入村庄后，他们发现该村庄已经被瘟疫侵蚀，而令人焦头烂额的是，经过了数天的研究，还未找到病毒来源及发病原因，疫苗无法跟上，瘟疫还在蔓延。

林招招把口罩往上拉了拉，小跑进A1区的院子。院子之前是废弃的，芳草萋萋，很是凄凉。从大门踩出一条路，通往临时的实验室。

林招招敲了敲门：“宋老师。”

“进来。”清亮的男声闷在口罩里，隐隐约约地传过来。

林招招推门进去，临时的实验室被打扫得很干净，室内明亮，弥漫着消毒水和淡淡的福尔马林的味道。宋行水背对着门站在实验台前，他的白大褂上沾了洗不干净的血迹，在白炽灯的照射下很醒目。

助理医生走过来，小声说："第一例死亡患者的病理分析结果出来了，但还需要解剖，宋老师听说你解剖课成绩不错，所以把你叫过来当帮手。"

林招招点头，说："好。"

助理医生说："那我先出去了。"而后又神神秘秘地小声说，"宋老师一工作起来就不分白天黑夜，你不要急，给你留着饭。"

林招招笑了笑，说："谢啦。"

门被打开，又重新关上。林招招用最快的速度穿上防护服，长发被盘起塞进一次性帽子里，戴上医用口罩、手套，然后朝宋行水走去。

宋行水看着显微镜，手指时不时地挪动样本。他头也不抬地说："拿个平口试管。"

林招招递过去。

宋行水边操作边说："上周抽取了患者的血送往组织分部，确定是种新型病毒，暂时命名为——"他顿了一下，完成手上的工作后，抬起头说，"'Leave，简称LE'。"

Leave，离别。看似文艺矫情，却能很好地概括该病毒。因为该病毒潜伏期约6-12个小时，从发病到死亡，整整二十一天，不多不少，给足了时间让人去做好准备离开这个世界。宋行水走到临时解剖台前，说："应该会改掉。"

林招招问："为什么？"

"知道沾染病毒后就等于判了死刑，有个特定的日期，数着日子等待死亡，不是很可怕吗？"宋行水问，"以前实习过？"

林招招说："是，两个月。"

"够了。"宋行水掀开盖在尸体上的布，仿佛是打开了什么开关，死亡的味道立刻在房间里蔓延。

腐烂、狰狞、因病毒感染而变色的皮肤。

林招招一阵反胃，脑子内部像是有什么在轰鸣，她脸色煞白地看向宋行水。宋行水面不改色地盯了一会儿尸体，问："可以吗？"

林招招艰难地点了点头。

"不用出去吐会儿？"

林招招摇头。

"本来不想叫你的。但大家都在忙，你临床经验几乎没有，所以……"他为难地皱了皱眉，正想着要不自己一个人来算了的时候，林招招往前站了站，戴着手套的手伸向器械包，拿出解剖刀。

刀光闪烁。

林招招说："宋老师，开始吧。"

既然有了新的病毒，那就要先判断是由何引起、病毒性质、与其他病毒的异同情况，以便用药及研究疫苗。宋行水作为研究艾热登病毒的中坚力量，此时不该在这里，但为了一手的资料，他选择坚守前线。

见到宋行水的第一眼，林招招便知道了，为什么时映那么喜欢他。

实在是太优越了。

明明已经年近四十，眼角也有了岁月的痕迹，但是从骨子里透露出来的儒雅让他在这没有硝烟的战场上显得优越。镜片下的鹿眼温良，是看多了生死而历练出来的淡漠。但他远比表面上更好亲近，永远是温温柔柔的，仿佛他就算不说话，光站在那里，就能让人安心。

解剖、取样、化验的程序烦琐，直到繁星升起又湮灭在黑沉的天空中后，才接近尾声。林招招松了口气，将自制的抽风机打开，再用布盖上尸体，有专业的人迅速进来用担架将其抬出去。她摸了摸早就饿扁的肚子，饥饿的感觉顿时袭来。

宋行水摘掉口罩问："饿了？"

林招招尴尬了一下，小心翼翼地说："快十二点了。"

将近十二个小时，别说吃东西了，连水都没喝几口，再怎么被尸体搞得没胃口，现在也是饿得不行了。宋行水点点头，说："去吃饭吧。"

林招招问："宋老师不吃吗？"

宋行水愣了一下，说："吃。"他慢吞吞地摘掉手套，"我先去病区看一眼再去吃。"

太敬业了！

林招招在这晚的实习报告上也这么写。她打了个哈欠，不当值的医生护士在睡袋里睡得正熟，她则点了根蜡烛，就着烛光写报告。据老师说，报告不用上交，所以当日记写就可以了，于是林招招下笔就信马由缰了些。

"本就知道会很苦，所以只带了换洗的衣服。去机场那天，爸妈和云汀舅舅来送我，云汀舅舅一直在瞪我，爸妈则一副'我宝贝女儿最厉害'的样子，但过了安检，我回头看到妈妈在爸爸的怀里哭。

"手机没有信号，只有卫星电话，除了跟分部联系，很少有人会用它。虽然很想陈寂，但我也忍住了，没有给他打电话。"

林招招放下笔，笔尖指向"陈寂"的名字。她吹灭蜡烛，周围却没有彻底陷入黑暗。隔着雾蒙蒙的窗户，自制发电机的电路时而不稳，灯光明暗不一，痛苦的呻吟声也时断时续。她躺了下来，用手臂盖住眼睛。

她想起日本公开赛男双决赛那晚，她接到的陈寂的电话。

本以为是做梦，醒来的时候她却看到了通话记录——从日本札幌打来的电话，通话时间15分21秒，在告诉她，不是在做梦。

陈寂说："我想你了。"

陈寂说："我才喜欢上你，你不可以不喜欢我，你要更喜欢我才行。"

陈寂说："我要是能控制得住，我又为什么会在这里给你打这通电话？怎么办？招招，我反悔了。"

陈寂说："加训没关系的，我热爱运动。"

都是真的。

去他的。林招招翻了个身，眼眶红红地想，凭什么他不相信爱情、不想动心、不想谈恋爱的时候，她喜欢得那么辛苦，现在他相信了、想动心了，她就要心软？

她才不。

阿嚏——陈寂打了个喷嚏，皱了皱眉，把球拍放在球台上，说："就到这里吧。我有点不舒服，先走了。"

说完，他捞起一旁的毛巾，边擦汗边往外面走去。

周尽燃在一旁的乒乓球台边陪别人拉练，闻言便跟陈寂拉练的队友使了个眼色，说："我去看看，你们继续。"然后迈着大步追陈寂去了。

陈寂走得不快，晕晕沉沉的，甚至差点走到女更衣室去。

"你这走神走得也太厉害了吧？"周尽燃上前，搂住陈寂的肩膀说，"生病了就在宿舍好好休息，强撑着过来干什么？"

陈寂面无表情："没到那个地步。"

走进更衣室，早晨的训练才刚刚开始没多久，更衣室里没人，他随便找了个地方坐下来。

周尽燃说："马上队内要考核了，你这个状态是准备让郑指导花式骂你？"

陈寂抬眼："不是。"

周尽燃猜测着问："你跟招招到底怎么了？我生日那天，你们有突破性发展？"

突破性倒是有，就是没发展，倒退了。

陈寂想了想，还是把那天之后的事和盘托出，指望着这位从幼儿园就开始招惹小姑娘的队友给点建设性的意见。哪想到，等他说完，周尽燃彻底呆了。

"喂——"陈寂很不爽地叫他。

"啊？"周尽燃才反应过来。

他眨了眨眼，盯着陈寂看了半天，试探性地开口："是乒乓球不好玩，还是比赛不好打，为什么要谈恋爱？"

"……"

"没必要动心违反队规？"

"……"

"这该死的友情？"

陈寂无言以对。

沉默了一会儿，他站起来说：“不愿意说拉倒。”

周尽燃连忙拽住他：“说说说。”他把陈寂按回去，在更衣室里踱步，“不应该啊，招招不是说了，只要你追她她肯定会忍不住答应吗？”

陈寂说：“是。”

周尽燃说：“那你怎么追她的？”

追个头。

陈寂盯着掌心的纹路，心想，他倒是想追，但是等他从日本回国后，林招招已经坐上了前往非洲的飞机。非洲不是天涯，有手机就能沟通。但他怎么也没想到，林招招去的地方信号全无，完全联系不上。

周尽燃沉声道：“都怪你。”

陈寂疑惑地看着他。

周尽燃说：“这世上哪有那么好的事，你说回头就回头了？这是上天在考验你！我们家小招宝哪里是你说追就能追上的？”

陈寂挑眉道：“你们家小招宝？”

周尽燃理直气壮：“时映家的，时映是我的，所以简称我们家的。”他看了眼时间，还是忍不住叮嘱，“虽然追人要紧，但在八月大赛结束之前，你肯定不能去找她。四年一次，不只是你一个人的荣誉和比赛。”

陈寂说：“知道。”

轻描淡写的语气，周尽燃却松了口气。他知道陈寂一向拎得清，但又不太了解有了喜欢的人之后的陈寂，所以没忍住唠叨。见陈寂这么说，他点了点头，说：“那你缓一会儿，实在难受就去医务室开药回宿舍休息。”

陈寂看了他一眼，说：“副队长。”

周尽燃说：“啊？”

陈寂笑了笑，说：“谢了。”

“谢什么？”周尽燃有些得意。

他天生一双笑眼，严肃却温和的队长是当不成了，当个知心的副队长绰绰有余。这下被陈寂一感谢，不由得骄傲了，絮絮叨叨上了。

等他絮叨完了，发现陈寂走到了窗前。

窗帘拉开，六月炽烈的光打进来，映在陈寂的侧脸上，镀上光，有点虚幻。他望向远方，在这样欣欣向荣的长河清晨，他显得沉静。

他低低叹了口气，说：“可是我太想她了。”

这世上有各种各样的无奈，比如，我很想你，恨不得狂奔向你的那种想念，但我却不能立刻到你的身边去。

可是，我是真的很想你。

02

而在无国界医生组织的第十六行动小组中，死亡率仍在上升，几乎每死亡一例，宋行水和林招招就要忙十二个小时整，再送去火化。

第九次将死者抬出去后，林招招听到门外传来了痛哭声——不断的死亡带来的麻木终于没抵过恐惧和绝望。林招招共情能力强，听着不免悲恸，边清理器材边默默流泪。宋行水看到了，说："清理完再哭。"

林招招愣了愣，讷讷地"哦"了一声。

等她清理完器材，宋行水才提议一起吃饭，要一同吃饭的还有在门外哭的护卫队队员。压缩饼干很难吃，难吃也得吃。林招招坐在屋顶上，边看星星边就水咽着饼干。在等护卫队队员时，她跟宋行水说："宋老师，我就是共情能力强了点，没什么心理问题。"

"你以为我要给你上心理课？"

"嗯……"

"我是全科医生，但不包括心理。"宋行水也咬了口压缩饼干。

正巧护卫队的队员也上来了。那是个混血帅小伙，叫Jerry，会说一口流利的中文，刚哭过的眼睛有点红肿，看到林招招，有点不好意思地捂了捂眼睛。

"不用不好意思。"宋行水说。他抬头，星子倒映在他的眼中，闪烁生辉。像是在回忆什么，他的语速极慢，"虽然这个时候应该说，我刚来的时候不如你们。但事实不是这样，所以我就不举自己的例子了。

"我有个同事。在国内当了十年的麻醉科医生，好不容易升到了副主任一职，却突然申请了无国界医生。别人以为他只是心血来潮，或是混个资历好看，他却铁了心，要干一辈子。他跟我说，那阵子来劝他的人可以组成三个足球队。"

"但他还是来了？"林招招小口喝着水，水是消过毒的，味道并不甜。

宋行水点点头："他还是来了。我跟他同年来的，我们两个看了太多太多的生死，可以麻木地用世界上任何一种语言宣布一个人的死亡，花季的少女，初生的婴儿，刚分娩的母亲，看似有着很多时间可以浪费的年轻人……太多了，可他会偷偷地哭。"

"他嚼着烟草，哽咽着跟我说：'行水，为什么啊？为什么这世上有这么多的苦要受啊？人活着到底是为什么啊？'哭着哭着又释然，'或许这就是我们存在的原因吧。'"

村庄靠近雨林，数不清的昆虫在暗夜中叫嚣，病毒在温床中滋养，慢吞吞地侵蚀着人的生命，灯光明明灭灭。远离了喧闹的痛苦，屋顶上像是世外桃源般宁静。

良久的沉默后，Jerry问："后来呢？"

宋行水反问："你觉得呢？"

Jerry小心翼翼地猜测："他死了？"

“去！”宋行水笑骂他，“他所在的六十一行动小组，在中欧某些国家参与救援活动。”

他从口袋里掏出一个小袋子，袋子里装了些烟草，他放进嘴巴里嚼了嚼，说：“我之所以说这个，是想告诉你们：每个人都有悲伤的权利，不要麻木，只要不耽误工作，你可以大哭，可以悲伤，可以愤愤不平，可以对着老天大骂一句再跟它大战三百回合。”宋行水看了林招招一眼，“好吧，我好像上成了一节心理课。”

林招招老老实实地回答：“我喜欢喝鸡汤。”

宋行水顿时笑了。

淡淡的烟草味没那么刺激，混杂在各种味道中，反而显得清冽。他说：“好，最后一口鸡汤。人世间的痛苦是没有止境的，我们只能在夹缝中寻找幸福。但是，只要还能去寻找，就说明一切还没有那么糟糕。”

他站了起来，说：“去找负责通讯的人借卫星电话，给家里打个电话，然后早点睡。”

Jerry的动作很快，林招招还在消化着宋行水的话时，他已经跑去借来了卫星电话。林招招让他先打，Jerry应该是打给了父母，他很听宋行水的话，哭得稀里哗啦。

挂了电话，他把卫星电话递给林招招，说：“我妈让我回去。”

“你怎么想？”

“回去个头！”Jerry眼泪一抹，“我才不走！”

等Jerry回去休息后，林招招看着大块头的卫星电话，她已经不想再哭了，所以不能打给爸妈。

想了想，她拨给了云汀。

国内现在应该是早上，正好是吃早饭的点。所以没有等多久，那边就把电话接了起来。信号出奇地好，云汀的声音清晰：“喂？”

林招招说：“是我。”

“招招？”云汀吃到一半的包子掉在桌上，他跟对面的陈寂对视一眼，问，“你现在在哪儿？还习惯吗？能吃苦吗？危险吗？”

“你好啰唆啊，云汀先生。”林招招笑他，“你问那么多问题，要我回答哪个好？”

“全都回答！”

“可我没那么多时间啊。”

“那你就告诉舅舅，你现在在哪儿？”云汀在陈寂的示意下开了免提。

太久没听了，以至于陈寂有点恍惚，女孩的声音有点哑，应该是哭过了，低低的像是在撒娇，回答着云汀的问题。

很平常的对话——在不知道哪个地方，很好，苦还能吃，不危险。

云汀问：“你要跟陈寂说话吗？”

林招招沉默了一会儿，问：“他怎么在家？”

云汀说：“马上要集训，回家休假两天。你也是巧，正好我们都在家。你要跟他说话吗？”

云汀重复问了两遍，却还是尊重她，没有把手机直接递给陈寂。

陈寂紧张地舔了舔唇。

粥的热气在缓慢地升腾，他像是在经历一场审判般，等着林招招的最后宣召。

终于，林招招开了口：“那你给他吧。”

到底是心软，到底是想听他的声音，到底是想他。

云汀把手机递给陈寂，陈寂放下筷子，推开门走进院子。临近七月，院子里的六月雪开着白色的花儿，他踱步过去，让声音趋向平稳：“招招。”

“我挺好的。”林招招在他继续说话之前打断了他，她站在屋顶上遥遥望着远处的草原，“老师对我很好，同事对我很好，虽然饭不是很好吃，也不能经常洗澡，但是我觉得我还能撑得下去。”

“嗯。”陈寂说，“我知道。”

“你为什么知道？”

“因为是招招啊。”

所以他就是知道，招招讨人喜欢，虽然有时候会有点娇气，但在关键时刻从来都不掉链子，可以咬牙撑下去。

可是这不代表他不心疼。

他喜欢的人，哪怕只是受一丁点儿苦，他该有的心疼不会少一分。

他沉默地等林招招说话，她的呼吸平稳、轻微地，自卫星电话传递，抵达他的耳朵里。她小声地说：“没有你我也挺好的，真的，陈寂。你知道的，所以你千万别愧疚，也千万别怜悯我，我从来都不曾因为你失去过自我。”

“我也是。”陈寂仰起头，初升的太阳越过地平线，笼罩着三月街，在清晨的雾散去后愈演愈烈。

他说：“没有你我也挺好的。”

那就好。

林招招忽然释怀了。就应该是这样，陈寂对她说那些话，本就源自对她的怜悯，不忍心看她伤心难过。可现在过去了大半个月，情绪淡了，理智早就回归，他又是那个冷淡自持又爱耍酷的冷神了。

“好，那我……”

最后两个字还没说出口，就被陈寂打断了：“可我不能没有你，招招。”

——没有你我也挺好的，可我不能没有你。

电话是在很匆忙的状态下挂的，陈寂听了好一会儿也只能听得到忙音。他垂下眼，回头，云汀靠在门框旁看着他，由衷地发出赞叹：“哇哦。”

陈寂平静地把手机递给他，然后越过他，进屋，重新拿起筷子，搅了搅还温热的粥。

云汀坐在陈寂对面，幽幽地说：“我觉得你肯定有什么要跟我说。”

“没有。”

“有。”

“没。”

“你个小没良心的！有那么大的糖都不告诉我，我还是不是你最爱的舅舅了？”

“嗯，你不是。”

“……”硬的不行，只能来更硬的。云汀宣布，如果陈寂再不如实招来，他就去建议郑同在封闭式训练期间没收陈寂的手机。

陈寂喝了口粥，道：“封闭式训练，本来就要没收手机。”

“哦，是吗？”

“嗯。”陈寂放下碗，终于扛不住云汀的目光，无奈地说，“招招看起来很难追的样子。”

“对啊对啊。赵闻溪追得特别辛苦，我们办公室的老赵头都快秃了，还问我招招喜欢什么样的男生，怎么会这么难追？”

——喜欢我。

陈寂在心里说。

他慢条斯理地擦了擦嘴巴，却说：“是，我也想知道，你知道答案吗？”

云汀摇了摇头。

片刻，他猛地一拍桌子：“等等！什么时候开始的？”

“什么？”

“你什么时候喜欢上招招的？啊——那次你在她宿舍留宿的时候？”

“要早一点。”

“高中的时候？”云汀一不留神跨了好几年。

“也没那么早。”陈寂说，“不过不重要。我喜欢招招，也跟她说过了，虽然还没机会追。但是，她得是我的。”

他的语气轻描淡写，却霸气得让人恨不得跪下来唱《征服》。

云汀喃喃道：“怪不得之前一提赵闻溪，你就主动跟招招发糖，让我差点嗑昏头。原来是吃醋了。”

陈寂说：“嗯。”

狮子座就是这样，他认定的人，别人看一眼都觉得是在抢。

直到陈寂随队前去外省开始封闭式训练，林招招也没有再打电话过来。他开始有意识地去关注无国界组织的相关新闻。大大小小的事件发生在全世界，每天都有无数人死于疾病和战争。

终于，在七月中旬的一天，陈寂在某日报上见到了林招招。

还是顾则发现的。临近傍晚，训练馆里有零星几个人在做着自发的加训，头顶的灯光将影子投射到墙上。陈寂用黑布蒙住眼，跟墙打球，一来一回，很有节奏。

突然，场馆的门被人推开，顾则少见地抬高了声音：“陈寂！”

陈寂手一顿，回过头。

黑色的带子被风吹起，他随手扯掉，还没反应过来手里就被塞了份报纸。顾则拍了拍他，说：“A03页，别谢我。”

甫一见光，他还有点不适应，手中的报纸看得模模糊糊的，好一会儿才翻到A03页。是个很小的版块，黑白的报纸，照片也是黑白的，只有一张。

林招招站在一个男人身后，照片下注明：无国界医生 宋行水。

哦，是那个宋行水。不重要，陈寂将目光落在他的身后，镜头没有聚焦，所以有点不清晰。好在女孩生得好看，哪怕白大褂有点破旧，头发也乱糟糟，气色也不怎么好，但仍然出众。

她怀里抱着一个小孩。应该是婴儿，小小的，像个团子。

新闻标题：非洲新型病毒LE第一例痊愈！负责人宋行水表示，相关疫苗正在研制中。

“月余前，非洲爆发新型病毒LE，该病毒具有很高的传染性，潜伏期为七天，从发病到死亡，整整二十一天。这样文艺的名字下，却是杀人不见血的病毒。”陈寂一目十行地读着报道，“世界卫生组织称，此次病患痊愈并非偶然，离不开无国界医生组织第十六行动小组的辛勤工作。记者深入了解……”

破落的村庄小镇，蜿蜒在路上的毒蛇，有一块没一块的玻璃窗，行色匆匆、全副武装的医护人员，躺在担架上呻吟的患者。

记者的笔触温情又不乏凌厉，将病毒之可怕、医护工作者之艰辛、病人之痛苦一一陈述。

陈寂拿着报纸的手微微颤抖，眼眶渐渐红了起来。

他自小没有父母陪伴，生命中只有云汀和林招招。他受过很多很多的苦，他知道这世上有无数人在受着苦。甚至，他宁愿自己依然在受苦，却私心希望这些人中没有他爱的人，没有林招招。

剜心般的痛在敲打着神经，他慢吞吞地将报纸收了起来。重新缚上黑带，眼前是无尽的黑暗。

乒乓球打到墙上，借力反弹回来，又被球拍打回去。落点与步法因重复无数遍而刻在骨子里成了肌肉记忆。

训练结束，郑同吹哨，把运动员聚到一起进行点评。人不多，所以进行得很快。

解散后，郑同把陈寂单独留了下来，凶他："你的状态要是再找不回来，就滚回长河换人。听见了吗？"

陈寂却答非所问："日本公开赛的奖金是多少？"

郑同问："怎么了？"

陈寂说："不用打我卡上了，以训练中心的名义捐了。"

"……捐到哪儿？"

"无国界医生。"他看着郑同说，"麻烦教练了！"

说着，他又走回了训练场地。周尽燃喊他："都要吃饭了，还训练什么？等明天我再来陪你练。"

陈寂拿起乒乓球拍，单手握拳，吹了口气，说："我加训。"

动心也是犯规，他甘愿受罚。

03

随着第一例病患痊愈，病毒被有效地遏制住了。然而由于资金不足，医疗环境太差，距离过远，药品、医用口罩、防护服都陷入了短缺状态。分部调不出人手，宋行水无奈之下，只好派出以Jerry为首的三人去就近的大城市取药。

"说是就近，也有个七八百公里，还有无人区，路很难走。"晚饭的时候，一名护士叹了口气，"明天中午送不到，又会死很多人。"

为了省电，他们围在屋顶上，只点了根蜡烛。昏暗中，不少人都在边吃饭边偷偷抹眼泪。林招招离她近，伸手拍了拍她的背。

环视了一圈，林招招问："云医生还没来吃饭吗？"

护士摇了摇头，说："她啊，比宋医生还拼命。"

这位云医生是半个月前自己开车来的，带了满满一车的药、口罩和能用到的设备。宋行水把她接进临时办公室，想跟她长谈一番，她却不耐烦地打断他："废话少说，我来之前已经把检讨写好寄给总部了。病区在哪儿？"

恰好当时林招招在整理药材，听到时大气都不敢出。

宋行水无奈地说道："你别凶，看把我们实习生吓的。"他喊来林招招，"招招，过来认识一下，这位是毕业于加州大学医学院的云医生。"

林招招走过来问好："云医生好。"

云医生看了她一眼："临溪医学院的？"

林招招说："是。"

"哪个系的？"

"法医系。"

"法医系的来凑什么热闹？"云医生冷哼道，"是国内的尸体不够你解剖了，还是学业太轻松了？”

“学校的实习项目，没有规定不准法医系学生报名。”林招招不卑不亢地阐述事实。

“看来还是个尖子生？你们学校还真舍得。”云医生打量着林招招，抬了抬下巴，问，“云汀认识吗？”

林招招愣了一下：“啊？”

云医生喃喃道：“不至于啊，我不是听说他留校任教了吗？难道被开除了？”

林招招说：“没有。”

“认识？”

“……挺熟的。”

“嗯？”

“他是我老师，也是邻居。”

“……”云医生突然转身，对宋行水说，“你先出去，二十分钟后如果再不告诉我病区在哪儿，我就把我带来的药和口罩全部带回去。”

宋行水无语了一会儿，摇了摇头：“怕了你了。”

等宋行水走出去后，云医生找了个地方坐下来，示意林招招坐到她对面。林招招坐过去，舔了舔唇，说：“云医生，您认识云汀舅舅？”

不会吧？难道是云汀失散多年的妹妹……或者姐姐？

林招招的心情很复杂，陷入家庭伦理剧的剧情中不可自拔，已经脑补到了被迫分离的亲兄妹再相见时热泪盈眶的场面。

云医生突然清了清嗓子，拉回了她的思绪：“你是小招宝？”

林招招惊了一下，不由得微微瞪大眼睛。云医生常年在外，皮肤并不好，但胜在底子好，依稀能看出如果好好打扮一定很惊艳，确实很有云家人的美貌基因。

强势的人，让人回答问题都不由自主：“是。”

云医生点点头，说：“我是云静。”

林招招愣住了：“……”

“你不会没听说过我吧？”

“……”林招招还没回过神来。

“难道陈寂跟你说他小时候妈妈就死了？”

“……没有。”

“那对我还不错了。”云医生——云静垂下眼道。她似乎有很多话想问，却又因性格使然问不出口。她停顿了三四秒，又嫌弃自己的扭扭捏捏，正想让林招招出去，却听见林招招说：“他在备战八月的大赛。”

云静怔了一下：“啊？哦，八月大赛。”她点点头，“挺好的。”

林招招沉默地看着她。

虽然与陈寂一同长大，但是她对云静的了解很片面。在她的记忆里，云静是个狠心的妈妈，在陈寂三岁时就出国进修，把陈寂丢给云汀照顾。她从不关心陈寂，无论是他的生活还是学习，抑或是拿了无数个世界冠军的乒乓球。

尤其让林招招印象深刻的，是陈寂曾红着眼眶跟自己说：“她说她会看我的比赛，但她不会告诉别人那是她的儿子。她是个看客，看了一场精彩的比赛，为胜利者鼓掌。”

这样置身事外，本该在国外进修建筑学的陈寂的妈妈，却突然出现在这里，载着一车的药和设备，灰头土脸却又意气风发地站在她的面前。

反差太大，林招招的情绪调整不过来。恰好门外有人喊她，她跟云静打了个招呼，便连忙走了。

半个月后。

云静比宋行水还要拼命，每天只睡两三个小时。她的专业能力过硬，做事雷厉风行，对待病人却又如春风细雨，跟她一同工作的医务工作人员都很敬爱她。

“你知道上次我把她哄去休息用了什么方法吗？”护士就着水咽下最后一块压缩饼干，“我说：‘你要是再不休息就要昏倒，昏倒我就给你挂葡萄糖，你舍得浪费一瓶葡萄糖吗？’她这才去休息。这两天葡萄糖用完了，我也劝不动她了。招招，云医生好像挺喜欢你的，你要不去劝劝？”

“……好。”

云静正在进行查房总结：“21床要多观察，注射最后一次药物后，把他转到A3普通区。64床因病毒感染引发颅内出血，十分钟后进行第二次手术，谢医生来了吗？”

“在准备手术了。”

“嗯，麻醉有人吗？”

“安排了。”

“那我们去A3病区看看。”云静收了笔，急匆匆地带着助理医生走出院子，往A3病区走去。

A3病区是普通病房，零散地躺着几个逐渐痊愈的病人。电线贴着墙边曲曲折折的又被挂起，昏黄的灯摇摇欲坠。

“刺啦”一声，电线短路，灯光灭了一下，又重新亮起来。

云静还没走到门口，门就被人从里面打开了，林招招站在门内。云静愣了一下，听到林招招问了声好，然后说：“体征一切正常，病人休息了。”

云静没说话，林招招的声音很平缓：“一名护士和医生当值。”

看似软软糯糯的小姑娘，就这样站在门口，温和却强势地不准云静入内。

云静被她气笑了，说：“我得看一眼，不然不放心。”

林招招点点头：“那看完，云医生会休息吗？”

在这儿等她呢？云静对林招招有点刮目相看了。

她正想说那不看了，林招招却让开了一条路， 云静只好走进去。确实如林招招所言，一切正常。

林招招在门口等她：“云医生吃完饭去休息吧。”

饭是刚拆封的罐头，云静就坐在杂草丛生的路边吃。林招招给她打了杯水放在她身边，默默地在旁边监督她。

云静笑道：“你这孩子，太较真了吧？”

林招招说：“您都一天没吃东西了，饿过了头会不想吃，所以我要监督您吃完。”

云静边吃边点头，问：“你不喜欢我？”

林招招说：“我很敬佩您。”

“敬佩和不喜欢，不冲突。”

“是的。”

“因为陈寂吗？”云静吃着东西，声音含糊，可能是习惯了说外语，中文说起来有点别扭，“你跟陈寂很熟吧？”

林招招问：“您要问我关于陈寂的事情吗？”

云静说：“不说拉倒。”

她继续吃东西，因饿了太久而消失的饥饿感渐渐被香味复苏，一阵阵袭来。她喝了口水，又说：“你心里一定在想，就没见过这么别扭的妈妈，是吗？”

林招招微怔。她得承认，她对云静的感情很复杂，就像云静自己说的，敬佩和不喜欢并不冲突。她点了点头，说：“您要是问的话，我会告诉您的。”

“好，聊聊陈寂。”云静轻描淡写，不等林招招说话，就自顾自地说下去，“我怀陈寂那会儿，没两个月就是冬天了。那年临溪的冬天不冷，几乎每天都有太阳。我就爱出去走走，送云汀上学，去图书馆看书，去小河边散步。

“走到小河边，有人喊我：‘妹子，这儿危险着，你离远一点。’我偏偏不信邪，结果摔了一跤进医院了。云汀那孩子请了假照顾我，埋怨我怀着孩子还不老实，我就甩锅给陈寂，说是他让我出门的，不出门就踢我。”

云静脸上浮现出淡淡的笑意：“他来的时候天刚转凉，出生的时候天已经很热了。打小就很漂亮的孩子，很爱笑，一逗眼睛就弯起来。

“第一次叫妈妈的时候可费劲了，他趴在床上，抬着头，好半天才喊出来。再长大些小嘴就特别甜，跟云汀争辩妈妈是世界最漂亮的女孩子。再后来……”

林招招听得心里像有酸水涌出般难受，喉咙口生疼。她眼睛干涩，眨呀眨地望向天空，星子压低，点点星光铺开。

她想，哪一颗，是陈寂送她的那颗？

走了会儿神的工夫，云静已经吃完了饭。她习惯地将垃圾堆到一起，随便擦了擦嘴巴，继续说：“后来我给自己规定的时间到了。”

理智的人就是这样，哪怕有意外打乱了原本计划好的人生，她也能狠心让一切重回轨道。她编了个完美的谎言，她让云汀告诉陈寂，妈妈去国外深造建筑学，过得特别好，不用挂念，挂念妈妈也不会回来。

林招招听到自己开口，声音轻得能飘起来：“为什么不说你是来当无国界医生？”

“因为不想他那么小就每天活在担心中。”昏暗中，灯光打不到的地方，云静的手颤抖着，她努力地保持语气的平静，“他那么小，他会尽他所能地去找妈妈在的地方的信息，他会看到很多恐怖的事情，他会惶惶不可终日。你忍心吗？”

“当然了，会有很多人说，如果你真的爱你的孩子，为什么不为他放弃？”云静笑了笑。

她一笑更像陈寂了，眉目间是清冷的，双眼却含着十足的笑意：“因为这世上还有大爱啊，我已经是个不称职的母亲了，我想做个称职的医生。”

林招招沉默着。

站在无国界医生的立场上，林招招很敬佩云静；而站在陈寂的立场上，她又怪云静不负责任。沉默了良久，林招招张口：“陈寂小时候就爱装酷。”

云静一愣，诧异地看向林招招。女孩以前应该没受过什么苦，巴掌大的脸不知道蹭到什么了，灰扑扑的，却能看出可爱来。

她没看云静，将目光投向一望无尽的黑暗，继续说：“话不投机，转身就走，要人哄。小学的时候还跟人打架，不说话，下手也不狠，看上去特别可怜。云汀舅舅不会带孩子，两人就一起坐在升国旗的台子上聊人生。初中的时候去学乒乓球了，有好多女孩子喜欢他，他跟我说：‘招招，我会拿冠军的。’

“哦，对了。他还去看过陈炽。陈炽您知道吗？他弟弟，他去看了陈炽好多次，可是后来他还是为了打乒乓球离开了。

“后来，我喜欢上他了。”

意料之外，却又在意料之中。云静想。

林招招却不愿意多说了。她站起来，说：“您的谎言美丽又残忍，我不会戳穿的，因为我不想陈寂以后在愧疚中度过，愧疚误会了您，愧疚一直在怪您。作为医生，您是所有人的榜样。但作为母亲，您的确做得不好，他没什么好愧疚的。每个人都有自己的选择，也该为自己的选择承担，您的选择，他已经承担了一部分，更多的就不必了。”

她缓了缓，看了眼腕上的表，说："云医生，您该休息了。"

七月的夜晚，温度降低，风卷着细雨自高空飘过，至深夜时狂风大作，雨如同倒豆子般噼里啪啦地砸下来。

林招招回到住的地方时，她的睡袋口躺了封信，旁边的护士长说："晚饭的时候送来的，你在非洲还认识别的人？"

别的人？她好像真的认识一个。

林招招拿起信，走到窗边，窗外雷鸣电闪，借着一丝微光，她看到了信封上熟悉的字体——是赵闻溪。

04

赵闻溪的信是托人送来的，上面有他的联系方式，让林招招有事可以找他。林招招没当回事，把那张小纸条随意地扔进口袋里。

但她没想到，她能这么快就得找赵闻溪了。

第二天早上，雨已经停了，所有的窗户打开通风，没有药的病区除了病人的呻吟声，还有医务工作者轻轻的脚步声和叹气声。有不少医生护士跑到马路上等Jerry他们回来，但是等来的却是另一批人。

恐怖分子。

活生生的恐怖分子，留着络腮胡子，真枪实弹地闯了进来。起初大家轻微的惊慌很快被镇压住。头目用流利的英文问："谁是组长？"

宋行水站了出来。

他们用英文交谈，头目的语速飞快，宋行水却缓慢而有力。

"我们有伤员，需要立刻手术。"

"好。"

"你知道他们是怎么受伤的吗？我们刚刚袭击了一座城市，数以百计的人死于非命，都是我们的功劳。"

"我是医生，我不判罪。"

"不愧是大名鼎鼎的宋行水医生，就冲你这句话，救下来我兄弟，我答应你一件事。"

"不伤害村民。"

"那不可能。"头目断然拒绝，他嗜血地舔了舔嘴巴，"我可以不伤害医生。"

在经过搜查后，所有的医务人员被允许可以在一定的范围内活动，宋行水将他们严谨地编成几队，要求他们尽全力医治。

他咬着牙，红着眼说："我知道，用你们的医术为这种人治病，是最大的侮辱。有很多人宁死也不愿意屈服，但是我不准你们就这样死了，活下去，请一定要活下去。"

活下去。所有人都把这当作信念，林招招也一样。

她给受伤的恐怖分子包扎、注射，辅助医生给他们做手术。她麻木又隐忍地听着时不时会响起的枪声，尽量不让自己的手颤抖。趁他们不注意时，会有医护人员溜到病区去。

药品本就短缺，无人问津的病人的下场可想而知。

用不着医生的时候，他们会被关起来。林招招写了好多遗书，先给爸妈写，再给云汀写，然后给好朋友写。

最后她想，如果明天我还活着，我就给陈寂写。

太阳照常升起时，她在晨光熹微中给陈寂写信，她承认她还爱着他，承认她不能没有他，承认如果他追她，她肯定会忍不住答应他。

她写道："陈寂，在这几天少之又少的睡眠时间里，我每一秒都在做梦。我梦到我们的少年时代，夏日里阳光炽烈，你在操场上肆意地奔跑，有人喊你的名字，可你只看向了我。我想你应该是喜欢我的。

"对不对？我明明那么好，好多人都喜欢我，你也喜欢我。我应该多点耐心，让你的喜欢从友情变成爱情。

"我梦到晚自习结束后，我们躲在家门口的桥下吃雪糕。风是闷热的，三月河的清凉吹不散的闷和热。汗水亮晶晶的，你小声地唱'一闪一闪亮晶晶'。我大胆地说，最好看的是你的眼睛。你笑了，星星便也没了颜色。

"可是，你看见了吗？陈寂，我喜欢你的那颗心，是彩虹的啊。"

信的落款都没来得及写，便被突如其来的撞门声打断了，她匆忙地把信塞进睡袋里，装作被吵醒的样子。

每个人都神经衰弱，惶惶望不到尽头，却偏偏都在强撑着。

恐怖分子是一周后走的。走之前的那晚，他们通知媒体，宣布对一周前的恐怖袭击事件与此次事件负责，并声明没动医护工作者一根毫毛后，便在第二天救援赶到之前扬长而去。

众人似乎陷入了漫长的窒息里，死里逃生后无论过去多久都无法忘掉的窒息里。他们等着所有人撤离，一米，十米……一百米时，有医护工作人员立刻冲了出去。烦琐且没有尽头的救援工作，在等待外援的情况下艰难地进行着。

再次确诊一例死亡后，林招招跟云静将尸体抬出去。回来的路上，她绊了一跤，坐在冰冷的地面上。

云静问："你怎么样？"

林招招摇了摇头，扶住她伸过来的手站起来，说："没事，走吧。"手滑进口袋，冷不丁地碰到一张纸条，她愣了愣。

很小，是赵闻溪寄来的信。

赵闻溪比官方救援到达得要晚一点。

傍晚的天，血红的夕阳缓缓沉入地平线，呼啸而来的车子一辆接一辆地驶进这座多少年无人问津的村落。然后，新来的医护人员代替了他们，却也留下来一部分人辅助工作。

林招招跟赵闻溪匆忙见了一面，就再次投入工作。忙了整整一夜，面对如此高的死亡率，没人敢休息，没人敢喘息。直至凌晨，月儿弯弯地挂在树梢，明晃晃的月光笼罩村庄，林招招才头重脚轻地走了出去。

外围的救援早就结束了，赵闻溪蹲在门口的空地上抽烟，烟头散了一地，听到脚步声，他抬起头。

林招招在他面前站定，无声地笑了笑，说："谢谢。"

赵闻溪也笑了，他说："别谢我。"他抬了抬下巴，"要谢谢他。"

林招招一怔，背后的目光像是有了实质般，灼热、坚定地刺得她的后背发疼。疯狂的想法在心底恣意横生，传遍冰凉的四肢，变得滚烫起来。

她终于回头。第一眼，就看到了陈寂。

他靠在低矮的砖墙上，长腿交叠在一起，双手插在裤子口袋里，可能是走得太急了，训练服没有换下来，在夏日的晚风里浸了一层又一层后怕的汗。重新接起的电路稳定，白炽光将他笼罩起来，身影虚幻，却又如此清晰。

是陈寂。

一如既往的，沉静、从容不迫的陈寂。

是在做梦吗？林招招在心里问自己。不应该的，陈寂不该出现在这里，八月的大赛还有一周，他应该在里约调整时差，在准备比赛，在调整状态，进行日复一日的训练，以拿到那个全世界都为之瞩目的奖项。

可他没有。他站在了她的面前，在她的注视下，他慢吞吞地站直身子，走到她的面前，抬手，碰了碰她的脸。

很轻，又很快地收回。

像是确定了什么，他松了口气，在林招招开口之前猛地将她拉进了怀里，用了全身的力气，恨不得将她揉进身体里。紧接着，他把下巴放在她的肩膀上，侧过脸，冰冷的唇贴着她的脖颈，感受着她安心又急促的心跳。

怦怦，怦怦。

林招招喃喃："陈寂。"

"不是做梦。"陈寂哑着声回答她。

过了一会儿，他松开她，笑了笑，问："休息吗？"

林招招休息的唯一清净的地方，只有屋顶。

之前的雨早就停了，天气重新变得闷热起来，稍微动动就是一身汗。林招招在后勤处领了面包和牛奶，跟陈寂爬上屋顶，并肩坐下来。她撕开面包的包装袋，咬了一口，眉头一皱："好甜。"

陈寂说："我去给你拿另一种口味的。"

林招招拉住了他的手腕，让他重新坐下。她摇了摇头，低着头小口小口地吃着面包。她在心底笑话自己，陈寂没来时连面包都吃不上，压缩饼干一天三顿地吃，也没觉得难吃。他一来，她这娇气的病便犯了。

嫌面包太甜，嫌天气太热，嫌环境太苦。

嫌弃到最后，她突然想起自己好像好久没洗脸了，于是面包咬到一半，眼眶突然就红了。她忍着不愿意哭出来，正忍得辛苦，脸上突然一凉。

林招招一怔，抬起眼。

是一张湿巾，被陈寂拿在手上，放轻了力道，缓慢地擦着她的脸。白生生的小脸渐渐露出来，滚烫的泪水自眼眶跌落，汇聚在下巴处，又落在陈寂的手腕上。

他像是被烫了一下，手微微颤抖，说："别哭。"

明明说的是别哭，却彻底打开了林招招的泪闸，积压的情绪找到了宣泄口，她"哇"的一声号啕大哭了起来。

陈寂叹了口气，手放在她的后脑勺，轻轻拍着。顿了顿，他低下头，用似有若无的吻拂过她的眼角，说："好了。"

好了，就在他怀中哭吧，就让他抱一会儿她吧，就让他有点真实感，让他清楚地感受到，她好好地活着，就在他身边。

等林招招终于哭完，已经不知道过去多久了。她抽了抽鼻子，这才想起问陈寂："你怎么来了？"

陈寂轻描淡写地说："说出来你可能不信。"

"嗯？"

"正好有架从里约开到洛肯基的私人飞机。"

"……那我是真的不信。"

"嗯。"陈寂也没指望她相信，面不改色地继续扯谎，"我就跟郑指导请假，说我要去找你，他很爽快地就同意了。"

"不可能。"

"这是真的。因为那时候我已经飞到大西洋上空了。"

"……不好笑。"

"本来也没想逗你笑。"陈寂低下头，从口袋里拿出半袋糖果递给她，"我来得太匆忙了，下飞机的时候顺了机长半袋糖果，草莓味的，当然不如草莓，但应该还算甜。不是说吃甜食心情会变好吗？"

顿了顿，他剥开糖纸，递到她的唇边。

林招招张口，咬住糖果，唇似有若无地触碰着他的手指。他的指尖微动，不舍地收了回来。

林招招说："好吃。"

"那就好。"

林招招沉默了一会儿，又说：“你会受罚的，郑指导那么凶。”

“没关系。”

“可能会耽误比赛。”

“没关系。”

“你知道这里有多危险吗？你来了能干什么？你又不会治病也不会救人，可能还会添乱，别人还要保护你。”

“是啊。”陈寂低声说。他看着她，眼角泛红，声音泄出一丝颤抖，“可是我还是要来。我不想在新闻报道中看到死亡的数字时猜测里面有没有你，我不想坐在训练馆里等着不知好坏的消息，我得来找你。”

他伸手，单手捧起她的脸，指腹自她的眼角划过，声音低低的：“招招，我得来找你。”

“……为什么？”她问了句废话。

陈寂却笑了笑，唤道：“招招。”

“嗯？”

“追你的话，从学做饭开始，可以吗？”

05

陈寂能到非洲当然没他说的那么轻描淡写，但毕竟已经过去了，没必要跟林招招细说。等到林招招在车里睡下后，他才下了车。

凌晨时分，风终于变凉，绕着村庄呼呼地吹着，树叶沙沙作响，一切都归于沉寂。

不远处，烟头在暗夜中闪着红光。

陈寂走过去说：“借支烟。”

赵闻溪把烟盒和打火机丢给他。陈寂靠在车身上，按下打火机，火苗摇曳，一点点将烟点燃。他抽了一口，抬头，吐了一小口烟圈。

烟雾缭绕，月色寡淡，他并不熟练、慢吞吞地抽着烟。

赵闻溪先开口了：“你明天走？”

陈寂说：“嗯。”

八月六号资格赛，还有不到一周的时间，他没有太多的时间可以停留。沉默了一会儿，他问：“你不走？”

赵闻溪笑道：“我又不用打比赛，闲散人一个，有的是时间陪喜欢的人。”

这话就挺诛心了。

陈寂蹲下来，把烟头按灭在草丛里，没说话。空气安静，只听得见风声。

还是赵闻溪先沉不住气，忍不住问：“如果不找我，你怎么过来？”

陈寂看了他一眼，说：“走过来。”

“你疯了？”

“我很清醒。”

陈寂很清醒，从他第一时间在新闻上看到恐怖分子的声明时，他就很清醒。他清楚地记得自己是如何走回更衣室，拿出手机，拨号码。

他听见自己说：“私人飞机借我一下，立刻就飞，目的地洛肯基首都。”

朋友问他：“陈寂，你在哭吗？”

陈寂说：“对啊。”

——他在哭，忍得很辛苦，但还是没忍住。

很快，私人飞机在机场起飞。将近十三个小时的飞行，他几乎都一言不发地看着窗外。

他接到郑同的电话，这点他真的没骗林招招，郑同没骂他，只是叹了口气说：“刚刚的新闻你看了吗？医护人员没有伤亡。”

“嗯。”陈寂说，“我亲眼去看看。”

“尽快回来。”

“好。”

挂了电话，漫长的航行像是看不到头。他想了很多事，想到她所处的环境，恐惧让四肢冰凉，胸腔里像是灌了风般空荡。

他想到在布达佩斯，他无声拒绝她的那个晚上，那一大段的空白。

终于，终于他也站在了当时的风口上，风雪扑面而来，试图灌满他空荡荡的心口，最后却只剩一片冰凉。

他想：原来面对空白，真的这么难过啊。

到达洛肯基首都时，天刚蒙蒙亮，陈寂拿着云汀给的赵闻溪的联系方式给他打电话。赵闻溪在机场接到了他。

情敌相见，没有分外眼红。

两人都是果断的人，只是赵闻溪要更理智，他说：“你现在太累了，休息一晚上。”

陈寂说：“不。”

“你过去帮不到忙。”

“我知道。”

“那你还……”

“所有人都跟我说了，”像是忍耐了很久，陈寂冷漠的表情终于出现了一丝裂缝，“我去了没用，我需要休息，我应该训练，我应该要准备比赛，我应该在里约而不是在这里……可是我只想见她。去他的本应该，我非要见她不可。”

赵闻溪又点燃一支烟，说：“别以为这样，我就以为你们情比金坚，拆散不了。等你走了我还是有机会的！”

陈寂冷漠地答道：“你没有。”

赵闻溪有些惊讶。陈寂却站起身，说：“走了。”

他转过身，正要抬步走回车内，面前的院门却被人打开了，穿着白大褂的医生走过来。她戴着口罩和帽子，看不清面目，声音闷在口罩里：“救援的？”

陈寂说：“是。”

“嗯。这里的病毒是有传染性的，新来的需要做血检排查一下，你跟我来。”她又看了赵闻溪一眼，“你在外面排个队。”

夜已经深了，工作也接近了尾声，按理说人应该很疲惫了，但医生到底是医生，哪怕连日劳累，当细细的针扎进血管中时，她的手也没有抖。暗红的血经过抽血管流进试管，医生说：“血管有点细。”

陈寂说：“嗯。”

他的血管很细，每次体检时遇到不熟练的护士医生，得挨好几次针才能抽到血。这次一次成功，他也有点意外。

陈寂本就不爱说话，心里记挂着林招招，想着明天就要走了，要不不睡了，能多看她两眼就多看两眼。正想着，突然听医生说：“我认识你。”

陈寂一怔：“您爱看乒乓球比赛？”

“偶尔会看。”医生说，“我们这条件，也看不了几场。”

也是。

医生又问：“你是林招招的男朋友？”

陈寂说：“还不是。”

迟疑了一下，他问：“您跟她熟吗？”

应该是熟的，他的小青梅，是出了名的招长辈喜欢，看这位医生的年龄恰好是取向狙击的目标，不熟才怪。

果然，医生点头。她在标签纸上写上他的名字，贴在试管上，说：“是个很好的女孩。

“刚来的时候，我还质疑过她，我说学法医的凑什么热闹。谁知道确实挺能干的，临床经验不行就干点杂活，要么整理药品要么帮宋医生分析病理。

“挺可爱的。”

陈寂听着别人夸林招招，仿佛能想象到她是怎样像只小蜜蜂一样穿梭在病区里，尽着自己微薄的力量。他笑了笑，说：“是啊，很可爱。”

“你喜欢她？”

“嗯。挺喜欢的。”顿了顿，他又补充，“喜欢得不得了。”

虫鸣，风吹，草动。

陈寂轻声走进了车里，重新上了锁，窗外的所有声音变得遥远，车里温暖安静，只有林招招的呼吸声。

她睡得不好，在他坐到她身边时，迷迷糊糊地动了动。她以为在做梦，眯起眼看了他一会儿，看得他都有点不好意思了。他伸手摸了摸她的脸，她才翻了个身，裹住被子，小声问："陈寂。你怎么来了呀？"

——你怎么来了呀？

软软糯糯的声音，让他魂牵梦萦了许多天，如今反而没有了真实感。他将手轻轻放到她的发上，顺了顺，说："因为……"

虽然眼下是晴天，但是星星月亮离得远，没有小夜曲，没有玫瑰花和酒，也没有萤火虫和细细风声。

但是还好，她是在的。

于是，陈寂开口："因为想你，所以来找你了。"

06

里约热内卢。[①]

周尽燃刚刚跟吴浩结束一场热身赛，吴浩擦了擦汗，问："陈寂什么时候回来？今天还是明天？"

周尽燃说："今天晚上。"

"啧。"吴浩看了眼坐在观众席第一排的郑同，"郑指导这次居然脾气那么好。"

"毕竟生死关头。"周尽燃把毛巾丢进篮子，跟吴浩一起走出场外，"而且许指导说的没错，陈寂的抗压能力和心理素质都很好。或许你不知道……"

"什么？"

"上个月在舟山的热身赛，就是你3比1输给陈寂的那场，他已经将近半个月没听到林招招的声音了。"

"所以？"

"所以状态非常不好。"

"状态非常不好打了我一个3比1，周尽燃你什么意思？我跟你拼了！走走走，再去打一场，我要为我的尊严和荣誉而战！"

周尽燃连忙躲开他，跑出场外。球迷还没离场，见状都吹起口哨，起哄声响彻场馆。

另一边刚刚结束热身赛的顾则看过来，喊道："周尽燃，回来开会。"

全场哄笑。

很快，"周尽燃 回来开会"被送上热搜，现场的球迷不断地拍照片传到网络上，虽然听不见会议内容，但光是看表情就已经足够丰富了。

---

① 赛制流程参考2016年里约奥运会，文中人物、姓名、故事均为虚构。

“顾队是说了什么，周尽燃怎么一脸苦？哈哈哈哈！”

“顾队还安慰周尽燃了！许门师兄弟是真的！固然是真的！”

“等等，开会的是三个主力队员和替补吧？陈寂呢？今天的热身赛本来应该是陈寂和周尽燃打的吧，他怎么没来？”

“不是吧？”

网友的讨论方向越来越偏，不少在现场的人也开始找陈寂，热搜关键词变成了“陈寂在哪儿”，阴谋论的猜测层出不穷。

不过，当晚八点，在陈寂背着包走进训练场馆时，一切谣言不攻自破。

在跟观众短暂地打了招呼后，陈寂走进休息室。周尽燃正在边喝水边刷微博，看到陈寂时一口水喷了出来，他连连咳嗽了几声：“我……我正刷到有人说你被绑架了，你的球迷要求组委会给个说法。”

LE病毒传染有特定的条件且潜伏期短，陈寂核酸检测阴性，在漫长的航行里完成了自我隔离，这才来了训练馆。

陈寂沉默地把包放在沙发上，坐下。他往后靠了靠，闭上眼睛，说：“一会儿陪我打一场。”

“你这个状态怎么打？”

“随便打打。”陈寂说，“有葡萄糖吗？”

“打点滴？我去给你叫医生。”

“直接喝。”

周尽燃找到一罐葡萄糖塞到陈寂的手中，陈寂闭着眼小口地喝着，多年来的习惯让他现在仍能保持冷静。好半天，他才开口：“见到了。”

周尽燃松了口气。

半瓶葡萄糖见底，陈寂说：“比我想象中的还要苦。今天我走的时候，她刚从病区里出来，离我特别远，她不准我上前。她跟我挥手，让我加油。我想抱她，可我不能抱她。”

陈寂握着瓶身的手用了力，指尖泛白。他缓缓地睁开眼睛，有什么迷了眼睛，睫毛濡湿，一切的轮廓都模糊了。他将空瓶子扔进垃圾桶，说：“走吧。”

见状，周尽燃微怔。

陈寂已经站了起来，将新的训练服拉链拉上，径直往外走去。周尽燃快步跟上去，跟他并肩走在通往赛场的路上。

临上场前，周尽燃冷不丁地冒出一句话。他说：“你是真的爱惨了她啊，陈寂。”

彼时陈寂正在拿着毛巾擦台子，镜头扫过他，在大屏幕上，每个表情都逃不过观众的眼睛。

在满场的尖叫声中，他看了眼镜头，笑了笑，说：“是啊。”

他真的爱惨了林招招。

约一周后。

当地时间19点55分，在马拉卡纳体育场，里约热内卢奥运会正式开幕。次日十点，男子单打资格赛第一轮开打。

从资格赛到1/4决赛再到半决赛，陈寂一路遇神杀神，与周尽燃成功会师男子单打决赛。

“合则天下无双，分则各自为王。”著名解说员、前奥运冠军周声雨翻着稿子，笑着说，“这是球迷们眼中的周尽燃和陈寂。我记得没错的话，他们是一起长大的？”

“是的。”另一名解说员答道，“周尽燃比陈寂要大点，但是两人也没什么代沟，陈寂不怎么爱说话，人送外号‘冷神’，可以说最好的朋友就是周尽燃了。两人第一次合作是在2010年捷克乒乓球公开赛上，陈寂刚加入长河乒乓球训练中心不到半年，就被委以重任。事实上，陈寂也没有辜负郑指导的期望。

“他们拿下了捷克乒乓球公开赛男双冠军，开启了双子星时代，为长河训练中心掀开新的篇章……”

“能看到画面吗？”赵闻溪在车顶上喊，“招招？”

“可以看到画面！”林招招从车窗探出头，说，“挺清楚的，你赶紧下来吧！云医生还没有来吗？”

赵闻溪说：“我去喊她。”

“你受着伤，我去吧。”林招招又看了眼电视屏幕，镜头还没有给到赛场，给的依旧是演播大厅的两个解说员。她打开车门，小跑出去，边跑边说：“我很快回来！”

赵闻溪坐在车顶上，晃着两条大长腿，头顶是繁星漫天，他应道：“好啊。”

林招招匆忙地说了句：“外面冷，快点回去。”

陈寂那天走后，赵闻溪却留了下来。他果敢、积极、生存技能多且能说会道，很快就融入了集体。

他却对林招招说：“我可能是个卑鄙的人，我留在这里不为别的，就是为了你，我希望你对我多一点愧疚。多分点心思给我吧，林招招小姐。”

林招招也瞪他：“为了让我愧疚也不至于三天一小伤，两天一大伤吧？”

赵闻溪闲不住，时常开着车去驰骋，冷不丁就受了伤，可怜巴巴地去找林招招包扎伤口，双氧水浇在手上也不觉得疼。

林招招推开院门，问护士：“见到云医生了吗？”

护士说：“A1区，宋医生那里。”

“好。”林招招从口袋里摸出陈寂那天给她带的草莓糖果，塞到护士手里，“早点休息。”

护士笑道：“行了，去看你的比赛吧！”

林招招笑弯了眼，又跑去了A1区。自那次事件后，她所在的小组受到了前所未有的关注，人们自发地组织捐款，药物和器械很快备全，病毒也受到了有效的遏制。这一周，痊愈五例，无一人死亡。

宋行水则接到命令，要求他把小组暂交给云静，尽快回分部研究该病毒的相关疫苗。为此，他已经跟云静吵了八百次。

这不，听到林招招敲门，宋行水扶了扶眼镜，直截了当地说：“看你儿子比赛去吧。”

云静说：“不看。”又扬声道，“林招招，谁让你来喊我的？我不看！”

林招招无语了一会儿，问：“您自己说的话这么快就忘了？”

云静被噎住了：“……”

算了。医学事业比儿子重要，云静已经身体力行地证明很多遍了，要不是她强调“决赛的时候一定要找我”，林招招也不会来喊她。

林招招急着看比赛，说：“那我先走了。”

没走出两步，门就被人从里面打开了，云静穿着白大褂站在门里，周身是冷白的灯光，她说：“走吧。”

林招招往屋里看了一眼，宋行水背对着门坐在办公桌前低头写着什么，背影温柔。

在返回车子的路上，林招招忍不住感慨宋医生真的很有人格魅力。云静看了她一眼，说：“你喜欢的是陈寂。”

林招招羞赧了一下：“那是以前啦。”

云静没说话。

好吧，林招招自己也不信。

远远看到赵闻溪还坐在车顶上，两条长长的天线恨不得戳到天上去，给车载电视找到最完美的信号。巴西时间不到八点，他们这里却已经快过了十二点，天很凉，夜里起了层淡淡的雾，赵闻溪没穿多少，站在风口朝他们招手。

林招招走到跟前说：“你不听医生的话？”

赵闻溪笑着说：“我听话啊，但是得在这儿等你回来。”

他跳下来，打开车门，说：“我听了一下，比赛应该快开始了。”

云静和林招招并排坐在后座，赵闻溪则去忙其他事了。

比赛确实快开始了。在简单的热身后，陈寂和周尽燃站在一起说着什么，解说员正在猜他俩的谈话内容。

云静问：“他们在说什么？”

林招招胡乱猜：“可能是比完赛去吃什么。”

她是随口一猜，没想到却猜对了。

周尽燃擦着球拍，提反对意见："吃火锅？明天还有团体赛，不吃。"

"那吃什么？"陈寂问得很不走心。

周尽燃说："烤肉吧。"

陈寂说："明天还有团体赛，不吃。"

周尽燃有些无语地用乒乓球敲了敲球拍，听到满场的欢呼声后，向场上挥了挥手，说："这是完完全全属于我们两个的荣誉之战了，我不会手软的。"

陈寂说："好巧，我也不想输。"

周尽燃笑了笑，伸出手，陈寂握住他的手，肩膀相撞，而后两人同时转身朝赛场上走去。郑同则坐在观众席前排，一脸佛系地看着他们。

陈寂赢，仅剩世界杯冠军便能实现大满贯。

周尽燃赢，则直接实现大满贯。

比赛气氛不算紧张，甚至有点融洽，但这种融洽没有影响到观众。所有人都在放松的同时，又各自捏了把汗。周声雨说："翻了翻两人的单打成绩，两人是经常在决赛遇见的，在前期还有过陈寂专克周尽燃的说法，但后来的比赛中输赢也是对半。"

"是的。比赛之前我也问了总教练郑同，郑指导也无法预测今天的结果。还是那句话，竞技体育的魅力就在于它的未知性。你永远不知道，你的对手会给你带来怎样的惊喜，而你又是怎样地绝地反击。"

"运动员的状态，可影响的因素太多了，我们没办法去揣测。虽然无论怎么说，冠军都属于我们，但我相信，两位运动员的压力都不会小半分。"

"好，第一局，陈寂发球。"

侧身位，发反手下旋球，打得很坚决。

林招招看着比分在不相上下中一次次变动，一颗心提到了嗓子眼。她喃喃道："他们太熟了。打法也都太熟悉，陈寂有点落下风。"

"这也能看出来？"

比赛看多了，她又跟陈寂太熟，自然看到的东西就多点。果然，第一局以9：11结束。

第二局很快开始。

云静说："他来的时候，我见到他了。"

林招招回过头。

云静的眼睛却还在看着车载电视，她戴着眼镜，昏暗的车灯将她的皮肤照得很光滑，她说："他是个很坚韧的孩子，云汀把他教得很好。"

林招招说："嗯。"

她重新把目光落在电视屏幕上，周尽燃1比0领先，陈寂也未见一丝慌乱。

云静继续说："看起来酷酷的，其实是个很有礼貌的小孩。他的血管好细，遇到不熟练的护士，得挨很多针吧，肯定很疼。”

“云医生……”

“耽误你看比赛了？”

“……没有。”

反而转移了注意力，没那么紧张了。

云静笑了笑，说：“有一次我特别想他，正好那段时间我在加州准备毕业论文，我就跟云汀说，让陈寂来加州玩。但是我没想到，我临时接到任务，在他飞了十七个小时到我这里的时候，我却走了。

“我拜托了同学带他玩。后来我同学告诉我，临走前，陈寂问她：‘我知道妈妈很忙，但是连见我一面的时间都没有吗？一分钟也可以的。阿姨，你就带我到门口，见了我就走，不会耽误她的时间。’”

比分1：1。

陈寂追回比分。他跟周尽燃走到一旁擦汗，而令人惊讶的是，两人仿佛是在队内正常拉练般，又若无其事地聊起来天。

“别说了。”林招招的心也迟缓地疼了起来。她根本不敢想象，九岁的陈寂小声求人的样子，可怜巴巴却又很有骨气，与屏幕中的人重合，有种时光重叠的错觉。她重复道，“别说了，云医生，他有好好地长大。”

是啊，他真的有好好长大。

他在十二岁时找到了他一生热爱的东西，并始终为此斗志昂扬地奋斗着。他始终坚定，永远执着。他有并肩战斗的兄弟，有支持他、爱他的粉丝。还有，他终于动了心，来找他喜欢的姑娘，不远万里。

“漂亮！”解说员的声音猛地抬高，拉回了林招招的思绪，“陈寂这几个高球打得很漂亮，点找得非常好。一下子就进入状态了。”

“昨天半决赛，陈寂打的是D国的费利克斯，那场打得很激烈。费利克斯的进步非常大，而且很稳重，硬生生地打到了决胜局。陈寂如果不是最后一板打得好，今天未必能站到这里。不得不承认，昨天的比赛还是有影响到陈寂。”

第三局才进入状态，肯定是影响了的。

陈寂喝了口水，小跑了两步，膝盖在隐隐作痛，眉头微不可见地皱了皱。估算了一下承受范围，他走回乒乓球台。

乒乓，乒乓……

6：8。

7：8。

8：8。

8：9。

比分咬得很紧，你追我赶的，空气似乎也冻结了。在暂停时，镜头扫过观众席，拿着两人手幅的球迷眼含热泪，拼命地摇着手幅。

“举世无双，各自为王。”

“好，场上比分11：9。这样，周尽燃拿下第三局，2：1领先陈寂。”

咚咚咚。有人敲了敲车窗。

林招招把车窗降下来，赵闻溪趴在窗口，说：“刚刚听到广播了，陈寂挺厉害啊。”

林招招的嘴角挂上笑意：“是啊，很厉害。”

“能赢吗？”

“不知道。”

“你希望他赢吗？”

“当然了。”

“那如果他输了，你就别答应他了，怎么样？”赵闻溪很阴险地提建议。许是见云静也在，他脸皮薄了点，“现在别回答，等他输了再说。”

“呸呸呸！”林招招瞪他，“别乌鸦嘴！”

外面风大，赵闻溪打开车门坐进来。

第四局的比分已经到了5：5，周尽燃越打越稳，无论陈寂打得有多气势汹汹，他都可以四两拨千斤地防守回去，最后再得分。解说员分析着周尽燃的打法，赞不绝口。

“没想到会这么稳，遇上陈寂，球也不削了，这战术真的很高明。”

休息一分钟，周尽燃喝了口水，妥协道：“好吧，吃火锅。”

陈寂面无表情：“不吃了。”

周尽燃笑道：“吃啊，都依你了怎么不吃了？”

陈寂说：“看着你来气。”

闻言，周尽燃再次惊讶得无语。

比赛重新开始。队内的运动员也都一一坐在观众席上，挨着郑同，一排坐过去，很是壮观。顾则坐在郑同旁边，郑同说：“预测一下。”

顾则笑了笑，郑指导这是真的紧张了，面对媒体的时候义正词严地说“无法预测，尽全力就好”，场下却还是紧张的。

手心手背都是肉，不紧张才怪。

“尽燃吧。”顾则说，“更稳定。但是如果陈寂爆发的话，结果谁也说不好。”

郑同点头，随即眼一瞪：“这还用你说？可能、大概、如果，我也能说一万句。”

顾则无奈：“是很难预测，未知因素太大了。之前有次公开赛，也是差不多这样的局势，尽燃领先，结果陈寂翻盘，硬是打了个4：3。”

10：11，周尽燃拿下第四局，比分3：1。

陈寂没有去擦汗，也没有去喝水，只是慢慢地把球拍在衣服上擦了擦。掌心的汗在逐渐冷静下来的心跳中蒸发。

自从与周尽燃拿下捷克乒乓球公开赛双打冠军后，这些年他收获了很多奖杯，有冠军的，有亚军的，堆在书桌上能砸死人的那种。

可是那么多奖杯中，始终缺了点什么。

奥运会金牌，世乒赛冠军，世界杯冠军，大满贯，这样的荣誉没人不想要。他想要，周尽燃也想，没人不会全力以赴。

所以——

陈寂侧身，乒乓球在掌心轻轻握了一下，摊开，抛起，球碰撞球拍，打了过去。

就享受比赛，放手一搏吧。

“陈寂的状态变了，完全回归了以前的打法，不过他这样打膝盖受得住吗？”解说员眯起眼睛，“太不保留了。”

“都这个时候了还保留什么！”赵闻溪没忍住，回怼解说员。

的确，都这个时候了。

成败在此一举，谈何保留？陈寂没有保留，周尽燃也没有保留，两个人在场下可以毫不藏私地一起训练、一起复盘，场上也完全地尊重对方。

用尽全力打败他，是对对手最大的尊重。

一场精彩至极的高质量乒乓球比赛，点燃了所有观众的热血，他们沉默地看着比分变动，拉开再追回，追回再拉开。

球迷泪流满面。

“既然CP是真的！呜呜呜！”

“陈寂，妈妈爱你！”

“尽燃，冲啊！”

“我爱死体育竞技了，我爱死这生死一瞬间的不服输了，我永远爱小胖球！”

“好，观众朋友们，现在为您直播的是里约奥运会乒乓球男子单打决赛现场，陈寂对周尽燃。目前进行到第五局，周尽燃3：1领先陈寂。第五局比分9：10，陈寂落后一分。”

“下旋球，周尽燃高球！好的！周尽燃拿下第五局，4：1战胜了陈寂！拿下本届奥运会乒乓球男子单打比赛的金牌，实现个人的乒乓球大满贯！恭喜周尽燃！同时，我们也感谢周尽燃和陈寂为我们带来这样一场高质量、高水准的比赛……”

周尽燃如释重负地放下球拍，高高跳起，向球迷致意，然后走向陈寂，伸出手掌。陈寂握住他的手，像上场时那样，跟他肩膀相撞：“恭喜。”

顿了顿，在队友和教练进来之前，陈寂说：“吃烤肉吧。”

周尽燃挑眉："哦？"

陈寂笑了笑，说："听冠军的，不过——"

"我就知道有条件！"

"手机借我一下。"

没错，陈寂的手机又被郑同没收了。

07

林招招在半夜两点接到了陈寂的电话。风太大了，哪怕她站在屋顶上，信号也很微弱，听不清楚。

她将话筒贴近耳朵，听陈寂的声音断断续续地传来。

零碎的，拼凑不成句子。

最后只听见了一句："明天打团体赛，我首发。"

信号又忽然好了起来，甚至连呼吸声都听得清楚，林招招小声地喊陈寂的名字，一遍又一遍。陈寂沉默地听着，却突然听到她说："你好烦啊。"

陈寂一怔。

"为什么颁完奖、接受采访后不去医院看你的膝盖，给我打电话干什么？我是医生吗？"

"你不是吗？"

"我解剖你？"

陈寂低声笑了笑，说："嗯，下手轻点，记得打麻醉剂。"

"不打！"

"好。"

林招招沉默了一下，才说："你突然这么乖我有点不适应。"

"早点适应吧。"陈寂靠在场馆外的墙上，仰着头看天空，星子渐渐湮灭在晴朗黑沉的天空中，遥遥地看不清楚。

他说："毕竟我在追你。"

你要做好准备，他真的在很认真、很认真地在追你。

第五章 

他心跳怦怦

01

“下面为您播报里约奥运会乒乓球男子团体赛事跟踪。当地时间8月12日上午十点，男子团体第一轮开赛，陈寂、顾则、周尽燃代表出战，以3：0进入1/4决赛。14日上午十点，1/4决赛3：0完胜H国，率先进入半决赛。8月16日下午四点，男子团体半决赛在3号馆开赛，与之前的两场比赛一样，陈寂首发，顾则第二，陈寂与周尽燃打第三场双打，争取直接三场拿下比赛。此次半决赛……”

视频到这里戛然而止，网络缓慢地转啊转，始终转不出下一句来。林招招恨铁不成钢地拍了拍无线网的盒子，无奈地往身后的病床上一倒，哀叹：“又没网了！”

这时，病房的门被推开，全副武装的黑人护士走进来，英语俏皮又可爱：“招招，今日份抽血快来完成。”

林招招苦着张脸拒绝：“我不要。”

“乖，本周最后一次啦。”护士拿出针头，笑眯眯地说，“你又不是不知道，要想顺利回国，就必须确认你没有携带病毒。”

林招招抗拒不成，只好委屈地把手臂伸了过去。

她在病区呆的时间长，因回国前必须要隔离两到三周，林招招于一周前提前结束实习，被送到洛肯基首都的一家医院进行隔离观察。单人病房里没有电视，网也不好，她就拜托了医生调来医院的文献看，都是英文，很容易就看困了。

赵闻溪虽然就在她楼上进行隔离，但两人见不了面，所以她无聊到发霉。

抽了一管血后，护士说了句“结果明天告诉你”便出去了，留林招招一人在病房里继续无聊。许是看她太惨了，网络又缓慢地重新连接上，断断续续地继续着刚刚的报道。

林招招马上竖起耳朵，只听到一句收尾的话：“……届时请关注体育频道，将为您实时直播乒乓球男子团体决赛。”

奥运会要结束了吧。

差不多就是明后天了。参加完闭幕式，陈寂就可以回国了。她翻了个身，心想，回国就回国，她都不在国内，看他追谁去。

嗡嗡嗡——连上网后，因没网暂停一切服务的手机顿时疯狂地涌入消息，一条接一条地震动个不停。

林招招仰躺在床上翻着未读消息，大多是关心，迟来的关心也足够暖心。她回复过后，发现某个群组的消息还在不停地更新。

群组：我嗑的CP是真的。

消息往上翻。

云汀：膝盖好点了吗？影响比赛吗？

陈寂：不影响。

云汀：等你比赛。

再往上翻。

陈寂修改群名为“我嗑的CP是真的”。

云汀：？？？

云汀：！！！

云汀：还用你说！我早就知道我搞到真的了！

陈寂：^_^

云汀：笑什么笑？展开说。

陈寂本就是个不爱聊天的人，打字慢吞吞的，愿意展开说才怪，说了句“要训练了”便离线了。

林招招把页面往下滑，陈寂和云汀有一搭没一搭地聊着奥运赛事，聊着聊着讨论起了八卦及在奥运村的艰苦事件。

林招招：你们好八卦哦。

云汀：小招宝！舅舅想死你了！

云汀一连串发了十几个大哭的表情包，刷满了屏，看来是真的想了。林招招也回了几个委屈巴巴的表情包，小猫咪趴在小软被上巴巴地望着镜头，楚楚可怜极了。

陈寂发了个句号以刷存在感。

林招招：想看比赛。

陈寂：回了临溪，叫上周尽燃，打给你看。

林招招：周尽燃同意吗？

陈寂侧过脸，周尽燃正在卫生间里捯饬自己的头发，很有偶像包袱地要以最完美的姿态打决赛。

“周尽燃。”

“怎么了？”

“回国来场单打。”

“你想赢回去是不是？”周尽燃从卫生间露出头，“比就比，你输了承包我下半年的早饭。”

陈寂打字：他同意了。

输赢无所谓，主要是林招招想看。

林招招：你威胁他了？

陈寂：我没有。

林招招：哦。

莫名地紧张了起来，手心出了层汗，她坐起来，想着要怎么跟正在追她的陈寂对话。

没想到，陈寂的直球却令她猝不及防地打过来。

陈寂：你现在有时间吗？

陈寂：我想听听你的声音。

林招招是有时间的。

她在故作矫情说没时间和听陈寂的声音两个选择之间犹豫了一秒，很诚实地遵从了内心的想法。

陈寂的电话很快打了过来，名字在屏幕上闪烁，她按下接听键：“喂？”

陈寂说：“嗯。”

最初的半分钟，没人说话，林招招侧耳沉默地听着他的呼吸声，复杂的小心思在心底翻滚，化作小小的委屈，酸了眼眶。

等她终于想好了开场白，准备开口了，陈寂却像是知道她要说什么一般，说：“你安慰安慰我吧。周尽燃发挥得太好了，输得不亏，但是没人想输。”

向来不肯示弱的人突然示弱，攻击力不亚于一颗原子弹，瞬间夷平林招招的心理防线，她问：“我该说什么？”

“随便。”陈寂提建议，“你已经尽力了，你打得很好，只是状态问题，这样的。”

林招招被他说笑了：“那不是跟别人没区别了吗？！”

“嗯。”

“我要跟别人有点区别。”

“怎么区别？”

“陈寂。”林招招将下巴搁在膝盖上，手机滚烫的温度传至耳尖，泛起淡淡的红色。她说，“我以前也安慰过你，我说失败未必是坏事，你还小，积累经验也很重要。可是那时候我还不知道自己喜欢你呀。”

还没喜欢他的时候，以朋友的身份，保持理智、轻描淡写地说两句无关痛痒的鸡汤，要求他立刻从失败中走出来。

可现在不一样了，她拉了拉嘴角，说：“我很想让你赢的。赢当然很好，我也不能说输了没关系。可是，真的陈寂，没关系的，不是输了没关系，是输这一场没关系的。被打败了就躺在那里休息一会儿，躺够了再起身，拍拍灰尘，杀回去好了。”

顿了顿，她说：“我好像又在炖鸡汤了。”

陈寂说：“很好喝。”

林招招低低哼了一声，说：“别以为你什么都顺着我，我就会心软。”

“嗯，别心软。”

“我要让你知道追人有多辛苦！”

“……你知道？”

“我……”林招招被噎了一下，她一直在玩暗恋来着，还真不知道追人有多辛苦。

但是，话都已经放出去了，她便很是不讲理，底气十足地说：“你管我知不知道！”

“好。”陈寂低声笑，“我不管。”

“你的笑声让我觉得你根本不是这么想的，陈寂同学，做人要诚实。”

“等追到再管。”陈寂说。

“……”

“怎么不说话？”

“你少那么自信啦。”林招招放低声音，像是撒娇般变得软糯起来，她小声威胁他，“我偷偷为你做过好多事，你都要还的。”

“好。”

“你要一直一直想我，但我根本不会想你。”

“如果你忍得住的话。”

“住口！”她凶他。看似很凶，实则没什么杀伤力。

许是自己也认识到了这点，她调整了一下语气，说：“反正我是不会便宜你的。”

“那你定力要足一点，千万别便宜了我。”

“做人要诚实。”

“嗯。”陈寂大胆说出内心真实的想法，“反正追到之后，有很多便宜可以占。”

话刚落音，电话就断了。

陈寂愣了愣，把手机拿到眼前看了看，眼睛微微瞪大。

周尽燃敲了敲阳台的门，边抹着发胶边问："怎么了？"

很八卦的表情。

陈寂推开门，问："你被时映挂过电话吗？"

周尽燃一脸"你不废话吗"的表情："刚追她的时候，她都不接我的电话。后来接了，通话时长从来都不超过两分钟。我好难，我太难了。"

陈寂点点头。

好，心理平衡了。

周尽燃问："你问这个干什么？"

"没什么。"陈寂说，"只是觉得，追人的感觉还不错。"

"还不错？"周尽燃将运动服的拉链拉到头，背上背包，靠在玄关口等陈寂，说，"你只是心里有底，知道她怎么也不会走，有恃无恐才会觉得还不错。要是像我当时追时映，看你还能不能说出这样的话！"

陈寂系着鞋带，点点头："那该谢谢小招宝。"

"谢她什么？"

也没什么，就是谢谢她，给他笃定、有恃无恐的勇气。

谢谢她喜欢他。

02

当地时间晚八点，乒乓球男子团体赛的决赛在里约会展中心3号馆拉开序幕。经过了将近一个半小时的比赛，中国乒乓球男团以3：1拿下团体赛的金牌。

赛后，陈寂做客央视对话小屋，由著名主持人沈周采访。

八月的里约热内卢烈日炎炎，尽可能地穿过任何缝隙将光和热洒向这座城的各个角落。陈寂对着镜子理了理发型，走出休息室。通往采访室的是一条长长的走廊，没被阳光照料到，走廊上阴阴沉沉地开了几盏灯。

运动鞋踩在地毯上，无声而静谧。

引路人很有礼貌地走在他左前方，在采访室门口停下，对着耳麦说："来了。"

门被推开，满室的明亮混杂着演播厅特有的味道传来。

他抬步进去，走到台上跟沈周握手。很私密的采访，只有摄影师坐在几台机子后面，及主持人沈周。陈寂坐下后，沈周往前看了看，问摄像大哥："机子开了吗？"

"开了。"

"关了关了。"沈周说着拿出一个本子，说，"我让冷神给我签个名。"

"不关了，当花絮了，着重体现冷神的接地气。"导演在耳麦里说，"你多问点接地气的，让大家看下不一样的冷神。”

沈周表示接到指令，本子已经被陈寂接了过去，手握住笔，签上自己的名字。

签完名，他把本子递给沈周。

沈周说：“谢谢冷神了，我一直特别喜欢你！”

“谢谢。”陈寂坐好，猝不及防地发问，“你喜欢我哪场比赛？”

沈周有点惊讶，怎么还带考题的？

还有，是谁说冷神很难采访的？这都会接梗了，哪里难？

不过沈周确实很喜欢陈寂，问题回答满分。陈寂点点头，说：“把那个本子再给我一下。”

沈周迟疑地把本子递过去：“怎么了？”

陈寂说：“再签一句话。”

铁粉才有的特权。

沈周没忍住，笑了出来，说：“看来冷神跟网上说的不一样，居然是宠粉狂魔，看不出来看不出来。”

等陈寂把本子还给他后，他才继续说：“好，现在回到正题，本次采访间，我们请来了男子乒乓球团体赛冠军陈寂。”

“陈寂刚过了21岁的生日，作为一个年轻的运动员，你第一次参加奥运会是什么心情？会比较紧张吗？”

“适当的紧张可以督促我不松懈，所以有点紧张不是坏处。”

“那你……”

只是聊聊天，并没有什么犀利的问题，所以采访得还算顺利。短短二十分钟的采访剪辑后放到网上，被球迷们翻来覆去看了很多遍。

“啊啊啊啊啊，生日快乐啊，等你回国我们好好庆祝。”

“恭喜我们冠军陈寂呀，愿你一生热爱，永远自由。”

“怎么又帅了，让不让人活了！”

“我好想你啊，你什么时候回来啊！”

“等下！姐妹们！等一下！倒数第二个问题不对啊，沈周问‘对于长河乒乓球训练中心第二十一条队规，你现在有什么看法？’，陈寂的回答很……不对劲！”

林招招直接把采访视频的进度条拉到了最后。自从她拜托护士给她买了个当地号码换上后，她的网速顿时快得飞起，她倒要看看陈寂是怎么回答的，她不缺这点流量！

视频里，陈寂坐在沙发上，拉链半开，露出里面的黑色训练服，修长的脖颈上有颗小小的痣。

嗯，很性感，很好看。

林招招心猿意马了一下，又赶紧摆正姿态，坚决不为陈寂的美色所迷惑。她按下播放键，陈寂听到问题后，几乎没有任何思索，直接回道：“加训挺好的。”

一句不成，又来一句锤死：“尤其是像我这样爱运动的人。”

球迷一片沸腾。

“完了，陈寂要谈恋爱了。”

“周尽燃和顾则都有女朋友了，他跟谁谈啊？”

“楼上展开说说。”

“我赌一包辣条是他的小青梅，来吧，宝贝们，着急CP是真的，入股不亏，包甜包售后。冷神冲啊！小招宝冲啊！”

陈寂用小号随手给这条评论点了个赞后，点开了他和林招招的双人超话。

CP榜第92名。

嗯，不在乎这些排名，反正排第一的也不能结婚。

他往下翻，超话里还挺活跃的，分析帖说得头头是道，就要锤死他跟林招招的恋情。

他很想评论一句：还没追到。

想了想太打压士气，便忍住了。手指滑动，继续浏览。

看完一个视频混剪，他侧过脸看向窗外。因地势原因，出租车的底盘高，居高临下地看着窗外飞驰而过的街景，他拿起手机，快速拍了张照。

路牌：因菲利亚大街。

往南，往北。

往林招招所在的医院的路上。

“到了。”黑人司机打转方向盘，露出一口大白牙，笑得很灿烂，“玛利亚医院，北门。5美金。”

陈寂付了钱，打开车门。

司机问：“来看病人啊，住院部要往里走，环境还是很不错的。”

陈寂说：“谢谢。”

他下了车，烈日打在黑色的棒球帽上，灼得立刻出了一身汗。他左右看了看，走进一家超市，没一会儿，提着一袋食材又进了一家饭店。

约五十分钟后，他拎着饭盒走了出来，步伐自信，径直绕过前面几栋楼走向住院部。蝴蝶在纠缠着飞舞，有老人被护工推着轮椅在楼下散步，绿荫遮天，挡住炎热，微风偶尔掠过院子，温度比里约高，风却比那里要和煦。

住院部，三楼的单间里。

医生护士步履匆匆，空气里是消毒水的味道，弥漫进整个胸腔，他在306病房门口站定。有护士走过来，问：“你好，是来看病人吗？”

陈寂点头：“林招招。中国女孩。”

“你是？”

“她的……”陈寂顿了顿，说，“追求者。”

“都追到这里来了？”护士上上下下地打量着他，说，“把帽子口罩拿下来。最近有点乱，我需要确认一下。”

陈寂表示理解，抬手摘掉帽子，正要去摘口罩，便听到306病房里，有人小声问：“谁啊？露易丝，你在跟谁说话啊？有人来看我了吗？”

叫露易丝的护士说：“等一下。”

陈寂把口罩拿了下来，他也不知道露易丝是怎么鉴定出他不是坏人的。总之拿下口罩后，露易丝让他穿上防护服，再次全副武装起来，才放他进了病房。

他推开病房的门，哎呀——

林招招本来正趴在门口偷听，无奈隔音太好，外面的声音断断续续地听不清楚，也没料到会有人推门进来，猝不及防地被撞了一下，便叫了出来。陈寂吓了一跳，连忙去抓她的手：“没事吧？”

林招招一怔。

她眨眨眼，定睛去看面前的人。

虽然穿着一次性的防护服，宽大又难看，但仅仅露出来的那双眼睛，那双澄澈、清明、如星子般璀璨的眼睛，便足以让她认出来，她喃喃：“陈寂。”

陈寂说：“嗯。”

“你怎么来了？”林招招总算反应过来了，抽出自己的手，“闭幕式还没开始。”

掌心一空，陈寂的手指微动，遗憾地缩了回来。他对林招招的问题避而不答，低头嫌弃地看了自己一眼，不耐烦地牵了牵嘴角，说：“好丑。”

“又不走秀，穿那么好看干什么？”林招招没好气地说。

“可我在约会啊。”

“……”林招招的脸不由得一热。

她穿的是病号服，短袖被穿成了长袖，一张脸暴露在空气里，脸上泛起的红也一览无遗。她瞪了陈寂一眼：“你还没回答我的问题。”

陈寂说：“我给你带了好吃的。”

林招招面无表情：“扣一分。”

陈寂满脸疑惑，怎么就积分制了？

林招招往后退了退，坐到床上，仰着头看他，有点心虚地想，陈寂会不会觉得她事太多了，觉得烦了就不追了？要不别那么凶好了？

正想着，便见陈寂走到她面前，蹲了下来。

这下，仰头的变成了他。

他慢吞吞地解释："我跟郑指导请假了，我说闭幕式少我一个不少，但有个人再吃不到我做的饭就要饿死了。"

林招招小声说："胡说。"

"第一次做饭，见谅。"他把饭盒放在床头柜上，"差点没把人家厨房炸了，还烧坏了一口锅。"

三层的饭盒打开，他像个顶级大厨般介绍自己的菜。

"糖醋小排，可能有点咸。

"蚂蚁上树，可能有点甜。

"酸辣土豆丝，可能……不，肯定很好吃。"

"你在Rap吗？"

林招招接过筷子，夹了块排骨，放在唇边，又想起什么般放下筷子。嘴角沾了汤汁，她舔了舔，说："下次别放盐。"

糖醋排骨进了口，她小口小口地嚼着，吐出骨头，说："挺好吃的。"

陈寂扬了扬嘴角："那我就骄傲了。"

林招招很高冷地说："随你。"

她先把三个菜都吃了一点，又小口地吃了米饭。陈寂的厨艺真的不怎么样，但好在对自己认知清楚，这个太咸，那个太甜，还有个也还算好吃。

陈寂静静地看她吃，看得她都不好意思起来了，垂下眼道："别看了。"

"好吃吗？"

"还不错啦。"林招招说，"我又不能打击你，万一你甩手不干了，我不就饿死了吗？你说是不是？"

"我是那种人吗？"

"不是吗？"

"你看了我的采访，居然不知道我是个谦虚的人？"陈寂瞥了眼林招招的手机，还停留在他被沈周采访的页面。

林招招连忙把手机盖住，狡辩道："我还没看完！"

陈寂说：."不用看了。"

"为什么？"

"想知道什么问我本人。"

"哦……"林招招吃了口米饭，米饭很香，在唇齿间留下甜味，"陈寂，你好温柔啊。"

"我以前也温柔。"陈寂为自己正名。

林招招一脸疑惑，摆明了不信。

"对小青梅的温柔跟对喜欢的人的温柔能一样吗？"他理直气壮地回她。

林招招红了脸，匆忙地扒着剩下的米饭，声音含含糊糊的，想让他听见，又不想被他听见："陈寂，你喜欢我什么啊？"

她忽然想起之前跟学弟去看电影，陈寂也去的那次，他发消息问她，百思不得其解："女主到底喜欢男主什么？"

她当时回他："喜欢男主喜欢她啊。"

陈寂是因为她喜欢他，所以他才喜欢她的吗？

这么想着，她偷眼去看陈寂，一眼一眼小心地看，在心里埋怨他实在捂得太严了，只露出来眼睛，挡住了帅气。

陈寂注意到了她的眼神，小兔子的长耳朵露出来，惹人心痒。他很正人君子地挪开目光，没一会儿，又忍不住看她。

这次他不再躲了，看着她的眼睛，认认真真地回答她的问题："误会你喜欢周尽燃的时候，我想过。我想，招招多好，可爱又不娇气，小小软软的。有时候又很凶，凶也不是真凶，打在身上也不疼，多哄两句就好了，多适合当女朋友啊。"

"看我好欺负是吗？"

"嗯。"陈寂低头笑了笑，长睫撩起细碎的光，轻轻颤动。他又摇了摇头，说，"现在不这么想了。"

"……那怎么想？"

"说出来就不酷了。"他抬眼看她。

都这个时候了，还在装酷！林招招气得想把陈寂扔到门外去，杀气满满地瞪他："那你少酷一点吧！"

"好。"

妥协得倒是很快。

林招招讶异了一下，便听陈寂说："喜欢全世界你最可爱，喜欢你那么厉害还喜欢我，喜欢你总是这样有原则的坚韧温柔，喜欢你是林招招。"

林招招讷讷："这太动人了，陈寂。"

她根本承受不了。

"招招。"

"嗯。"

"虽然有点心急，但我还是想问你。"

"什么？"

"你告诉我，"陈寂背对着窗户，午后的阳光斜斜地打进来，光影绚烂。他沉静地坐在那里，声音低哑，"我还要闯多少关我们才能在一起啊？"

他说："你说个准数，我一口气闯完，就回来找你。"

03

林招招只是隔离观察，抽了几次血后其实已经确定没有携带病毒了，但为保险起见，还是要继续隔离一周，只是要求没那么严了。陈寂则一日三餐地给她送饭，除了早饭是买的，午饭和晚饭都是亲自做的。

据说，已经烧坏人家饭店三口锅了。

在林招招问及店长有没有想杀了他时，陈寂面不改色地说："我还算有钱。"

好，看来是赔不少钱了。

林招招半躺在床上看书，翻了一页后，问："你出去玩了吗？"

陈寂说："没有。"

再翻一页，她继续问："那你不来看我的时候，在干什么？"

陈寂说："研究菜谱。"

"哦。"又翻一页，她忽然提建议，"这座城市有很多年的历史了，应该很好玩，你没事的时候可以去转转。"

"你来过？"

"没有呀。"

"那你怎么知道这里很好玩？"

"呃……网上查的，我又不缺这点流量！"说完就没了底气，林招招不擅长撒谎，尤其是在陈寂面前。但是比撒谎更要命的是，她不能告诉陈寂，这些是赵闻溪告诉她的。

赵闻溪现在就住在她楼上，但两人都被隔离，根本见不了面，只能偶尔用手机沟通。他在这里的朋友多，陈寂没来的时候，他便托了朋友给林招招加餐。后来陈寂来了，他朋友便被礼貌地请了出去。

陈寂说："麻烦转告一下，她有人照顾了。"

林招招弱弱地抬手："我来跟闻溪说吧，在微信上说。"

陈寂思索了一下，然后抬头道："如果我让你把他的联系方式删了，你是不是会不高兴？"

林招招瞪大眼睛，把手机护住，说："当然了！陈寂！你自己要摆正位置啊，我跟你说，别说你还在追人阶段，就算你真的追到我……我说的是如果啊，你也休想剥夺我交朋友的权利！"

陈寂说："让你不开心的事，我不会做。"

"哦，那就好。"林招招松了口气，只一秒，兔子耳朵又支棱起来，张牙舞爪的模样看起来可爱极了，"别说得你一定会追到我一样！"

她低哼道："我很难追的。"

陈寂叹了口气，说："看出来了。"

"那也不准放弃。"她很不放心地敲打他，小气吧啦地不肯给他点甜头，却列着要求让他遵守。

"不会的。"陈寂说，"受训的这些年来，老师教我最多的，是接住打来的东西，再以漂亮的姿态打回去。可是，林招招，我接住了你，你就不要想逃了。”

信手拈来的情话，很轻易地就让林招招红了脸。

所以，看在陈寂这样“讨好”她的分上，她也不能把赵闻溪再牵扯出来。

好在陈寂也没追问，只淡淡地开口：“那我去过好玩的地方了。”

“哪里？”

“你这里啊。”

“……”林招招静默了两秒，拿出手机给云汀发消息：求助！我快坚持不住了！

虽然隔着时差，但云汀的工作本就是昼夜不分的，所以很快就回了林招招的消息。

云汀：！！！

云汀：展开说说。

很是八卦了。

林招招敲字：云汀先生，注意法医的形象。

云汀：下班了。

林招招：好吧。

云汀是前两天才知道她暗恋了陈寂五年的，当即拨了个视频电话过来，旨在让林招招欣赏他惊讶的表情，顺便谴责她：“你可真能藏！”

当然，他也说了一通陈寂的坏话：“臭小子都长那么大了，眼睛是摆设吗？连你喜欢他都看不出来？！他什么时候知道的？哦，在布达佩斯……布达佩斯！”云汀吐血，拼命吸氧，“在我的眼皮子底下！你说说你们都干了些什么？！”

缓了口气，他才又问：“那你们现在在一起了？”

喜滋滋的，一副嗑到了真的CP的样子。

林招招问：“舅舅，你老家是在四川吗？”

云汀说：“不是啊，我就是临溪的，怎么了？”

“您变脸是跟谁学的？”

“……”

林招招被云汀拉黑了一分钟。一分钟后，又被他放了出来，他又继续关心外甥的人生大事：“你不说我就去问陈寂了。”

林招招说：“那你去问陈寂。”

三分钟后，云汀甩来一张跟陈寂的聊天截图。

云汀：你跟招招什么情况？

陈寂：看不出来吗？

云汀：？

陈寂：我在追她。

惊天消息！乒乓球队冷神追法医系小甜心，青梅竹马！甜度超标！

云汀觉得自己现在需要打胰岛素，还不忘叮嘱林招招：“你看他这副高冷的样子，别轻易让他得逞。”

胳膊肘往外拐，说的就是云汀先生本人。

“喂——”陈寂突然开口，打断了林招招跟云汀的聊天，“这位小姑娘一直在跟别人聊天，流量这么多吗？”

林招招说：“嗯，很多。”

她抬起头看陈寂。隔离期快结束了，陈寂没穿防护服，而是穿了件定制的白色短袖衬衫，衬衫剪裁贴身，细窄的腰线突出。宽肩长腿，修长的脖颈上那颗小小的痣尤为性感醒目。

被美色蛊惑了两秒后，林招招连忙移开目光。

陈寂忍着笑，说：“可跟我聊天不用流量。”

说得好像有点道理。

林招招收了手机，往陈寂手机上瞥了一眼，他正在看奥运会男子团体半决赛那场，她说：“这场我没看。”

“一起看？”

“嗯嗯。”

于是，陈寂便顺理成章地到了她的床上。他们趴在床上，肩膀挨着肩膀，距离不超过三厘米。也是林招招心大，跟陈寂太熟了，这样的亲密早就成了习惯，甚至为了看清楚点，头还往陈寂那边靠了靠。

陈寂发誓，刚开始他真的是在认真做复盘。

毕竟这场他打得险象环生，差点没打赢，是必须严格复盘的一场比赛。

但是当林招招靠过来时，女孩身上特有的浅淡的味道也沿着空气传了过来。他走神了一秒，又走神了一秒，后来干脆不看比赛了。

看她。

林招招很专注地在看比赛。她用手撑着下巴，长指白皙，小动作不断地在脸上戳来戳去，完全是无意识的动作，看起来可爱极了。他喉咙微动，怎么也没舍得挪开目光。

“这局赢了吗？”林招招突然发问。

陈寂愣了一下。林招招没听到他的回答，转过头，对上了他的目光。

那目光太炽热了，明明是极寡淡的眼睛，看向她时却像是想把她吃了。

林招招心里打了个突，后知后觉地想要不要跟陈寂拉开一下距离。

她悄悄地往旁边挪了挪，才挪了一下就被陈寂拉住了手腕。她很没底气、结结巴巴地说：“你你……你注意一下，保持距离！”

“嗯。”陈寂答应得很干脆，却还是没撒手。

“松手啊。”

“我在努力。”

林招招有些疑惑，这有什么好努力的？

能吐槽的地方太多了，都不知该从哪下口说起，林招招只好顺着他的话问：“努力好了没？”

陈寂说：“嗯。我这手太叛逆了。”贴着她手臂的手紧了紧，“它根本不愿意听大脑的命令，没办法。”

林招招问：“那怎么办？”

一个愿演，一个愿配合，戏也就能继续下去。陈寂勾了勾嘴角，转眸：“你来跟它沟通？说不定可以。”

怎么沟通？当然是用嘴。说了又不听，只能用另一种方式。

“陈寂！”听懂了陈寂的言外之意，林招招红了脸。

她的心脏在怦怦乱跳，以至于胡言乱语地给自己挖坑：“你不是酷酷的冷神吗？说话那么拐弯抹角干什么？想让我亲你就直接说啊！我又不会拒绝。”

“好，我想让你亲我。”陈寂从善如流。

“……”

她刚刚说了什么？她好像不太记得了，懵了一会儿，便见陈寂抬了抬下巴，示意她可以履行承诺了。

完了。

林招招试图用眼神撒娇，让陈寂放她一条生路。冷神不愧是冷神，虽然抵抗力有点弱，但关乎自己福利问题，还是很强硬地撑了下来。

指腹在她白皙细腻的皮肤上摩挲着。

一下比一下重。

脉搏处的战栗顺着血管击中心脏，血液上涌，雪白的脖颈泛起淡淡的粉色，至滚烫的耳尖。她听到自己鼓噪不安的心跳声，听到陈寂轻微的呼吸声，听到夏蝉在树上鸣叫，汽车在熙熙攘攘的大道上飞驰。

又仿佛，什么声音都没有了。

只有她和陈寂。

她慢慢地低下头，唇轻轻地印在陈寂微凉的手背上。她眨眨眼，长长的睫毛轻刷过他的皮肤，而后抬眼，目光似嗔似怒，声音却绵软：“该松手了吧？”

陈寂看着她，目光沉静，他的唇动了动：“不够。”

林招招说：“啊？”

“不够。”

话音刚落，陈寂攥着她的手忽地用力，在她猝不及防间将她拉近。

他侧脸，吻住了她的唇。

呼吸交错，逐渐急促。

唇瓣的触感像软绵的糖，在不疾不徐的摩擦下变得滚烫，林招招来不及推开他，便在最短的时间内丢失了阵地。

陈寂慢吞吞地撬开她的牙关，势不可挡地顶了进去，舌尖在敏感的上颚停留，听到她轻喘了一下，他讨好般地将另一只手放在她的后脑勺，轻轻拍了拍。

“乖。”

林招招听到他说。

随之而来的是更加激烈的索取，她被压在柔软的病床上，被人欺负得眼尾泛红，眼神湿漉漉的，一看就很好欺负。他一贯冷淡自持的神情在情动下变得生动，仿佛自云端走下般，又带着她走上云端。

是陈寂在吻她。林招招想，清醒的状态下，陈寂在吻她，她能听到他与她共振的心跳，感受到白衬衫下，他手臂线条的力量。

她肖想了太久，以至于真的发生时总觉得是在梦中。

原来，陈寂真的喜欢她了。

不是对青梅的喜欢，不是对好朋友的喜欢，都不是。是有欲望的喜欢，是会吃醋的喜欢，是在吻她的时候恨不得将她拆吃入腹的喜欢。

她慢慢地伸出手，环住了他的脖子。

终于，激烈的吻变得温柔，陈寂安安静静地有一下没一下地吻着她的唇，让它变得更红。他捏了捏她发烫的耳尖，低低的嗓音沙哑：“怎么没躲？这么乖吗？”

林招招望着他，含着水光的眼似乎有千言万语。

像埋怨，又像控诉。

他笑了笑，低头吻她的眼睛，小声地哄她：“我们小招宝真乖，怪不得那么招我喜欢。嗯，要我继续吻你吗？”

还提了个建议。

林招招恼羞成怒，推他：“下去！”

陈寂翻身，坐在了床上。她则仰躺着，病号服刚刚被他弄乱了，松松垮垮地露出一边肩膀，病弱的美感更甚。

没有外人，陈寂也就欣赏得肆无忌惮了些。

林招招察觉到他的目光，迅速坐了起来，把衣服穿好，气呼呼地瞪他：“流氓！”

陈寂说：“我不是。”

林招招说：“哦？”

陈寂舔了舔唇，水光潋滟般的色调动人，他面不改色地说：“是你说不会拒绝的。”

“你还学会偷换概念了是吗？”

“嗯。”

“扣十分。”

陈寂的眼睛立刻瞪大，不可思议地看着林招招：“凭什么？”

林招招说：“你心里有数。”

“我没有。”

“你有。”

“我的分是不是负数了？”

“嗯……”林招招算了一下，“一次饭加一分，餐后水果加一分，这几天加起来有个十五分吧，还有之前……”

她在算数的时候喜欢掰手指，好像这样能算得更精确一点，一条条絮絮叨叨地跟他斤斤计较。他却觉得她可爱，比明亮世界更澄明的可爱，是他想据为己有的可爱。

“喂！”林招招在他眼前打了个响指，“你到底有没有听我说话？”

“听了。”

“我说了什么？”

“扣了十分。”

“？”

“不亏的。”

“？”

十分换来一个吻，他赚翻了。

反正他还有漫长的一辈子来赚取独享她可爱的分数。

04

三天后，林招招的隔离结束，得到了身体健康的结果后被批准离院，并随时可以出境。

林招招在出院后给宋行水打电话报平安。

挑的是他平时休息的时间，所以电话被接起得很快。

他的语气是一贯的温柔：“没事就好。你的表现我都写在报告里寄到总部了，反正我很满意。大家都挺想你的，尤其是云医生，之前跟你配合惯了，开始嫌弃小杨手脚不利索，搞得小杨跑我这里告了好几次状。

“有人来接你吗？陈寂？我看了他的比赛，很厉害的乒乓球运动员，刚给无国界医生的这个项目捐了二十万。

“哦，云医生正好来吃饭了，你要跟她说话吗？”

林招招是随便找了家店铺，用公共电话打的，店铺开在人来人往的街边，盛夏的午后阳光毒辣。

隔着一条街，陈寂站在某家便利店的屋檐下吃冰淇淋，街道不宽，看得也清楚。林招招看向他，他用口型问："打完了？"

林招招摇了摇头。

那边的卫星电话已经换到了云静的手上，她匆忙地吃着饭，说："你走的时候都没好好送你，什么时候的飞机？"

林招招说："今天晚上八点半。"

云静笑道："说得那么具体，我又不会去送你。"顿了顿，她又说，"哦，对了，我的笔记找人给你寄回家了，注意查收一下。"

"好。"

云静的笔记大多是学生时代和工作后的，被存放在无国界医生总部的办公室，她想着也没什么能送给林招招的，只有这些能拿得出手了。

沉默了一会儿，林招招说："我跟陈寂在一起。"

云静说："我知道。"

在一起又能怎么样，知道又能怎么样？正如林招招说的，陈寂已经为她承担了她的选择，她有什么资格让他理解她的苦楚，上演三流的亲情绑架的戏码？

林招招说："我知道您见过他了，其实……"

"心软了？"云静开口打断了林招招，笑着说，"之前跟我谈陈寂的时候那么硬气，现在又心软了？"

林招招小声反驳："没有。"

"能见到他我挺高兴的。"云静说，"长大了那么多，从一个小不点长成了帅气的大男孩，我高兴一下就行了，没必要让他不痛快。毕竟，我永远不可能回去当他正常的妈妈。所以招招，别心软，多疼疼他。每个人都有每个人该有的去处，很抱歉我不是一个合格的妈妈。"

"但你是个伟大的医生。"

云静沉默了一下，说："谢谢。"

电话挂断后好久，林招招还站在原地发呆，店家用英语大声地喊她付钱，她才回过神茫然地看过去。

"8美金。"店家以为她英文不好，比了个八的手势。

林招招连忙去掏钱，斜里却伸出一只手，先她一步付了钱。林招招的手一顿，抬起头，才看到陈寂不知道什么时候站到了她的面前。手上的冰淇淋吃了大半，剩下的一小半在纸盒里迅速融化。

她喃喃道："陈寂。"

陈寂伸出空着的那只手碰了碰她的眼角，语气无奈又温柔："看看你，打个电话哭成什么样子？"

林招招看着他。不知道为什么，突然想起云静说的那件事。

小小的少年陈寂跟别人打商量要见妈妈，一分钟也可以。他那时候应该很难受吧，他从小就是又骄傲又爱装酷的，那样求人，一定……一定很难过吧。

泪水跌落眼眶，她哭出了声。

陈寂吓了一跳，连忙把冰淇淋扔到垃圾桶里，将他爱哭的小姑娘拉进怀里，轻拍着她的背：“好了好了，不哭了，等他们回国请他们吃饭好不好？”

“不哭，乖。”

在喧嚷的异国街头，接近赤道的阳光照耀着这座城市，她却觉得这世界空旷、冰冷，唯有陈寂的怀里才是归途。

她想，如果可以，她一定、一定、一定要加倍地去爱他。

把她所能给予的爱意都给他。

05

飞机在经过了长达十五个小时的飞行后，到达临溪江樾国际机场，云汀和林家父母接了林招招和陈寂。

简单地吃了饭就开始艰苦地倒时差，林招招白天坚持着没睡，晚上一倒头睡了个天昏地暗，到九点才被爸妈叫醒。这样的过程持续了将近一周，她才完全适应。

而早在三天前，陈寂就已经归队了。

临溪刚下过一场雨，燥热的温度还在回升，是个很难得的舒爽清晨。林招招下了跑步机，去冲了个澡后神清气爽地坐在院子里边吃早饭边听新闻。

“据有关人士爆料，奥运会团体赛冠军陈寂将被停赛三个月……”

林招招拿着筷子的手一顿，她以为自己听错了，又拉回进度条重新听。主持人的普通话字正腔圆，重复着刚刚的话：“据有关人士爆料，奥运会团体赛冠军陈寂将被停赛三个月，经媒体与长河乒乓球训练中心联系，确认属实，但训练中心称，原因不方便透露。”

停赛？

是因为来非洲找她吗？

林招招飞快地将页面切到了社交平台，“陈寂 停赛”果然高高地挂在了热搜榜第一的位置，讨论的人数还在飞速地增加。她先去陈寂的微博和长河官博转了一圈，发现没有任何回应后，这才点开了热搜。

网友们议论纷纷。

“停赛？凭什么？总得给个说法吧！少打三个月比赛对于正值黄金期的运动员来说是多大的伤害！”

“有一说一，陈寂哪里是正值黄金期了？”

“难道是因为单打输给了周尽燃？我个人认为周尽燃是个爆发力很强的运动员。不是说他的打法，而是他的心态。他永远都稳得住，越大的比赛越稳得住。而陈寂虽然抗压能力强，但毕竟是第一次参加奥运会，输给周尽燃不意外啊。”

“下半年公开赛那么多，不让陈寂上让谁上？”

“话说，你们还记得在里约的时候，有一天陈寂不在吗？那天他去哪儿了现在都不知道，这会不会就是停赛的原因呢？”

热度越来越高，也有人开始扒陈寂的行程，总之是从不缺吃瓜群众，也不缺会自己种瓜的热心网友。

林招招浏览了一圈，想了想，给陈寂发消息：在哪儿？

陈寂秒回：长河。

哦，还没回来啊。

林招招想起前两天跟时映见了面，时映听到她说陈寂在追她时，很果断地给了意见：“不能轻易答应他！”

原因是：暗恋了那么久，不能便宜了陈寂。

时映拍着林招招的肩膀说：“忍住！”

林招招……忍得很辛苦，总是忍不住关心陈寂，给他点甜头，再拒绝他，很像个行走的欺骗感情的渣女。

见她没回，陈寂又发来消息：怎么了？

林招招：看到新闻了。

陈寂：哦。

紧接着，陈寂撤回了这一条消息。

他还记得林招招的话，说“哦”的话很容易被人拉黑。

陈寂：是真的。

林招招：是因为我吗？

陈寂：？

陈寂：是因为我自己。

他刚从郑同的办公室出来，打开楼梯间的门，在楼梯口徘徊了片刻，选择拾阶而上。

他边走边打字：是因为我担心我喜欢的女孩，所以非要在奥运会前离队。不过这样的惩罚挺轻的了，如果再丢了冠军，停赛可能就是半年。

林招招自责：如果我没有去当无国界医生，也不会遇到危险，你也就不会违规了。

陈寂：停。

林招招：？

陈寂：做选择的是我，该承担的也是我，“被选择的”本身没必要自责。我选了你并不是代表奥运会不重要，相反，因为它很重要，所以我不想提心吊胆地去面对它。这么说，你懂了吗？

她能想象到他打这些字时温柔的神情，说教和讲道理偏偏说成了情话。

林招招：我才是学霸！

陈寂：我现在也是了。

随即，林招招沉默了。

这是比陈寂拿到奥运冠军更令云汀惊喜的事情了，八月中旬，他收到了陈寂被临溪大学经济学系录取的通知书。

校霸转学霸，这一转变让林招招有点不适应。

林招招：我觉得我以这个噱头去开个高考辅导班，肯定能赚翻，你觉得呢?

陈寂很认真地回她：我觉得你只用教我一个人就好了。

错过了一个发财的机会。

林招招恨。

虽然陈寂说得轻描淡写，很快打消了一些林招招的担心。但去网上一逛，她却发现网友们把停赛这件事说得很严重，一通分析下来，陈寂的职业生涯黑暗，可以直接退役换行了。

林招招正胡思乱想着，放在桌上的手机突然响起铃声。

是陈寂打来的电话。

林招招接起。陈寂应该是站在风口处，风声阵阵，撩起前日尚未蒸发的雨水的凉意，他说：“招招。”

“嗯？”

“你学校旁边新开了家火锅店，听说很好吃。”

“哦……是吗？”林招招的心思早就飘远了，随口敷衍着他，脑子里想的是刚刚在热搜里看的分析帖。

“尤其是虾滑，口感特别好。”

陈寂不遗余力地安利着这家火锅店，终于把林招招的思绪拉回了一些。

她愣了愣，已经能猜到陈寂在拐弯抹角地想表达什么了，却恶作剧地不顺着他的话往下走，她忍着笑，提议：“那你跟周尽燃去吃吧。”

“他有女朋友。”

陈寂的声音有点闷，看样子是有点不爽。

林招招咬了口煎饺，心情忽然好了起来，明明心里要急死了，却慢悠悠地问陈寂：“那你说那么多，到底想干什么啊？”

陈寂说：“我在约你啊。”

她是委婉地不肯表现出着急，他却总是直球打过来，她便猝不及防地溃不成军，让他轻而易举地拿下一分又一分。

直到赢得这场比赛。

八月底正是临溪最热的时候，哪怕清晨再凉爽，只要过了十二点，日头就变得毒辣。热浪一阵又一阵地袭来，又恢复了那个干燥炎热的夏天。

陈寂很体贴地约了晚饭，说：“你来接我。”

林招招说：“顺序弄反了吧？”

陈寂道：“我去接你，你去公交车站接我。”

林招招问：“能在家门口接你吗？”

陈寂：“？”

林招招正想说“当我没说”，就听见陈寂淡淡地“嗯”了一声，说：“你在房间里接我都可以。”

林招招夸他：“脾气太好了吧，陈寂。”

陈寂说：“一直都很好。”

林招招保留意见，又在心里嘀咕：好像确实是的，虽然陈寂总是高冷，还爱装酷，但骨子里对她是温柔的。

“所以——”陈寂慢条斯理地开口。

“什么？”

“不用退缩，不要害怕，不要觉得向我提的要求过分。就有恃无恐一点吧，招招。”他低声说，“你在我这里，永远有特权，永远被偏爱。”

怦怦，怦怦。

心跳在逐渐升高的温度中变快，滚烫的红云蔓延至脸颊，林招招匆忙地含糊了两句便挂断了电话，将脸贴在桌面上，试图找回点理智。

找了半天，她终于放弃了。

她侧过头，把手机拿起来给时映发消息：警报！

时映：有点用行吗？

林招招把陈寂刚刚说的话发给时映看，“对方正在输入中”持续显示了整整两分钟，千言万语化成一句话。时映发出质疑：他真的没谈过恋爱？

林招招：我三岁就认识他了。

时映：这么会说情话，要是谈了恋爱还得了？改天带你去医院做个心电图和彩超，确认一下心脏负荷程度。

林招招：我现在快撑不下去了！

时映：加训。

哦，怎么把这茬给忘了。

晚一天谈恋爱，陈寂就晚加训一天。

林招招干脆打了个微信电话给时映，苦恼地说：“我今晚要跟陈寂一起吃火锅。”

“就你们俩？”

“嗯。”

“那你岂不是小兔子掉进了老虎洞里，不怕被人下到火锅里吃了？”

“这什么破比喻？”

“要我跟周尽燃去破坏一下吗？”

“太狠了吧？”

“以后约会的机会多了去了。”时映说，“不差这一天。而且，我是真的想吃火锅了。”

“……”

所以，想吃火锅才是重点吧？

什么怕小兔子掉到老虎洞里，只是顺便做的事情吧？

林招招还想说些什么，时映就以补个回笼觉为借口迅速挂了电话。

好，世界安静了。

林招招望着院里的芭蕉树发呆。

从非洲回来快一周了，离开第十六小组也半月有余，可是每当她躺在床上时，一闭上眼睛还是回到那里。无论表面上粉饰得再明媚开朗，那里对她的影响却日甚一日。

闭上眼，是消毒水混合着福尔马林的味道，是干燥灼热的气味，是汗水夹杂着药水及麻醉药剂的味道。是匆忙的脚步声，是担架摇晃发出的吱呀声，是细碎的耳语声，是痛苦的呻吟声……

更多的时候，是枪声。

一声比一声响，密集而残忍，刺着耳膜，时常让她从梦中惊醒，在浑浑噩噩中再次听到枪响。

轻度创伤后应激障碍——这是在离队之前，队内的心理医生给她诊断的结果。心理医生叮嘱她，隔离观察结束回国后，一定要去心理医生那里报到。

去倒是去了，只是见效甚微。

她开始对热闹抗拒，对人群恐慌，甚至有时候也管不住自己的脾气。所以陈寂刚开始约她的时候，她是拒绝的，但还是没能扛住陈寂的魅力。

“陈寂，你是上天派来惩罚我的吧？”

林招招愤愤地在陈寂的对话框里敲字，敲完又一个字一个字地删掉，跑去陈寂的超话里存了几张比赛时的图才把手机放下。

晚上睡得不好，白天自然就睡得多了点，本就没怎么调好的生物钟更加紊乱。等林招招睡了个午觉醒来的时候，发现天已经黑了。黄昏的最后一丝光都坠入了地平线，路灯的光温和地笼罩在她的窗前。

似乎有月光，寡淡而明亮。

定了两个小时的空调早就关上了，林招招热得出了一身汗，浸湿了睡衣。她闭了闭眼，在逐渐清明的意识中，想到她今晚和陈寂有约。

一起去的还有时映和周尽燃。

电话怎么没叫醒我？不应该啊。林招招边想边去摸枕头边的手机，拿在手上，机身微烫。她侧过身，解锁界面。

有新消息。

爸妈发来的、同学发来的、云汀发来的，陈寂也发来了消息。

陈寂：睡醒了来接我。

陈寂：不用走很远，出个门就行了。

迟缓的大脑开始思考，时映没有打来连环催命电话，周尽燃也没问她怎么迟到了，那就是陈寂告诉他们，她在睡觉。

陈寂在……答案显而易见。

在门外。

林招招舔了舔发干的唇，她没有开灯，借着手机微弱的光，凭着记忆走到门口。门把手意外地冰凉，她按下，推门。

二楼的客厅开了盏落地灯，灯光沿着走廊抵达她的门口。

她靠着门框，赤着脚踩了踩光，又缩回了脚，固执地不肯走到光里去。她小声喊他："陈寂。"

好久都没人回应她，她都以为陈寂不在了，才传来脚步声。

有点匆忙，大步地朝她这边走来。很快，陈寂出现在她的眼前，模糊的身形修长挺拔。他走过来道："醒了？"

"你怎么才来啊？"林招招垂眼看着陈寂站在光能打到的地方，埋怨他，"我都喊了你有三十秒了，你才出现。就非得磨磨蹭蹭地让人家等你吗？就不能不酷那么一小会儿吗？"

她抬起头，初醒的眼眸还带着几分睡意："怎么不说话？"

"在编理由。"

"那你快编吧。"像是想到了什么，林招招笑了笑，说，"我很好糊弄的。"

"嗯……"学霸陈寂装模作样地皱起眉，绞尽脑汁地编着能糊弄她的理由，编了一会儿，他说，"怎么办？编不出来。"

"好啊你，现在才哪跟哪，你连糊弄我都不想糊弄了。"

"我没有。"

"嗯。"

"给你买了草莓奶昔。"陈寂将背在身后的手拿出来，透明的杯子，白色上点缀着红色，是很明快的色彩，"在冰箱放着，听到你喊我，就去拿它了。"

林招招歪曲事实："它比我重要。"

"是让你喝到它比较重要。"

陈寂把草莓奶昔塞到她手里，刚从冰箱里拿出来，杯身上结的细细的霜化作细小的水珠滴到她手上。

林招招咬住吸管，喝了一口，说：“好喝。”

陈寂笑了笑，说：“那当然。”

他挑的，能不好吗？

06

时间还不算太晚，但林招招已经不太想出去了。

她倚在门口小口地喝着奶昔，给自己时间想点完美且不让陈寂担心的借口不出门。脚趾在地板上轻点，她慢吞吞地开口：“陈寂。”

“嗯？”

“我……”

“我想在家吃火锅，”陈寂打断她的话，“外面太热了，出去就是一身汗，还不如把火锅叫到家里来。嗯，顺便把周尽燃和时映也叫到家里来，你觉得怎么样？”

林招招立刻举双手赞成。

陈寂说：“夸我。”

林招招说：“夸你夸你。”

陈寂说：“只是口头夸？不奖励一下吗？”

林招招想歪了。

陈寂忍着笑：“想什么呢？草莓奶昔，最后一口。”

“哦。”林招招为自己不纯洁的思想脸红了一下。

她把奶茶杯递给他，看着他咬住吸管，慢条斯理地把最后一口喝完了，对她说：“好喝。”

不是，她怎么觉得陈寂说的好喝跟她之前说的好喝不是一个意思？

嗯，一定是她想歪了。

陈寂打了个电话，不到半个小时，某捞的送餐员就骑着小电驴开到平遥巷15号，餐品一盘盘摆在桌上。

虾滑、鸭血、毛肚。

土豆、海带、小酥肉。

肥牛、豆芽、又一份虾滑。

“煮上了吗？煮上了吗？”周尽燃人未到声先至，“我已经闻到了香味！为什么有两份虾滑？上辈子虾得罪你了吗？”

“你得罪我了。”陈寂把筷子放下，说，“来得还挺快。”

“那是。”

“我跟周尽燃在长河打乒乓球，随时等着冷神的召唤。”时映坐到林招招身边，对她眨眨眼，小声说，“很有抵抗力。”

林招招呕血。

电磁炉开了火，辣锅先咕嘟咕嘟地滚开，香味翻滚着填满了整个房间。林招招贯彻落实了某种吃火锅的典型表现——

“虾滑能吃了吗？

“土豆能吃了吗？

“鸭血能吃了吗？”

“再等等。”陈寂好脾气地回她，把可以吃的放到她的料碗里，“烫，慢点吃。”

周尽燃惊掉了下巴。

他和时映对视一眼，很不小声地“窃窃私语”。

“这是冷神吗？”

“我又不是他队友，我怎么知道？”

“我是他队友我也不知道啊！这是被人魂穿了吧？其实里面已经换人了吧？不然这一切都无法得到合理的解释。”

陈寂清了清嗓子，轻飘飘地瞪了周尽燃一眼：“声音太大了。”

时映问：“恋爱能改变一个人吗？”

真是个直击灵魂的问题。

“这要问你和周尽燃。”陈寂把问题打了回去，“我又没谈恋爱。”

林招招没忍住，笑出了声。

时映无言以对：“……”

周尽燃同样无言以对：“……”

时映和周尽燃此刻的想法：我看你们两个比我们还像在谈恋爱！

火锅就是这样，三四个人吃刚刚好，足够热闹，在低温度的空调房里吃得大汗淋漓，嘴巴被辣得通红，再开一罐可乐。

罐身相撞。

林招招喝了一小口，又喝了一口。

不知道是谁提议要唱歌，林招招便把家庭影院打开，家里的两个手麦也翻了出来。周尽燃是个标准的麦霸，偏偏唱歌很好听，大家也就很乐意听他唱歌。

抒情的、摇滚的、悲伤的、欢快的，一首接一首。

林招招跟时映说：“话好多哦。”

时映早就放下了筷子，托着下巴认真地听周尽燃唱歌。听到林招招的话，她笑了笑，眼中像是有光：“好听呀。”

曾经浑身反骨的人，在提到喜欢的人的时候，语气是温软的，眼神是柔和的。

林招招觉得自己被塞了口糖。她抗议道：“牙疼！”

时映看了林招招一眼，开口喊周尽燃："你唱够了没有？我想听冷神唱歌！"然后不管林招招在底下扯她的手，很生硬地叫陈寂，"唱歌吗冷神？"

陈寂原本在安静地喝可乐，听到时映喊他，他稍稍抬眼，起身："唱。"

周尽燃问："唱什么？给你找伴奏。"

"不用。"

陈寂把可乐罐放在桌上，走到客厅角落的钢琴旁边，将盖在上面的布揭开。

钢琴是林招招小学的时候她爸爸送的生日礼物，她没有艺术细胞，对弹琴也就是三分钟热度，没一两周就玩腻了。

上次用还是去年十月份，她的偶像在生日会上唱了首新歌，曲调很可爱很甜，网上有人扒谱子，她照着弹过一两句又作罢了。

陈寂会弹钢琴？

什么时候学会的技能？

在三脸疑惑下，陈寂掀开琴盖，手腕微抬，第一个音落下，像是在摸索什么，琴键按下去，此起彼伏，不成曲调。

终于，伴随着琴声响起的是歌声："我睁开眼睛，我不敢相信，又到了约定好的礼拜一。我洗漱整理，不敢乱穿衣，因为今天要见你……夏天街角遇见晴空万里，我有种感觉你会对我说句我愿意，woo……空气味道裹棉花糖衣，冰凉牛奶配草莓刨冰，城市的钟声敲响了旋律，全世界答应我和你……"

钢琴声清澈，陈寂的嗓音平缓，却意外地明快，甜意十足，正是去年林招招的偶像在生日会上唱的那首至今未上"户口"的《美好的一天》。

"不清醒沉醉与你的梦境，没有秘密，距离行不行。"琴声在收尾，变成简单的调子，歌声便更清晰了，"我和你，我愿意，随身感应。"

一曲结束，作为常年给陈寂捧场的人，周尽燃第一个鼓掌。

陈寂虚虚地握了握拳，好像对自己的表现不是很满意："好久没弹了，手有点生。"

林招招问："你什么时候学的？"

陈寂说："去年受伤的时候。"

去年他受伤在家，林招招又要去上学，他除了放学后去学校教小学生打乒乓球，确实很无聊。在把近年来大大小小的比赛看了个遍后，他偶然听到了琴声。

于是，第二天他便趁林招招不在家，跟林母借了两小时的弹钢琴时间。

练是练会了，就是一直没有机会跟林招招炫耀。

林招招鼓掌："好厉害呀，陈寂，太好听了！"

陈寂问："比原唱好听？"

林招招说："那没有。"

她偶像唱歌是最好听的！

说完又怕陈寂不高兴，她伸出手，大拇指跟食指小小地搓动，说：“你也就比他差那么一点点啦。”

陈寂说：“好。”

嗯？好什么呢？

陈寂站起来，把钢琴盖盖上，布重新铺上，往外走去：“不过如此。”

“哎！”林招招急了，连忙起身去追，还不忘了喊时映和周尽燃，“桌子收拾一下，不收拾完不准走！”

时映和周尽燃满脸惊讶。

他们怀疑陈寂是故意的，并且证据十足！

刚追着陈寂出了门，林招招就被陈寂拉住了手腕，抵在墙上，抱在了怀里。林招招推了推他：“注意避嫌。”

陈寂把额头压在她的肩膀上，说：“好嗑的CP有千百种嗑法，不好嗑的只有一种。”

“什么？”

“避嫌。”

林招招笑，问他：“哪儿看来的？”

“网上。”

“谁跟你是CP了？”林招招抬头，陈寂离她太近了，近到她感觉再多待几秒心脏就要爆炸，可还是舍不得推开他。她声音很小，像是在撒娇：“你的CP可是周尽燃，长河双子星，既然相遇，与你并肩。”

“我跟他是普通队友。”

“哈哈哈哈哈！”林招招说，“好啦好啦，我信了。”

“信什么？”

“既然是假的。”

“那什么是真的？”

林招招不说话了，陈寂微微俯身，双手放在膝盖上，仰着头看她，再一次问：“招招，什么是真的？”

什么是真的？

林招招曾经想过这个问题，她和陈寂经历的一切都是真的，她喜欢陈寂，也是真的。可是现在，她迟疑了。

她也曾想过，如果陈寂追她，她肯定会忍不住答应他的，她肯定会心软的。

可是，在陈寂对她越来越好时，她又替曾经的自己委屈了。她也不是圣人啊，她也不是总是很好说话，她甚至有了小小的埋怨，为什么没有早一点？

为什么没有早一点喜欢她？

为什么没有比她喜欢他更早一点喜欢她？

这种委屈在生病的时候被无限放大，在陈寂问她这个问题的时候再也藏不住了。

陈寂也察觉到了，他的神情暗了暗，站直了身子，说："没关系的。"

闻言，林招招看向他。

陈寂却笑了笑，一点也不酷，温柔得不像话："是我不好，没有早点发现林招招的喜欢。林招招肯定忍得很辛苦，有没有拿针扎我？"

"……我哪有那么恶毒。"

"嗯，你说的也是。"陈寂伸手，手掌放在她的头顶拍了拍，又恋恋不舍地收了手，"我告诉你什么是真的。"

"陈寂喜欢林招招，是真的。"

"那个……"溽夏的长巷，一道略带迟疑的声音传来，打破了寂静。

林招招和陈寂齐刷刷地转头看去，却见云汀胡子拉碴地站在不远处，正向他们打招呼："嗨。"

陈寂往后退了退，双手插口袋，问："吃了吗？"

很是欲盖弥彰地在避嫌了！

云汀问："你们在干什么？"

林招招正要说话，陈寂却抢先说道："等你回家。"

"胡扯！我什么时候说我要回来了？！"

"可能这就是默契。"

陈寂一本正经地胡扯，看了林招招一眼示意她配合，林招招顺势说："是的，舅舅，你看我们多有缘分。"

云汀顿时无语："……"

林招招怕他再问，忙上前拉住他的胳膊，撒娇："云汀先生最近很累吧？我都看新闻了，刚结了起入室杀人案，了不起！"

云汀飘飘然："那当然。"

他越看林招招越顺眼，旁边的陈寂就显得有点碍眼了，他问："对了，停赛是怎么回事？"

陈寂惊讶地说："你才知道？"

云汀说："你还好意思说！我充电器没带，手机没电了，一直不知道。还是老赵告诉我的，还问我怎么回事，我要是知道怎么回事就怪了！"

林招招好奇地问："那你怎么回答的？"

云汀没好气地说："我还能说什么？回来问问他！要是什么匪夷所思的理由，我就打断他的腿！"

陈寂不慌不忙："你的教育理念不是这样的。"

云汀道：“改了。快说。”

陈寂简单地说明了一下情况，然后说：“比较遗憾的是又不能参加世界杯了。但是正好我要入学，不会错过军训。”

“听你这么说，停赛还挺好的？”

“我没这么说。”

“等等。”林招招见气氛不对，立刻喊停，她晃了晃云汀的胳膊，小声问，“舅舅，你今天被郑指导上身啦？”

云汀一脸疑惑。

“火气好大哦。”

“好了好了，看在小招宝的分上暂且饶过你。”云汀对陈寂说，“我跟招招有话说，你回避？”

陈寂问：“什么话？”

云汀说：“不方便告诉你，你自己先去反思。”

陈寂看了看两人，很是不爽地牵了牵嘴角，推门走了进去。等陈寂关上门后，云汀问：“你爸妈呢？”

林招招说：“度蜜月，马尔代夫。”

云汀说：“真潇洒。”

“是啊。”林招招说，“什么时候舅舅也能这么潇洒呀？”

云汀瞪了她一眼，她连忙正了脸色，问：“怎么了？”

云汀看了看关着的平遥巷15号的门，像是怕陈寂偷听，他不放心地扯着林招招进了自己家。

两家院子格局是差不多的，只是他这院子多了个小菜园，砌上了围栏，云汀跟林招招并肩坐在低矮的围栏上。

月色渐渐显露，林招招打了个哈欠：“怎么神神秘秘的？”

云汀说：“我姐给我打电话了。”

林招招心里“咯噔”一声。

她决定坦白从宽：“哦，对，我和云医生在非洲见过了，每天都在一起工作，她的专业能力很强，我很佩服。”

“然后呢？”

“然后……她也见到陈寂了，但陈寂没认出来她。”

“不是。”

“嗯？那是什么？”

“PTSD，创伤后应激障碍，去看医生了吗？”云汀侧过脸，连日劳累的工作让他的脸色憔悴疲惫，却还在强打着精神关心她，“陈寂知道吗？”

林招招低着头，说：“不是什么大事啦。”

云汀说：“还想糊弄我是吗？我姐都说了，那些人……那些浑蛋在的时候，你都没怎么合过眼。我想也是，你睡眠质量那么差，那样的环境下怎么可能睡得着？心疼死我了，我当时就不应该同意让你去。”

“现在说这些晚啦！”林招招故作轻松地说，“云汀先生，我有好好地看医生。”

“你要不要养只猫？”

“啊？”

“可以转移点注意力。”

“……好。”

“明天给你送来，回家吧。”云汀说着打了个哈欠，“困死我了，我去睡觉了。”

说完他就进了屋，留林招招一人在院里发蒙。

直到听到门外传来时映和周尽燃的声音，她才连忙起身，走到门口。

双开的门打开时发出“吱呀”的声音，陈寂背对着她站在路灯下，高高瘦瘦，衬衫的衣角翻飞，干干净净的模样像十八岁的少年。

听到开门声，他转过身。

林招招问：“周尽燃和时映走了？”

陈寂说：“刚走。舅舅呢？”

林招招说：“睡了。”

闻言，陈寂松了口气。他沉默了一会儿，说：“你上次不是说想看比赛吗？尽燃这两天都有时间，什么时候去看？”

林招招说：“挺能忍。”

陈寂挑眉。

林招招说：“居然没问我舅舅找我干什么。”

陈寂问：“舅舅找你说什么了？”

林招招笑了笑，说：“他送了我一个礼物。”

陈寂问：“我吗？”

“少瞎说啦。”林招招笑得一排洁白的小牙齿露了出来，她抬了抬下巴，一副很骄傲的样子，“陈寂，我以后不是林招招了。”

“？”

“我以后是钮钴禄·林招招，因为我有猫了！”

07

猫是只很普通的小橘猫，橘白相间，只有巴掌大，蜷缩在纸箱里，机警地四处张望着，仿佛在说：“我看谁又想害朕？”

“公猫？”陈寂蹲在纸箱旁，长指有一下没一下地戳着小橘猫绵软的毛，“在哪儿看？”

“是母猫。”林招招忙着把刚去猫咪超市买的猫砂盆、猫碗、储粮桶等一一在客厅里摆好，“你别看了，像流氓。”

闻言，陈寂迅速地缩回手。

他站起来，问：“叫什么名字，取好了吗？”

林招招说：“你取一个？”

空气一阵沉默。

一个名字难倒了临溪大学的学霸。

林招招在猫碗里倒上猫粮，又加了点水泡软，半天没听到陈寂回话，便回头看他。

陈寂严肃地说：“这样的大事，你该提前跟我说。”

林招招说：“又不上户口。”

她走过来，蹲下来，小橘猫见又来了个人，奶凶奶凶地“喵呜”一声，林招招小声地哄着它，说：“我取好了。”

“叫什么？”

“卷卷。好听吗？”她唤它，“卷卷，卷卷。”

“喵呜——”

“看，它很喜欢。”

看不出来。

卷卷刚到新的环境，心里害怕是难免的，林招招怕过多打扰它，没看多久就扯着陈寂坐在沙发上。没一会儿，卷卷跳出了箱子，看样子是想要逃跑，但又不知道该往哪里跑，就迈着猫步躲进了另一个箱子里面。

林招招见状，满意地点点头：“猫果然最喜欢箱子，还好我没扔。”

卷卷是下午送来的，而整个上午，林招招仿佛是个宝妈般带着陈寂在宠物超市里扫荡，任何能用得上的不能用得上的，秉持苦谁不能苦孩子的原则全部买下。

陈寂问：“哪来的钱？”

林招招说：“我还是个孩子。”

陈寂莫名其妙。

林招招：“压岁钱。”

陈寂无语：“……”

他其实想说他可以付钱的，但看林招招拿出卡一副随便刷的样子，就把这句话咽了回去。

陈寂坐在沙发上，看林招招三分钟内往卷卷那里看了无数眼，终于有了危机感。他问：“我们就这样干坐着？”

林招招说：“你想看电视自己开。”

陈寂沉默了一会儿，打开了电视，新闻频道正在报道体育赛事：“为迎战十月乒乓球世界杯，长河训练中心召开……”

他眉头微皱，换台。

气象台的播报员站在一体机前，手写笔在临溪市地图上滑动：“近日，台风‘丽丽’即将登陆江北省，今日临溪白日小雨转大雨，请广大市民做好台风季期间的防护措施。”

呼啸的风吹得窗户哐哐作响，雨噼里啪啦地拍打着屋檐。昏暗的天色下，屋里的灯开着，更显得室内静谧。

卷卷似乎厌倦了纸箱，跳了出去，敏捷地奔向唯一开着门的林招招的房间，以迅雷不及掩耳盗铃之势钻进了床底下。林招招紧跟着跑进来，趴在地上跟它大眼瞪小眼，说：“你出来。”

“喵呜。”

“它不愿意出来。”林招招抬起头，可怜巴巴地望向陈寂，“怎么办？”

“……”

陈寂没说话，眼前的这一幕对他的冲击力未免有点大了——雨天气温降低，林招招换了身长袖连衣裙，粉白色的裙子上点缀着草莓，毫不设防的清纯与诱人。他这样居高临下地看着她，能看到她白皙的脖颈、细长漂亮的锁骨，再往下……

陈寂呼吸乱了一瞬，忙错开目光，心里的杂念却像野草般胡乱生长，喉咙微微发干，好一会儿才勉强找回声音：“别管它了，让它自己适应。”

“哦，也是。”林招招坐在地毯上，若有所思地想着昨天临时恶补的知识。

陈寂抬步走进房间，很想静下心坐在她的书桌旁找本书看，谁知道林招招一向整洁的书桌，此刻却显得凌乱。

扫了一眼，大多是笔记本，软抄、硬壳、大学里的草稿本，各式各样。他随便拿起一本：“University of California, San Francisco.[①]”

“这是别人的笔记。”原本还跪坐在地上的林招招迅速起身，眼疾手快地把草稿本抢走了，干巴巴地往桌上一扔，说，“无国界医生组织里的老师借给我的。”

陈寂问：“宋行水？”

林招招说：“是。”

陈寂说：“他的字挺清秀的，像女生的字。”

“啊？是吗？”林招招往刚刚那个草稿本上扫了一眼，分校、班级两栏里写了字，名字那里则没写，她松了口气说，“好像是的，好看就行了。”

陈寂不痛不痒地说：“嗯，给我看看。”

---

① 加利福尼亚大学旧金山分校。

林招招说："你又看不懂！"

陈寂挑眉问道："看不起我？"

林招招抗议："这不是我看不看得起你的问题，是你本来就看不懂！说实话，我都有点看不懂！"

越不让看，陈寂就越叛逆地想看。

他伸手就要去拿："看看又不要钱。"

眼看草稿本就要被他拿到手了，林招招一把抓住了他的手腕，指腹用力，皱着眉往他怀里倒："头突然好疼。"

演技之拙劣，让人无法直视。

陈寂下意识地搂住她的肩膀，拍了拍，说："戏有点假。"

"呃……"

被戳穿了。

林招招想推开他，陈寂却用了力气不准她走。她愣了愣，小声说："说我戏假还不准我走是吗？那么口是心非吗？"

"嗯。"陈寂的唇轻轻碰了碰她的长发，说，"戏假没关系，我喜欢看。"

也愿意配合演。

08

陈寂没再要看笔记了，一来真的看不懂，二来林招招不想他看那就不看，三来他接到了周尽燃的电话。

周尽燃的声音在电话那头像个小喇叭："喂？陈寂。"

陈寂说："嗯。"

周尽燃说："你也太冷淡了，我这正直播呢，给点面子，热情一点。"

陈寂无语："……"

周尽燃道："好，谢谢！下一位！"

陈寂无力吐槽："……"

他往旁边看了看，林招招第一千零一次趴在地上去看卷卷了，对他这边充耳不闻。冷神不屑跟只猫吃醋，牵了牵嘴角，问："什么事？"

周尽燃说："我答应球迷集训之前要来场比赛直播，对手中呼声最高的就是你。"

陈寂敷衍："是吗？"

"对啊。"周尽燃边看着直播上刷起的留言边说，"你看这条，'求冷神来打！我好想他'，还有'让我看看新鲜的我儿子吧'，陈寂，你妈妈粉真多。"

陈寂无话反驳："……"

卷卷突然“喵呜”一声。

林招招高兴地说：“宝贝你醒啦！来妈妈这里。”

周尽燃无语：“……”

看直播的观众受到了冲击：“……”

等等！信息量有点太大了！

观众A：“等下，我刚刚是听到冷神那边有女生的声音吧？我的妈呀，冷神已经隐婚并有孩子了吗？”

观众B：“我不信！我儿子还小！呜呜呜！”

观众C：“我好像听到猫叫了。”

观众D：“猫叫？这是什么游戏？别再说了！我有画面了！”

“好了！”眼见弹幕越来越离谱，就要朝着被禁的方向极速发展，周尽燃连忙叫停，跟陈寂说，“你自己解释一下。”

陈寂很酷，不想解释。

他站起来走到窗边，将窗户开了一条缝，清爽的风吹进来，将贴在皮肤上的热汗吹干。雨下了一天，而现在雨势再次变得和缓起来，和着风声细细，将三月的青砖黛瓦打湿。他想了想，还是要给周尽燃面子，说：“养了只猫。”

顿了顿，他问：“明天可以吗？”

最后敲定的时间是明天下午两点，陈寂虽然被停赛，但日常训练没停，休息两天就要归队了，正好来场比赛热热身。

陈寂挂了电话，转过身。卷卷敏捷地跳上了床，趴在被子上机警地看了看他，又看了看林招招，凶巴巴地冲林招招叫。林招招却被它可爱坏了，跪坐在床上逗它。

窗外是细雨风吹，窗内是女孩与猫。

是他喜欢的女孩。

还有她的猫。

晚夏的雨在遭遇台风后愈演愈烈，电闪雷鸣横贯长空，室外温度渐凉，室内却愈发闷热。卷卷缩到床底睡觉，半夜又慢吞吞地爬到了林招招的枕头上，而林招招竟然一夜好眠。

睡得好，醒来自然神清气爽。

林招招倚在床上看云静的笔记，云静不愧是高才生，笔记写得有条有理，从简至难，偶尔在旁边标一些小提示帮助理解。

林招招做了个计划，先用两个月把这些全部通读一遍，再花三到六个月背熟记透。

做完计划，她问卷卷：“你觉得我可以做到吗？”

卷卷的耳朵动了动，没理她。

好，那就是不能了。

林招招放下计划表，很从心地拿出一上午没打开的手机，登录社交平台，习惯性地先去看热搜，看到热搜第三挂着的“陈寂 我的猫”的时候，她还以为自己眼花了。

陈寂什么时候有猫了？

她点开热搜，果然，在第一条微博里就找到了答案，陈寂昨晚发微博——我的猫。配图是卷卷。

评论过万，点赞过万。

全世界都知道陈寂有猫了。

林招招点开他这条微博的评论，惊讶于陈寂居然还会回复别人的评论了。

比如这位宠物博主评论：“很可爱呀，记得打疫苗和定时驱虫哦！”

陈寂回复：“好的。”

再比如这位明眼看上去就是他俩CP粉的评论：“小猫咪好可爱，叫什么叫什么？”

陈寂回复：“卷卷。”

是叫卷卷没错了，但什么时候成你的猫了？！

林招招愤愤地打开微信，把截图给陈寂发过去：冷神，解释一下。

陈寂：。

林招招：句号是什么意思？

陈寂：温柔点，小招宝。

林招招脸一红，维持了一下形象：你干吗骗人，哪里是你的猫？

陈寂把他微博配的那张图重新发给她，将图中一个小小的地方圈了起来。

林招招仔细看，这张照片是卷卷刚到家的时候照的，它缩在箱子里，她则在旁边安抚它，陈寂用画笔圈起来的就是她入镜的那只手。

陈寂：我的猫。

他说的猫，是林招招本人。

好，林招招的脸成功地又红了两个度，她回了句“下午见”就匆匆地结束了对话。

想了想，她跑去了她和陈寂的双人超话。

CP粉上辈子果然是显微镜，居然根据配图里的部分背景细节扒出了这绝对不是陈寂的家。而在他们眼中，陈寂的绯闻女友只有她一个，那么这是谁家不言而喻。

分析得都对，侦探界缺这些人才。

林招招为了避免遇上陈寂，直到一点才慢悠悠地坐公交车去长河。雨天街上人不多，她撑着伞小心地规避着松动的青石板，裙摆在风中飞扬，看着时间走得不慌不忙。

上了桥又下桥，一步两步三步下台阶，脚步忽地一顿。

陈寂撑了把黑伞站在桥下，低着头轻轻地踩着一处水洼。他穿了件黑色衬衫，解开第一颗扣子，锁骨细长而瘦削。袖口卷上去，露出小半截手臂，长指握着伞柄，有一下没一下地敲着。

听到脚步声，他的动作定格了一秒。

他抬起头。

本就好看的眼睛在蒙蒙雨中更显得澄澈明亮，递过来的眼神温温柔柔的，让人忍不住地心软。林招招下了桥："你没说要等我。"

陈寂说："也没说不等。"

林招招问："那为什么不在家门口等？"

陈寂问："有什么不一样？反正我都在等你，也能等得到你。"

林招招说："也是。"

她低头看了会儿潺潺流动的三月河，有几片叶子在水中打着旋，飘向未知的地方。然后，她推了推陈寂，说："快走吧，迟到又要被人说啦。"

陈寂握住她的手腕。

林招招看向他。

"小心滑倒。"陈寂解释。

好奇怪，没遇到他之前，她也走了长长的路，有泥泞有荆棘，没人看着自己也可以好好地走。可是遇到他后，她就娇贵了，被宠得捧在手心怕摔了，含在嘴里怕化了，连雨天出行都要人看着了。

林招招没拒绝，只是小声说："会宠坏的。"

陈寂说："不会。"

顿了顿，他又补充："我已经很克制了。"

虽然正赶上长河乒乓球训练中心的开放日，但下雨天户外活动开展不了，所以偌大的训练中心有点萧条，直到进了一训练馆才有了热闹的气氛。不少队员在陪小孩子打乒乓球，就连郑同都在，估计是在看有没有好苗子。

两人刚一进门，离了老远，就听到周尽燃喊道："陈寂！"

林招招怕入镜，说了句"加油，我给你刷游艇去"就闪到了一边。确保能看到比赛而不入镜后，她才拿出手机，点了周尽燃的直播链接进去。

直播已经开始了，嘈杂的背景音就在她耳边，而直播间里的弹幕也一刻没有停过。

"冷神来了吗？"

"冷神换衣服去了！马上就开始了，期待期待！"

"好久没看到新鲜的冷神了，好想念。"

“麻烦镜头转一下更衣室。”

林招招把昵称改成“那只叫卷卷的猫”，然后反手一个游艇刷上去，对着坐在裁判席镜头后面的周尽燃比了个剪刀手。

周尽燃回了个大拇指。

耳机里，林招招听到周尽燃说：“谢谢‘那只叫卷卷的猫’送的游艇，看头像是个陈寂粉，等会儿让陈寂单独给你打个招呼哦。”

这福利……

林招招欣然接受。

“陈寂，好好打！干掉周尽燃！”

旁边球桌前有人对着从更衣室出来的陈寂吹了个口哨。陈寂从路过的球台随手拿了只球，边用球拍颠着球边往这边走，朝吹口哨的人抬了抬下巴：“赢了请吃饭。”

欢呼声响成一片。

林招招低哼：“臭屁。”

像是听到了她的嘀咕，陈寂往她这边看了一眼，林招招比了个小小的爱心。他本来都要挪开目光了，见状，没忍住又多看了一眼。

摸也摸不到，但这一眼却不能少。

直播用的手机被用架子架了起来，郑同代替周尽燃坐到了裁判席，看样子是准备亲自给大家解说了。陈寂边擦球拍边问周尽燃：“让郑指导来解说，你怎么想的？”

周尽燃笑眯眯地看了眼镜头，小声说：“是他自己要求的。”

“哦。”陈寂说，“那我不会输了。”

周尽燃有些莫名其妙。

“不然他会在镜头前骂我。”

“骂我就没事？”

“你是奥运冠军，要给你面子的。”

“你把我们郑指导看得太俗了！”周尽燃跟陈寂猜了个拳，确认他先发球后，说，“就怕我骄傲，已经给我开了三次会了，要是输给你我就要开第四次。”

陈寂跟他撞了撞肩膀，说：“那你得去开第四次。”

虽然是友谊赛，但没人想被郑同当着那么多人的面骂，所以打得有点……过于友谊了。

郑同说：“啧，七比七平，没有失误，没有超常发挥，很无聊的一场比赛，大家可以退出直播间了。”

声音一听就憋着火，肯定想着早点结束好把两人揪到办公室骂一顿再说。

林招招忍着笑，郑同根本不知道，来看直播的人想看比赛是假的，想看帅哥才是真的，哪怕周尽燃和陈寂坐在镜头前尬聊他们都愿意看。这么想着，她又送了辆跑车。

终于，在磨到比分十比十后，郑同再也忍不住了："这局谁输了今天给我加训！"

陈寂和周尽燃对视一眼。

火花四溅。

也就十秒的事情，小小的球三个来回，速度之快让人不由得屏住了呼吸，这一眨眼过得无比漫长。终于，周尽燃侧身反拉，球飞过去，过网。

"耶！"周尽燃跳起来喊道，"辛苦冷神了。"

还没得意完，突然听见郑同喊道："陈寂！周尽燃！"

陈寂和周尽燃条件反射地站直身子："有！"

郑同的声音中气十足，没那么大，但也足够传遍整个场馆："你们两个给我拿出打奥运的状态打！再不醒就去跑三圈再来打！"

陈寂和周尽燃异口同声："是！"

弹幕密密麻麻地刷过去。

"哇，郑教练好霸气啊，看把我们家孩子吓的。"

"认真的陈寂好帅啊。"

"啊啊啊啊，周尽燃也好帅啊！"

"好甜啊！"

"CP粉又开始了是吗？"

"真的开始认真了，这友谊赛打得也太激烈了吧？我怎么感觉比奥运会那场还要带劲！啊啊啊，周尽燃冲啊！"

"反正冷神都要加训了，输赢无所谓。"

三局两胜的比赛在双方都拿出了原有的实力后反而打了更长时间，完完整整打了三局，周尽燃才以总比分多出两分的微弱优势赢得了比赛。

周尽燃走到裁判席，拿起毛巾丢给陈寂："加训啊。"

陈寂说："嗯。"

他边擦汗边往林招招那边看去，目光逡巡过去，却落了个空——林招招不在原来的位置上。他愣了愣，擦汗的动作慢下来。

去哪儿了？

周尽燃招呼他："陈寂，过来跟观众打招呼。"

陈寂走过去，正视镜头，一贯的淡然冷静，微微点头："大家好。我是陈寂，谢谢你们来看我的比赛。"顿了顿，他又说，"哦，是我们的。"

周尽燃无语："……"

紧接着，他强行转移话题："你过来主持一会儿跟大家聊聊天吧。"

郑同看完了比赛哪还管什么直播，又晃荡到其他球台前去指导别人了。

陈寂说："我还有事。"

周尽燃问："加训吗？"

扎心了。

陈寂瞪了他一眼，绕到裁判席，周尽燃已经把摄像头调到了前置。陈寂坐下来，拿出手机给林招招发消息：在哪儿？

林招招秒回：看直播。

陈寂：好。

他看向镜头，在周尽燃的示意下去看大家刷的问题，边看边念："陈寂，有没有考虑退役后去娱乐圈出道？没有。"

"输了比赛有什么想说的吗？"

"下次赢回来。"

"加训很辛苦吧，心疼。"

"还好。"

"如果在二十三岁之前遇到了喜欢的人会谈恋爱吗？" 陈寂念出这个问题后，思索了一会儿，说，"答案同上。"

观众一头雾水。

过了好一会儿，陈寂都回答下个问题了，他们才反应过来。

——如果在二十三岁之前遇到喜欢的人会谈恋爱吗？

——未满二十三周岁谈恋爱，自领加训。

——加训很辛苦吧？

——还好。

这太值得品味，太让人心动了吧！

陈寂说："谢谢'那只叫卷卷的猫'送的顶级跑车，我很喜欢。与之前一样，本次收入无论多少全部捐于益善共同阅读计划的公益活动中，谢谢大家。"

他站起来，鞠了个躬，拿起一旁的水，说："加训去了。"

09

等陈寂加训的时间里，林招招去了训练中心的图书馆。图书管理员是个穿着考究的老人，正就着窗外的天光翻书，窗户没开几扇，馆内有点闷热。

林招招在登记本上写上名字，老人这才慢悠悠地换了个眼镜，看了看她的信息。

"林招招？"

"是的。"

"对面医学院的？"

"是。"

“你们医学院没有图书馆？”

“有的。”林招招笑了笑，说，“我在这里等人。”

老人若有所思地点了点头，说：“地下室、C区不开放，其他随便逛，借书还是在我这里登记，去吧。”

林招招说：“好。”

她生得乖巧可爱，笑起来无害温柔，老人摆了摆手，就放她走了。

林招招看了看地形图，图书馆虽然没有临溪医学院的大，但是也分上下两层，图书分门别类地摆放有序。她要看的书在二楼，自旋转楼梯拾阶而上，二楼的阅读区在落地窗旁，显得更明亮宽阔。

文学，外国文学，毛姆，《寻欢作乐》。

林招招把书抽出来，随便挑了个座位。还没到傍晚，天边还有一丝被雨水冲刷出来的光亮，不至于太阴沉。

雨声不绝于耳，是很适合读书的氛围。她读得入了迷，以至于陈寂上了楼她都没发现。

直到手边碰到了一杯奶茶。

触手微凉，她翻页的手微顿，抬起头。

陈寂一看就是刚洗过澡，换了身放在训练中心的衣服，简单的白色短袖T恤，透着让人舒服的干净透彻的气质。

林招招把吸管插上，喝了一口。

去冰三分甜。

“还去给我买了奶茶？”

“嗯。”陈寂装模作样地去选了本书，坐在她对面随手翻着，“上次你借给我的书，我看完了。”

“还给我。”

“小气吧啦的样子。”

“对书的小气不是小气好吗？”

“那是什么？”

“是对知识的尊重。”

陈寂失笑，点点头，说：“你说得对。但是出于对我读完这本书的尊重，你是不是得问下我看这本书的感受？”

林招招从善如流：“什么感受？”

“我很喜欢里面阿蒂克斯说的最后一句话：‘斯库特，当你最终了解他们时，你会发现，大多数人都是好人。’”陈寂一边说，一边慢条斯理地翻着书，上面的字像符号般在他眼中聚集不成一段话。他干脆合上了书，说，“我直到昨天，才明白这个道理。”

“昨天看完的书？”

“不是。”

“那……”

“我见到云静了。”

轰——

陈寂的这句话宛如一枚原子弹，“轰”的一声在林招招的耳边炸开，把她炸得头晕眼花，心脏急促地跳动，由滚烫转至冰凉。后背顷刻间出了一层汗，她张了张口，却不知道该说些什么来应付陈寂这句话。

陈寂没等她说话，继续说：“我知道你在瞒我。”

林招招将书缓缓地合上，她看着陈寂，陈寂的神情是一如既往的平静，甚至为了宽慰她，语气还多了几分释然。他尽量让自己的声音保持平缓：“我见到她的时候，就认出她了。”

“虽然戴着口罩，虽然好多年都没见了，可是很奇怪，我还是认出来了。她给我抽血，说认识我，看过我的比赛。我当时特别想问她，为什么会在这里？不是出国深造学的建筑学吗？不是过得很好吗？”

哪怕屋内灯光昏暗，云静又戴着口罩，他也能看出她眼角的细纹和这些年岁月在她身上留下的痕迹。

变了。

又没变。

多年在赛场上锻炼出来的冷静，让他能平静地跟云静交谈——她明明认出他了，她明明是想他的，却不肯摘下口罩跟他说句话。

“我对陈念先没什么感情，但对云静有。”陈寂看向窗外，雨在他的眼中瓢泼而至，像是陷入了某个回忆的片段，他的声音很轻，“懂事之后，我要把她想得很坏很坏，才能控制自己不去思念她。”

“可是……”陈寂仰起头，指节微微弯曲碰了碰眼角，“啧，风好大。”

“陈寂……”

“我可没哭。”冷神维持着最后的倔强。他固执地看着窗外，不肯让林招招看清他的脸，低声“威胁”她，“出去乱说的话，后果自负。”

“什么后果？”

陈寂想了想，还是没忍住看向她，低低叹了口气，说：“我都那么喜欢你了，还能把你怎么办？”

沉默了一会儿，陈寂缓了缓情绪，才重新开了口：“就像那本书说的，当你去了解他们时，你会发现大多数人都是好人。云静很好，我不能因为她没有满足我的要求，牺牲自己的事业做个好妈妈，就把她定性成坏人。”

“我可以理解她，但也不理解她，你懂我的意思吗？”

林招招点了点头。

人本来就是复杂的，人的情感更是复杂，永远是爱恨交织，永远不可能黑白分明，只能在矛盾中寻找一种相对舒服的姿态去面对。

在理智上，陈寂可以理解并敬佩云静为了医学事业献身。可在感情上，他又不能理解。当时的林招招面对云静时，情感又何尝不是这样复杂呢？

雨又下大了，噼里啪啦地拍打着树叶，溅到窗户玻璃上，顺着玻璃蜿蜒出曲折的水线。

陈寂靠着玻璃：“那天在你那里看到了她的笔记本，那么多，如果放在以前，我会忍不住嫉妒它们，我会想，就是它们剥夺了云静的时间，让她不能陪我长大。可我现在长大了，埋怨和心结还在，但已经不重要了。

“重要的是舅舅和你，还有我的乒乓球。”

“还有你未来的老婆。”林招招帮他补充，这是还耿耿于怀陈寂十六岁时说的话呢。

陈寂一怔，旋即笑了笑：“怎么还记着？谁说的？我忘了。”

林招招说：“谁说的我想你心里有数。”

陈寂说：“我没有。”

气氛在一来一回的互怼中变得欢快起来，林招招喝了口奶茶，咬着珍珠，突然问：“那你……会愧疚吗？”

千万不要愧疚。

虽然她知道不可避免，但是就让她自私一点吧，陈寂这些年已经过得很苦了，她不想他再承担不该他承担的情绪。

比如愧疚，比如那些本应该，比如这段亲情不该带给他的负面情绪。

“会有一点。”像是看出了林招招的担心，陈寂说，“但是不会太久的，很快就会过去的。所以——”

他顿了顿，林招招问：“什么？”

“所以，我可爱温柔的小青梅，可以把竖起的刺收回去了，别紧张。你如果太害怕我受到伤害，多安慰安慰我就好了。”

“谁……谁怕你受伤害了！”林招招被戳穿了心思，红着脸结结巴巴地辩驳。

谁知道陈寂突然站起来，越过桌子走向她。

“等一下！”林招招站起来，边往后退边伸手挡在她和陈寂中间，底气略有不足，“陈……陈寂！站住！”

陈寂步步紧逼，气音低哑：“招招姐。”

林招招眼睛微微睁大。

有生之年，她居然还能听到陈寂叫她姐姐！

莫名地，她想起更小的时候陈寂穿着洗得发白的衬衫，干干净净、乖巧地跟在身边看她因为没考满分抹眼泪，他安慰她：“别哭了，你看我都没及格。”

她抽抽噎噎地凶他："谁要跟你比！有你这么安慰人的吗！"

陈寂沉默了一会儿，说："你跟我说，想哭的时候就抱抱你。"他拉了她的衣角，张开短短的手臂囫囵地将她抱在怀里，七八岁的男孩声音稚嫩，"别哭了，招招姐。"

——别哭了，招招姐。

少年的奶音与耳边带了点诱惑的男人声音重合，让她有种时空扭曲的错觉，她恍惚了一下，陈寂又迫近了一步。

"是你说的，想哭的时候就抱抱你。"

陈寂低垂着眼，纤长的睫毛像蝶翼般微微颤抖，在白净的脸上留下淡淡的阴影，挠在她的心尖上。反驳的话在喉咙里滚啊滚，直到陈寂的下一句话落下来了也没说出口。

他说："我现在就想哭。"

言下之意——现在就想抱你。

林招招张口："不是……我……"

话被拥抱堵了回去，她身后是冰凉的玻璃，退无可退，只能将自己推进陈寂的怀里。陈寂将脸埋在她的颈间深吸了一口气，温热的唇轻轻摩擦着她的皮肤，引起一阵战栗。

推开他。

她在心里催促自己，林招招，推开他。

千万遍的重复，指令却永远无法传达到掌心。

夏日的风吹动厚重的窗帘，驱散闷热，路边的绣球花随风晃动，豆大的雨珠打在枝叶上，顺着纹路潺潺流向地面，翻开泥土的芳香。

一切都崭新明亮。

好像没有什么是不能重新开始的。

凋谢的花，过去的春天，还有，还有她那一颗本就无法沉寂的心脏，也在迟缓地再次跳动。

为同一个人，再次跳动。

她终于认命，抬起僵硬的手臂轻轻环住了陈寂，低声埋怨："那是你八岁的时候答应你的了，早就不作数了。"

"嗯。"陈寂的声音中带着轻微的颤抖，呼出的热气贴着她。

继而，吻住了她。

轻微的喘息声在空无一人的二楼图书馆显得格外清晰，林招招羞耻地想推开陈寂，却被他牢牢地扣在怀里。唇被轻轻地咬住，奶茶的香味被迫在两人唇齿间交换。

他吻得很细，像从未吻过她一样，青涩又含蓄。

直到她的唇瓣被吻得水光潋滟，他才轻轻地放开她，鼻尖抵着鼻尖，哑着嗓子笑她：“像吃了红辣椒。”

林招招瞪他，软绵绵地没有杀伤力：“吃了你！”

话说出来才发现有歧义，她的脸登时涨得通红，却没有推开陈寂。

陈寂得了便宜卖乖，侧脸贴了贴她的脸，喃喃：“好烫。”不等林招招反驳，他又含住了她的唇，这次不再是和风细雨，灵巧的舌强硬地顶进去，迫使她的与之共舞。

雨声离得远了，只有偶尔的喘息声和心跳声。

被吻得晕头转向的间隙，林招招听到陈寂喊她的名字，细密的吻自唇边沿着脸至耳畔，他低声喊她：“招招。”

“嗯？”她听到自己的声音在颤抖。

“小招宝。”

“……嗯。”

“现在换我了。”

她曾为他做过太多太多的事，现在换他了。换他爱她，换他不顾一切，换他一掷孤勇，换他轰轰烈烈地爱她一场。

换他，心跳怦怦。

当晚，陈寂发微博。

陈寂：现役女友@林小招招。

第六章 

我永远记得，你掌心的热

01

长河乒乓球训练中心，早上八点。

运动员们已经做完了基本的热身，分了组进行日常训练。周尽燃把乒乓球丢给陈寂："一分钟多球练习，陪练。"

陈寂瞥了他一眼。

乒乓球在球台上跌跌撞撞，在即将掉出边沿时被陈寂接了个正着："哪个球台？"

周尽燃说："小的。"

迷你乒乓球台更锻炼控球能力和摆短的技巧，周尽燃喜欢在上面练，陈寂不陪他的时候他就自己练。他提议："别用球拍了，用手机怎么样？"

陈寂说："坏了你买。"

周尽燃勾上他的肩膀，说："你自己不会收着点力啊？"趁四下没人注意他们，他又小声说，"你也太敢了！偷偷谈恋爱又不会死，领两年加训你是不是疯了？"

"嗯。"陈寂面不改色。

"嗯什么嗯？"

"我疯了。"

"……"

迷你乒乓球台临近更衣室，陈寂把手机拿出来，解锁，忽略掉其他人的消息，打开跟林招招的对话框。

对话倒没什么新的进展，他就是想看看她的照片。

越看心情越好，越看越喜欢。

"喂——"周尽燃提醒他，"嘴角收一收，维持一下自己冷神的人设好吗？你的冷酷呢？”

“哦。”陈寂努力维持了一下，拿了个小球，说，“开始吧。”

不用球拍，改用手机。难度升级。

乒、乓，乒、乓……所有的击打汇聚到同一种声音中，低低的交谈声被掩盖，整个训练馆显得和谐，每个人都尽情地做着自己喜欢的事情，为了同一个目标奋斗着。

忽然，哨响。

所有的人目光往哨响处看去。

郑同站在门口，放下哨子，喊道：“男队一队、二队，集合！”

一声令下，匆促的脚步声在场馆里响起，转眼，两队分两排在郑同面前站定，报数声交叠响起。最终，顾则向前踏了一步，目视前方：“报告教练，男队应到20人，实到20人，报告完毕！”

“绕操场跑十圈再报数！”

“是！”

这天不是开放日，女队队员都在训练，所以训练中心没什么人，刚下过雨的空气清新，让人心旷神怡。刚开始的一圈，大家都比较慢吞吞，周尽燃跟陈寂并排跑，尽量让嘴巴不动，说：“肯定是因为你。”

“不背锅。”

“你昨天公开，我们今天就跑步，你还不背？”

“嗯。”

“说真的，郑指导找你了没？”

“……找了。”

郑同自然是找陈寂了，在半夜十二点，他翻来覆去睡不着时就接到了郑同的电话。郑同应该是起夜看到了消息，二话不说把陈寂骂了一顿，然后说：“分手。”

陈寂不说话。

郑同被气笑了：“加训？”

陈寂说：“是的。”

“能耐了啊，陈寂。”郑同摇了摇头，说，“你一直也挺能耐。从我把你从省队选上来的时候就是这样。”

顿了顿，郑同问：“很喜欢？”

“很喜欢。”

“非这个时候不可？”

“是。”

“你还记得，我把你从省队选上来的时候，跟你说了什么吗？我说我就喜欢你身上这股倔劲，有原则，不退缩，敢承担。这些年你做得很好，谨记一点，哪一点？”

“不忘初心。”陈寂说。

“行，加训要领哪个？”

“跑步。”

“等两年后我推荐你去跑马拉松。”

说完，郑同就挂了电话。陈寂放下手机，心想不知道林招招睡着了没有，正想给她发个消息，突然听到客厅里传来云汀走动的声音。

陈寂想了想，推门走了出去。

云汀穿着睡衣，正靠在厨房的门口喝水，听到声音，他回过头，惊了一下：“你怎么还没睡？”

陈寂问：“在干什么？”

云汀眼里亮晶晶的：“吃糖啊！”

“什么糖？”

“你打开手机，去你和小招宝的双人超话，绝对被甜得要打胰岛素。”云汀信誓旦旦。

陈寂原本正按他说的打开了社交平台，听到最后一句话又停住了动作。云汀喝了口水，问：“怎么了？”

“哦。”陈寂说，“不用那么麻烦。”

“怎么？”

“我想吃糖的话，打开和招招的对话框就好了。”

“……”

一口大糖冷不丁地塞到了云汀的嘴巴里，他有点承受不了地又多灌了两口水，对陈寂举了个大拇指：“是我搞CP吗？”

陈寂有点莫名其妙。

云汀说：“是我的CP在搞我啊！”

陈寂无语：“……”

等云汀又回去嗑糖了，陈寂这才重新打开了社交平台。

他发的那条微博自然引发了轩然大波，并迅速被顶上热搜第一，底下的评论也是五花八门。

“啊啊啊，我失恋了！”

“我不信我不信！陈寂你是我的！呜呜呜！”

这是女友粉。

“谈恋爱会影响比赛吗？”

“停赛那件事是因为谈恋爱吗？不是说只要加训就行了吗？为什么要停赛？”

“今年二十一岁了，正常人都不知道谈过多少次了，陈寂的心理素质不知道有多好，肯定会调整好状态不影响比赛的。”

这是球迷。

“我的既然CP真的结束了！我不能接受！”

“我本来想看看是谁家的房子塌了，走近一看，居然是我自己家的。”

这是“既然”CP粉。

最高兴的莫过于他和林招招的CP粉了，但林招招毕竟是素人，所以他们也没有招摇，只是小范围地在双人超话里庆祝了一下。

“转发抽奖，庆祝我的CP是真的，抽一个人承包半年奶茶。”

“我早就知道是真的！眼神是不会骗人的！”

“虽然……但是我好酸，我也想要甜甜的爱情，我可以跟冷神抢小招宝吗？”

看到底下的评论都是“不可以”，陈寂才满意地点点头。

是的，不可以。

“还有半圈！”跑道外有人大喊，“陈寂，冲啊！”

陈寂的肺活量在队内是最差的，所以每次跑步都会落后半圈一圈的，最后一个到达终点。他越过红线，心跳声在耳边炸开，咚咚作响。

周尽燃拍了拍他，递过来一瓶水，说了句什么，陈寂没有听清，皱着眉看向他。等他缓了一会儿，周尽燃才又问：“你加训真的报的跑步？”

陈寂点头。

“多少圈？”

“十。”

“你……”

周尽燃差点又脱口而出“你疯了”，想到之前陈寂的话，又咽了回去。

陈寂用手擦了擦额头上的汗，说：“锻炼身体。”

周尽燃无奈地说：“……好。”

男队跑完步又重新在郑同面前列为两队站好，重新报数。顾则再次返回队伍，笔直地站在周尽燃和顾则中间。郑同的眼神不断在他们之间逡巡，没人敢用眼神交流，全都目视前方，如老僧入定。

“下半年的赛程你们应该了解。”郑同终于开口，“秋冬季的公开赛，十月的世界杯、锦标赛以及从中旬开始的中国乒超联赛，赛程紧、严、难，作为卫冕的队伍，我们将严格选拔出参赛人员。

“公开赛名单在奥运会之前就定下来了，但由于陈寂被停赛，所以将有另一个人代替他出战。而从明天开始，世界杯的名额之战正式开始。”

“一队二队！”

“有！”

“队内排名第五名之后包括第五名的，想拿到选拔资格，先单打赢了陈寂再找顾则报名。解散！”

虽然说了解散，但没有人动，目光全都齐刷刷地看向陈寂。

陈寂面不改色，内心却有一万句不愿意想说。

他沉默地接受大家的注视，看向郑同。

郑同见没有人动，看了眼陈寂，问：“有问题？”

陈寂站直身子答：“没有！”

郑同说：“没有就好。”

……好个头！

等郑同走后，队友一股脑地全都涌了过来，开始找陈寂约时间，七嘴八舌地在陈寂耳边说个不停。他听得脑壳疼，隔着人群喊道：“周尽燃！”

周尽燃飞快地回：“不在！”

说着不在，到底不忍心陈寂被围得脱不开身，还是很有义气地挤了进来：“大家让一让，让一让。”他成功地挡在了陈寂面前，“大家听我说！”

没人听他说。

“周副队你又不用打，在儿这添什么乱？”

“就是就是，别跟我们抢陈寂！”

“来人啊，把周副队扔出去！”

陈寂被吵得眉头皱了又皱，开口：“安静！”

好，世界安静了。

周尽燃被这突如其来的一声吓了一跳，背景音女队的训练还在继续，但到底不是闲谈，声音可以忽略不计。他看了陈寂一眼，陈寂示意他继续说。

“上辈子欠你的。”周尽燃白了他一眼，对队员说，“按队里排名来，从低到高。每天两场，上午一场，下午一场，按国际比赛规则，有意见吗？”

“没有。”

“散了，登记完去继续训练吧。”

等队员又去训练了，周尽燃才问陈寂：“你什么时候开始军训？临溪大学离得也不远，应该有时间吧？”

“没时间也要挤。”陈寂拍了拍他的肩膀，说，“谢了，午饭我请。”

“客气啥。哎！你去哪儿？”

“出去吃。”

陈寂边往更衣室走边拿出口袋里的手机，林招招半个小时前发来消息：“咚咚咚，请这位运动员立刻联系他的女朋友。”

见他没回，她又说：“好吧，你肯定在训练。我也在学习，可我学习能走神。”

还骄傲上了。

“中午吃什么呀？现在全世界都知道我是陈寂的女朋友了，我都不敢出门。”

“不过也不亏，全世界都知道陈寂是我男朋友了。”

自我安慰得不错。

陈寂点点头，回她：“午饭吃什么？”

发过去后，等了一会儿没等到林招招的回复，他心里有点急，转而拨了个电话过去。

电话倒是被接起得很快，林招招的声音很低：“喂？陈寂？”

陈寂说：“嗯，在哪儿？”

林招招说：“在家看笔记，你结束了吗？”

“结束了。”

沉默了片刻，两人异口同声：“一起吃饭？”

“吃什么？”

又同步了。

林招招脸一红，额头贴着桌子边沿，冰凉印在皮肤上。她把学校附近的好吃的都想了一遍，才听见陈寂问：“你饿吗？”

林招招说：“还好。”

陈寂说：“我做饭，你来训练中心找我。”

林招招说：“今天不是开放日啊！”没等陈寂说话，她又反应过来了，“哦，老地方，等我。”

那语气，说得他们好像经常私会一样。

林招招听到陈寂低低地笑出声，也察觉到了歧义，脸热到了一定程度，她含糊了两句就挂断了电话。

不敢相信，仿佛还是假象。

她居然真的和陈寂在一起了。

打开社交平台，无数私信和评论汹涌而至，粉丝数在噌噌噌地往上涨，双人超话涌入大批看热闹的人。所有的分析帖和抠糖帖都成了证据，虽然过程不一定是CP粉说的那样，但结果是一样的。

“着急”CP是真的。

她是凌晨时才转了陈寂的微博的，既感动又心疼，心和鼻子一起开始变得酸软，忍住了发大哭的表情，尽量让自己淡定——

林小招招：加训辛苦了。

底下评论五花八门。

周尽燃：没事，也就十圈，让我们期待马拉松比赛上的冷神。

顾则：恭喜！

网友A：我有个朋友得了绝症，临死前想知道更多的细节。

网友B回复网友A：你说的这个朋友是不是你自己？

网友C：从双人超话过来的。青梅竹马，冷神和甜心，神仙恋爱。我也想要甜甜的恋爱，酸了！

陈寂：辛苦的是你。

林招招回复陈寂：？

总不能是她跑吧？要是这样的话，她就要重新考虑和陈寂的关系了。正想着晚两年谈恋爱也没关系，陈寂又回复：私信。

情话让吃瓜群众看见，免不了要被人扣上作秀的名头。陈寂不怕被人议论，但也不喜欢被无端地揣测。于是，他在私信里回复了她。

陈寂：辛苦你。

陈寂：每天都要心疼我。

02

林招招把看完的笔记放在抽屉里，给爸妈打了个视频电话问他们什么时候回来，得到了很快就回来的答案后，她才小心翼翼地问："你们看新闻了吗？"

"什么新闻？"林母躺在沙滩上的躺椅上晒太阳，海风吹来咸湿的味道，转瞬又被高温度蒸发掉。她兴冲冲地问，"看我新买的墨镜怎么样？"

林招招说："好看。"

看来是没看到她和陈寂的新闻。但是看到也是早晚的事，林招招决定如实招了："妈，跟你说件事？"

"你谈恋爱了？"

"你怎么知道？！"林招招震惊地问道。

"哦，随便猜的，真是啊？"

林招招点头。

"陈寂？"

"你又知道了？"林招招再次震惊。

"我早就知道你喜欢陈寂了。"

林招招震惊不起来了，呆若木鸡地听妈妈在那头给她翻日历："高一的事情吧？陈寂输了比赛比陈寂还急，哭得眼睛都肿了还去安慰他。我跟你爸说你爸还不信，说你们两个三岁就认识了，是亲情啊是亲情！"

"……"

"是亲情个头！这明明就是爱情！"

"……"

林招招怀疑妈妈是个CP粉，并且证据十足。她缓了一会儿，说："好吧，那你跟爸爸说一声，早点回来哦。”

然后她就挂了电话。

她马上就要开学了，大四以实习为主，在简单的调整后学生们就要被分配到各分局进行实习工作。陈寂虽然被停了赛，但日常训练要做，加训要做，大学开学的报到、军训、课程，数不清的事情成堆地砸过来。

他们能相处的时间不太多。

没在一起的时候不觉得，在一起了就觉得时间少了，怎么都不够。

林招招是坐公交车去的训练中心，工作日的公交车上人并不多，但她还是谨慎地戴上了口罩。广播用普通话和临溪话报站，空荡荡的车厢里零散地坐着三四个人。

陈寂发来消息，问她到哪儿了。林招招说：“还有两站。”

她靠在车窗上，雨已经停了，但天还是灰蒙蒙的，湿润的空气顺着窗户缝传进来。

“陈寂，我在网上看到一个很有趣的问题。”

“什么？”

“如果你有一百块钱，你在花完后的半个小时内就会死去，你会怎么花？”

“你会怎么花？”

“我会买一本书，找个很文艺的咖啡馆坐下来，然后叫一杯奶茶和甜点，只留下两块钱。无所事事地消磨一下午后，我要去见你。”

“坐公交车？”

“是的！”

“那恐怕你的甜点得要个便宜一点的了。”

“为什么？”

“我要跟你一起走，你得给我留路费。”

像吃了大口糖，甜意自心底渐渐升起。林招招幻想着她和陈寂穷途末路地逃亡，怀揣着最后的绝望与希望奔赴死亡，惊天动地，却又浪漫至死。

公交车到站。

她下了车。已经有学生来报到了，行李箱在被雨浸湿的地面上发出摩擦声，急匆匆地走向还冷清的校园。车停在长河训练中心这边，林招招沿着白色的围墙往后门走，思考着一会儿单独爬上墙的可能性。

嗯，用石头加上踮脚，可能性可以提高到百分之八十。

难就难在石头太重，等她终于搬完了石头，艰难地爬上墙，挂在墙上往下看时，正好撞到了陈寂走到这里。

陈寂愣了一下：“招招……”

林招招一看到陈寂，刚刚受的那点小苦楚立刻变成了大委屈。她腾出一只手擦了擦脸，结果手上的灰蹭到了脸上，脏兮兮的小姑娘，偏偏眼泪汪汪地喊他："陈寂。"

陈寂的心软得一塌糊涂，他把饭盒放到一旁，向林招招张开双臂："下来。"

林招招说："抱紧我啊。"

陈寂笑着应道："嗯。"

林招招又不放心，威胁他："摔到我就打死你。"

陈寂点头："好。"

林招招这才翻上墙，像以前无数次一样，奔向陈寂的怀抱，被陈寂接了个正着。只是这次，发展有点不太一样。

林招招被陈寂抱在怀里，平安落了地，她松了口气，想起身。

嗯？起不来。

林招招推了推陈寂："我平安到达啦！"

"嗯。"陈寂的声音低低的，侧脸埋在她的颈间，干燥的掌心摸了摸她的头发，"可是我想抱你。"

林招招的脸一热，声音也跟着结巴起来："那你……你抱吧。"

陈寂得寸进尺："你也抱我。"

林招招依言回抱他。

她还是容易害羞，明明认识了那么多年，再亲密的事情也做过，可是拥抱时她还是会脸红。陈寂离她好近啊，她贴着他的胸口，听到他的心跳声，闻着他身上清冽的味道，刚洗过澡的水汽被风带过，直直地钻到她的鼻子里。

接吻是自然而然的。

不知道是谁先起的头，等林招招反应过来的时候，她已经被推到墙上，被吻得气喘吁吁。她搂着陈寂的脖子，踮起脚仰着头，如献祭般将自己送到陈寂的面前。

吻变得诱人了。陈寂的手贴着她的背脊向下滑，停在她的腰侧，盈盈一握的细腰，衣摆在风中翻飞，他没有迟疑，冰凉的手指钻进去碰到了她的皮肤。接吻声在耳边啧啧作响，过于羞耻的声音让林招招红了脸，想推开陈寂肆无忌惮的手。

软绵绵的，没有什么力气，反而助长了他的气焰，手下的力气愈发大了起来。

酥酥麻麻的感觉顺着脊柱蔓延，口中泄出细碎的喘息，甜腻得像糖，仿佛不属于她。她的眼眶渐渐红了起来，被欺负得狠了，湿漉漉的，无辜极了。

陈寂的动作一顿，他碰了碰她的唇，轻轻咬了咬，声音暗哑中带着笑意："怎么那么可爱？"

"你才可爱，你全家都可爱。"听到陈寂又在笑她，林招招抓住他的衣领，把脸埋在他的胸膛，小声控诉他，“流氓！”

陈寂有一下没一下地吻着她的头发，说：“跟自己的女朋友，不叫耍流氓。”

强词夺理！

但林招招还是好奇了一下：“那叫什么？”

陈寂说：“情不自禁啊。想抱你，想吻你，想……嗯，那首诗怎么说的来着？想在你身上做春天对樱桃树做的事。”

“……”

她就不该问！

林招招的脸又红了！

03

陈寂开学报到的时候话题度也很高。临溪的大学大多都在大学城那一块，所以离长河训练中心、临溪医学院并不远，陈寂赢了场比赛才拎着行李箱去报到。

临出门前，周尽燃看了看名单，说：“太狠了，给新人点机会。”

陈寂说：“比赛录着像，放水会被打。”

周尽燃也是顺口一说，没想让陈寂真放水。他收了名单，问：“下午的比赛安排在五点，可以吗？”

“嗯。”

“要我陪你去吗？一个人行不行啊？新生开学报到很麻烦的。”

“谁说我一个人了？”

“……”

陈寂确实不是一个人，陪他一起去的是林招招和云汀。

林招招实习被分到云汀手下，还没开始工作，而云汀正好在医学院上课，两人吃完饭散步到临溪大学的门口等陈寂。

林招招撑了把伞挡太阳，被晒得出了一层层的汗，埋怨道：“本来以为台风过后会凉快点。”

云汀问：“你把秋老虎放在哪里？”

“呃……”林招招看着一辆辆汽车驶入校园，突然说，“完了。”

云汀问：“怎么了？”

林招招说：“你看看这些新生报到，都是家长开着车来送的。我们家陈寂是全国冠军，还是世界冠军，拖着箱子走过来，多有失体面。”

云汀说：“你说得对。”

他看了林招招一眼：“你去开车？车还在三月街。”

林招招从善如流地改了口：“陈寂是公众人物，要身体力行地彰显艰苦朴素的品性，给广大球迷树立好的榜样。”

“什么好榜样？”陈寂的声音从身后传来。

林招招连忙转过身。

陈寂很低调地戴了顶黑色棒球帽，刘海被随意地撩到一边，露出干净的眉眼。他往旁边看了看，放下箱子，说：“过来。”

云汀茫然道：“去哪儿？”

话刚落音，林招招已经小跑了过去，一头扎进了陈寂的怀里，额头抵着他的肩膀蹭了蹭，小声撒娇：“热死啦。”

陈寂收拢怀抱，学着她的语气说：“想死你啦。”

没多少温度的声音，模仿得拙劣，这样的反差却偏偏让人觉得可爱。

云汀站在原地被这成吨的狗粮砸得无言了片刻，喊道：“公共场所，麻烦注意一点。”

陈寂松开林招招，偏了偏头唤道：“舅舅。”

云汀冷哼：“你还知道你有个舅舅！你们俩才多久没见？”

林招招说：“三天吧。”

陈寂说：“嗯。”

临溪大学这边为了避开开学的高峰期，新生比老生晚五天报到，林招招忙着开学的流程，陈寂忙着训练，确实整整三天没见了。

陈寂右手牵住林招招的手，左手拖着行李箱，行李箱的轮子在柏油马路上拖过，混杂在各种噪音里。

大学生活掀开了新的篇章，他们来得晚了，下午还要开班会，现在则是兵荒马乱地去报到、领书籍、领生活用品、收拾宿舍。

宿舍里另外三个室友已经到了，刚认识也没多少话题，各自收拾着东西，不时往门外看去，嘀咕两句：“陈寂今天来不来啊？”

“你也喜欢陈寂？”

“喜欢啊！我是他忠实的球迷！”

“我喜欢周尽燃和陈寂，看他俩的双打简直不要太过瘾！”

“我也是！”

隔壁宿舍的路过听到了，都是同班同学，早晚都要认识，便也七嘴八舌地加入了讨论。所以，陈寂是在万众期待中到宿舍的。

匿名论坛里也发了实时跟踪帖，标题是：“报！陈寂来报到了”。

楼主：实名区搬来的。我给大家简述一下，今天是临溪大学新生报到最后一天，万众期待的冷神终于出现在了临溪大学的门口。看图！

附的是几张陈寂拖着箱子站在学校门口的照片。

2楼：等等！冷神的车呢？

3楼：要什么车？长河训练中心离临溪大学也就一站路，走小路十五分钟就到了，开车就夸张了。

3楼：好朴素啊，我们冷神。

4楼：什么“我们冷神”，你们就只看得见冷神拎着箱子吗，看不见另一只手牵着他女朋友吗？

5楼：我可以当没看见吗？我是冷神女友粉！

6楼：我还是无法接受冷神居然谈恋爱了，我以为这种禁欲系男神是不会谈恋爱的，我以为他的心只是乒乓球的，我看错了！

……

16楼：有一说一，陈寂谈恋爱的时候好苏啊，大热天的牵手不热吗？怎么走哪儿都不放？你醒醒啊冷神！松手了也没人敢抢你家小招宝！

17楼：就是想牵，与天气无关。

18楼：楼上真会抓重点，@临溪大学，建议录取。

楼主：冷神走完流程了，要去宿舍了，好羡慕跟冷神一个宿舍的，可以看到冷神的腹肌！啊啊啊啊，楼主现在是柠檬精！

19楼：柠檬+1。

20楼：柠檬+2。

楼主：据一线情报，冷神的女朋友很温柔，真的像个小甜豆，两人的相处特别特别甜。林招招想帮冷神铺被子，结果被拒绝了，你们懂吧？就是想帮忙，但冷神又舍不得她动手，小姑娘就不高兴了。冷神把人拉到阳台，也不知道说了什么。

25楼：楼主继续说啊！

26楼：后续呢？楼主你是用脚打字的吗？怎么那么慢！为什么不一口气说完！

楼主：反正回来的时候，小姑娘脸通红，嘴唇很红，还破了，就乖乖地坐到冷神的桌子旁玩手机，脸都红透了。

28楼：楼主你这太一线了吧？是亲眼看见的吗？上个图啊！

29楼：绝对是亲了，这得多霸道，嘴唇都亲破了！冷神！你注意点自己的人设啊！动不动就亲人这是为什么！

30楼：大家好，我已经在他们宿舍门口路过又路过了，冷神什么都是自己做的。他家里好像还来了另外一个人，但是也没做什么，就帮冷神摆点日常用品。另外，林招招长得很好看，我都忍不住心动的那种。

32楼：31楼别跑，我要去告诉冷神你觊觎他女朋友。

楼主：冷神走了，今天晚上应该不在宿舍睡。走的时候什么也没拿。对了，有个细节，他的小女朋友不知道从哪儿搞了一串星星灯挂在了冷神的床头，特别有少女心，实在太影响人设了，谁知道冷神看到后竟然笑了。

楼主：你们可以想象吗？！从来不笑的冷神居然笑了！他说：“好看。”

这是冷神该有的台词吗？！

41楼：小情侣秀恩爱罢了，楼主懂什么，真的无语！

43楼：星星灯确实挺好看的。

45楼：嗑到了，着急真的是真的。

……

林招招把澄子发给她的帖子大致浏览一遍后，又翻回到主楼打开那张陈寂在学校门口的照片。她左看右看，以至于陈寂不耐烦地敲了敲桌子，问她：“在看什么？”

语气略有不满，潜台词是：男朋友就在对面，手机有什么好看的？

林招招头也不抬：“我发给你。”

云汀抗议：“还有我！”

林招招把链接发到了群里，包厢里一时间就安静了下来。

日料店里的脚步声和交谈声都很轻，榻榻米柔软，穿着和服的服务员把菜一道道摆在长桌上，将半截布帘放下来，空间既私密又开放。

陈寂拿起勺子，喝了口味噌汤，说：“八卦。”他眉头微皱，“看上去都正常，怎么那么八卦？”

像是不高兴了。

“八卦是人的本性。”林招招拿起筷子，她对日料并不是很感兴趣，挑了个寿司放进嘴巴里，声音变得含含糊糊的，“重点是这张照片。”

陈寂问：“照片怎么了？”

他又拿起手机，把那张照片放大。照片拍得很清楚，缓缓驶过的公交车，公交车站旁那棵高大的法国梧桐，人行横道上匆忙走过的行人，都成了背景，唯一清晰的就是他和林招招。

他牵着林招招的手，用了力气，像宣告主权般收入掌心，林招招则仰着头看他，笑得粲然天真。

陈寂点了保存：“挺好看的。”

林招招问：“你不觉得把我的脸拍大了吗？”她把手机贴着脸放，让陈寂对比，“你看你看，我左边脸有点肉，结果全拍进去了，也不知道修一修！”

陈寂认真打量了起来，他看了看手机屏幕，又看了看林招招，觉得无论是哪个林招招都可爱极了。忍不住伸出食指戳了戳她的脸，戳出一个浅浅软软的小梨涡，他笑了笑，收回手，说：“好看的。”

林招招脸一红，低头喝了口清酒，喝得太匆忙，呛了一口忍不住咳嗽起来。坐在她旁边的云汀拍了拍她的后背，面色不虞地把手机放在桌上，说：“太过分了。”

陈寂问：“你也不满意？”

“根本就没拍到我！”云汀恨恨地说，“明明是三个人的电影，我凭什么不能有姓名？！”

林招招和陈寂顿时无语。

“舅舅！”林招招殷勤地给云汀夹菜，“你最喜欢的秋刀鱼。”

“你在内涵我？”

“我没有！”

“秋刀鱼的滋味，猫跟你都想了解。”

“夸您跟猫一样可爱呢。”林招招哄他，“没拍到多好，拍到了不得跟人解释你好不容易有了休息日却来陪外甥？”

云汀被呛了一口，不找林招招的茬了。

陈寂问：“我错过了什么剧情吗？”

云汀截在林招招前面说：“这是大人的事，小孩子不该问的别问！”

陈寂微微瞪大眼睛，一脸不服地就要反驳，林招招却对他眨了眨眼，说：“就是，别问了，吃饭不可以说话。”

陈寂果然不问了。

他满脑子都在想：我女朋友真可爱。

当天晚上，长河训练中心的官博发了个福利，是陈寂的专属电台。

他应该是戴着耳机在训练中心的宿舍里录的，宣发部准备的台本，他照着读了一首茨维塔耶娃的小诗。最后本该在一首歌间结束这个小小的电台，但冷神到底是冷神，不按套路出牌惯了，再出一点格也不让人意外。

林招招躺在宿舍的床上，耳机的线弯弯绕绕，澄子开了盏小台灯正在浏览即将去实习的那家单位的资料，九月初的风声和煦，让耳机里陈寂的声音更加清晰。

低低的，很清冽的声音。

“很抱歉用这样的方式跟大家见面，按理说，应该在赛场上见的，但因为我个人的原因，三个月不能上赛场。在这里跟喜欢我的球迷说声抱歉。还有……”他似乎想起了什么开心的事情，声音多了几分笑意，“看到有球迷在我的微博底下问我，最近有没有在加训。最近确实有在加训，还好，跟她在一起的一点点甜，就能抵消所有的苦了。接下来，不许退出，听我唱歌。”

是那首《七里香》。

“窗外的麻雀在电线杆上多嘴，你说这一句很有夏天的感觉，手中的铅笔在纸上来来回回，我用几行字形容你是我的谁……”

……

初恋的香味就这样被我们寻回

那温暖的阳光像刚摘的鲜艳草莓

……

雨下整夜
我的爱溢出就像雨水
院子落叶
跟我的思念厚厚一叠
几句是非
也无法将我的热情冷却
你出现在我诗的每一页
……
窗台蝴蝶
像诗里纷飞的美丽章节
我接着写
把永远爱你写进诗的结尾
你是我唯一想要的了解

04

临溪又开始下雨了。

漫长的秋季来临，落叶被风吹往大地，被匆忙的人群踩上凌乱的脚印。林招招再次连卡都没打就直奔案发现场。她戴上一次性手套，穿上防护服，拎着工具箱就越过警戒线进了现场。

恶臭味扑面而来，辣得眼睛酸疼，林招招从口袋里拿出眼镜戴上。这是一起入室杀人案，一家三口全部遇害。云汀偏了偏头，对林招招指了指厨房，示意她处理厨房的，他来搞定客厅。

林招招点点头。

林招招的创伤后应激障碍在养了卷卷后，迅速被夺去了注意力，而后跟陈寂谈恋爱，又夺去了另一部分的注意力。去看心理医生后得到了测评结果，可以进行正常的工作。

而如今，在无国界医生组织待过的优势立刻就显现出来了，她有着超乎同级学生的冷静和抗压能力在初步的观察后，她从厨房走出来，说："可以了。"

云汀也结束了，点头说："先搬回去吧。"

两三个协警走进来，熟练地用不破坏现场的方法将受害人抬了出去，林招招走到窗边，把窗户开到最大，雨丝吹进来，荡涤了室内血腥味浓重的空气。云汀走过来，丢给她一块口香糖，说："夸你。"

林招招摘掉手套，慢吞吞地将口香糖的包装纸打开，塞进嘴巴里嚼了嚼，薄荷味的。她说："可还是很难过。"

很温暖的小家，冰箱上贴着的灰太狼的冰箱贴，墙上刻着一次比一次高的身高，电视柜上的全家福，无一不显示这里有多幸福。

可是没有了。

永远都不会回来了。

心脏和眼睛同时变得酸软，就在林招招以为云汀不会说什么的时候，他突然开口："永远不要麻木，招招，永远心怀敬畏，对死亡敬畏，对职责敬畏，对信仰敬畏。"

为生者权，为死者言。

解剖工作进行了整整一天，林招招和云汀这期间只喝了几口水。等真正歇下来的时候才感觉到饿，随便泡了杯泡面，林招招吃得狼吞虎咽。

云汀笑她："胃口那么好？"

"马上要去见陈寂。"林招招吃得急了，咳了两声，"不能表现得太饿，不然他就要凶我了。"

云汀讶异："他敢凶你？"

林招招说："你外甥脾气不好，你又不是不知道。"

云汀老老实实地答："不知道。"

林招招无语："……"

她喝了口汤，说："我跟他吃个饭就回来，一个小时之内。"

陈寂每天过得很有规律，早上在训练中心来场比赛，比完赛后去临溪大学军训，军训持续到晚上八点，中间有休息时间，林招招每天都会去学校找他吃顿晚饭。

原因是，临溪大学食堂的饭菜是出了名的好吃。

陈寂把餐盘摆在林招招的面前，哀怨道："原来看我只是顺便。"

"不是啦！"林招招咬了口糖醋里脊，味蕾终于在美味的刺激下复苏，她开始后悔吃那一桶泡面了。她很不走心地说，"看你才是重点。"

陈寂说："那你倒是看我一眼。"

林招招看了他一眼，意外地问："怎么军训都没把你晒黑？"

陈寂问："你很想我被晒黑？"

"不是！就是单纯好奇。"

"下雨天，想晒黑有点难。"

"哦，对哦。"林招招反应过来，羡慕地说，"你命真好。"

她军训的那个九月，临溪就像遭了大旱，别说一滴雨了，就连阴天都没有。每一天都万里无云，把她晒得脱了层皮，两三个月都不敢见人。

陈寂问："我怎么不知道？"

林招招说："那时候你在比赛，唯一一次回来，我都没见你。"

陈寂想起来了，那次他临时回临溪有事，在家住了一晚，便去找林招招，毕竟那么久不见怪想的。哪想怎么敲门林招招都不肯出来，堵在门口对他说："我感冒了，你有什么就在外面说吧！"

这句话把陈寂说愣了，他跟林招招有什么非要特意说的？他就是想来见见她而已。

"就是不肯让我看，害得我赢了比赛还在担心你的感冒到底严重到什么地步。"陈寂喝了口汤，说，"还去药店刷了几百块钱的感冒药。"

林招招忍着笑说："预防预防啦。"

陈寂也笑了。

林招招一怔——陈寂穿的是迷彩服，短袖长裤，帽檐稍稍抬起，露出一张好看得不像话的脸，他一笑，眼神明亮，熠熠生辉。

穿着跟食堂里来回穿梭的新生没什么区别，却偏偏出众而惹眼。

"陈寂，马上要集合了哦。"

"快跟你的小女朋友说再见，不然要被教官发现了！"

"什么被我发现？"年轻的教官笑着接话，"离军训时间还有十五分钟，你们急什么？是不是酸人家有女朋友？"

在场广大刚满十八岁的单身人士们，受到了一万点的暴击。

林招招被说得红了脸，任陈寂拉着走出食堂。

送她去坐车的路上，陈寂把人拐进墙角压着亲了好久，才恋恋不舍地松开。

他摘了帽子，浸了汗的额头抵着她的肩膀，声音闷闷的："招招。"

"……嗯？"林招招的声音轻颤。

陈寂直起身子，指尖碰了碰她的耳垂，轻轻捏了捏，眼底渐渐浮起笑意："你工作的时候，要很认真很专注吧。但是……"

他说："也分出一点点时间想我吧。"

时间的流逝在工作后变得飞快起来，手机再也没有开启过十点之后免打扰的模式，林招招随时都有可能被叫起来，去往任何案发现场。有一阵她被调到伤情鉴定中心，待了不到一周后又申请回一线。

云汀无奈地道："我还不是心疼你，你看你最近瘦得都快飘起来了。"

而陈寂过了开学最忙碌的时期，将大学生活和日常训练平衡得很好后，一有时间就会给她做饭，有时候是托人送去给她，有时候是亲自送。

林招招胃口不好，他就小声哄她，能吃一点是一点，不行就喝点汤，再这样瘦下去就要被风吹走了。

她小口地喝着汤，笑得眼睛弯起来："吹走就吹走，我去环游世界。"

陈寂不干了，道："那不行。"

林招招问："怎么？"

陈寂又偷偷给她的碗里倒了点汤，说："我好不容易才追到的女朋友，谁敢吹走？"顿了顿，他接着说，"下周有高中同学聚会。"

"你不是从来不去同学聚会吗？"

"嗯？"

"这次也不去？"

"去。"

"为什么？"

"炫耀我有女朋友了。"

林招招瞪了他一眼："从来都不知道冷神那么虚荣，啧啧，看透你了！"

"嗯。"陈寂坦然道，"体育委员当时好像喜欢你？"

"……"

"还有坐在前排的小胖子？"

"……"

"经常来问你数学题的那位男同学？"

"……"

"你都没上几天学！怎么记得那么清楚？"林招招震撼，一震撼，便咕噜咕噜地把汤都喝光了，随便擦了擦嘴，直瞪着陈寂。

陈寂松了口气，声音一如既往的平静："记性好。"

林招招眯起眼睛："你是不是早就觊觎我了？"

陈寂笑了笑，没说话。

不是早就觊觎她了，是早就把她放在心上了，在心上挪动一下位置，友情便成了爱情。那些看似正常的事，也开始斤斤计较起来。

所以——陈寂说："有空的话就去。"

林招招乖巧地应道："好。"

同学聚会那天已经接近十一月初了，临溪漫长的秋日终于慢吞吞地走了，阳光带不来多少温度，风也不再和煦，变得凛冽起来，呼呼地顺着衣领灌进去。

林招招和云汀下了警车，脚步匆匆地往法医楼走，云汀问："带卡了吗？"

林招招从口袋里掏出卡，答道："带了。"

临溪医学院法医系的设备更齐全，所以很多尸检工作都在这里进行。两人刚从现场过来，又要投入紧张的工作中。林招招看了眼时间，不确定自己能不能赶上晚上的聚会。正想趁着这个空给陈寂发消息，脚步却忽地顿住了。

陈寂戴了顶鸭舌帽站在法医楼下。

午后校园里人不多，法医楼这边更是没人，他高高瘦瘦的身影立在那里，极其惹眼。林招招看向云汀，云汀说："卡给我，你俩快点。"

林招招跑向陈寂，问："你怎么来了？"

陈寂说："等你。"

"这才几点？"

"嗯。"

"嗯什么嗯？"

"给你送点吃的，我马上回去。"陈寂从背包里拿出两个小饭盒，"甜点，你和舅舅一人一个。"

林招招愣了愣，笑着说："好啦，谢谢陈快递员。"

陈寂说："嗯。"指了指左脸。

很正人君子地在讨吻，林招招踮起脚"吧唧"亲了他一口，说："我这边有点忙，晚上尽量去，你等我通知。"

陈寂弯了弯嘴角："嗯。"

这次的案件比想象中更棘手，因为发现得太晚，且之前的大雨冲刷了大部分的证据，现场被破坏得很严重，以至于他们忙碌了整整一下午，收效甚微。林招招疲惫地擦了擦汗，排风扇呼呼的都排不掉空气中的异味，在习惯后也闻不到多少。

云汀给负责此次案件的蔡队打了个电话，把报告发了过去。

沉默在空气里蔓延。

"有时候就是这样。"云汀把窗户打开，让寒冷的风吹进来，在林招招收拾的时候，他说，"这世上有很多悬而未决的案子，不是靠某一个人就能力挽狂澜，我们只能用自己学到的所有知识，尽可能地还原真相，但结局真正如何，我们也不能决定。所以别太沮丧。"

"你最近好喜欢炖鸡汤哦。"林招招打开水龙头冲刷试管，细小的水流声在室内很清晰，"我看起来很沮丧吗？"

"不沮丧吗？"

"好吧。"林招招叹了口气，"是有点啦。"

"别把什么都压在自己的身上，做好本职工作，问心无愧就行。"云汀点点头，道，"我炖的鸡汤真香。"

林招招笑了，关掉水龙头，解剖室又安静了。

"虽然——"

云汀走过来洗手，手指纤长而白皙，他继续说："虽然没什么用，该有的沮丧一点也不会少，毕竟我也是这么过来的，但是还是得炖，谁让你是我们家小招宝呢。"

"谢谢云汀先生啦。"

“你可以下班了，我们家小陈寂在等你，像个小可怜。”

闻言，林招招一怔。

云汀朝窗外抬了抬下巴：“楼下。”

陈寂果然在楼下，只不过是绕到法医楼后，避开了可能会把他认出来的学生们，很低调且无聊地对着墙打乒乓球。

小小的球撞到球拍上，反弹回去，在并不光滑的墙上弹起，如此反复，不厌其烦。

林招招从墙角绕过来，细微的脚步声夹在击球声中并不明显，陈寂偏偏听到了，他单手接住球，侧脸的线条分明：“下班了？”

林招招说：“你没回去。”

肯定句。

陈寂说：“走回去太累了。”

还挺理直气壮。

林招招瞪他，原本就大的眼睛瞪得更大。陈寂看着可爱，走上前捏了捏她的脸，又顺势捧住，低声问：“心情不好？”

林招招小幅度地摇了摇头：“没。”

陈寂没有再追问。

黑色的雪佛兰停在校外，陈寂把背包扔到后座，等林招招坐到副驾驶座，才绕到另一边驾驶座，转动钥匙。

林招招累了一天，还没过学校门口的主路就睡着了，仰着头，露出修长的脖颈，睡得很沉。

陈寂放缓了车速，在班级群里说晚点到。

其实这次同学聚会，他并没有打算参加。还是云汀敲打他：“从毕业到现在，你好像从来没参加过吧？这次不去，是打算让谁送招招回家？”

陈寂面无表情：“招招也可以不去。”

云汀顿时感到头大，说：“你让招招放松一下吧！她现在工作那么累，多见见朋友，有益身心健康，给我去。”

结果——

趁着等红灯，陈寂侧头看了看熟睡的林招招，心底有淡淡的懊悔。他伸手轻轻碰了碰她的脸，有点热。

他想，她那么累，应该直接开回家的。

05

同学聚会无非就是吃吃饭，唱唱歌，最后玩点游戏。他们都是临近毕业的大学生，最近压力大，得了个喘息的空就开始尽情地躁动。等林招招和陈寂推开包厢的门时，里面正在热火朝天地猜拳喝酒。

包厢里灯光打得凌乱，噪音震耳，陈寂皱了皱眉，想退出去，却听到有人招呼他们："林招招和陈寂来了！"

"快来快来！"

"我都四年没见陈寂了，陈寂，我现在是你妈妈粉！"

陈寂更想走了。

林招招刚醒，本来还蔫蔫的，一听有人喊她，重启了一下主机，挣脱陈寂的手快速地加入了队伍。

陈寂手心一空，更不爽了。

因为要时常集训比赛，陈寂没上过几天学，人也比较冷淡，所以在班里也没什么朋友，也就一两个之前喜欢跟他打乒乓球的把他拉过来叙旧。

叙了没两分钟，那两人就后悔了。

陈寂是有问必答，但心思完全不在他们身上。他们对视了一眼，顺着陈寂的目光看过去，顿时后背一凉。

有位男同学递给林招招一杯酒。

嚯，冷神目光好凶。

林招招接了酒。

嚯，更凶了。

林招招开始喝酒了。

嚯，冷神……冷神站起来了，走过去了！

两位同学莫名地激动了，搬着小板凳排排坐，准备吃瓜，以冷神的脾气怎么着也该把酒杯夺下来然后摔门走吧？

啧，林招招脾气那么好，平时哄人肯定很难。

没办法，谁让人家……

等等！两位同学同时瞪大双眼，不可思议地看着眼前的一幕，确定不是幻觉后更觉得像幻觉了——陈寂是走过去了，他俯下身跟林招招说了句什么便坐到她旁边，她把酒杯递给他。

灯光投射到摇晃的酒水中，陈寂垂眼，握住林招招的手腕，让她把杯子送到他唇边，目光须臾不离她，唇贴住杯沿，就着她的手喝完了杯中的酒。

喝完后，陈寂松开林招招的手腕，说："好喝。"顿了顿，他转眸，对其他人说，"我管得严，别让她喝了。"

波澜不惊的语气，却分明有压迫性。

"不喝不喝。"

"招招家教太严了。"

"为什么陈寂管招招，我还是觉得那么宠？"

"这叫管吗？这就是宠！"

气氛再度活跃起来，林招招把酒杯放下，戳了戳陈寂，说：“我也不是不能喝，喝点没关系的，你管太严啦。”

陈寂抓住她的手指应道：“嗯。”便不肯松手了。

不知道是谁提议要玩狼人杀，把房间里还清醒的聚集到一起，说玩就立刻要开始。林招招最清醒，自然要一起玩，陈寂说：“我来当主持人。”

陈寂在训练中心也玩过，当主持人当多了，对规则流程都很熟。等所有人抽了卡后，陈寂开口：“天黑请闭眼。”

所有人闭上了眼睛。

房间里安静下来，背景音乐没有关上，音量变小，是一首轻缓的小众情歌。

陈寂说：“狼人请睁眼。”

他的目光在围坐成一圈的同学身上掠过，最后惊讶地发现睁眼的是身边的林招招，林招招对他狡黠地眨眨眼。

他喉结微动，忽地伸手攥住林招招的下巴，吻住了她的唇。

蜻蜓点水的一个吻，却因为背着那么多人而变得禁忌、刺激，心跳在骤然间加速。林招招也不知道是怎么跟着节奏把游戏玩到结束并且赢了的，总之，也许是那小半杯酒起了作用，她的脸始终滚烫，心跳从没平缓过，等终于散场后，她才逃也似的跑了出去。

温度低，风声哭号，林招招大口大口地呼吸新鲜空气，陈寂伸手碰了碰她的脸：“怎么那么烫？”

他还有脸问？林招招气呼呼地看着陈寂。

陈寂笑了笑，五指缠上她的，掌心相贴。他问：“心情好点了吗？”

“什么？”

“我都哄你了，也该好点了。”

说得倒是一本正经。林招招这才后知后觉地意识到陈寂一直在哄她，愣了愣，她伸手拍了他一掌：“有你这么哄人的吗？太不明显了。”

“要怎么明显？”

“唔……”

“说个冷笑话吧。”

“等等！”

“你有没有被狗追过？”

“……有。”

“那你有答应它吗？”

林招招转身就走，傲娇的回答传来：“答应它的话哪里还轮得到你？”

虽然冷笑话哄人的方法确实有点烂，但林招招的心情还是好了点。聚会的地方离三月街不远，两人晃着晃着就进了三月街。她小声地跟陈寂絮叨哪个同学又瘦了，哪个同学准备出国留学了，哪个同学毕业就会结婚。

“你呢？”林招招拿手肘抵了抵他，“你虽然不常来上课，但总该有一两个熟悉的同学吧？”

“嗯。”陈寂说，“有位女同学交了男朋友。”

林招招只是随口一问，根本没指望陈寂能好好回答，没想到陈寂不仅回答了，说的还是女同学。她警惕地问：“你认识哪个女同学？”

陈寂说：“他男朋友挺帅的。”

哦，对，有男朋友了。

警报解除。

“所以到底是谁？”

陈寂继续慢条斯理地回答：“乒乓球也打得不错，听说刚拿了奥运会男子团体的冠军。”

“……”

说的是他自己。

女同学林招招低哼一声，也没反驳。小桥流水的三月街，昏红的灯笼在风中摇晃，酒劲起来了，她看着灯笼起了重影，努力眯起眼睛让它聚焦，但没成功。

她低下头，喃喃道：“我好像醉了。”

陈寂问：“要我抱你吗？”

林招招不知道自己有没有说好，总之下一秒，她便被人打横抱起。她下意识地搂住陈寂的脖子，另一只手抓住他的上衣，侧脸压在他的胸口，小心地蹭了蹭：“爸爸妈妈在家。”

陈寂说：“我会小点声的。”

他走得很慢，晃晃悠悠地沿着三月河走过唱小曲儿的茶馆，走过刚歇业的奶茶店，走过宁静温柔的小酒吧，过了桥，便安静了。

林招招睡着了。

平遥巷的大部分人也已经睡了，巷子里的路灯将每家的门前照得亮堂堂的。陈寂从林招招的包里拿出钥匙，尽量小声地开门，上楼，卷卷在客厅沙发上警惕地看着他，他做了个噤声的动作。

卷卷愣了一秒，飞快地跑下沙发找了个墙角躲着。

“胆小鬼。”

陈寂推开卧室的门，把林招招放到松软温暖的床铺上，小心地脱掉她的鞋子、袜子，白生生的脚怕痒，被他握住后敏感地往回缩了缩。

陈寂觉得可爱，不肯撒手，直到她不满地哼唧了一声，他才恋恋不舍地松开了她。

他站起身，把被子往下拉了拉，露出她一整张干净的脸来，吻落在她的眼角，他轻声说：“晚安。”

一转身，手腕却被人抓住了。

陈寂怔了怔，回过头。林招招不知道什么时候醒了，喝了酒的小脸红扑扑的，眼里有盈盈水光，她把他往回拉了拉，用他冰冷的掌心贴住她滚烫的脸。

陈寂舔了舔唇：“怎么了？”

林招招闭上眼睛，声音低低地喊他：“陈寂。”

“嗯？”

“是在做梦吗？”

“不是。”

“嗯……应该不是。”她又睁开了眼睛，眼角泛着红，“我还没做过这么美的梦，你之前在我梦里不是这样的。”

“那是怎么样的？”他坐在床沿边，挡住了大半的灯光，她的轮廓模模糊糊。

“你可冷漠了。”她回忆得委委屈屈，“说什么别喜欢我，还说我不会喜欢你的，往赛场一站，谁也不爱，装什么酷呀？”

陈寂笑。

她生气：“你还笑！”

“不笑了。”

陈寂动了动被她握住的手，碰到她的脸，顺着侧脸游移，到眼角、到耳垂、到细腻白皙的脖颈。他碰了碰，问：“可以吗？”

问得很有礼貌，却完全没准备要到答案，他便俯身，含住了她的唇。

像拆封礼物，衬衫的扣子一颗颗蹦开，干燥的手掌伸进去，在碰到皮肤时猛地颤了一下，泄出细碎的声音。

陈寂的呼吸变得急促，动作终于没办法轻缓，连吻也变得重了起来，勾着她的舌尖交换着呼吸。仿佛他也醉了，唇舌里充斥着酒香，引以为傲的自制力在土崩瓦解，他放开她的唇，却没有放过她。

吻继续向下。

林招招用胳膊遮住眼睛，感觉则变得敏锐起来，他的唇在逐渐变得炽热，像火般在她的身上燎原，向下，越过漂亮瘦削的锁骨。她轻声求他：“不要……”

陈寂的动作一顿，抬起头看她。

那眼神太有侵略性，眼角泛起的红像是能把她吞噬，他低哑着嗓子，问她：“不要什么？”

林招招不说话，他又问：“告诉我，不要什么？”

林招招羞耻地闭上眼：“爸爸妈妈在家。”

陈寂说：“好。”

他起身，吻去她眼角的眼泪，再将她的扣子一颗颗地扣回去，严谨地扣到最上面一颗，遮住所有的撩人春色。林招招任由他摆布，嘴角却还拉着，眼泪汪汪地看着他：“我不是想拒绝你。”

陈寂怔了一下，伸手碰了碰她的脸，低叹：“怎么那么爱哭？小哭宝。下次挑没人在的时候，好不好？”

“嗯……”林招招的脸更红了，感觉下一秒就要呼吸不上来。

陈寂又亲了亲她，温柔得不像话，低声在她耳边笑：“睡吧，小招宝。”

晚安。

他的小招宝。

06

白俄罗斯公开赛于十一月中旬如期开赛，参赛名单是前不久定下来的，陈寂停赛三个月后复出，报了男子单打、男子双打、男子团体三个项目。

在接受采访的时候，陈寂坦言：“尽力打好每一个球，目标只有一个。”

那就是冠军。

林招招飞去看比赛的时候，明斯克刚下了场雪，整个城市如同铺了层奶油，圣诞的铃铛、彩带从街头挂到结尾，显得温馨明快。

她下了飞机，边跟着人群去取行李，边将手机重新开机。

消息一条条地涌来。

来自陈寂。

陈寂：拿了行李先去换羽绒服，很冷。

陈寂：司机在六号门。

陈寂：先睡一觉，比赛是下午四点，来得及。

陈寂：想你.jpg

顿了顿，又发了个比心的表情包——还是上次他赢了比赛对着镜头比心的那个，有人做成了动图，怦怦跳动的心从他的指尖跳出来，很可爱。

林招招这次来看公开赛，完全是临时起意。

一周前，陈寂飞来明斯克做适应训练，云汀突然通知她，她攒了太多休息日，必须赶紧休掉，不然就作废了。她便有了十天的假期，本就闲着没事，于是签证办了加急，在男子双打决赛前到了明斯克。

她给陈寂回消息：“好。”

才上午八点，太阳懒洋洋地穿过云层透不出几丝光，人们也懒懒的，裹着羽绒服在雪地里踩着，步伐轻快地去上班或上学。

陈寂洗完澡出来的时候，周尽燃正在往手腕上缠绷带，余光瞥见他出来，吐槽道：“才训练了多久，至于去洗澡吗？”

陈寂甩了甩头发，水珠飞溅。

周尽燃“啧”了一声。

陈寂问：“医生怎么说？”

周尽燃的动作顿了顿，绷带上的药香淡淡，不至于刺激嗅觉，却也不怎么好闻。他弹掉腕上被溅上的水珠，说：“还能怎么说，让我别打了呗。”

“郑指导怎么说？”陈寂边问边滑开手机，看到半小时前来自林招招的消息。他打字：到酒店了吗？

林招招没回，估计是睡了。

陈寂收了手机，没听到周尽燃的回答，他挑眉问道：“说了什么？”

“能打就打，不能打就让程立雪上。”

“那你……”

“真不是我逞强，也不是我不放心立雪。”周尽燃轻轻转动手腕，说，“是我真的还能打，昨天能，今天也能。”

周尽燃的腕伤一直都有，昨天半决赛情势太激烈，用力过度，导致伤势突然加重。

陈寂曾经打着封闭上场，甚至让周尽燃帮他瞒过伤势，也没立场去劝周尽燃退赛。他点了点头，说：“尽力。”

“什么尽力！要拿冠军！”

“好。”陈寂把毛巾丢在一旁，套上白色短袖，若有所思地说，“毕竟我女朋友在场看。得拿冠军。”

周尽燃无语：“……”

什么牌子的狗粮，怎么那么甜？

对于周尽燃的坚持，郑同也没说什么，简单地检查了一下他的手腕后，对陈寂说：“今天你捡球。”

双打不成文的规定，捡球一起捡。

陈寂点头：“好。”

临近比赛，他们反而放松起来，在比赛场馆的休息室里做最后的准备。陈寂想了想，还是没忍住在手机放回去之前给林招招打了个电话。

响了至少有三十秒才被接起。

陈寂本想问她是不是才醒，听到电话那头传来的嘈杂声后又咽了回去，林招招捂住嘴巴，让声音不那么分散：“我在场馆啦，大屏幕正在放你们的宣传片，好帅啊。”

他问：“我和周尽燃，谁帅？”

林招招说：“都帅。”

很明显不是陈寂要的答案，但碍于周尽燃在旁边瞪着他，他也只是低哼一声，又说了几句话才挂了电话。

周尽燃在旁边抖鸡皮疙瘩："腻腻歪歪！"

陈寂笑了笑，也没反驳。

场馆里播放的宣传片是九月拍的了，拍的是些训练日常，调了色，时而降速时而倍速，配上背景音乐，让鲜活的每个人更加生动起来。

空旷的场馆，散落在球桌上的乒乓球，色彩对比明显。

渐渐地，有人出现在画面里，汗水在肆意地挥洒。女队、男队，单打、双打、混双，小小的球在空中轮转。

节奏随背景音乐变化，很容易把人带进情景中去。

陈寂的镜头不是很多，也就寥寥几秒，球桌上拿起乒乓球的手，无边黑暗里挺拔笔直的背影，与周尽燃比肩而立的赛场。

每一帧，都酷到犯规。

尖叫声在场馆里连绵不绝，至两人从赛道出来时更加热烈。周尽燃早就把绷带取了下来，从外部什么都看不出来。

按他的话来说是："虽然比赛总是那么提心吊胆，但大家对我们还是比较放心的。"

所以，就让提心吊胆的因素少一点吧。

赛前的准备是重复的，毕竟不是国际大赛，所以他们心态也比较放松。只是因为周尽燃有腕伤，所以陈寂能代劳的都代劳了。周尽燃感动地说："要不你一打二吧？"

陈寂签完到，把毛巾挂到他脖子上，顺着他的话说："裁判同意也可以。"

像是很认真地在思考他的提议。

"能同意就有鬼了。"周尽燃擦了擦汗，快速地环视了一下观众席，问，"招招呢？到了没？"

"C区五排六座。"

"看到了。"周尽燃说，"居然还一手拿一个手幅。"

左手陈寂，右手周尽燃。

右手拿得不是很用心，左手疯狂摇摆，偏心偏到姥姥家了。

"少看两眼。"陈寂取出球拍擦了擦，很是一本正经地往周尽燃面前一站，挡住了他的视线，"被人认出来不太好。"

周尽燃说："哦哦。"

过了两秒，他才反应过来："你只是想让我少看两眼你女朋友吧？！"

陈寂坦然："嗯。"

周尽燃作势要打他，陈寂偏身躲开，落在外人眼中就是气氛融洽，队内关系好得不得了。有球迷感慨："不愧是咱们双子星。"

"一个像夏天，一个像秋天。"

“拜托，冷神是冬天好吗？”

“我看过好多场陈寂和周尽燃的双打，真的是百分之百的默契，能遇到这么一个默契的队友，真的不容易。”

“陈寂刚跟周尽燃打双打的时候才15岁，技术打法都很青涩，但有天生的默契。”

“他们在球桌边，走着走着就长大了。”

“陈寂和周尽燃是可以托付后背、生死与共的兄弟啊！”

林招招也看过一些燃向的双打混剪，配上热血的背景音乐，看着少年在球桌边不断地行走，慢慢地，变成了能独当一面的男人。

是队友，是兄弟，是并肩成王的双子星。

跟对手简单地练了下手，再跟裁判等工作人员握手后，陈寂和周尽燃拿着球拍走向球台，习惯性地擦了擦球拍，陈寂将乒乓球虚握在手心。

侧身，弯腰，摊开手掌，直到球稳稳地停在掌心。

高高抛起。

第一板。

虽然不是大赛，但到了比赛场上，认真对待比赛是对竞技体育的尊重。周尽燃的手腕隐隐作痛，在前两局尚能坚持。中场休息时，疼痛与前两局的比赛让他大汗淋漓。

右手抬不起来，他蹲在地上用左手有一下没一下地擦着汗。

陈寂蹲在他身边，把瓶盖拧开递给他。

场上比分1：1。

趁着周尽燃喝水，陈寂说：“两场比分分别是11：9，10：11。总比分还领先一分，能赢的，稳住。”

“安慰我啊？”

“我有那么闲吗？”

“……没有。”

“走吧。”陈寂站起来，伸手要拉他起来，周尽燃仰着头看他，他对周尽燃笑了笑，说，“赶紧的，在我女朋友面前输了很丢人的。”

周尽燃抓住他的手，嘀咕道：“面子能当饭吃吗？”

不能。

但拿冠军能。

也不知道是不是周尽燃跟陈寂兄弟情深，不想让他在自家女朋友面前丢人，还是真的被陈寂侧面鼓励到了，第三局竟然真的挺下来了。

当场上比分掀到2：1的时候，球迷跳起来欢呼，周尽燃把球拍放下一把抱住了陈寂，疯狂地拍他的背。

陈寂怔了怔，笑着说：“注意影响。”

却也没有推开周尽燃。

他如释重负地松了口气。没有什么是容易的，在所有人看来，乒乓球比赛的冠军总是被理所当然地拿下。可是不是那样的，哪有那么容易？背负了这样大的期待，压力就越大，付出的汗水也就越多。

努力也许不能跟最后的结果划等号，但最后的结果一定是通过努力得到的。

比如冠军，比如奖牌。

比如——

陈寂看向林招招所在的位置，隔着人影憧憧，其实看得不清楚，只能看到他的小女朋友乖乖地穿着羽绒服，像粉色的小兔子般开心地蹦蹦跳跳。

比如此刻，林招招因他而露出的笑容。

07

颁奖仪式结束后，观众陆陆续续地离场，冷空气在门口与场馆里的暖气相撞，冷得人只想返回场内再看场比赛。

林招招碰了碰围巾，雪松松散散地从黑沉的云中跌落，在围巾上铺了细细的一层。她往手心哈了口热气，跺了跺脚，顺着长长的街道与人群往酒店的方向走。

陈寂发来消息，问她在哪儿。

林招招找了个屋檐躲雪，把手套摘了回他的消息：在回酒店的路上。不是我不等你啊，陈寂，就十分钟的距离，我相信你可以自己回去的。

陈寂：……

陈寂：抬头。

林招招愣了愣，然后抬起头。陈寂也没打伞，穿了身黑色的羽绒服，应该是洗过澡了，整个人清清爽爽、沉静的好看。

他走过来，问："傻了？"

林招招点点头。

陈寂笑了，揪了揪她帽子上的兔耳朵，说："不行啊，林招招，外面这么多妖魔鬼怪，你放心我都不放心的。"

"哪有妖魔鬼怪？"

"都是。"

"又胡扯。"

"嗯。"

认得倒是很快，林招招拿他没了办法，正想说回酒店吧，却被陈寂一把抱在了怀里。他侧过脸，埋进她的围巾里，呼出的热气轻轻地打在裸露的那一小块皮肤上，酥酥麻麻地染红了耳尖。

“差点输了。”陈寂闭上眼睛，睫毛上的雪化成水珠滴落下来，他的声音闷闷的，“尽燃的手腕受伤，打比赛很疼的。”

林招招慢慢地回抱他：“他很厉害。”

顿了顿，她又轻声说：“你也是，很辛苦吧？”

这只是他那么多年职业生涯中稀松平常的一场比赛，没那么多关注，没那么激烈，也拿到了冠军。可当有个人温柔地问你“很辛苦吧？”的时候，还是会觉得有一点委屈，经由这点安慰，小小的委屈被放大。

队友受伤打配合，很辛苦吧？

背负着那么多人的期待，很辛苦吧？

要不停地往前走，很辛苦吧？

是啊，好辛苦。

漫天飞雪里，铃铛在空中细碎地响起，叮铃铃的，十分欢快，人群吵吵嚷嚷，无数的人路过他们。

林招招听到陈寂低声说：“以后也会很辛苦。”

“嗯。”

“一直在我身边。”

“好。”

无论辛苦与否，她都愿意在他的身边。

酒店的暖气很足，前台又及时派人送来了姜汤驱寒，林招招皱着眉捧着杯子小口小口地喝着，叫苦不迭：“不好喝。”

陈寂是一口干的，笑话她：“怕苦。”

林招招坦然回道：“对啊，好苦。”然后惨兮兮地看着陈寂，“就剩最后一口了，最后一口最苦了，你快替我喝了吧。”

“我能替你感冒吗？”陈寂拒绝，“喝完。”

“不过如此！”

林招招看了看杯子里的姜汤，一咬牙，一饮而尽。怕她骗人，陈寂还检查了一下，见是真的喝完了才满意地点了点头。林招招冲他“哼”了一声，气呼呼地去洗澡了。

热水澡总是让人放松，尤其是在窗外还下着雪的冬日里。

林招招从浴室出来的时候，陈寂正在看电影，也不知道从哪找的老片子，黑白的画面，男女主在田埂间摇摇晃晃地骑着自行车，笑声交织在一起，是很美好的夏日。

林招招坐在床边擦头发，把吹得半湿的长发抹上橙子味的护发精油，气味随着她的拨弄在室内传开。她问：“什么电影？”

“《一九二九》。”

哦，没听过。

不对，她还在生他的气呢。林招招又记起洗澡前的事了，虽然姜汤的苦早就在刷了牙后变淡了，但陈寂还没哄她，气还是要继续生的。

林招招生着气，也没察觉到现在陈寂还没回自己的房间有什么不对。

房间里只开了壁灯，橘黄色的灯光显得温柔，遮光窗帘将雪景挡在了外面，电视上忽明忽暗的光打在女孩的身上，影子投射到淡蓝色的墙上，模仿着她的动作，像一出诱人的默片，睡衣单薄，腰线窄细。

她不用出声，就足够让他神魂颠倒。

许是觉得累了，林招招干脆把毛巾丢在沙发上，甩了甩快干的头发上了床，光着白生生的脚，圆润白皙的脚趾对着他。

陈寂的呼吸乱了一瞬。

他听到自己问："睡觉吗？"

"睡不着。"林招招噔噔噔地下了床，从包里掏出一本书，说，"我看会儿书再睡。"

说完像是想到什么般卡壳了一下，她愣愣地看着陈寂，说："你的房间在楼下。"

"嗯。"

"……你不回去睡？"

陈寂靠在床头，伸着又长又直的腿。听到这话，他侧过脸看她："不回去了，你这床挺大的，在你这里睡，不可以吗？"

"……"

林招招脸一红，嘀咕道："也不是不可以。"

陈寂点头道："嗯。"

那就是可以了。

林招招被他闹得脸红了又红，好在床确实很大，哪怕睡在同一头，不刻意也碰不到对方。她把墙边的台灯打开，摊开书。

字像蚂蚁般在眼睛里乱晃，放大、缩小，在瞳孔里变换，就是看不进去。

陈寂今晚要跟她一起睡吗？

之前也不是没睡过，没有确定关系，好朋友之间盖上被子纯聊天。但现在不一样了，现在是男女朋友睡在一起。

这个"睡"，就不是字面上的意思了。

中国文字博大精深，林招招觉得自己晕头转向，需要吸氧。

正胡思乱想之际，手中的书被人抽走了，林招招才惊觉陈寂不知道什么时候把电视关掉了。满室安静，呼吸声则变得清晰，和着心跳。

怦怦，怦怦。

林招招抬起头，陈寂神色淡淡，说："很晚了，该睡了。"

“哦。”林招招手忙脚乱地把台灯关上，一半光明一半昏暗。她躺下来，把被子盖上，只露出一双眼睛，眨巴眨巴地看着陈寂。

他把她的书放到床头柜上，他把被子掀开一角，他……他把裤子脱了。

林招招惊了一下，她的脸顿时爆红，眼神不知道往哪里放，话说得结结巴巴：“你……你好好地脱裤子干什么？不是刚换的吗？”

越说声音越小，渐渐没了底气。

陈寂显然没把睡衣拿过来，在比赛场馆洗完澡后换了身干净的衣服，但到底不能穿着睡觉。但是，但是……

林招招还没但是完，眼前的光便被挡住了。

陈寂单手撑在她的枕边，居高临下地看着她。灯光昏暗温柔，他的呼吸很近，而且越来越近，贴在她的耳边，比夏日的风还要炽烈，让她的脸也变得红扑扑的。

猝不及防地，他含住了她的耳垂。

气氛变得暧昧。

陈寂用另一只手捧住她的脸，听到她轻喘了一声，眼睛登时红了。唇游移过来，掠过她的额头、眉眼、鼻子，最后是唇上。他含着她微微发干的唇，让它重新变得水润，直到她抗议喘不过气时才稍稍松开她。

他看向她，看了又看。

看她泛红的小脸，看她湿漉漉的眼睛，看她水光润色的唇，看她扣得整齐的睡衣领子。目光一寸寸地下移，如有实质般让她不自在地想躲开：“陈寂……”

声音软绵绵地喊着他的名字，像撩起了火般。

他再次吻住她。

温柔却也发了狠般吻着她的唇，舌尖撬开她的牙关，顶进她的口腔里。捧着她的脸的手一路下滑，在碰到第一颗扣子的时候，他的手顿了顿。

他碰了碰她的唇，哑着声喊她：“招招。”

“……嗯？”

“睁眼，看我。”

睫毛轻颤，在迟疑中缓缓睁开，她望进他的眼底。他低声笑了笑，用唇磨了磨她的，问：“害羞了？”

林招招嘴硬：“没有。”

陈寂慢条斯理地“嗯”了一声，又听到她小声补充：“是……是有那么一点点啦。不过——”

她伸出手，抓住了陈寂肌肉线条分明的手臂，颤着声说：“陈寂。”

“嗯？”他不急不忙地吻着她，常年拿球拍的手有薄薄的茧，在她细腻的皮肤上轻轻地摩挲，有点痒，酥酥麻麻地在全身蔓延。

她攥着他手臂的手下意识地用力，指尖微微泛白，嗓音越发软了：“陈寂。”

终于察觉到她语气里的不安，陈寂的动作顿了顿，他微微起身，目光在她被揉皱的衣领处停留，喉结微动，他舔了舔发干的唇，问：“怎么了？”

没怎么。

只是期待与不安轮番上演，大脑运行缓慢，总在思考与空白之间切换。

陈寂笑了笑，吻住她的眼角：“我要怎么说，才不像哄骗你？”

“你自己想。”林招招环住他的脖子，抽了抽鼻子，“我很好哄，也很好骗的。”

“好。”陈寂说，他将吻轻柔地落在她的脸上，不可避免地夹杂了暧昧与欲望，每吻一下，便向下一点，“因为我爱你。”

“因为我爱你，所以我想要你的全部。”

他尽力地讨好她，林招招抓着他的衣服，犹如献祭般任他亲吻着，由被动到配合，她听到雪落下的声音。在暧昧的室内，她跟陈寂接吻，她气喘吁吁地、泪眼蒙眬地看着天花板，看着它忽远忽近，忽明忽暗。

一切都变得虚幻。

她的头碰到了床头，疼得“嘶”的一声倒吸了口凉气。陈寂在她耳边笑，呼着气很不走心地哄她说不疼了啊，却没有放过她。

夜变得漫长。

最后，在陈寂最后一次吻林招招时，他听见她说：“我也爱你。”

她小声地在他怀里哭，喃喃地重复：“我也爱你，陈寂。”

她说：“真的，从十六岁我意识到这件事开始，我就知道，我再也不会像爱你一样爱别人了。”

他吻她的唇，一下一下地分开吻，嗓音喑哑，循循善诱：“那就不要改变。”

永远都不要改变。

因为他也一样，他再也不会像爱林招招一样爱别人了。

世界上只有一个林招招。

是他的林招招。

第七章 

祝你爱我爱到天荒地老

01

临溪的冬天比明斯克来得要迟，雪也下得晚，细细的雪被雨冲散后，又被行人深一脚浅一脚踩得湿漉漉的。

林招招撑着伞走在路上，雨淅淅沥沥地和着雪打在伞面上，路灯与车灯交织，人影憧憧。

三月街出奇的热闹，许是想来看初雪没看到，也不肯放过冬日雾蒙蒙的雨如画，便随意找了家店点杯热可可听雨。

叮铃铃……林招招推开小酒馆的玻璃门，灯影打在她的身上。

小酒馆太小，站在门口就可以一览无遗，所以林招招第一眼就看到了时映。时映坐在窗边的位置，窗户开了条不大不小的缝，刚好够听得到风雨声。

林招招走过去，坐到她对面，说："晚上雨就停了。"

时映转眸，轻笑道："来得真慢，自己罚酒。"她抬了抬下巴，"梅子酒，清酒，桃花酿，自己挑。"

"怎么点这么多酒？"

林招招随手拿起一杯，很有诚意地一饮而尽，有点酸苦，在唇舌间转而又变得清甜，是梅子酒。

时映托着下巴饶有兴趣地看着她："陈寂呢？怎么肯放你来跟我喝酒？"

林招招说："跟你男朋友一样，上交国家了。"

时映"扑哧"一声笑了出来。

她最近刚拿到了执医证，考完了研正等着结果，是最无所事事的一段时间，以至于林招招一有空就被她叫出来。

林招招又把桃花酿挑出来，慢慢地品，余光瞥到时映手边有个纸袋，问："那是什么？"

时映说："信。"顿了顿，又补充道，"我写给宋行水的。"

宋行水。林招招一阵恍惚。

时映下定决心和周尽燃在一起后，她已经很久没听时映提过他了，哪怕她去非洲跟宋行水一组，回来后时映也没问过只言片语。

应该是彻底放下了。林招招想，可是现在这信……

时映"啧"了一声，说："你别多想。"

林招招老老实实地说："你这样让我不多想都不行，你快告诉我怎么了，不然我马上就要脑补一出大戏了。"

时映笑道："我准备跟周尽燃领证了。"

林招招始料未及："啊？"

时映无视她的惊讶，继续说："应该是元旦前后，他说日子让我定，随便哪天都可以。我就笑他，如果正好定比赛那天呢？你猜他说什么？"

"说什么？"

"他说：'那我就比快点，反正谁也不能挡着我娶你。'"时映拿起酒杯，轻啜了一口，"不过毕竟是我男朋友嘛，我也没太为难。"

"但是这些信不能给他看到，得销毁。"

哦，懂了。

林招招松了口气，时映这是准备彻底跟过去告别，但一个人做显得太矫情，找个同伙场面能轻松点。

很显然，林招招就是这个同伙。

时映是说做就做的性格，随便扯了两句，就从包里拿出打火机在指间转了转，说："去后门。"

小酒馆倚着三月河而建，后门的台阶通往河边。隔着三月河，有个少年正坐在大伞下画画，眉眼恬静动人。

雨丝轻慢，渐有被雪花取代之势，林招招戴着帽子，缠着围巾，也就没有打伞。倒是时映，穿着单薄，立在风雨中仿佛随时会被吹跑。

林招招念叨她："让你把外套拿着你不拿，走，回去穿外套。"

时映不动，沉默了一会儿，说："之前也有过。"

林招招一愣："什么？"

时映蹲下来，从口袋里掏出烟，按下打火机，点燃，她抽了一口，冲漫天的雪雨吐了个很漂亮的烟圈。她抿了抿唇，说："招招，我现在过得挺好的，我确信我很爱周尽燃，而且会一直爱他。可是，有些事老是梗在心里，得找个人说说。"

也不管林招招想不想听，时映自顾自地说下去："之前有过一次，我们参与一场紧急救援，在连绵的大雨中进行工作，好多救援人员都生病了，我也生病了，四十度高烧，可是我不敢也不能退。后来终于坚持不住时，是宋行水跟我说了句‘辛苦了，休息吧’，然后他把我抱起来。

“当时我在他怀里，我真的觉得他喜欢我了。

“可没过多久我就被赶回去了。送我回去的医生对我唉声叹气，他说：‘时映，你那么聪明，你应该知道，先走的那个人是永恒的。’是啊，宋行水喜欢的那个人去世了，但她永远活在他的心里，梗在心头，像一根永远拔不掉的刺，我跟她较什么劲？”

时映慢条斯理地抽着烟，初雪缓慢而轻盈地落上她的肩头，睫毛撩起，她笑了笑，说：“说是释怀了，其实也是过了好久才能缓过神来。”

“招招。”时映侧过头看林招招，眼里盛满了水光，她轻哑着嗓子，问，“他提过我吗？哪怕一次。”

林招招戴着暗红色的针织帽，像小红帽般乖乖软软的。她垂下眼帘，说：“没有。”

长久的沉默。

林招招听到时映轻笑了一声：“原来真没动过心啊，害我自恋那么久。”她把烟头按在湿淋淋的石板路上，“行吧，赶紧销毁，免得丢人。”

旁边就是垃圾桶，烧起来丢得方便。

林招招看着信纸在风中燃烧，火光映着时映的侧脸，映着纷纷落下的雪花，像场走向终点要散席的宴会，时映只求尽兴而归。

烧了没两封，她觉得不太环保，又开始缓慢地撕碎。

第十五封。

写的时候是什么心情？寄走后被退回来又是什么心情？林招招边撕边把纸屑扔进垃圾桶，心思却飞远了。

她撒谎了。

宋行水其实是提过时映的。

那是在村里进行活动时。千百年传承下来的活动，用以祈福、用以哀悼，有点迷信，但在当时当景，确实能抚慰人心。

少数医护人员参加了，宋行水没有。

林招招敲开他办公室的门时，他还在写东西，听到她的脚步声，他随口问：“结束了吗？”

林招招说：“结束了。”

宋行水点点头，钢笔落在纸上，写字声沙沙，是很漂亮工整的字。林招招收拾着台子，做着收尾工作，宋行水突然开口：“之前，时映也喜欢去看。”

闻言，林招招一怔。

宋行水的语气依旧平淡，像是在说某个并不相干的人，偏偏在这寂静的夜里显得温情：“看着挺淡一姑娘，其实特别喜欢凑热闹，但我一次也没去过。”

“为什么没去呢？”

林招招张了张口，知道这个问题不该问，却还是脱口而出。

宋行水把笔帽盖上，抬头看窗外，晚上的温度变得低了，风凉凉地吹来。他的眉眼在凉风中变得缥缈与寡淡：“我祈过福，就那一次，我把这辈子所有的福祉和运气都压在了那一次，但还是不行。”

关于宋行水和他离世的爱人的事情，林招招听很多人说过，也许是故事太悲壮，太动人，太令人难忘，众口相传，每个人都有一个版本。

可宋行水没说过。

纸张被风吹得轻颤，他问林招招：“人总是矛盾的，对吧？”

人总是矛盾的。

说着要忘记，忘记不了。说着不要爱，却控制不住心动。他站在天平的两端，不愿背叛曾经，只能辜负如今。

宋行水说：“把时映送走的时候，她哭着问我怎么舍得。是啊，我怎么舍得呢？无国界医生的加入条件第一条，不因其神圣而加入，我怎么舍得让她在这儿陪着我受苦？”

不可避免地心动，也不可避免地抉择。

不可避免地，又一场离别。

那是宋行水唯一一次提到时映，最后也免不了提醒林招招，别告诉时映。原因无他，时映过得很好，并不需要知道他无关紧要、迟来的喜欢。

喜欢是暂时的，而遗憾是永恒的。

所以在时映问起时，她只能给个否定的答案。信终于撕完了，碎片似的扔到垃圾桶里，那么多的心事最后给清洁工增加了点工作的难度。

雪已经下大了，簌簌地染白长发，时映站起来，朝对面画画的少年喊：“小帅哥，画什么呢？”

少年的半张脸被画板挡住，闻言，脸一歪，声音带着粲然的笑意：“画你们呀。”

时映说：“给钱。”

少年说：“艺术取材，谈钱俗了！”

时映笑道：“那你画完把画送给我总行了吧？”

少年回道：“画画不收钱，你以为我是靠一口仙气吊着吗？我也是要吃饭的好吗！五十，不还价。”

话都让他说了，时映被他气笑了，对林招招说：“我没带钱，你付钱。”

林招招无语：“……”

很有艺术与生活气息的少年把收款的二维码亮出来，得意地朝身后的屋里喊：“浅浅姐，我就说我的画能卖出去吧！”

清澈的女声从屋里传出来：“干啥啥不行，坑蒙拐骗第一名，就是你本人！”

少年冷哼。

虽然也就隔了条三月河，但过来还是要绕很大一圈，少年似乎有无穷的精力，气喘吁吁地把画送过来，自制的名片很可爱：画画找三月街阮归期，便宜好看包售后。

是还不错，勉强称得上有意境。

林招招心中一动，问：“现在能再画一幅吗？”

阮归期说：“啊？”

也是心血来潮，林招招想送一幅画给陈寂当圣诞礼物，就画他人生第一次夺冠，在领奖台上亲吻奖杯的那张。阮归期为难道：“那个……那个我还小。”

林招招一脸莫名其妙。

阮归期不好意思地说：“所以速写没那么好，这个画得画一阵子，你可以先付了订金，到时候我通知你来取。”

林招招笑道：“好。”

一晚上赚了两笔钱，阮归期开开心心地回去了。

雪有越下越大的趋势，林招招赶紧推时映进了屋，让她把羽绒服围巾全都穿上戴好后，才肯放她出门。

林招招说：“这样才对，不然跟我出来一趟感冒了，周尽燃肯定要怪我了。”

时映挑眉：“他敢？”

“不敢不敢。”林招招敷衍。

末了，她抿了抿唇，说：“时映，去往幸福吧。不是要你忘掉过去，是没有遗憾地奔往周尽燃吧，你值得的。”

时映愣了两秒，忽然伸手捏住林招招的脸，笑着说：“你怎么那么可爱啊，招招。”

林招招不满地鼓了鼓嘴巴：“喂！”

时映轻声说：“好。”

好，就不留遗憾地奔向未来，奔向周尽燃，永远地奔向他吧。

风雪交加的夜晚变得漫长，陈寂洗完澡出来时才发现窗户没关，风卷着雪花吹进来，开在玻璃瓶里的红梅沁雪，美得动人。

陈寂上前将哭号的风关在窗外。

手机屏幕亮了亮，是林招招发来了消息。他滑开屏幕，简单的几个字，工工整整，显得认真：我想你了。

陈寂低头想了一会儿，拨了个电话过去。

忙音染上温度，变得让人期待。

终于，在响到第六声的时候，林招招把电话接了起来。陈寂靠在桌上，有晚归的队友打转着方向盘将车子停在楼下，打闹声和笑骂声隐隐传来，他侧过脸，喊她：“招招。”

“嗯？”

他笑了笑，语气变得柔软：“我也爱你。”

02

陈寂没有参加中国乒超联赛，所以赛程并不紧，拒绝了几个商业行程，除了日常训练，再跑个十圈还能回来当陪练，做裁判。

郑同点评：“谈了恋爱，变稳重了。”

但，加训还是不能少。

长河乒乓球训练中心官博的日更小视频没停过，陈寂偶尔还会自己亲自剪，虽然剪得乱七八糟的，但很有冷神风格。

球场一站，谁都不爱。

林招招除外。

对于“着急”CP，网友简直嗑昏了头。还扒出了某问答平台上关于“有哪一对你觉得真得可怕的真人CP”，底下有“着急”CP粉的回答，其他CP粉都羡慕答主嗑到真的了，纷纷表示要蹭蹭运气。该微博经万转后，终于转到了林招招的首页。

粗略地看了两眼，在心里默默感慨很甜后，林招招还是迅速地锁定了罪魁祸首。她打开跟澄子的对话框，把链接发过去：解释！

澄子：忙，跟尸体约会中。

林招招：……

不等林招招再发问，澄子发来个可怜巴巴的表情。她在下溪区某分局实习，那里犯罪率相对来说比较高，所以忙得脚不沾地是常有的事。按她的话来说，全靠嗑CP续命，所以强烈地要求林招招给她发糖。

好吧。

林招招妥协，不就是秀恩爱吗？有人乐意看，谁还能不乐意秀呢？她喜滋滋地打字：我找人给陈寂画了幅油画。

澄子：给我看看。

林招招：还没去取。

澄子：什么时候取？记得发微博，给全天下看看！

不提还好，一提去取画，林招招的脸就垮了下来。

现在是午休时间，她躲在云汀的办公室休息，也就二十分钟，睡也睡不着，被澄子提了个醒，她又点开跟阮归期的对话框，确认地址：鹿鸣山上长月寺旁的宋宅是吗？

阮归期：是的是的！长月寺很灵的，你来了还能顺便拜拜，对不对？

虽然阮归期给自己不能送货上门找足了理由，也不能改变他很不靠谱这件事。

陈寂对此表示：是不是个小骗子？

林招招：不是啦，是个很可爱的男孩子。

陈寂警惕：可爱？

林招招兀自不知他在想什么，边打字边往楼上的解剖室走。

林招招：是的，所以你到底愿不愿意跟我一起去取画啊？

要命。陈寂想，他真的受不了林招招这样跟他说话，一开口他就想给她摘星摘月亮，甚至可能的话，连整个宇宙都打包送给她。

他问："明天？"

林招招看了下排班，说："明天。"

不承想下了雨，本来准备爬山的念头顿时打消了。林招招系上运动鞋的鞋带，把卷卷捞过来吸了两口气才匆匆忙忙地拿起围巾往外面跑。

刚推开门，就撞到了陈寂的怀里。

陈寂顺势搂住她的腰："急什么？"

"怕迟到。"

林招招直起身，仰起头看陈寂。他穿了身淡灰色毛呢大衣，版型衬得身子更加修长，黑色裤子及同色系的马丁靴，单手插在大衣口袋里，白色的低领毛衣让本就沉静的眉眼愈发山明水静，是她眼中冬日最最好看的景象。

见她看愣了，陈寂伸手碰了碰她冰凉的小脸，问："好看吗？"

这一碰，小脸就红了。

像胭脂落入了水中，晕染成淡淡的粉色。

林招招错开眼，小声却又很认真地回答他的问题："好看。"听到他的笑声又觉得害了羞，对他凶巴巴的，"弯腰。"

陈寂听话地弯下腰："要亲我吗？"

林招招忍无可忍，踩了他一脚："再调戏我就打你！"然后把拿在手上的围巾给他戴上。

灰蓝格子的围巾颜色温柔，随便绕了两圈也好看。她拍了拍围巾，看陈寂还在巴巴地看着她，脸一热，想了一会儿，还是踮起脚亲了亲他的脸。

亲完，她快速站直身子，说："走吧。"

陈寂没有动。

林招招回过头，淅淅沥沥的小雨一点一点地浸湿他的眉眼，他撑起伞，挡住那一小片天空，捧住她的后脑勺，拉近，吻住她的唇。

一吻结束，他又碰了碰她的唇，说："这才是亲，懂了吗？"

被踩了一脚。

小兔子的耳朵竖起来，又羞又气地自己撑着伞走了。陈寂舔了舔唇，不慌不忙地跟上去，还不忘逗她："陈老师问你问题呢。"

林招招头也不回："懂了懂了！"

懂了就好。

虽然是开车上山，但停车的地方离长月寺还有很长的一段台阶要走。山雨阵阵，也不是工作日，走百十米都碰不到一个人。

林招招和陈寂有一搭没一搭地说着话，爬山竟然也挺顺利，远远地闻到香火的味道，亲切宁静。宋宅在长月寺左下方，阮归期在路口朝他们挥手："这里这里！"

吵吵嚷嚷的。

林招招也朝他挥手："来了！"

陈寂扫了一眼。

嗯，是挺可爱的，但没林招招说的那么可爱。

阮归期做事倒挺细的，现场给林招招检查了画，又把画放进了画筒里才肯收林招招的钱。等到要走了，他突然顿住脚步，盯着陈寂。

陈寂不为所动。

阮归期弱弱地举手："画的是他吗？"

这孩子反射弧真长。林招招笑着说："是。"

阮归期道："陈寂？乒乓球运动员陈寂？奥运冠军陈寂？全国冠军陈寂？长河双子星之一陈寂？"

林招招刚要点头，陈寂却开口打断了她："是林招招的男朋友陈寂。"

啊，是哦。

林招招想，陈寂头顶光环，无数的荣耀与头衔，终于有一天，就这样冠上了她的名字，被她盖了章签收。

是林招招的男朋友，陈寂。

她心底像吃了蜜，哪怕中午吃的是斋饭也觉得甜，眼里盛满了笑意，时不时地看向陈寂。陈寂喝了口面汤，头也不抬："再看我要收费了。"

林招招说："那你也看我。"

于是陈寂就看向她了，总是冷淡的眉眼染上温情，他问："刚刚祈福，许了什么愿望？"

林招招沉思："唔。"

陈寂说："说出来可能会更灵。"

林招招问："为什么？"

“你求的那些人多忙啊。”陈寂放下筷子，说，“每天要收到那么多祈福，听都听不过来。我就不一样了。”

林招招说：“哦？”

陈寂面不改色地安利自己：“我很闲，而且我很喜欢你。”

林招招的心跳顿时漏了一拍。

又漏了一拍。

陈寂说：“所以，小招宝——”

林招招抬起头：“啊？”

陈寂问：“到底许了什么愿望？”

林招招慢吞吞地咬着面条，像是许了什么难以启齿的愿望。她为难地皱了皱眉，陈寂耐心地等着她。

木质的窗户外是成片的竹林，细细的雨打在笔直的竹竿上，缓慢地滑下来。

林招招终于开口。

她说：“我希望我喜欢的大男孩可以天天开心。”

冬天天黑得早，雨虽然停了，但天还阴沉着，似乎在酝酿着另一场磅礴。林招招走了半天早就累了，所以在陈寂开口要背她的时候，她也就矜持了一下下，便飞快地跳上了他的背，并小声威胁他：“不准嫌我重。”

陈寂笑了笑，没说话。

“在偷偷笑我是吗？”

“冤枉。”

“哼，我跟你说啊，陈寂。”林招招絮絮叨叨，“我也不是很重，你作为男朋友应该劝我吃多点，并且告诉我多重都不算重。这样才……”

说着说着就困了，她趴在他的肩头，呼吸开始变得绵长。

山里风凉，陈寂怕她睡着了着凉，便把她喊醒让她陪自己说话。林招招小心地蹭了蹭他的脖子，嘟囔道：“你说。”

“别睡。”

“好。”

“别骗我。”

“嗯……”

“林招招。”

“嗯？”

“我昨天晚上做梦，梦到你高中肠胃炎进医院那时候了，你还记得吗？”

“……别说了，好丢人。”

“记得就好。”陈寂偏要说，“你半倒在我的怀里，一边打点滴一边哭，眼泪砸在我的袖子上。我问你：‘还吃吗？’你小脸煞白地说：‘还吃。’”

“我真不听话。”

“我也觉得。都那么疼了，怎么还吃？一点也不长记性吗？转念一想，喜欢我的你不也是这样吗？我的小招宝，看上去软软的、好欺负，其实骨子里有韧劲，那句话怎么说的来着？嗯，喜欢没用，没用也喜欢。”

公式般的一句话，能组成无数个句子。

执着没用，没用也执着。暗恋没用，没用也要暗恋。

这样固执、藏着小心思的林招招。

林招招忽然说：“有用的。”

“嗯？”陈寂疑惑了一下，旋即笑了笑，顺着她的话，说，“是，有用的。因为那天晚上我也很疼。梦见的时候，才后知后觉。”

后知后觉，原来在心疼。

林招招笑了，声音带着困意，有点鼻音：“好笨啊你。”

“嗯，就知道装酷。”陈寂谴责自己，又忽然喊她，“招招。”

“嗯。”

“其实你的愿望很好实现的。”

“……”

“你一直爱我就好了。”

他把她往上背了背，小心翼翼地下楼梯，路旁芳草萋萋，路灯缓慢地亮了起来，打在被风吹过的山路上。灯光温柔，让低语更温柔，他说：“你一直爱我，我就天天开心。”

“一直爱我好不好？”

“……好。”

03

越接近年底，犯罪率就越高，但大部分都是小事，做个伤口鉴定，出个报告，居然也能准时下班。

夜色中，云汀打转方向盘驶入阳明大道，说：“真希望除夕夜不用出现场。”

林招招说：“别随便说这样的话，很容易说中的！”

云汀说：“哦，对。”

他侧过脸，笑得虎牙露出来，显得很年轻：“我的嘴巴开过光。”

林招招等他举例，他便举了个现成的：“我说我的CP是真的，就是真的。”

她就知道。林招招小小地翻了个白眼。

过了阳历年后，乒乓球公开巡回赛又开始了，匈牙利站昨天才结束，陈寂他们原地休整一天，明晚坐飞机回国。她看着窗外飞快掠过的街景，说：“想去接他。”

云汀说：“凌晨三点才到。”

林招招说：“所以才说是想啊！不能付诸实践的‘想’。”

想总得让人想，毕竟是热恋中的小情侣。等红灯的时候，云汀用指尖点着方向盘，问：“你回国后跟我姐联系过吗？”

林招招一怔，说：“联系过的。”

她跟云静联系，讨论的是笔记本上的一些内容，由于不好占用云静的时间，也没聊多久就挂了。挂之前，她才没头没尾地说了一句：“我和陈寂在一起了。”

“她说‘哦’，”林招招靠在车窗上，有一下没一下地戳着平安符，“这点跟陈寂挺像的。”

“她挺喜欢你的。”云汀说。

“哦。”

“怪她？”

“我能有立场怪她？”林招招的声音低低的，“我跟陈寂也聊过，只要他没有心结，不会被影响，我就可以和全世界和解。”

“这么爱啊？”

“是啊。”林招招笑道，“云汀先生，你以后可以吃糖到看牙医。”

“用糖砸死我，谢谢。”

林招招和云汀在同个部门上班，上下班时间几乎一致，所以她每天都能蹭车，但——但凡陈寂在家，云汀上班必定要先溜，让陈寂开车送林招招。所以，结束了比赛的陈寂到家后，在短暂的休假中，唯一的工作就是接送女朋友上下班。

陈寂到底是刚拿了冠军，热度高，而春节放了假的吃瓜群众又太闲，于是毫不意外地，“陈寂接女朋友下班”上了热搜。

“我也想要冷神接我下班。”

“此刻一个活生生的柠檬走过，请大家让一让，以免酸到大家。”

“纯路人，只看过陈寂的比赛，想发表一下看法，粉丝看到别骂我。我之前一直感觉陈寂是那种很拽、很叛逆的男人，一般有大男子主义，但是从他和女朋友公开以来，时有关注，改变了一些看法，他很温柔，很有男友力。”

“实不相瞒，我前两天在超市看到冷神在买菜。”

“啊？买菜？做饭那个料是真的啊？！”

“谢谢，嗑到了。”

“买的什么菜？”

买的什么菜？林招招看着桌上饭盒里的菜，麻婆豆腐、辣椒炒肉，两菜一汤，刚好够她和云汀两个人吃。

厨艺进步很大，有望在退役后进入后勤工作。

云汀也赞不绝口："早知道你那么厉害，当初上初中的时候也省得我早起给你做饭了。"说着说着觉得委屈了，"我现在吃你做的饭，居然要靠蹭。"

陈寂无奈地说："我之前学过做饭。"

云汀说："哦，是吗？"

陈寂说："嗯，差点把厨房炸了，从那以后你就再也没让我进过厨房，连碗都不让我刷了。"

云汀讷讷："……你看舅舅多疼你。"

林招招在旁边听得直摇头："溺爱啊，云汀先生，你这是溺爱啊。"

云汀坚决不承认自己溺爱小孩，但又实在找不到反驳的话，闷头吃完最后一口饭就走了。

等他走后，陈寂边给林招招夹菜边说："以后我们不溺爱孩子。"

林招招脸一红，瞪他道："谁要跟你生孩子了！"

"嗯。"陈寂倒是会自己接话，"不生也好。你那么怕疼，生孩子得哭得多惨，而且生下来肯定不听话，到时候又要气你，但你又爱他，我会吃醋，不生。"

这个人，怎么越说越让人脸红。

红了会儿脸，林招招咬了口香喷喷的米饭，反驳他："也不会啦。"

"什么？"

"我会很爱他很爱他，但我最爱你，你懂吗？"

她望向他，眼中是一派的纯真与赤诚，莫名让他想起某年在奈良遇到的小鹿，懵懵懂懂地亲近人，让人变得柔软。

陈寂伸手，碰了碰她的嘴角，说："我那么聪明，当然懂。"

她的意思是——

我爱你，我永远偏爱你。

除夕那天是在林招招家过的。

前几天下了场雪，常年不结冰的三月河竟然结了薄冰，河面铺上薄雪，如天鹅绒绸缎般，松散地随风飘向远方。

林招招抓了一手干净的雪，悄悄地走向正在贴对联的陈寂身后。

陈寂兀自不知危险，问："正吗？"

林招招说："正。"

她抬手，正要把雪往他衣领里灌，说时迟那时快，陈寂猛地将对联往墙上一贴，回身，搂住林招招的腰，把人推倒在雪地里。

长巷寂寂，长巷外则嘈杂，偶尔有炮竹声响。不知道是哪家调皮的小孩惹了狗，引得狗叫声与尖叫声齐响，快速逃窜的脚步声传来，伴随着几声“救命啊！谁家的狗快管一下啊”。

林招招笑了起来，陈寂收着力，底下的雪又松软，抬头是茫茫白日的天空，收回目光，回过头是她好看到惹眼的男朋友。

她丢了手中的雪，带着残存的一点凉意碰到他的脸上，她问：“凉吗？”

陈寂摇了摇头。

顿了顿，像是想到了什么，他又点点头。

林招招问：“要我亲亲你吗？”

陈寂说：“大庭广众的，不太好吧？”

林招招说：“嗯。”

陈寂说：“既然你坚持，那就亲一下。”

林招招拉住他的衣领，将他拉向自己，冰冷的唇相撞，在摩擦下变得滚烫，她的吻技不好，青涩而内敛。

呼吸交织在一起。

吻了一会儿，觉得害羞了，她便往他的怀里躲，嗔道：“还不快起来？”

陈寂说：“好。”

却没动。

林招招推了推他：“舅舅马上要出来了。”

云汀像是被林招招召唤出来的，喊着“该吃饭了吗该吃饭了吗”，打开了门。

林招招和陈寂迅速分开，云汀站在门口动作一顿，头顶缓缓地出现问号。

林招招若无其事地站起来，拍了拍身上的雪，说：“摔倒了。”

云汀眼睛一眯：“两人一起摔？”

陈寂也站起来，面不改色道：“你说巧不巧？”

巧，实在是太巧了。

听懂了吗？

出去了有人问的话，一定要说是巧合。

与往年也没什么不同，两家人围坐在一起，火锅分两边，麻辣锅和三鲜锅滚滚冒着热气，香气扑鼻，电视机里的春节联欢晚会正演着小品。

只是今年的林招招格外受照顾。

当陈寂再次把虾滑放进林招招的碗里，引起正在聊天的长辈们的侧目时，林招招终于忍无可忍，清了清嗓子，瞪了陈寂一眼。

陈寂莫名其妙，低声问她：“吃土豆吗？”

林招招扶额。

余光瞥到爸爸妈妈善意的笑及云汀一副嗑到了的样子，她无奈地说：“你自己吃你自己的，我有筷子。”

“哦。”陈寂说，“可你够不着。”

“你说我手短？”

“我没说。”

“你就是这个意思。”

“我没有。”

小声的拌嘴一来一回，在背景音里听得不甚清楚，反而觉得温情。林招招忽然有点恍惚，好像这些年来，几乎每年的这时候，她都是和陈寂在同一方桌上吃年夜饭，从之前的满桌饭菜到近几年的火锅。

陈寂始终在她左侧。

跟她一起迎接新年的到来。

吃完年夜饭，有条不紊地收拾了餐桌和碗筷后，陈寂和林招招在厨房腻歪了好一阵才出来。电视上正好放到林招招偶像的节目，花里胡哨的背景，穿着红色的外套、依然耀眼的她的偶像。她小跑过去，尖叫道：“宝贝，我来了我来了！”

一秒从人家女朋友切换小迷妹模式。

陈寂顿时无语：“……”

生气。

他在房间里环视一圈，客厅里暖气开得很足。林招招穿着夏天的家居服，坐在柔软的地毯上看节目，就连卷卷也来凑热闹，趴在她的腿上巴巴地看着电视。

云汀不在。

陈寂想了想，跟林家父母打了个招呼就披上外套出去了。

云汀果然在院里打电话，裹了件跟陈寂同款的羽绒服，长至膝盖，下身则单薄，在凛冽的寒风中瑟瑟发抖。

听到开门声，他回过头，下意识地要把手机藏起来。

陈寂不耐地牵了牵嘴角，说：“跟她打电话，不用躲着我。”

云汀说：“我……”

陈寂伸手，道：“把手机给我。”

等云汀真把手机递到陈寂的手上时，陈寂却是一阵恍惚。通话时间不是很长，机身残存着余温，渐渐被风吹凉。

指尖收紧，过了半晌，他把手机放在了耳边。

其实每年除夕，云汀都会给云静打电话。等散了场，云汀就赶在零点之前打过去，说声“新年快乐”也要避着他。

他以前还会生气，后来释怀了，云静是没带大他，但带大了云汀。

他能有什么资格生气？

风声忽然变大了，刺骨的寒意卷着雪花在风中飞舞。他低下头，侧脸碰到变得冰凉的羽绒服，寡淡的眉眼在听到那头的呼吸声时变得柔和，他开口：“你好。”

你好。疏远至极的问候。

那头笑了笑，像是把口罩往下拉了拉，笑声也明显了几分：“你好。”

云汀不知道什么时候走了。院里就只剩他和雪，雪明晃晃地和着屋檐上的月亮，呼出的热气像雾般散开，他拂去石桌上的雪，坐下来。

生疏的问候后，又像多年的老友般，话起了家常：“你看过一本书吗？叫《看房子》，里面有段话，‘赛维写的建筑，就是要公众张开眼睛，看看自己周围的楼宇、房子，因为我们生活在建筑内’。”

“大部分建筑都很美。”云静说。

“你呢？”陈寂问，“你设计的房子在哪儿？在加州吗？在哪条街？长什么样？我可以买一套吗？”

“等你来加州。”

“好。”

明晃晃的真相两人心底都清楚，却没有人去戳破，他假装她是功成名就的建筑设计师，踩着高跟鞋，精致且骄傲地走在异国的街上，假装编织的谎言依旧完美。

洛肯基正值夏日，风带着热浪席卷，有护士在楼下小声地喊云静。她站在毫无遮拦的屋顶平台上，破落的村庄，低矮的房屋错落。她微微点头，示意护士先去忙，自己马上就来，正要跟陈寂说再见。

陈寂忽然开口：“新年快乐。”

猝不及防地，信号断了。陈寂把手机放到桌上，沉默地看了一会儿，才发现有人在他不经意之间绕到了他的身后。

是谁不言而喻。

他在心里笑了笑，也没戳穿林招招，眼前被冰凉的小手蒙住，陷入黑暗中，他顺势闭上了眼睛，长长的睫毛划过她的手心，痒痒的。她拉长的声音：“你猜——”

“是招招。”

“我还没说猜什么，谁让你抢答的？”林招招凶他。

好吧。

陈寂问：“猜什么？”

林招招说：“你猜我要跟你说什么？”

陈寂问：“说爱我吗？你看看你，才跟我在一起多久，说了多少次爱我了？快说吧，我喜欢听。”

“我爱你。”林招招如他所愿。

陈寂愣了一会儿，而后慢慢地回过头。女孩刚从屋里出来没多久，小脸热得红扑扑的，骤一接触冷空气，颜色渐渐变浅，眼角泛红，明明是轻快的语气，眼神却如水般温柔委屈。

对上陈寂的目光，她迟疑地缩回了手，垂下眼，说："太冷了。"

陈寂喉结微动："回屋。"

回的是林招招的房间。

陈寂回身关上门，地暖让室内的温度保持在二十多度，林招招搓了搓冻僵的手，刚在床边坐定，还没来得及开灯脱外套，就被陈寂推倒了。

她轻轻推了推陈寂："很重哎。"

陈寂闷闷地说："嗯，让我抱一会儿，就一会儿。"他把脸埋在她的颈间，冰凉得让她轻轻颤了一下。

昏暗的房间陷入寂静，呼吸也变得很轻。

林招招回抱他，像叹息般，说："原来我们陈寂，委屈的时候真的让人心疼死了。"

是啊，委屈死了。

哪有那么多释怀？人生就是这样，有各种各样无法释怀的遗憾和心结，平日里还好，当情绪汹涌而来的时候，就再也藏不住了，委屈顷刻间就溢了出来。

滚烫的泪水砸下来，在她细长的锁骨处聚集，变得温凉。

林招招侧过脸，有一下没一下地吻着他的发，发梢柔软，她问："要喝鸡汤吗？"

不等陈寂说话，她又自顾自地说下去："我很爱你，陈寂。真的，我知道你所有的样子，我知道我们陈寂看上去酷酷的，其实可温柔了。我知道你有时候会骄傲，那点小得意控制在一定的范围内，很可爱。"

"不可爱。"

"我说可爱就可爱。"林招招低声笑道，"所以有委屈就跟我说吧，你知道的。爱一个人，不是要享受他带来的光辉和荣耀，而是要与他承担风霜与伤疤。"

——我爱你，爱你的赤忱明亮，也爱你的伤疤。

陈寂单手撑住床，微微抬起身，借着窗外薄弱的月光看林招招，一寸寸仔细地看，看得她脸热起来，才俯身亲了亲她的眼角。

"好奇怪。"他喃喃。

"……什么？"

"刚刚都委屈死了，感觉全世界都对不起我。"他的另一只手向下，将林招招蜷缩在袖子里的手收拢入掌心，轻轻捏了捏，"可你一哄我，就在我的怀里，我又觉得这个世界对我挺不错的。"

“那世界是对你挺好的。”

林招招在他怀里咯咯地笑，任由他吻着她，不掺杂任何情欲，像在黑暗中确定彼此存在般，纯粹的吻。

一吻结束。

过了零点，鞭炮声次第响起，噼里啪啦地敲开了新的一岁。陈寂坐起身，抬手打开灯，落地的灯晕开光影，书桌上摊着一本相册，陈寂挑眉：“小时候的照片？”

“哎！”林招招去拦他，“不准动！”

陈寂哪肯听她的，把相册拿了起来，随手翻了翻。相册他之前看过，翻着翻着渐渐地出现了他的身影，不爱笑、爱耍酷的小陈寂。他轻笑道：“看着很欠揍。”

“才没有，多可爱啊。”林招招盘腿坐好，说，“别看了别看了。”

陈寂不为所动，终于翻到了他的黑历史。剪着瓜皮头的小小少年被小姑娘公主抱，满脸的不情愿，小姑娘却笑得露出牙龈，简直可爱死了。

陈寂沉声道：“这张照片……”

“等等！”林招招生怕他惦记着要销毁，眼疾手快地把这张照片抽了出来，一蹦三尺远，“你休想销毁！”

陈寂眯起眼：“林招招。”

林招招心虚地不跟他对视：“这是我的收藏，你把它拿走就是强盗！”

见陈寂光着脚下了床往她这边走来，她紧张得结结巴巴：“你别过来啊，陈寂，我警告你……”

“警告我什么？”

“你你你……”林招招退到墙角，把照片往身后藏，把话题扯远，“我还是不是你最喜欢的林招招了？！”

陈寂在她面前站定，说：“是啊。”

林招招说：“那你离我远点。”

陈寂的嘴角向上扬起：“可是我太喜欢你了，所以忍不住靠近你。”他往前踏了一步，距离不到三厘米，近到能感受到彼此的呼吸，“怎么办？”

林招招躲开他的目光：“什么怎么办？”

陈寂说：“看我。”

迟疑了一会儿，见陈寂没有伸手夺照片，林招招这才把目光一点点移过去。

落地灯灯光并不是很亮，陈寂挡了大半，轮廓模糊，刚哭过的眼角在灯影下闪着光。她不由感慨，长得好看的人，哭起来也是美人落泪。

想到这里，被自己的想法逗笑了。

陈寂问：“笑什么？”

林招招说："笑你好看，哭好看，笑也好看。"

陈寂沉默了一下，说："你哭起来的时候也很好看，尤其是在……"

他靠近她，声音压低吐出两个字，结果……挨了林招招一掌。

要流氓结束，陈寂压了压嘴角，把那点笑意压回去，清了清嗓子，道："照片给我。"

林招招说："不给！"

说得倒是硬气，但完全躲无可躲，拿着照片的手毫不意外地被陈寂抓住了，她绞尽脑汁地想着要怎么威胁他才能保存这张照片。

手却被陈寂抬起。

薄薄的照片轻轻地覆盖在她的脸上，在她茫然的眼神下，陈寂微微侧头，隔着小时候的她，吻住了她。

林招招的眼睛微微瞪大。

陈寂吻得很专注，睫毛在灯影下微微颤动，是让无数人心动、喜欢、崇拜的冷神陈寂，是她喜欢的男人。

雪好像又下起来了，凛凛寒风呼啸着，窗户哐哐作响。

可一切又是那么安静。

"新年快乐。"

她听见陈寂说："新的一年，麻烦你，还要继续喜欢我。"

举手之劳。

04

法定的春节假期还没过完，陈寂的假就已经收了，归队为乒联巡回赛印度站做准备。原因无他，周尽燃的腕伤至今未好，仍在国外休养。

顾则要打混双，男子双打空缺一位。

郑同说："程立雪上。"

程立雪入队不到一年，心性尚未定，打过几次非大赛的单打，是资质还不错的替补。陈寂没带过新人，如果是临时上阵没有磨合时间还好，可现在离公开赛还有一段时间，要慢慢磨。

陈寂有点头疼。

程立雪却很开心。他有个不为人知的小秘密，那就是——他最喜欢的运动员就是陈寂，立志要进长河也是为了陈寂。

但因为陈寂太难接近了，他也没找到机会表个白啥的。

于是周一的上午，陈寂和他的小迷弟程立雪站在球台边大眼瞪小眼，相顾无言。程立雪是紧张，陈寂是不想说话。

他拧着眉，想起郑同敲打他的话："你是指望着周尽燃跟你打一辈子的双打吗？你俩不走出舒适区，不去带新的人，等你俩光荣退役，那以后呢？”

以后呢？陈寂很想说一句“管他呢”，但责任压在身上，这句话是怎么也说不出口的。

他私下请教过顾则，顾则的语气温柔：“立雪肯吃苦，也很有韧劲，打配合绝对没问题。当然，我说这话，不是说如果有问题就怪你。有点耐心，放平常心就好。”

想到这里，陈寂站起身，把球拍拿出来。程立雪也紧跟着把球拍拿出来，问：“我们现在开始练吗？”

陈寂说：“我看起来很不好惹，是不是？”

程立雪愣了愣，答道：“……是。”

陈寂说：“不要被我的外表骗了。”

程立雪问：“那冷神你……很温柔吗？”

陈寂说：“那倒没有。”

程立雪被噎了一下：“……”

“总之——”陈寂把球丢给程立雪，说，“不要把我当成前辈，也不要委屈自己，我们是队友，队友就要互相督促、互相进步。”

说完这句话，不管程立雪什么反应，陈寂自己先在心里酸了一下。

太煽情了。

虽然是实话。

日常的训练出奇地顺利，程立雪是天赋型选手，话不是很多，性格也内敛，但基本功很扎实，虽然节奏上跟陈寂还有一定差距，但假以时日，绝对不可小觑。

陈寂把球拍收起来，拿毛巾擦了擦汗，等程立雪小跑离开去吃饭后，才后知后觉地想起自己没夸夸这小孩。

他“啧”了一声，给周尽燃打电话，周尽燃笑到捶床：“你会不会带新人？”

陈寂说：“不会。”

周尽燃无语了：“……”

陈寂若有所思：“可能是之前刚进队的时候，带我的人也没怎么夸过我的原因吧，谁带的我来着？哦，是你。”

天降一口大锅，周尽燃连忙解释：“那是因为我看上去也很小，你以为咱俩同龄。”

陈寂说：“我没有。”

周尽燃无言以对：“……”

挂了，没的聊了。

不过周尽燃说的没错，陈寂进队的时候也跟程立雪差不多大，但他心性成熟，遇事不慌不忙，而那时的周尽燃也比现在的他要小一点，性子又欢脱，所以两人在一起都会觉得像同龄人相处般无压力，他们是互补的性格，天生的搭档。

陈寂有点想念周尽燃。

结束了一天的训练，加训也不能少，陈寂在加训签到表上写上自己的名字，慢吞吞地走到操场开始跑步。

林招招到的时候，他正好跑到第十圈，到底是跑得多了，比之前多了几分气定神闲。

他一口气冲到林招招的面前，也不管自己满身汗，一把把人抱在了怀里。林招招笑骂他："臭死了。"

"嫌弃我？"

"没有。"

陈寂把手掌放在她的后脑勺，发丝香香软软的，他的女朋友。他深深地吸了口气，问："见我还特意洗了头？"

林招招转移话题，说："快起来，让我拍张照。"

虽然不知道林招招要干什么，陈寂还是松开了她，站在晚冬的风中让她拍了张照。他穿得单薄，长袖卷起，露出线条分明的手臂，将沉未沉的晚霞在明暗间铺成晦暗瑰丽的色彩，红色的跑道、绿色的草坪都是虚幻，唯一清晰的就是陈寂。

林招招说："秀个恩爱。"

陈寂问："怎么秀？"

自然是发出去，朋友圈的人太少了，所以她选择了更大的平台。一张图，一句话："冬日长风里的陈寂。"

陈寂挑眉，林招招有点不好意思："这么好的男朋友，偶尔还是想炫耀一下啦。"

陈寂说："那我不一样。"

林招招看向他。

他伸手捏了捏她的脸，说："我只想把你藏起来。"

谁想看，都不行。

林招招藏了小心思想炫耀男朋友，结果被想要跟陈寂有商业合作的品牌商买上了热搜，热度给得足足的，双人超话里全是尖叫帖。

云汀忙里偷闲，用小号点赞评论转发，最后跟林招招感慨："印度公开赛真是，怎么正赶上情人节了？"

"没事。"林招招想得很开，"反正我跟陈寂已经过了很多情人节了。"

"身份不一样了。"云汀继续表达遗憾。

"那我去跟陈寂吵架。"

云汀有点疑惑。

“谁让他去工作不陪女朋友过情人节的，我去跟他吵架，然后闹分手，看是比赛重要还是我重要。”见云汀惊得眼镜差点掉下来，林招招“扑哧”一声笑了出来，“你信吗？”

云汀呆呆地摇了摇头。

林招招说：“对啊，我才不会做这样的事呢，再说了，我很闲吗？我能闲出那天跟陈寂过情人节吗？”

云汀再次摇头。

林招招说：“所以，再遗憾一律按劝分处理，我会跟陈寂告状的。”

云汀回过神来：“你这孩子！”

林招招闪身进了办公室，赵老师正在里面工作，林招招下意识地想出去，脚步一顿，又忍住了，她打了个招呼，走到自己的办公桌前。

她虽然是实习生，但云汀信任她的能力，敢放手让她去做，甚至前不久让她跟了一起案子，最后案子完美结束，现在只剩最后一份总结。

林招招写得很认真，以至于赵老师喊了她好几声她才听见，她茫然地抬起头：“啊？”

赵老师说：“前两天闻溪打来电话，问起了你。”

赵闻溪。林招招恍惚了一下。回国之前她去找过赵闻溪，打了辆车一路在荒野的公路上驰骋，赵闻溪坐在山坡上抽烟等她。

他向来话多，那天一如既往，最后他说：“你走吧。”

她什么都不能给他。

除了离开。

而自那之后，她很少听到赵闻溪的消息。毕竟两人共同的朋友没几个，而赵闻溪又时常出入无人区，只能从朋友圈寥寥无几的几个动态里，偶尔得知他的所在地。

也聊过几次天，多半是节日，赵闻溪例行发了像是群发的祝福，在提醒她，他还记挂着她。

可林招招很少回。

所以乍一听赵闻溪的名字，她确实有点恍惚。恍惚完了，她立刻正了脸色，问：“他现在还在非洲吗？”

赵老师说：“是。”他看着林招招，突然叹了口气，“小林啊。”

林招招莫名地觉得愧疚：“赵老师……”

“之前你刚来我们科室实习的时候，我是挺喜欢你的，工作努力，长得也可爱，所以才想介绍给闻溪。后来，闻溪那么喜欢你，你不喜欢他，我就有点生气。但是我后来也想通了，喜欢这件事很玄妙，你那么好，是闻溪没这个福分。”

林招招鼻子一酸：“赵老师，您别这么说……”

她想说点场面话，她想说赵闻溪那么好，值得更好的；她想说如果没有陈寂，她肯定会选择赵闻溪……可是这些话在喉咙里转啊转，始终说不出来。

虽然是她不愿接受他的喜欢，但确实间接地伤了赵闻溪的心。

她没有立场去做任何的安慰。

赵老师摆了摆手，说：“这事不怪任何人，我只是想着咱们以后就是同事了，得把这事说开，免得你见了我就想绕着走。”

“我……”

“我都发现了，可别说没有。”赵老师笑了笑，看了两眼她写的报告，拍拍她的肩膀，“事实证明，我的眼光确实不错，你很好，加油。”

他把话说开后就又去忙了，林招招也如同解开了个心结般轻松了不少，就连总结报告也写得快了点。眼看就要结尾了，放在桌上的手机振动起来。

林招招瞥了一眼，是专案组的罗队打来的。

她接起电话：“罗队？”

“招招，总结报告写完了吗？”

“快了。”

“得重写。”

“啊？”

“抓错人了，有新的被害人出现，快，芙蓉小区，出现场。”

“马上。”

罗队是她之前经手的那起案件的负责人，本来是很普通的入室杀人案，但类似案件接连发生后引起广泛关注，各分局已抽调人手组成专案组。经过走访、缜密的推理，以及搜寻到的证据，警方迅速地锁定了嫌疑人并抓捕归案。

结果现在嫌疑犯还在看守所关着，却又有相同的案件发生了。

新案件的发生对专案组的人员有一定的打击，大家都是临时被叫过来的，疲惫地皱着眉，在现场也提不起多少干劲。

但工作还是要做。

为了尽快破案，安抚市民情绪，他们的工作量加重加大。等林招招带着结果从解剖室出来时，已经是第二天拂晓了。

工作的时候不觉得，而一旦有人告诉你“可以了，休息吧”的时候，困意立刻席卷而来。她甚至没有洗漱，直接倒在了云汀休息室的小床上，便陷入了梦乡。

醒来的时候已经是下午三点了，微信里有条来自陈寂的未读消息。

陈寂：醒了给我打电话。

林招招拨了电话过去。她闭上眼睛，意识还在缓慢地苏醒，等到电话终于接通时，她才迟钝地想起来，陈寂应该在男双决赛的现场了。

果然，她听到了休息室外隐约传来的欢呼声。

她翻了个身，刚睡醒的嗓音有点哑，像撒娇般软糯："陈寂，你不好好打比赛，给我打电话干什么？"

陈寂沉默了一会儿，说："没什么。"

他说："就是想在比赛之前听听你的声音。"

林招招笑了笑，说："那你听到了。"

陈寂说："嗯。"

似乎有人在催他了，敲着门喊他的名字，林招招微微睁开眼睛，眼前模糊，又逐渐清晰。她忽然对着话筒"吧唧"亲了一口，说："去比赛吧，加油。"

终于，她听到陈寂轻声笑，说："好。"

公开赛每年都要打很多场，场场对手不同，每场都能打出新花样。而这次印度公开赛被人们讨论得最多的一场，则是没有了周尽燃的男子双打。

网上对于这次双打议论纷纷，仿佛个个都是乒乓球界大神。

"没有周尽燃跟陈寂搭档，打得确实有点艰难，程立雪底子不错，但是比赛经验不足，还是有点拖后腿的。"

"排右。半决赛的时候全靠陈寂力挽狂澜，不然根本进不了决赛。"

"不知道决赛会怎么样，丢一个冠军来给新人练手，是不是有点得不偿失了？不知道郑指导是怎么想的，哪怕叫江竭来也好。"

"还江竭呢，楼上是不是还活在2016年？江竭年前退役去C省省队当教练了。"

"天哪！我才知道！"

"你家用的是2G网吧？"

"理智分析一下。这次决赛对战的A国双人组是十年搭档，被乒乓球界视为除既然组合外最有默契的一对，平常的选手遇到他们就是一个'输'字。陈寂刚拿了单打冠军，又要拖人打双打决赛，拿冠军的概率很低。"

就这样背负着所有人的不信任，陈寂和程立雪站在了决赛的赛场上。

郑同言简意赅："尽全力。"

陈寂点点头，喝了口水。余光瞥到程立雪默不作声地擦球拍，想了想，他往程立雪那边站了站，说："别紧张。"

程立雪抬起头看向他。

陈寂拧紧瓶盖，说："你前两场打得不错，正常发挥就好了。"

程立雪欲言又止。

而陈寂说完话，就拿着球拍去签到了，程立雪连忙跟上。这就好比游戏里面王者带青铜，王者不好打，青铜也不轻松。但王者没说啥，他这个被带着上分的又能说什么呢？

后来，程立雪拿了无数个冠军，可以独当一面的时候，再想起这次公开赛的双打，想到的形容词是："有惊无险，化险为夷。"

是的，他们赢了。

在所有质疑的目光和声音中，他和他最喜欢的陈寂把冠军奖杯拿到了手上。像是在做梦，颁奖仪式结束后是群访，等群访结束了，陈寂给女朋友打了个电话回休息室了，程立雪还在捧着奖杯发呆。

陈寂愣了愣，问："不走吗？"

程立雪说："我拿到冠军了。"

陈寂回身关上门，奇怪地说："嗯，是第一次吗？"

程立雪说："这么大的比赛，是第一次。"

陈寂说："哦。"

两人都在沉默。

陈寂心想，小孩子真麻烦，有了心事的小孩子更麻烦，但有些情绪要自己消化，别人怎么说也没用。于是他也没想安慰，拿起自己的包就准备招呼程立雪走，谁知道程立雪又开了口："我感觉我一点也不厉害，这个奖杯不该属于我。"

陈寂无语了："……"

好吧，不说点什么的话这孩子该钻牛角尖了。

陈寂重新坐了回去，伸手把程立雪手中的奖杯拿了过来，放在面前的茶几上。他想了想，说："对手很厉害，但我们赢了，你觉得赢得不漂亮？"

"如果是周副队在的话……"

"没人能保证赢的时候姿态是绝对的漂亮。"陈寂打断他，"还有，谁跟谁更有默契，谁的能力更强，在赛场上，是增加你拿到冠军的筹码。过程虽然很重要，但拿到了冠军的话，也没那么重要。"

"那是因为你厉害，换个人跟你打也能赢。"

"嗯，也许吧。"陈寂点点头，旋即又是一愣，"你觉得你是在躺赢？"

程立雪点点头。

陈寂失笑："躺赢也是赢，总比有些人站着也赢不了的好。"他站起来，拍了拍程立雪，若有所思地说，"再说你哪有那么差？那么差能进一队？"

冷神教育人的方式，简单粗暴。

但有用。

赛程安排的紧密程度让程立雪没那么多时间做心理建设，他们从新德里英迪拉·甘地国际机场直飞多哈，参加卡塔尔的公开赛[①]。结果飞机晚点，他们到多哈的时候离男双比赛仅剩两个小时，下了飞机后一路狂奔，赶在比赛开始前到了场馆。

陈寂把外套脱了，简单地热身后，他微微喘着气摇了摇头，对程立雪说：“尽力吧。”

除了尽力还能说什么？

但还是有点蒙。

这次男双第一轮比赛没有安排转播，不在现场的林招招和大多数球迷一样，只能从现场观众的只言片语里跟进赛况。

她点开陈寂的单人超话，已经有人发了高清图，是刚结束完一局正在擦汗的陈寂。

配字：陈·看上去像是在思考·实际上脑子一片空白·寂。

评论：一比零，稳住，我们能赢。

林招招松了口气，把手机放在枕边，看着天花板发呆。翻来覆去睡不着，最后干脆认命地不停刷首页。

二比零。

三比零。

行吧，白担心了，陈寂不是人。

林招招翻了个身，把脸埋进柔软的枕头里，忍不住笑了起来。

再打开首页的时候首页已经是喜气洋洋了。陈寂的单人采访很快也被上传上来了，横拍的角度，能看到他发上的汗在飞溅。他有点不耐烦地喝了口水，才缓住了情绪去回答记者的问题。

“嗯，还好，边打边调整节奏。”

“发挥得还算正常，没有受到多少影响，赢了就好。”

“目标吗？还是冠军。”

评论区也是热热闹闹的。

“记者快放我们冷神去洗澡睡觉吧！你看他困得眼睛都睁不开了！呜呜呜，怎么闭着眼也能把人打回家？”

“飞机晚点不要慌，冷神实力依旧强。”

“放我家崽崽去睡觉！”

“妈粉冷静一点，现在肯定回酒店了，睡不睡的不知道，但有空给我们寄张明信片吧！冷神，出来说说话。”

---

① 赛程参考2017年国际乒联世界巡回赛黄金赛卡塔尔站，故事人物皆为虚构。

“你还想要他营业？你没有心。”

刚刷到这条，微博页面忽地消失，陈寂的电话打了过来。她坐了起来，将被子拉到怀里抱住，手指划过屏幕，接通。

“喂？”

“还没睡？”

“我能睡得着吗？”林招招抬手打开台灯，“再说了，知道我睡了为什么还打电话过来，诚心搅我好梦吗？”

陈寂低声笑了笑，说：“嗯。”

林招招道：“喂！”

生怕把人逗恼了直接挂电话，陈寂马上适可而止，说：“想你了。”

林招招脸一红：“嗯。”

陈寂不肯放过她，轻轻地吻了吻话筒，在阳台的风中望着多哈的夜景，声音低低的：“很想你，想快点见到你。”

本以为忙一点就不会那么想她，可越是忙碌越是频繁地想她，在得以喘息的休息时间缝隙里，想念像野草般疯狂生长，在心底破土而出。

他还有点不满：“怎么回事啊？招招，我都看你看了这么多年了，怎么还这么想你？”

“唔，可能是你太爱我了吧。”林招招开玩笑道。

“嗯，肯定是。”陈寂竟然应了下来，过了一会儿，他又问，“那你呢？”

“什么？”

“没什么。”

一次没问到答案，傲娇了就不肯问了。林招招追问了他也不肯说，她失笑，在临挂电话之前，想起妈粉的挂念，于是提醒陈寂：“有空发条微博啊。”

两分钟后，陈寂微博上线。

陈寂：想我吗？

无配图。

明明是条很撩人很苏的微博，底下评论的画风却很清奇，被人归纳到2017年开春迷惑大赏。

“不是？这位哥是不是切错号了？”

“什么切错号，是换人了吧？是你发的吗？是程立雪发的吧？程立雪把冷神的手机还给他！我们是要他发微博！但这么敷衍我不接受！”

“喜欢的是冷神，不冷脱粉了。”

“我想你啊！呜呜呜！我简直不要太想你啊！等等，你问的是我吗？”

"崽崽！妈妈每天都在想你，你要注意身体，早点休息，按时吃饭，别玩手机了，赶紧捧着冠军金牌回国吧！"

很好，今天也是妈粉努力的一天。

半个小时后，林招招评论陈寂的微博：想你。

破案了。

冷神这是在问他女朋友。

05

虽然陈寂的妈妈粉期盼着陈寂早日回国，但等到他真的捧了冠军金牌回国后，她们又有了新的担忧，比如——加训。

卡塔尔公开赛结束后，离四月中旬的亚锦赛还有将近两个月的时间，陈寂除了每日的训练，及各项队内的选拔赛、热身赛，还会带程立雪进行双打训练。

而训练中心的官博也经常会发点小日常。近日，更是把陈寂数月来加训跑步做了个快剪，发到了微博上。

妈粉表示："我不需要看我儿子为他的爱情那么辛苦！"

女友粉装妈粉，实锤了。

训练中心一训练馆，周尽燃看着手机，用胳膊肘撞了撞旁边喝水的陈寂，陈寂猝不及防，水差点洒了。他瞪了周尽燃一眼，周尽燃完全没有接收到，兴冲冲地说："你看你看，他们都说你带立雪像带孩子。"

闻言，陈寂脸一黑。

他看了周尽燃一眼，问："像吗？"

周尽燃认认真真地打量着他，然后点头："挺像的。"

陈寂冷漠地道："滚。"

周尽燃捂心口装受伤："你好狠啊，我在家养伤的时候，你说双打不能没有我。我才两场比赛不在，你就有了新欢。"

陈寂无语了："……"

周尽燃演上瘾了，碰瓷似的往陈寂身上撞，还没撞两下就忽然听到哨响，郑同的声音响彻场馆："列队！"

旁边球桌跟周尽燃玩得好的女队员笑话他："周副队，别腻歪了，人家陈寂有女朋友了。"

周尽燃大怒："我还有老婆了呢！"

陈寂一脸漠然："我们是普通队友关系。"

来不及更详细地解释，周尽燃扯着陈寂就过去列队了，结果还是晚了三秒，被郑同拉出来点名批评了。一批评，郑同这才疑惑地看着陈寂："嗯？陈寂，你怎么在这儿？”

陈寂也疑惑，他不在这还能在哪儿？

郑同说：“今天不是轮到你买菜吗？你在这儿我们中午吃什么？”

所有人皆是一脸心虚：“……”

是这样的，长河乒乓球训练中心在非赛季的时候，会每周给队员排班去买菜。但训练中心有后勤人员，有合作的菜商送过来，根本不需要他们出去买菜，所以队员也没把这当回事，名单是列出来了，但根本没人执行。

一看大家的脸色，郑同了然：“没人去过？”

没人敢说话。

郑同冲陈寂抬了抬下巴：“陈寂带头，今天去买菜。”

陈寂说：“会被人围观的。”

郑同问：“你是明星吗？”

陈寂说：“不是。”

郑同说：“你是普通的乒乓球运动员，打比赛是你的职业，赢得比赛是你的义务，别膨胀别骄傲，买菜去。”

陈寂站直身子：“是！”

这是陈寂多年来养成的习惯了，他虽然叛逆，虽然在小事上总是明里暗里地跟郑同抬杠，但一旦郑同下了命令，先应下来再说。

于是，陈寂便去买菜了。

哪怕戴着鸭舌帽和口罩，穿着平时并不常穿的连帽卫衣，而且是在工作日的上午，陈寂还是不可避免地被认了出来。

他站在超市生蔬区，皱着眉对比两种花菜的价位，旁边突然传来迟疑的声音：“你是陈寂吗？”

陈寂头也不回：“不是。”

那个人转而给自己的朋友发语音：“我跟你说，见了鬼了，我被老板派出来买水果，结果你猜我碰到谁了？我碰到冷神陈寂了！”

陈寂顿时无语：“……”碰到他是见到鬼了？

陈寂随便选了个花菜扔进推车里，淡定地推着车迅速闪人，看到能吃的就胡拿一通，一路推着去付钱，刚把地址填好，就听到了拍照声。

被认出来了。

陈寂在心里叹了口气，礼貌地跟围观的人打了个招呼，示意他们不要挡着人家做生意，甚至给前排的几个人签了名。在尖叫声中，他把口罩扯了下来，对人群笑了笑：“谢谢大家的支持。”

陈寂一营业，这谁受得了？

反正在场没人承受得了，拍照声此起彼伏，陈寂边往外面走边在群里发消息：你们在哪儿？在单位吗？

云汀：开会中。

林招招：写报告中。

陈寂：我去找你。

云汀：？

云汀：这是什么秀恩爱的新招数吗？来找谁？来找林招招为什么要在群里问？陈小寂同学，你深深地伤害了我。

陈寂把手机收起来，停住脚步。

围观人群不明所以。

陈寂忽然说："看，飞碟！"

所有人条件反射地往天上看去，百试不爽的方法给了陈寂可乘之机，他往后退了两步，绕过人群就开始狂奔。

动作迅速、干净、利落，拉出去完全可以报名参加五十米速跑。

"啊啊啊啊，冷神跑了！"

"冷神也太能跑了吧！根本追不上！"

"他天天跑十圈都可以参加马拉松了好吗！能追上就见鬼了！不追了不追了！冷神果然比电视上更帅，赚了！"

陈寂也觉得自己赚了，毕竟不是谁都能在训练期间见到自己女朋友的。

云汀所在的分局他从小就经常来玩，资历老一点的警察都认识他。他闪身进了大楼，在电梯里遇到了一个熟人，跟他打招呼："陈寂，怎么有空过来？"

"来看看。"

"找女朋友还是找舅舅啊？"

这问题真是挺刁钻的，传到云汀的耳朵里还得了？陈寂很保守地回道："都找。"

"哦，云汀在九楼，林招招在四楼，去哪儿？"

"……四楼。"

嗯，是来找女朋友的。

林招招本以为陈寂说来找她是开玩笑，也没放在心上，所以当听到敲门声的时候，她还以为是来送资料的，头也没回地说了声："进来。"

门被人从外面推开，林招招翻着手写资料，说："云老师不在，把资料放在桌上就好了，辛苦了。"

门口传来的声音淡淡的："不辛苦。"

林招招翻着资料的手猛地一顿，她飞快地转过身，果然看到陈寂靠在门上看着她。他应该是刚跑过步，鸭舌帽摘下来，甩了甩满是汗水的头发，嫌弃地

“啧”了一声，对上她诧异的目光，笑了笑：“嗨。”

嗨个头。林招招问：“你怎么来了？”

陈寂走过来，说：“说来话长。”

林招招说：“长话短说。”

陈寂本就不是个爱说话的人，三言两语概括了来龙去脉，轻车熟路地给自己倒了杯水，小口小口地喝着。

等林招招去网上看了一圈，然后再次看向他时，他问：“喝水吗？”

林招招说：“像个逃犯。”

陈寂不满地说：“有这么帅的逃犯吗？”

林招招瞪了他一眼，陈寂趴在桌上，说：“你好凶啊，招招。再这样下去，我都要跟你分手了，说好的小甜心呢？”

顿了顿，他又自言自语：“哦，你好像一直这么凶。”

林招招噎了一下：“……”又说，“过来。”

陈寂也没问为什么，直接走过来。林招招说：“弯腰。”

他便弯下腰。

林招招夸他：“还挺听话。”她随手抽了两张纸，抬手给他擦汗。

她擦得很细，汗沁湿了纸后又换了一张。她低声心疼地说：“就算是狂奔向我，也不用这么拼命。”

“得拼。”陈寂一动不动，说，“不然你被抢走怎么办？”

认真严肃的表情，说得煞有其事。

林招招把纸扔进垃圾桶：“我天天都在工作，能被谁抢走？”

陈寂摇了摇头：“不知道。”却没有站直身子。

在他炽热的注视下，林招招觉得自己的脸在发烫，无论经过了多少次都会这般脸红和心跳加速。

她仰起头，说：“我要亲你了哦。”

陈寂说：“等得急死了。”

林招招说：“我还以为冷神最有耐心，从来都不会急呢。”她“吧唧”亲了他左脸一口，想了想，又亲了亲右脸，迟疑了一下，吻住了唇。

陈寂顺势捧住她的脸，迫使她将自己送上来，将这个吻推向炙热。

末了，他慢吞吞地松开她。

修长的手指点着她被吻得红润的唇，他低喃道：“怎么办？一遇到你的事就特别急，生怕迟了一点，又错过了。已经错过很多了。”

他其实心里一直都怪自己太迟钝，太晚发现林招招的喜欢，太晚察觉自己的动心，所以那点小小的酷不想在她面前装了，只想给她看他最真实的内心。

最真实的陈寂。

那样用尽一切来喜欢她的陈寂。

他说："所以，别怪我狂奔向你。"

多早，他都觉得迟了。

林招招还要继续写报告，没空在工作时间陪陈寂腻歪太久。陈寂偷了半日闲，打电话给餐厅订了饭菜送到训练中心算交了差，便不肯回去了。

林招招丢了份文献给他，说："消磨时间，别打扰我工作。"

陈寂乖得不像话，默默地坐在她对面看文献。

嗯，成功把自己看睡着了。

等林招招写完报告抬起头时，已经过了中午十二点，正午的阳光穿过窗户洒进来，金灿灿的春日，给陈寂的发梢镀上了一层稀薄的金色。他枕着胳膊侧趴在桌上，睫毛在微风中轻颤，没了平日的冷漠，眉眼出奇地温柔乖顺。

林招招起身走到他面前蹲了下来，仰起头看他，没忍住，亲了亲他的眼角。

居然没醒。

防范意识太差了。

林招招在心里默默谴责他，转念一想，早知道他防范意识那么差，当初暗恋的时候就该亲了，也不至于拖到现在。

这么想着，她又亲了一口。

还是没醒。

陈小寂同学啊，冷神同学啊，这要是在外面遇到坏人会被拐跑的，抱起来就是一个百米冲刺的那种。

仗着陈寂不会醒，林招招拍了张照片，发微博：刚刚在街上跑丢的小孩已经到家了。

没一会儿，评论就上了百。

周尽燃：啧，买菜半路消失，别以为订了枕琴阁的饭菜过来我就原谅陈寂了！

网友A：啊啊啊啊，睡着的时候好可爱哦。

网友B：我恨！你俩怎么没早点谈恋爱，不然我得提前多少天看到陈寂睡觉的样子！@长河乒乓球训练中心 也是个抠门的，从不发这样的福利。

顾则回复周尽燃：我原谅了。

网友C：我看错了吗？许门师兄弟发糖了？

网友D：我又可以了！

五分钟后，陈寂回复周尽燃的评论：不用你的原谅，不准吃。

本来还准备发完微博再继续吃豆腐的林招招在心里叹了口气，怎么就醒呢？是梦到他在微博提到她，所以急着来评论吗？

早知道先吃完豆腐再发微博了。

陈寂在她面前打了个响指，问："在想什么？"

林招招脱口而出："豆腐。"

说完才发现自己说漏嘴了，她连忙捂住嘴巴，任陈寂再怎么皱眉也不肯再解释。陈寂轻哼一声，看了眼时间，午休的时间快过了，他得归队了。

林招招忙站起来："我送你。"

陈寂眯起眼睛："除了发微博，你是不是还做了什么对不起我的事？"

林招招否认三连："我不是，我没有，别胡说。"

见陈寂还要再追问，她一秒开启撒娇模式："你再不走就迟到了哦，郑指导很可怕的。"

陈寂点头，走至门口脚步又是一顿。

林招招问："怎么了？"

陈寂一开口就是暴击："其实刚刚我没睡着。"

林招招懵了一下，半天才歪了歪头，发出个无意义的单音节："啊？"

陈寂说："闭眼。"

林招招疑惑了一下。

陈寂折回来，一步一步走回她面前，捧住她的脸，像得了颗糖的小孩，笑意自眼底倾泻，他说："我得偷亲回来了。"

好吧。林招招闭上了眼睛，心想，权当又吃了次豆腐。

06

四月天的春意正浓，淅淅沥沥地下过几场雨，风变得和煦，日光变得炽烈，一天被拉得很长，五六点的天依旧明亮。

路灯缓慢地亮起。

林招招和澄子被调到专案组负责同一起案件，结束了工作后，两人回宿舍洗了个澡，点的外卖也陆陆续续地送了过来，在懒人桌上摆满。

林招招闻着香味，连头发都来不及吹，随便擦了擦便光着脚小跑过来："啊，好香。"

澄子笑她："快去穿鞋。"

"都快五月了！光着脚也没关系的。"虽然嘴上这么说，她还是去乖乖地穿上了拖鞋才盘腿坐在地上，掰开一次性筷子，"我感觉我上次吃冒菜是上辈子。"

澄子白了她一眼："胡扯。"

林招招瞪大眼睛。

澄子说：“上周五，陈寂微博发了张图片，上面是冒菜加两罐可乐，另一罐不是你的？”

林招招无力反驳：“……”

“哦。”她立刻就想到了解释，“居然是上周五吃的？我怎么感觉已经过去很久了，毕竟自从那天我就没见过陈寂，这可能就是一日不见，如隔三秋吧。”

以此类推，她也确实很久没跟冒菜见了。

澄子道：“呵呵！小情侣又在暗戳戳地秀恩爱了！我喜欢，别停下。”

林招招还真的没停下，她拿出手机，调出今天的体育新闻，翻到乒乓球那个视频，点开。还是那个主持人，正翻着最新的稿子：“日前，亚洲乒乓球锦标赛在江苏无锡拉开序幕，比赛进行到最后一日，已收获三项冠军。而在此前的男双1/4决赛中，陈寂和周尽燃输给外国选手，爆冷门出局。

“今天下午17点15分的男子单打决赛，上场的是大家期盼已久的周尽燃和陈寂，希望两人能尽快调整心态，为大家带来精彩的比赛。

“体育频道将在17点现场直播，届时请准时观看。”

视频走向尾声，宿舍里也陷入了安静。

“好辣。”林招招开了罐可乐，冒菜虽然点的是微辣，但到底是重庆本地人开的店，微辣也能把人辣得出一身汗。她舔了舔通红的唇，说，“昨天陈寂给我打电话了。”

“他说什么？”

“他说……”

其实也没什么，只是小情侣间睡前的一通毫无意义却必须要打的电话。他刚结束一场跟周尽燃的热身赛，大汗淋漓地坐在酒店的乒乓球馆，风吹干了汗，他让周尽燃先走，给她打了电话。

最后，他问她：“你去看过吗？”

林招招问：“什么？”

陈寂说：“那颗星星。”

那颗他在她21岁生日时送给她的星星。

林招招去看过的，天文望远镜在沉沉的黑夜指向太空，纬度变化位于+60°和90°之间可全见。

一颗在宇宙中缓慢旋转的恒星。

被命名为“林招招”的那颗星星，穿过了时间和空间在她眼中璀璨生辉。

她捧着手机跟他开玩笑：“这颗星星是你还不喜欢我的时候送给我的，现在你都那么喜欢我了，是不是要把宇宙打包送给我？”

陈寂说：“也行吧。”

顿了顿，不等她开心，他又说："本来想说把我打包送给你的，既然你想要宇宙，那我就去给你打包宇宙。"

等等！林招招沉声道："你听过一句话吗？"

陈寂问："什么？"

林招招说："为了你，我愿意放弃整个宇宙。"

虽然宇宙浩瀚，星海灿烂，虽然她从未得到过宇宙，虽然这是句普通且俗气的情话，但她还是想说给陈寂听。

她为了他，愿意放弃整个宇宙。

亚洲乒乓球锦标赛的男子单打决赛如期开打，陈寂以3：2的微弱优势拿下了冠军。而比赛结束后，长河乒乓球训练中心的运动员们开赴两地，展开为期40天的集训，备战五月底在德国杜塞尔多夫开赛的世乒赛。

在不见彼此的日子里，日子被拉得很长，缓慢地朝比赛日推进。

在赴杜塞尔多夫的候机室里，陈寂接受记者的采访。问及对集训的感受和对比赛的期望后，记者免不了又以开玩笑的方式提起他的感情生活："大家都挺关心的，在忙碌的比赛中，谈了恋爱，有了女朋友于你而言是动力吗？"

陈寂看着镜头，答非所问："马上就夏天了。"

记者不明所以："是的，马上六月底就夏至了。怎么了……吗？"

陈寂笑了笑，说："我很喜欢夏天，所以夏天就要去见喜欢的人。"

他对着镜头比了个心。

"等我回来。"

他喜欢夏天，他怀念夏天，他期待夏天。因为在某个夏天，某个他不知道的炽烈夏日里，林招招看到了他，选择了他。

为他心跳怦怦。

对于记者的问题，陈寂没有正面回答，却在比赛中用行动展示了谈恋爱后的变化。打法、心态、步伐，轻微地改变却势不可挡。就连郑同也坦言，此次的世乒赛中，陈寂的表现可圈可点，同时收获男双、男单的冠军并不意外。

比赛一结束，陈寂就先于大部队回到了临溪，在连绵不绝的雨天中赶上了晴朗的一天——无论外面如何风霜雨雪，三月街始终宁静、恬然。

晚霞的辉映里，小酒馆窗台上奶牛猫伸了个懒腰，又睡下了。

陈寂提着行李上了最后一座桥。平遥巷近在咫尺，初夏的风自三月河上拂面而来，他心急地想要见到她，步伐都快了几分。

却忽地，脚步一顿。

他侧过脸，往桥下望去，看到了林招招。

她低着头，露出修长白皙的脖颈，光着脚在汩汩水流中晃荡。对面的小酒吧早早地开了业，彩灯在溽夏傍晚的风中闪烁。

万物复杂，她却明亮、天真、可爱。

他想起记者问的那个他没有回答的问题，在这一刻，答案是如此的清晰。

于他而言，林招招是无尽夏日，是漫天繁星，是疲惫生活里的天真与明亮，是可见的未来里，他所有的荣耀与光芒。

是他可爱的小青梅。

他终于开口喊她："招招。"

林招招的动作一顿，抬起头，循声看向他，好一会儿，才后知后觉地对他笑："陈寂，你看。"

"什么？"

"你送我的星星，在天上发着光哎。"林招招指着渐渐沉入昏暗的、乌蓝的天，又偏头看他，却撞上他炽热的目光。她脸一红，小声凶他，"别看我，看星星。"

陈寂忽地笑了："在看。"

他却只望着她。

望进眼底。

望向他的漫天繁星。

（全文完）

番外一

世界真奇怪，冷神好可爱

01

在球迷的心里，那年夏天对陈寂来说绝对是个不同寻常的夏天。

在东京奥运会上成就个人大满贯，当选乒乓球队队长。

荣誉接踵而至。

春风得意的一年。

虽然郑同爱泼冷水，在某次队内训练结束训话期间，旁敲侧击地提醒队员不要飘，要稳住，微博粉丝突破一千万两千万没什么用，粉丝也不能替你打球。

散会后，周尽燃抵了抵旁边的陈寂："郑指导是在说我吗？我刚发了一千万的粉丝福利，我是不是该删掉？"

粉丝没过两百万的队友训练得一身轻松，过了一千万的两人沉默相对，陈寂问："是不是有个功能叫修正粉丝数？"

"修的是僵尸粉。"

"我没这种粉。"

"所以修不掉。"

沉默了一会儿，陈寂说："算了。"

周尽燃惊讶地问："怎么突然释怀了？"

他们两个已经并肩走到了球台前，陈寂拿起球拍，习惯性地吹了吹并不存在的灰尘，说："再拿个冠军好了。"

轻描淡写，不愧是冷神。

02

拥有那么多粉丝的陈寂，发了第一条原创微博后，使用社交平台的频率也变高了，当然也没高到哪里去。

据球迷严谨的统计，陈寂平均一个月发一次微博，导致没有比赛的时候，他们逢人就问："你看到我们家小孩了吗？"

有人安慰他们："又不是追星，想开点，他不营业很正常。"

想开点？

让我们跟随前线球迷，深入冷神陈寂的微博，探索他的内心世界。上一条是八月时发的，实现个人大满贯后，冷神深夜发了自拍。

这条倒是没什么问题，直男自拍是什么样也就不说了，毕竟冷神真正长什么样我们都知道，多看两眼，迷之角度的自拍也能看出来几分帅气。

金牌，冉冉升起的国旗，自拍。

热血沸腾。

简直不要太好哭。

他配了首歌，文字是歌词："当我跨过冰川和火焰，跨过流言，许多成长就在一瞬间。"

过了一会儿，又编辑补充："歌很好听，金牌很酷，我们都很厉害。"

冷神好不容易炖了一次鸡汤，粉丝也只能含泪干了。

这还是比较正常的。让我们看看最新一条：发了张乒乓球在球台上的照片，背景模糊，聚焦完美。

但是——是什么意思呢？

球迷："在训练！在刻苦！在为比赛做准备！"

女友粉："重点在这个乒乓球，孤零零一个，说明什么？说明他女朋友不在身边，他感觉到很……算了，我编不下去了。"

"既然"CP粉："球是跟周尽燃一起打的，完毕。"

猜了半天，陈寂又编辑了这条微博，配了文字："雨夜。"

雨夜跟这个乒乓球到底有什么关系？还有，你现在在横滨比赛吧？横滨晴空万里，哪来的雨夜？！

五分钟后，林招招评论："下雨天了怎么办？"

"着急"CP粉一摊手："下雨天了怎么办，我好想你？着急CP是真的，我都说腻了。别问，问就是想老婆了，完毕。"

03

按云汀的话来说，就是："有些人表面看上去春风得意，厉害得不得了，背地里却在为女朋友出差生气。"

陈寂面无表情："我没有。"

云汀挑眉："哦？"

在自家舅舅如炬的目光下，陈寂好不容易练好的表情管理有了一丝裂缝，他抿了抿嘴，说：“那不是出差，是外调。”

“也差不多啦，就当长一点的出差。”

“半年。”

太长了。

所谓外调，是指将市里优秀的法医调到乡镇，进行为期半年的工作。尽管这件事年前就确定了，但是林招招怕影响陈寂比赛，硬是拖到了要去赴任的前一周才告诉他。

于是陈寂生气了，后果……也没那么严重。

陈寂推开书房的门，林招招背对着他，坐在电脑前写着什么。她穿着波点翻领棉质睡衣，橘黄色的灯光打在长发上，温柔又恬静。

陈寂的心软了。

林招招听到声音，回过头，对他笑道：“你回来了？”

不行。陈寂绷住脸，表情管理到位，不能心软，他在生气，他很生气。虽然改变不了什么，但该生的气还是要生。

陈寂坐在沙发上，“嗯”了一声，冷冷淡淡的语气，然而满脸写着“快来哄我”。

林招招没来。

陈寂气得说不出话：“……”

更气了！

林招招快速地敲了几下键盘，匆促地结束了对话。椅子转过来，她盘腿坐在上面，白嫩的脚趾圆润可爱，陈寂……看了一眼，又看了一眼。

然后扭头。

林招招失笑，歪了歪头，道：“还气着呢？”

陈寂没说话。

林招招走过来，自然地坐在他的腿上，搂住他的脖子，小心地在他脸上蹭了蹭，像小猫一样温软：“哄很久了哎。”

“嗯。”

“还要哄多久才能好呀？”

“别去。”

“不行啊。”

“哼。”

“好可爱呀。”林招招在他耳边笑，唇若有若无地擦过他的脸，“陈寂，你怎么那么可爱？”

陈寂搂着她的腰，干燥的手掌隔着睡衣感受她的体温。

气氛变得暧昧。

林招招脸一红，想推开他，却被死死地禁锢在怀里。顷刻间天旋地转，陈寂将她压在沙发上，睡衣的扣子被解开，牙齿轻轻地研磨着她的锁骨，声音在寂静的房间里放大。他这才低声反驳：“不可爱。”

而林招招已经没空回他了。

04

世界奇奇怪怪，冷神可可爱爱。

当冷神严肃地、冷漠地、面无表情地纠正你“冷神不可爱”的时候，请你一定要顺着他——

“好，你可爱都听你的。”

番外二 

如果公平，就不是爱情

01

几年后，赵闻溪带人进无人区时接连遭遇大雨、信号断绝、狮群，苦苦搏斗了数十分钟成功带队逃脱后，雨停了，他拿着卫星电话找位置请求救援。

多年的野外生存经历让他此时还能保持镇定，用平稳的语气说出坐标及人员身体精神状况，最后冷静地挂了电话。

他抬起头，看到被水洗过的乌蓝的天空上有点点星子，一闪一闪地在他的眼中闪烁。鬼使神差地，他拨了个号码。按键冰冷，却平白地让他想起那年夏日的夜晚，他躺在大草原上看着低垂的星星给她打电话的情形，心底忽地滚烫起来。

嘟——嘟——

忙音响了十五秒，电话被人接了起来："喂？"声音带了点鼻音，像块软软糯糯的糖，似是睡意蒙眬，"谁啊？"

哦，是的，比这里快了有七个小时，她那边应该是凌晨。

他这通电话不该打。

正要撂了电话，那边却像是清醒了过来，迟疑却又笃定："闻溪吗？"

她好像坐起来了，因为信号的问题，声音断断续续："发生了……怎么……电话……"

——发生什么事情了？怎么给我打电话？

——想你了。

他想说这句话。他想说，其实每一天、每一秒他都很想她，只是平时能忍就忍了，这次死里逃生后怎么也没忍住。

"闻溪？"

林招招的声音把他的思绪重新拉了回来，风吹动树梢，残余的水珠随风扑面而来，他张了张口，说：“我差点死了。这条线走了挺多遍了，说是无人区，但是我也摸熟了，甚至跟狮群都混了个脸熟。可是没想过会下雨，雨下得太大了，噼里啪啦地像……嗯，像石子，打在身上可真疼。我们跟狮群搏斗，我们逃离了狮群，逃离了大雨，活了下来。

“招招，活着真好。

“只有活着，我这颗心脏才能继续跳动，才能继续……喜欢你。”

风吹得更大了，有人在下面喊他：“闻溪，马上又要下雨了，快下来吧。你在跟谁打电话？信号不是全断了吗？”

电话不知道什么时候已经断了，他那点小絮叨全都说给了风听，风带走了它们，向更远更高的地方飞去。

他想，也挺好的，至少她不知道，他还喜欢她。

后来，赵闻溪带队平安归来，兵荒马乱地被送去检查身体、做心理测试。等彻底清净后，有工作人员忽然说：“对了，你打电话过来的那晚，有人给这边打了个电话。

“叫林招招，说你平安回来一定要给她回电话。

“这三天来，她每隔六个小时就会打电话过来。你要不要给她回个电话？

“她好像很担心你，是你女朋友吗？”

是你的女朋友吗？

放在以往，他肯定觍着脸认下来，这次却认认真真地解释：“是很好的朋友。”

手机充满了电，信号满格，微信里林招招的消息一条条地发了过来，铺满了整个对话框，是适当的焦急和关心。

他一个字一个字地敲，认真极了。

赵闻溪：平安。

林招招秒回：那就好。

02

赵闻溪曾在某次受伤的时候开玩笑地跟林招招撒娇：“你就不能像哄他一样，哄哄我吗？”

彼时她正在把双氧水往他的伤口上浇，怕他觉得疼，倒得很慢。可是还不够，这只是出于她天生的怜悯之心，换谁都一样。

听到他的话，她的手顿了顿，另一只手又飞快地把绷带拿了过来。

赵闻溪问：“怎么不说话？”

林招招边往他胳膊上缠绷带，边说：“你知道答案的。”

她是个心软的人，不太想说出绝情的话，要他意会。他装傻充愣就是不肯面对残酷的现实："我是病人啊，林医生，你要哄我才对，你有没有点职业道德？"

林招招瞪他："我在大学学的什么？"

赵闻溪说："法医。"

"按我的职业道德，你现在应该在解剖台上。"林招招剪掉绷带，顺手打了个蝴蝶结，皱眉想了一会儿，拿出马克笔写下日期，"后天换药。"

赵闻溪便晃着胳膊在整个营地炫耀："看，这是林医生给我系的蝴蝶结。看，这是林医生给我的签名。"

有人看不过去了，掀开帐篷的门帘泼冷水："别嘚瑟了，受伤包扎的都有。"

——你不是第一个，也不是最后一个。

赵闻溪的心瞬间凉了，看着林招招的眼神都跟着哀怨了。林招招觉得好笑，伸手去盖他的眼睛："再这样看我，我就把你交给宋医生。"

"别！"赵闻溪极力拒绝，"别看宋医生温温柔柔的，其实一点也不好相处！"

他又缠着她问："我看网上说陈寂是冷神，从来都不笑的。面对这张脸，你是怎么喜欢上的？"

远离临溪，在非洲大陆上，在无际的草原与雨林中，所有医务工作者都忙于救死扶伤，没人关心她的心事，没人关心乒乓球比赛，没人跟她聊陈寂。

除了赵闻溪。

他挺喜欢听她聊陈寂，他喜欢她聊起陈寂时眼中的光芒。除了这时候，他基本上无缘看到这种光芒。

他听到她说："才没有，陈寂很喜欢笑。"

"陈寂笑起来啊——"她说，"他笑起来的时候像阳春白雪，明净动人。虽然总是装得很冷酷，但其实很温柔，有时候像个孩子，却又很有担当。得到人夸奖的时候，虽然努力绷着，但还是有小小的得意从眼尾流露出来。这才是陈寂，有温度的陈寂……呃……"

"怎么了？"

"一不小心就说多了。"

"没事，我喜欢听。"他撑着下巴，眼睛眨也不眨地看着她，说，"林医生，你知道吗？在言情小说里，竹马打不过天降。"

"我是天降，所以按理说，我才是男主角。"

"你不会那么想创新，当个例外吧？"

林招招愣愣地看着他，好一会儿，她叹了口气，似乎要说什么，突然有人喊："林医生，帮忙！"

"来了。"林招招转身跑了出去。

帐篷的门帘晃啊晃啊，女孩的背影很快就消失在营地里，被踩出的路旁杂草丛生，有蝴蝶成群结队地飞过。他闭上了眼睛，听到了凌乱的脚步声，听到了她急促的呼吸声，听到了她拿起仪器、急救箱的碰撞声。

还有他自己的心跳声。

都说竹马抵不过天降，可是上天跟他作对，到他这里，偏偏例外了。

03

刚开始追林招招时，赵闻溪没那么认真。他从来不是君子，多年在国外的生活养就了浪荡的性子，他长得好看，又有能力，送上门来的艳遇数不胜数，他很少拒绝。

所以，在奉父亲之命加了林招招的微信后，他甚至连看她朋友圈的兴致都没有，寒暄了两句便把人丢在了联系栏里。

也是命中注定，回国第一天，便遇到了她。

那是个雨天，林招招穿着暗红色的翻领毛衣，衬得小脸白生生的，很显小。她站在走廊尽头的资料室门口，茫然的眼神看过来，像只小兔子。

必须是粉色的。

他喊她：“林警官。”

她说：“跟我来吧。”

也是处理伤口，好像他们从见面开始就一直在处理他的伤口，胳膊上，背上，膝盖上，各种各样的伤口，她的手法也越来越熟练。但第一次，她的手法真的不怎么样，还嫌弃他怕疼，瞪他道：“有完没完？你这样我感觉自己在虐待你。忍一下。”

凶巴巴的，眼神却是温软的，他太喜欢这样的她了。

他逗她，不准她误会他，甚至用了很老套的搭讪方式去要她的微信。她给得倒是很利索，结果却发现两人早就互加了好友。他顺水推舟，脸皮厚得连自己都有点惊讶。

他要送她回家，她却直接拒绝了他。

明明是很软的性子，看上去是不会说重话的人，却在这件事上十分坚定。原因是她有喜欢的人，暗恋了很久，目前也不打算换个人喜欢。

没关系，他可以追她。

轰轰烈烈地追人。他用尽了所有能用的办法横冲直撞地闯进了她的生活，她却摆明了态度——没用的。

可没用也得追。

在那些见不到她、赋闲在家的日子里，他去了很多地方。他少小离家，临溪的变化很大，他时常迷路，却又在最后的关头找到他想找到的地方——她的幼儿园、小学、初中、高中，她爱吃的那家馄饨店，她常去的清吧，她推荐的书店，她曾待了一下午的唱片店，她日复一日走过的路。

好似深情无比，但是也只有他自己知道，他只是太闲了。他就这么走啊走，走到了路的尽头，三月河在缓缓地流淌，垂柳依依，临溪的秋天漫长而轻缓，他收拢了外套时，看到了桥上的她。

她无奈地看着他，他对她笑，露出洁白的牙齿，真诚又明亮。

好一会儿，他才上了桥："临溪也就三月街没怎么变了，我家离这儿不近，但是我爸妈也经常带我来这儿玩。好长的一条街，走也走不到头，一路上都是好吃的，那时候就觉得这里好特别，但是又说不出哪里特别。"

"现在才知道，原来是我喜欢的小姑娘正在这里长大。"

"你说是吧？"他侧过脸看林招招，林招招没有说话，她出神地望着三月河，长长的睫毛在轻轻颤抖，挠着他的心脏。他勉强保持了清醒，唤道："林招招？"

林招招回过神来："啊？"

意识到他在跟她说话后，她歉意地对他笑了笑，说："对不起。"

"怎么了？"

"陈寂……"

"嘘——"他上前一步，食指放在了她的唇上，是噤声的动作，"在我煽情的时候，别提陈寂。"

那是唯一一次，他不愿意听她说起陈寂。

因为那是第一次，他忽然确定了他喜欢她，不再是一时兴起，不再是浪荡生活的一笔战绩，而是真的心动了。

在听到她说出其他男人的名字时，有种情绪在心底升腾。

是嫉妒。

04

林招招来非洲加入无国界医生组织的事，他知道。非洲那么大，他怎么碰也碰不到她。但林招招给他打电话这件事，他却是始料未及。

那时候救援小组早就出动了，他接到了陈寂的电话。不是没想过不管陈寂直接去找林招招，但想了想，还是拐去了首都。这不是他第一次见到陈寂，却是第一次见到这么失魂落魄的陈寂。

等他们到的时候，恰好是最忙的时候，他甚至来不及找到林招招就加入了救援工作。每救一个人，他都要仔仔细细地看那个人的脸。

他不知所措地、麻木地穿梭着，直到最后一个人出来了，他都没找到林招招。

滚烫的泪水猝不及防地落下来，砸在泥泞的地面上。

他愣愣地站在那里，有很多人自他身边急匆匆地走过，有人喊他，拉他，拽他。他纹丝不动地站在那里，直到有人扯了扯他的袖子。

很轻地扯了一下。

他抬起眼，林招招站在他面前。她的小脸上泪痕未干，脏兮兮的，眼眶泛着红色，却是对他笑了笑："闻溪。"

他把她扯进了怀里，撞上自己的胸膛。

劫后余生、失而复得、上天恩赐，复杂的情绪在心底翻滚，终至号啕大哭，他把手放在她的后脑勺，一遍遍地顺着。他颤抖着唇低喃："怎么办啊，林招招，怎么办啊，没有你我怎么办啊？"

怎么办啊？

这世上为什么会有人对他这么重要，重要到不再奢求她能属于他，只要她能在这个世界上好好活着，他就已经很知足了。

好友笑他，浪子回头金不换。

彼时他咬着烟，点头："不换，绝对不换。"

好友问他："你认真了？你喜欢她什么啊？哪天让我见见？"

他瞥了好友一眼："别见了。"

好友一脸惊讶地大喊："我又不会跟你抢！"

"嗯。"赵闻溪跳下土坡，翻身进了越野车，摆摆手，"那也不许见。"

他一脸惊讶地在大草原上肆意地开着车，翻山越岭，很是轻佻地按了几下喇叭。

林招招在小溪边洗东西，听到喇叭声，抬起了头。

赵闻溪想，她太好看了。她穿着最普通的衣服，衣服上有灰尘和血渍，头发也乱糟糟的，在脑后松松垮垮地挽着，未施粉黛的脸有水珠滴下来，眼神似嗔似怒。

他觉得她好看极了，再也不会有人比她更好看了。你看，落日在她的身后散着余晖，不远处炊烟袅袅，她像他的小妻子在等他回家。回来晚了，挨了一记眼刀，他却只会笑。

他说："嗨，招招。"

她没空跟他贫嘴，凶他："下来帮忙。"

他便开开心心地下了车，走到她的面前，接过她刚刚洗完的衣服，她的劲不大，拧不干衣服，水滴落下来。

他眼尖，在一堆衣服中，看到了自己的衬衫。

05

可是偷来的时光总是要还的。

林招招因为要隔离观察，所以实习提前结束，他和她一同被送到玛利亚医院进行隔离。不同的病房，不同的楼层，在信号差的情况下，他偶尔会从窗户口把纸条吊下去。

林招招说："我偶尔也是能收到消息的啦，发微信就行了。"

可他不听，觉得这样浪漫。

后来陈寂来找她了。来看他的好友无奈地把双份的饭放在他的面前，说："我被人礼貌地拒之门外了，说他会负责林招招的饭，让你不要操心了。"

赵闻溪知道是陈寂。

他永远被排在陈寂的后面。

他忽然想起有一天，那时候还在一线，他去摘了这一季盛产的果子，把最甜的留给她。

林招招吃得心不在焉，说："很甜。"

"好吃就多吃点，你午饭吃得好少，没胃口吗？我下次去给你打个野味怎么样？"

"医学生友情提醒，拒食野味，守护家人健康安全。"她严肃地提醒他。末了，听着断断续续的体育广播，"陈寂会赢吗？"

"不感兴趣。"赵闻溪说。

林招招也没指望他能说出什么，自顾自望着天边，晚霞渐渐沉入地平线，天际在乌蓝与淡红之间摇摆，最后一丝光线渐渐灭了。

终于，广播宣布陈寂以3：0拿下了团体赛首轮时，她开心地跳了起来。

赵闻溪看到果子掉在了地上。

红彤彤的果子滚啊滚，沾了一身的泥，在营地左右晃荡的灯光照射下清晰可见。他愣愣地看着它，心想，才吃了一口，多可惜啊。

多可惜啊，它这么甜。

走之前，林招招来找他告别。他坐在山坡上抽烟，一支接一支，烟圈吐向天际，在奶白色的空中消失不见。她不催他，就坐在他身边等他。

末了，一盒烟没了，他捏扁了烟盒，笑出了声："林招招。"

"是不是我一直不说话，你就能一直在这里陪着我？"烟抽得多了，他的嗓子变得沙哑，"如果是这样的话，我就把全世界的烟都买下来，我就坐在这里抽，你就不会走是不是？"

他抖着手点燃了最后一支烟，刚要放到嘴边，斜里伸出一只手拿走了它。

他呆呆地看着手中的打火机。

"好吧。"他丢了打火机，"我知道你要走的。毕竟只是个暑期实习，是我自己贪心，想把限定的日期无限延长，这是我的不对。

"我有想过回国，我想，你该忘了陈寂。他那么笨，都发现不了你喜欢他，发现了还迟疑，到现在才来找你。我那么宝贝的姑娘，凭什么受这样的委屈？可是没办法。"他苦笑道，"招招，他好像……好像真的很喜欢你。

“好像比我还要喜欢你。

“我啊，一辈子争强好胜，爱出风头，连喜欢一个人也要高调到让全世界都知道。全世界都知道我是单恋，全世界都知道你不喜欢我，可是都这个时候了，谁管全世界呢？

“你走吧。”

漫长的白日，时钟嘀嗒嘀嗒地走着圈，草原上有成群结队的动物跑过，掀起尘埃，他坐在山坡上，看着太阳自地平线沉下去。

第一颗星星出来的时候，他突然发现自己说错了。

他不是喜欢林招招。

是爱。

他爱她。

可是好像没有机会说给她听了。

06

后来，他只在朋友圈看她的消息。

她毕业了，进入法医科工作。

她经手了很多案件，出了很多现场，她越来越厉害了。

她留校任教，成了解剖课最温柔、最好说话的林老师。

她去看了陈寂的比赛，绝地反杀逆风翻盘。陈寂拿下当年第一块乒乓球金牌，照片里她依偎在陈寂的身旁，笑得粲然。

她依然很爱笑，依然温软可爱，依然会撒娇。

她结婚了。

订制的婚纱拖了好长的尾，闪着晶亮的碎钻，铺在洒满花瓣的地上，她捧着粉白色的绣球花，似乎有人叫她，她回过头看向镜头，嘴巴笑成心形，美好又动人。

她是别人的小妻子了。她宣誓的时候，眼眶泛红，抽抽搭搭地被人抱在了怀里温声安慰，她说：“无论贫穷富有，健康老去，我都会一直陪着你。”

她离他越来越远，变成了他英雄岁月中的一抹平淡。在某次接受采访时，主持人问：“你爱过的那个人现在还有联系吗？还爱吗？”

他轻描淡写地回答了第一个问题。

“没有联系了。”

——还爱。

番外三

脸红仅你可见

01

“别说了，这次既然CP不结束，我就生吞了这颗乒乓球。”

“你少在这儿立Flag了，这对CP我可是真情实感地嗑的，你别乌鸦嘴，就算既然CP结束了也轮不到固然。”

“呸，谁说周尽燃和顾则了？你嗑队友的CP真是丧心病狂，你还记得之前周尽燃追的那个临溪医学院的女生吗？”

“时映？”

“是是是。当时周副队可是广而告之，他要是还喜欢时映就让他没朋友。现在时映从国外回来了，据可靠线报，周副队把自己在市区的房子租给她了。”

“妈耶，我的CP彻底完了。”

“什么完了？”会议室的门被推开，天光洒进来，周尽燃抱着一摞文件走了进来，“你们一群大男人天天聊八卦，连东西都不搬了，是吗？”

几个人连忙迎了上去：“不敢不敢。”

周尽燃把资料分发下去后，说：“顾队在忙，所以这次会议就由我来主持了。德国公开赛的排兵布阵基本上定下来了……”

他没主持过会议，把重点全部画出来后，气氛就变得轻快了起来。玩得好的队友自然地开起了玩笑：“当时不是你说的，再喜欢时映就没朋友吗？你现在这样对得起陈寂和顾则，对得起我们吗？”

周尽燃往后靠了靠，拉长了尾音：“喂——”他笑起来时有浅浅的酒窝，“谁说我还喜欢她了？”

“我有证据，飞机上的偶遇和迅速租出去的房子。”

“不喜欢就怪了。”

——不喜欢就怪了。

周尽燃破天荒地出了会儿神，八月的盛夏阳光炽烈，会议室空调的温度调得很低，凉风呼呼地吹进他白色的运动衫里，吹凉了他的汗，队友的调侃声在耳边渐渐远去。

他忽然想起，也是这样的夏日，在第十六次被时映拒绝后，他冲回长河训练中心，少年意气地拿着小喇叭大声宣誓："时映，我再也不喜欢你了！你听着，我要是还喜欢你，就让我没朋友！"

当时时映是怎么回他的来着？

哦，他想起来了。彼时时映刚从图书馆出来，高跟鞋踩着滚烫的地面，撑了把开满小雏菊的太阳伞，长指攥着伞柄，指甲上是西瓜的夏天，她漫不经心地看着他。等他说完了，她才开了口："好啊。"

从容、沉静。

从始到终毫不在意。

02

"所以你——"跟时映在一起后，周尽燃很克制地过了很久才问她，"你当时到底在想什么？我猜一猜，肯定是觉得我有病，对不对？"

时映不假思索："嗯……"

周尽燃说："嗯？"

即将要脱口的话在喉咙里转了个弯，另一套说辞面不改色地张口就来，时映说："没有，怎么可能？"

补救得不是很及时，男朋友还是闷闷不乐了。

时映伸脚，光着脚丫踢了踢他，见他没反应，干脆起身走到他面前，搂住了他的脖子："喂，这个男朋友好像很难哄的样子。"

周尽燃坐怀不乱，绷着脸："没生气。"

"好啦。"时映把下巴放在他的肩头，小声说，"我当时在想，这人真是的，喜欢我要告诉我，不喜欢我也要告诉我，都不懂低调的吗？"

她笑了笑，又说："后来就去网上搜了你的名字，看了点采访片段，才知道你还真不会低调，还……挺有趣的。"

"看的哪场采访？"

"唔，好像是18岁亚锦赛拿双打冠军那次，陈寂采访你。"时映的脸往里侧了侧，唇反复地磨着他的脖子，呼出的热气比屋外的太阳还要烫，"很可爱。"

虽然当时她不是这么想的。

那天她同意了周尽燃的话后，就急匆匆地上课去了。医学生的时间永远都不够用，有看不完的书和一场又一场的考试，她几乎没过几日就把周尽燃抛到了脑后。然而周尽燃到底是公众人物，这般大张旗鼓的追人事迹还是被搬到了网络上。

时映不怕被人指点，甚至饶有兴趣地抽空观赏完了全部内容。

有人骂她，说她不知好歹，竟然拒绝了周尽燃。而且拒绝那么多次也就说明没下狠心，还是在钓着周尽燃，把周尽燃当备胎。

天地良心，时映想，她每次拒绝的时候可狠心了。

还有人骂周尽燃，明明是公众人物还这么大张旗鼓，好好打乒乓球不好吗？看把人家女孩子为难成什么样子，准备道德绑架让人家同意你吗？

也有酸成柠檬精的，希望周尽燃快来追她。还有趁机安利周尽燃的，发了很多周尽燃被采访片段，荣登快乐源泉榜单第一。

她看的那个视频是陈寂采访周尽燃，周尽燃憋着笑，一本正经地回答着陈寂的问题。在被问及这场比赛谁发挥得比较好的时候，他瞪了陈寂一眼："当然是我了，另一位运动员就知道耍帅，笑都不笑一下，哪像我，笑得那么好看，直接让对方丢球。"

摄影师也听不下去了，笑得双手直颤，镜头晃荡，最后定格在周尽燃对镜头笑得粲然。

周尽燃好像一直是这样的，永远意气风发，无论是现在，还是镜头里那个十八岁的少年，洁白的牙齿露出来，明亮炽热。

"什么？"周尽燃突然开口，打断了她的回忆，他翻身将她压在沙发上，反客为主地吻了吻她的眼角，染了情意的声音低沉喑哑，"你当时说了什么？"

时映笑了出来，她拉着他的领子让他靠近："你猜？"

其实那时候她说的是——

"很好看。"

03

网上的讨论翻篇得快，很快大家都被更新奇的事情拉去了视线，时映也在大四这年申请了赴非参与无国界医生组织。她的申请书写得认真，盖上邮戳，远渡重洋，跨过草原与雨林，好不容易找了个安全角落落地。

回信简洁：予以批准。

落款：宋行水。

签名工整而认真，她看了又看，小心地藏起来才开始收拾行李。像所有人都知道周尽燃喜欢时映一样，所有人都知道时映喜欢宋行水。

宋行水作为临溪医学院的优秀毕业生，一毕业就投入到了无国界医生的行列。大概七年前，宋行水同云迟云医生一同被恐怖分子抓去给其妻子治病，两人患难见真情，被放回后云迟却染上了艾热登病毒离世。

云迟离世五年后，宋行水主持研发出肆虐在热带雨林的病毒艾热登的疫苗，成为传奇般的人物。这些年来，他也就回国了一次，受母校临溪医学院所邀，办一场讲座，时映就是那时候第一次见到了他。

“崇拜、尊敬、向往，多种情绪混在一起，变成了喜欢。”时映跟周尽燃说起宋行水的时候，坦白地直视内心，“当时真的很喜欢，喜欢到不管那里有多危险，只要他在那里就可以了。”

周尽燃低哼：“再说吃醋了。”

时映挑眉：“不是你自己问的吗？”

“倒也没必要这么细节。”他酸溜溜地说，“我那时候去找你，准备了好多话劝你，结果你就是不听。”

时映失笑。

周尽燃是在她出发前一周来找她的，偷偷摸摸地背着所有人把她堵在了宿舍楼下。她不耐烦地说：“忙，让开。”

周尽燃却不肯动一步：“时映，你是不是要去当无国界医生？”

“挺清楚啊？”

“听别人说的！你别误会，我对你的事一点也不感兴趣。”

“我信了。”

“你知道非洲有多危险吗？那里有好多好多病毒，埃博拉就是那边传出来的，能让寸草不生的传染病，你多大能耐啊，你去那干什么？”

“救死扶伤，为医学事业献身，拯救人民于水火之中。你自己挑个觉得好的。”

“你明明就是为了那个宋行水！”周尽燃气结，很不给面子地揭穿了她的私心，“你就是喜欢他所以才去的，别把自己说得那么高尚。”

时映被他气笑了：“这就是你对我的事不感兴趣？”

周尽燃站得很直，说话却没底气：“嗯。”

沉默了一会儿，他又说：“我觉得喜欢一个人也不必这样，你可以写信追他，不一定要陪在身边。”

时映慢条斯理地点了点头，说：“可我就想陪在他身边。”

那时候的时映，敢冒天下大不韪做任何想做的事情，一腔孤勇永不回头，旁人的意见永远不在她的考虑范围中。跟周尽燃说完这句话后，她便再也没了耐性，绕过他往前走去，周尽燃站在原地没动。

鬼使神差地，她走出两步，顿住了脚步，回头：“喂——”

周尽燃看向她。

刚走到太阳下，遮阳伞还没来得及打起来，炽烈的阳光让她的发梢镀上金色，她忽然笑了笑，说：“别来找我了。

“我明天的飞机。

“有缘再见。”

04

后来时映想，她跟周尽燃真的很有缘分。不然也不会在被宋行水赶回国时，偏偏上了他在的那架飞机。

她当时的内心只有脏话，觉得丢人极了，针锋相对地怼回去，给自己挽回了点体面后便睡不着了。她出神地看着窗外的天光，听着身边的周尽燃在一页页地翻着报纸，全英文版报纸，他读得很顺。

时映忽然开口：“英文那么好，为什么采访不用英文？”

周尽燃愣了一下，很快就抓到了重点：“你看过我的采访？”

“看过一点。”时映重新找回了主权，她换了个坐姿，“在非洲的时候看的。通网很麻烦，但来了个高手短暂地通了会儿网。”

人很多，想看的东西也很多，但电脑只有一台，讨论了很久才决定看场乒乓球比赛的直播。偏巧，是周尽燃的单打比赛，对手的实力并不强劲，他打得也轻松，结束接受采访时，外国记者用英文问问题，他用中文回答。

有人问：“周尽燃英文不是挺好的吗？”

“不知道啊。”

“平时谁有空看比赛？”

“周尽燃跟他那个搭档，冷神陈寂，长河双子星，英文都好得不得了，这里装英文不好，是嫌采访浪费时间吧？”

是嫌采访浪费时间……吗？

周尽燃记得那天，也是托了那位高手的福，他深入救援一线，向国内发出一系列图片和视频。周尽燃赶着去看，从数十张照片的某个角落里找到了时映。

好久没见了，她变了好多，没那么精致了，却依然令他心动。

“嗯，赶着去吃火锅。”周尽燃说，语气轻描淡写。

时映说：“哦。”

气氛再次陷入了安静，等他再侧过脸的时候，发现时映已经睡着了。她靠着挡光板的一侧，随着飞机的颠簸睡得并不安稳，依然绷着身子不肯向他这里靠近一点。周尽燃无奈地笑了笑，他想起他时常在心里念叨的话。

——他这骄傲不肯服输的小姑娘啊。

“说吧。”终于，时映也逮了个周尽燃的漏洞，“在飞机上，周先生内心的弹幕是什么？”

彼时，冬日的雨淅淅沥沥，窗前干枯的树枝被风吹得沙沙作响，温酒暖炉，原木色的桌上滴水的白色玫瑰好似春日。时映刚洗完澡，坐在沙发上涂指甲油，她手巧，雪花便在她的指甲上纷纷扬扬地下了起来。

冬日与春日重合，他啜了口黑咖啡，苦得皱起眉头：“唔，我想我跟陈寂的朋友没得做了。”

——他要是再喜欢她就让他没朋友。

也想尝试众叛亲离，也想义无反顾，也想遵从内心，也想去弥补心中的意难平。

05

林招招用史上最快的速度给时映找到了房子后，时映不是没怀疑过，吃火锅的时候旁敲侧击，最后干脆直接问了：“这房子是你朋友的？”

“咯咯咯……”林招招被呛了一口，瞬间被辣得眼泪汪汪，直灌可乐。

时映眯起眼：“心虚？”

“才没有！”林招招放下可乐罐，嗓子因为吃了辣变得有点哑，她清了清嗓子，“好啦，时映，是我朋友的。他好久没回临溪了，房子闲着也是闲着，你先住。”

末了，她又小心翼翼问：“你不会不住吧？”

“为什么不住？”时映吃了口肉，说，“有便宜不占王八蛋。”

虽然林招招说，房子的主人很久没回来了，但时映认为不是。她刚到那里的时候，哪里都收拾得干净整洁，打开客厅里的家庭电影院，上一次观看影片是由朱里安・杰拉德导演的《故园风雨后》，日期是半月前。

书房摊了本没看完的书，冰箱有刚开封的红酒，阳台有抽到一半的烟，健身房里跑步机是常有人使用的样子。到处都是人生活的痕迹，她很有仪式感地没有碰这些东西，就好像还有另外一个人和她同住在这个屋檐下。

虽然不肯承认，但那时的时映，确实有点孤独。

林招招很忙，偶尔陪她去吃个饭逛逛街，偶尔留宿几晚，却也无法消解宋行水带给她的难过。《故园风雨后》看了不下十遍后，她对里面的台词已滚瓜烂熟，挑了一句发朋友圈。

“月升与月落之间，就是一生。此后便只有黑暗。”

无配图，很不符合她的习惯。很快，评论下有人矫情，有人感慨，还有人问她怎么没配图，只有一条评论是股清流：“书和电影都很好看。”

来自房东先生。

时映礼貌地回了个笑脸。

房东先生加她的时候，她还有点蒙，想了一下自己没拖欠房租，便同意了申请，迅速扫了眼朋友圈，寥寥的几个动态都是好几年前发的。

她先发去了问候。

房东先生：住得还习惯吗？

怎么还整上用户体验调查了？现在的房东都这么卑微了吗？还是有新的考核任务？

时映：房子很好，住得很舒服。

房东先生：那就好。

打这之后，这位房东先生就时不时地发来几条消息，不是问她住得好不好，就是跟她说水电费他来交，总之有点无聊，但是又亲切。

她在好友群里发消息。

时映：房东先生让我相信，人间自有真情在。

时映：去他的宋行水，招招，快告诉我，房东多大了，缺女朋友吗？

林招招：？

时映：没疯。

林招招：时映啊，你知道我今年听过最动人的话是什么吗？

时映私戳林招招的小框："怎么？陈寂跟你告白了？什么动人的话，让我听听。"

林招招说："不是的！"

"是我有个朋友……"

时映：无中生"友"。

"呃……"林招招卡了一下，又很坚强地说下去，"是我有个朋友，他跟我另一个朋友好久好久没见了，但一说话就要互怼，所以分开后打电话给我了。我以为他要问我'她最近过得怎么样''她还喜欢不喜欢那谁啊''来了还走吗'这样的问题，没想到他问我'她昨晚睡得好吗'。"

——你喜欢谁，错失了永远都补不回来的过去，他暂且不在乎，他仅仅想知道，这一晚，你睡得好不好。

时映：是挺感人的。房东先生到底多大了？

林招招：自己去网上搜！你没有心！哼！

一个怒气冲冲的表情包发了过来，时映回以卖萌的表情包，然后很听话地打开了网页。手指在键盘上划过，她输入"房东先生"，搜出来的全是小说。

想了想，她敲键盘：周尽燃。

06

"周尽燃，师出许门，乒乓球世界冠军、全国冠军。2004年，进入A省省队，次年，通过选拔……"

"停！"周尽燃及时喊停，"你那个时候猜到我就是房东先生了？"

"不算吧。"时映若有所思地说，"那时候看着网页，想着反正搜房东先生是搜不到了，但是好像那个打乒乓球的能搜到。"

"那个打乒乓球的？"

“那个打乒乓球很厉害的。”时映补充。顿了顿，她又说，“所以那天你来敲门，我打开门的时候，那一瞬间的惊讶，是真的。”

彼时她正在第十六遍看《故园风雨后》，她看到塞巴斯蒂安酗酒，查尔斯无奈地跟着他，眼前开始模糊。门铃响得很及时，紧接着是狂风暴雨般的敲门声，她皱了皱眉，走到门口：“谁啊？”

敲门声却又忽地小了下来，软软地敲着，好似很委屈。

时映打开门。

门口是周尽燃，他似乎也喝了酒，眼尾泛着红，没了平时的张扬，反倒有种禁欲的气质，她交叉双手抱着胳膊打量他：“有事？”

一听这话，他又勉强竖起刺：“我回自己家能有什么事？”

“回自己家还敲什么门？”

“我想有人来给我开门啊。”他抬高声音，用额头抵着门框，又莫名对她笑了笑，“你看，这不是来了吗？”

时映无语地看着他，等着他识相地滚蛋。

周尽燃却絮叨了起来：“我以前回这里的时候都没人，我就无聊地坐在沙发上看电影，一部接一部，看到难看的就睡着，醒来再继续看，好孤单啊，时映。”

“这是你家啊？”时映靠在门框上抱着胳膊看他。

周尽燃像只受了伤的大型动物，耷拉着耳朵求人安慰，他低声说：“那不然呢？你给的那点钱够在市中心租那么大的房子吗？”

这话就有点气人了。

时映受不了这种气，当场就要给他砸钱，周尽燃慌忙去拦，拦着拦着就进了屋。时映笑得意味深长：“你还挺会顺杆向上爬？”

周尽燃拔腿就往外走。

走到门口都没听到时映叫住他，他只好自己给自己找台阶下：“哦对，我来这里是有事的。”

他转过身，故作骄矜：“我来看看你把我的房子住成什么样了，嗯，挺干净的，继续保持。我走了，不用送。”

“就这样？”时映冷冷地开口。

“嗯。”

又莫名其妙冷酷了起来，揣着兜走得义无反顾，而后听到时映在后面说：“你不适合走陈寂那个路线，装酷对我没用。”

周尽燃说：“那就过来。”像是下定了决心，他又重复了一遍，“时映，到我这边来。”

时映走过去：“怎么了？”

见他没动，她绕到他面前。周尽燃穿了身黑色羽绒服，是训练中心统一发的，长长的，及至膝盖，围了条灰蓝色的围巾，发型有点凌乱，却明晃晃的，显得温柔。她歪了歪头，语气是一贯的漫不经心："怎么了？"

周尽燃抓住了她的手腕，将她拉近。

低头，吻住了她。

吻得很轻，给了她推开他的时间，然后在她的无动于衷中慢慢将这个吻加重。肖想了太久，以至于真的吻到时反而有种不真实感。

她的唇好软，像草莓味的软糖。轻轻咬一口时能听到她轻喘了一下。就在他以为她要推开他时，她伸手环住了他的脖子，侧过脸，声音含含糊糊的："周尽燃。"

"……嗯？"

"你会不会接吻？"她说着往后退了退，笑得漫不经心，"不会我可以教你。"

她靠近他，染了水光的唇靠近他的耳朵，低声引诱的话顺着耳廓钻进去耳朵："包教包会。"

"好。"周尽燃舔了舔唇，"那你教我。"

不知道是谁先开始的，四片薄唇又碰到了一起，重重地摩擦着，两个人都想拿到主动权，不甘示弱地让吻变得更加炽热。从玄关到客厅的沙发上，衣服散落了一地。他把她压在沙发上，慢慢将激烈的吻变成温柔的舔舐。

他红着眼，在她小声哭的时候吻她的泪珠，一遍遍地哄她："不哭了，不哭了。

"乖，宝贝。

"我爱你。"

入冬的雨好像落下来了，风声拍打着玻璃，投影的幕布上，有人在轻声说话，字正腔圆的英文像读诗。

"我还可以告诉他，了解并爱一个人是一切智慧的根源。"

07

——依我看，周尽燃还是爱惨了时映。

这句话是陈寂说的，由林招招转述。在昏暗的小酒馆里，背景乐轻缓，时映听得心头滚烫。十一点之后再做决定的定律好像突然失效，预想中的后悔并没有如期到来，她在那一刻，突然好想好想见周尽燃。

她向来是说做就做的性子，攥紧了他留下来的围巾，给他打电话："你落东西了，回来拿。"

从小酒馆到家的直线距离是1.8公里，开车只需要五分钟，她嫌时间太短了，便慢吞吞地爬楼梯上楼，一个台阶一个台阶地往上走，数着时间，数着脚步。

20层到了。

周尽燃站在家门口，低着头正摆弄着烟盒，听到脚步声，他愣了愣，抬起头。

时映忽地笑了：“自己家为什么不敲门？”

“因为……”周尽燃的声音很轻，他朝她这边走，抬手，碰了碰她鼻尖的细汗，确认真的是她后，他也笑了。

他说：“因为我想有人给我开门啊。”

周尽燃觉得，谈恋爱时的时映是完全不同的，是没人见过的，仅他可见的脸红与心跳。

她喜欢看日出，有时候他醒了，能看到她坐在飘窗上，金色的光芒将她笼罩起来，她会走过来，给他一个早安吻，吻着吻着变了味，她也不介意来场晨间运动；她喜欢吃草莓，红色的小草莓放在唇边，湿漉漉的，无害诱人；她念旧，一部电影可以翻来覆去看很多很多遍；她睡觉的时候，有时候会说梦话，有一次喊了他的名字……

有好多瞬间，周尽燃觉得自己是在做梦。

队内训练结束后，他和陈寂并肩坐在塑胶地面上，他仰头喝着可乐，可乐罐捏在手中啪啪作响，他抵了抵陈寂的肩膀：“快。”

陈寂看过来。

周尽燃说：“掐我一下，让我知道自己没有做梦。”

陈寂冷漠地说道：“滚。”

“真凶。”周尽燃把可乐罐放下，笑嘻嘻地说，“我就当是来自单身狗的嫉妒了。唉，谈恋爱的感觉真是太好了。”

陈寂望天。

“虽然现在才完成初恋，但谁让咱的队规不允许呢？而且是跟时映，时映真好，不是我眼光好，是她真好。”

“我想你忘了。”陈寂淡淡地开口，瞥了周尽燃一眼，“我们已经不是朋友了。”

周尽燃说：“啊？”

陈寂面无表情地陈述：“‘我要是还喜欢你，就让我没朋友’，现在我们两个是普通同事，队友关系。队友对你的恋爱不感兴趣。”

说完，他起身走向球台。

周尽燃在后面叫嚷：“喂！你清醒一点！我们是兄弟啊是兄弟！陈寂！”他刚冲到乒乓球台前，陈寂就扔过来一只球。

“是兄弟就赢我。”

周尽燃以3：2拿下了陈寂。

周尽燃知道陈寂是在跟他开玩笑，却不知道陈寂确实是生气了——倒不是因为他，而是以为他辜负了林招招。

彼时他在赶往机场去找时映的路上，义愤填膺地控诉林招招："你居然跟陈寂说你喜欢我！怪不得他总是针对我！"

出租车在高架上飞驰而过，他看向沉沉黑暗，心里的不安在确定要去找时映后迅速减弱。林招招说得没错，既然想她就去找她。

她是他的，就逃不掉。

时映是在将近四十八个小时之后见到周尽燃的。她坐在婆娑树影间，举起手机在拍日出，刚发图给他时，突然听到有人喊她的名字。

很轻，很低，本应该听不见的。

但是她偏偏听见了。

她循声望去，周尽燃靠在越野车车身上仰着头看她，胡子拉碴，面容疲惫，风尘仆仆。他抖着手点燃一支烟，深深地吸了一口，对着初生的朝阳吐出烟圈。

信号不是很好，消息转啊转啊，他口袋里的手机振动。

是那张日出图。

她来非洲五天，五张日出图，初升的太阳温和并不耀眼，与四十五亿年前没有什么不同，是她最喜欢的太阳。她不再有仪式感地给全世界看，而是只将它圈在与他的小小的对话框里，配以沉默内敛的爱意。

她把所有的曦光都给了他。

她爱他。

他笑了笑，他对她张开双臂，喊她："时映，来我这里。"

他想，就像那首歌里唱的一样吧。

哪里都一起去　一起仰望星星
一起走出森林　一起品尝回忆
一起误会妒忌　一起雨过天晴
一起更懂自己　一起找到意义
我爱你　我不要没有你
我不能没有你
绝不能没有你

"来了。"时映说。

番外四 

冷神和他的九十九个情敌

头号情敌绝对是卷卷。

虽然这只小橘猫才来了不到半年，却在林招招的世界肆无忌惮地跑来跑去，白天陪吃，晚上陪睡，福利待遇简直比他好一千八百倍。

看看，它来了，它来了，它迈着猫步一下跃进了林招招的被窝。

陈寂眼疾手快地抓住了它。

“喵——喵——喵——”声音很大，还很有心机地拉得很长。

果然，不出半分钟，林招招就出现在卧室门口，面膜贴到一半，迈着急匆匆而湿漉漉的脚步走了进来：“宝贝怎么了？”

见是陈寂抱起了卷卷，她松了口气，边继续面膜工程边小声问：“干什么呢？”

“跟它玩。”陈寂面无表情。

“抱的方法错啦。”林招招贴完最后一角，走过来，接过卷卷做示范，“你那样抱会勒死它的，告你谋杀哦。”

陈寂伸手。

林招招歪了歪头：“还要抱它？”

陈寂说：“抱你。”

话音刚落，便将她连人带猫一起抱在了怀里。刚洗过澡的小姑娘软软的，侧过脸能闻到发香混着面膜的香气，清冽又好闻。

然而两秒后，林招招就推开了他。

陈寂微微瞪大眼睛。

林招招说：“别压着它了，还有我的面膜！”

很是理直气壮地拒绝了他。

陈寂看了一眼卷卷，卷卷趾高气扬地躺在林招招的怀里，在她的胸口蹭啊蹭，看着很让人来气。

很气，但冷神要面子，是不肯说出来的。

等林招招把面膜揭了，完成了一整套的护肤步骤，趿踏着拖鞋回到卧室，便看到一人一猫靠在床头上，猫是睡得正熟，人却很精神。

“咦？”林招招问道，“你还不回去睡觉？”

“不回去了。”

“你这样我会想多的。”小兔子还是一副天真无邪的模样，从衣柜里拿出第二天要穿的衣服，用心搭配，眉头微微皱起来，“陈寂，你说我是穿粉色这套好，还是穿白色这套好？要不还是穿裙子？嚯——”

她一转身，拿着衣架的手一顿，陈寂不知道什么时候站到了她的身后，T恤下薄薄的腹肌若隐若现，高高瘦瘦的，很是好看。

林招招眨眨眼。

陈寂弯腰靠近她的耳畔，声音低哑，将气氛推向极致的暧昧：“就往多的想。”

哗——

衣服掉在了地上。

二号情敌自然是赵闻溪。

别看赵闻溪在非洲当野外生存专家，隔着十几个小时的时差，可丝毫不能影响他来关心林招招。临溪晴天雨天他知道，林招招的课表他知道，林招招是否健康他也知道。

“天气和课表在网上能查到，难道招招的身体状况在网上也能查到？”周尽燃边玩乒乓球拍边问，又装作恍然大悟的样子，“啊，那自然就是招招本人告诉他的了。”

陈寂扬起乒乓球，一板飞了过来。

周尽燃说的没错，林招招的个人状况是她本人告诉赵闻溪的。

林招招给他看过聊天记录，赵闻溪找她的次数不是很频繁，三言两语问个好，时不时冒出来刷个存在感。

陈寂用了很大的自制力，才没把他拖到黑名单。

不过倒也因为这个，他能借机多吃点自家女朋友的豆腐，就暂且原谅赵闻溪了。

最令冷神头疼的，还是医学院的学弟学妹。

一个个仗着年龄小不懂事，天天来“骚扰”学姐，偏偏林招招还是个热心肠的，只要在能力范围内，绝对有求必应。以前没喜欢她的时候不觉得，怎么一把这人盖上自己的戳子后，她再对别人上心，心里就那么膈应呢？

周尽燃对此嗤之以鼻：“临溪醋王，非你莫属。”

"时映这样你不气？"

"她那么冷酷才不会给别人眼神。"

"……"冷神有点羡慕。

但是能怎么办？自己的女朋友，只能宠着。

虽然有时候还是忍不住吃点飞醋，比如在这次训练结束后，他洗了个澡正准备开开心心地跟女朋友去约会了，林招招一个电话过来："学生会今天有事走不开。"

"……"

"你先吃，我这边处理好就过去。"

"在哪儿？"

"啊？"

"在哪儿处理事情？"

林招招报了个地址，陈寂说："好。"

好什么好？林招招把已经挂断的手机拿到眼前看了看，不解地耸了耸肩，继续跟后辈开小灶，一题结束，忍不住絮叨上了："不敢去找沈老师，现在来找我开小灶，到时候我要是毕业了怎么办？"

"云老师说了，林学姐要留校任教的。"

"那也要去法医科上班的！"

"总之不会离开医学院啦。"

学生们对医学事业有着一腔热血，个顶个的学霸，认准了一个问题就钻研到底，不敢去找冷冰冰的沈老师，就逮着好说话的学姐问个不停。

林招招失笑："马上要收钱了。"

"收……呃？冷神？"

林招招愣了愣，回头朝门口看去，陈寂静静地站在门口，不请自来得很是坦然。她递过去一个询问的眼神，陈寂说："想听课。"

——你听得懂吗？

陈寂自然是听不懂的，但他想听，她也不会阻止，便把人放了进来继续讲课。陈寂目光灼灼，哪是在认真听课，分明是在认真看她。

等学弟学妹们讨论的时候，林招招拿出手机给他发消息。

林招招：要被你盯穿啦。

陈寂：？

林招招：不是说让你先去吃吗？

陈寂：想提前看见你。

情话来得猝不及防，林招招脸红了一下。

她抬头看陈寂，初秋的天，陈寂套了件黑色的外套，愈发显得瘦削利落。他端正地坐着，手机平放在桌面上，还在认认真真地回她的消息。

手机振动。

陈寂：提前看到一秒，都是赚到。

林招招笑了，回他：那你可是赚翻了，要给你看一辈子了。

陈寂：^_^

他抬起头，隔着热闹的教室和讲台与她的目光在空中相遇，总是寡淡的目光浮现浅浅的笑意，像温柔的光芒将她包围。

再多人喜欢她又怎样？

他想，她只能是他的私人珍藏。

虽然——但是——

我说冷神是临溪醋王，我想没人会反驳。

番外五 

我嗑CP的那些年

声明：此次搬运某乎上万赞回答《有哪一对你觉得真得可怕的真人CP》，仅代表答主观点，不解码，圈地自萌。

匿名用户：

来了来了，终于看到一个我能回答的问题了。

我今天要说的这对CP很冷门，其中一位还是素人，所以圈地自萌，不解码。素人是我同学（是的，我偷偷嗑我同学的CP），就叫她“小知了”吧，小知了人挺好的，长得可爱，学习也好。总之在学校里挺受欢迎的，追她的人也很多。

但是问题来了，她就是不谈恋爱。很多人都问她怎么不谈恋爱，她说没有合适的。我寻思着这个不合适，那个不合适，到底谁合适啊？

直到某天竹马从天而降！

说下竹马的身份，是体育界挺厉害的一人，怕你们猜出来，就不说多厉害了。我当时都看傻眼了，问小知了怎么认识他的？小知了开开心心地奔向她的竹马，回来才跟我解释。特别天真，眼神都是懵懂的，我一个女的都撑不住。

呃……跑题了。

两人从幼儿园就是同班，除了初三竹马去外省训练分开了一年，其他时候都是一直在一起。我真是为这绝美的青梅竹马爱情流眼泪，一天问小知了八百遍她是不是喜欢竹马？小知了每次都是很无奈地说：“不是那种喜欢啦。”

我信你个鬼！不喜欢他为什么几乎每场比赛都去？不喜欢会心甘情愿翻墙去给他补习？不喜欢他被蚊子咬了非得涂他送的莫匹罗星？不喜欢你脸红什么啊！

好，我姑且把这当成是伟大的友情。但是不妨碍我嗑CP，青梅竹马，装酷少年和小甜心，言情小说的标配。

我把话放这儿，这对我保真，你们现在嗑不着，早晚会入坑的。

有后续再来更。

该回答一经发出，评论里立刻就炸了。

“虽然嗑素人不太好，但是这人设我好吃啊，答主再多说点！”

“我好像能猜出来体育界的谁了，是不是某乒乓队的？他不是有大势CP吗？为什么还嗑和素人的？”

“都说了圈地自萌了，楼上解什么码？我就当小说看了，答主继续更不要停啊！”

“我混体育圈的，被答主说得心好痒，想知道是不是我喜欢的那位，我觉得他特别适合当竹马！嘴硬心软，长得也帅，有这样的小甜心青梅我很可以！”

“催更催更！”

2015年12月25日 更新

匿名用户：

光顾着嗑CP了，都忘了还有这个问题，我想现在已经有很多人跟我一起嗑了。还是一样，不解码，解码的我都会删评。有人一起嗑就是好，好多细节糖都被扒出来了。同款撞衫什么的都不说了，最好嗑的还是竹马也从未谈过恋爱！

我问小知了，他为什么不谈恋爱？

小知了支支吾吾地说因为队规未满××岁不让谈。但是据我了解，按竹马的性格，如果谈了就不会怕什么队规。所以我倾向于他们还没在一起，目前还处在暧昧期。但是竹马对小知了真的太宠了！

我举个例子吧。大概是十月份的时候，台风登陆，小知了当时在学校，雨下得特别大，但一阵一阵的。我跟她一起看恐怖片，看到一半竹马给她打电话了！我没听电话内容，但之后小知了就有点心不在焉了。

没过两个小时，小知了就被竹马接走了。

啧，这该死的友情。

不过这次答主跟小知了谈了心，知道了一点点小秘密，就是——她真的喜欢竹马。但是按她的话就是“这么美好的感情，青梅竹马，两小无猜，不一定要变成爱情”，我真是被虐得肝疼，但是感情毕竟是别人的事，就不太好说。

哦，对了，竹马来接她的时候，打电话让她下去后，我特意跑到阳台去看。

竹马开了辆很低调的车，车灯打着白色的光扫进雨雾中，他撑了把伞笔直地站在车前的光影中，白衬衫黑色裤子，单手插兜，穿得很干净随意，不愧是体育界颜霸。他等得很有耐心，大概两三分钟后，小知了跑出来了。

竹马站在原地没动，等她撑伞到他面前的时候才自然地接过她手中的伞，很体贴地打开车门，不知道小知了说了什么，竹马伸手很自然地揉了揉她的后脑勺。

咱也不知道竹马这是不是喜欢，可能喜欢吧，也可能只是宠，反正没人这么宠我。今天的答主是个柠檬精，但是个快乐的柠檬精。

我可以单身，但我的CP必须结婚！

有后续再来更。

评论区：

“我的妈，答主跟女主关系这么好？住一起吗？知道的肯定不止这些啊！快说出来我听听，我搞到真的了！”

“呜呜，是我们家的CP吗？我感觉好像！我认领了！”

“不许反驳，小知了和竹马锁了，钥匙被我扔到太平洋了！马上谈恋爱给妈妈看！”

“不混圈，看到这个问题认真答个题。我觉得竹马也是喜欢小知了的，但是可能他自己不知道，因为习惯了。我敢打赌，只要小知了跟别人跑一秒，他都会吃醋醒悟。”

“同意楼上。我嗑这对，竹马是狮子座，狮子座就是那种，认定的东西，别人看一眼都觉得是在抢。”

“妈呀，好带感。”

2016年8月24日更新

匿名用户：

我来了我来了！我又带着新的糖向大家走过来了！

呃，上次回答这个居然是半年前了，不能怪我。可能你们不知道，毕竟他俩在公共场合也没多少互动，糖全靠抠，能支撑到现在的都是真爱了。

我来给大家透露点你没听过的吧，先打个预防针，这对CP确实短暂地BE过一段时间，答主也差点没嗑下去，甚至开始祝福小知了跟另一个人了。原因是小知了跟竹马告白了，竹马拒绝了她。

其实也谈不上拒绝，就是惊讶多一点吧，但小知了是那种暗恋多年，如释重负，看他有一点迟疑就恨不得遁逃的那种。当时她还在国外陪竹马参加比赛，第二天就飞回来了。

小知了其实挺坦然的，毕竟做了那么久的朋友，又是最好的朋友，也没尴尬到哪里去。两人也正常见面（因为是邻居，躲也躲不开），正好我们学校有去国外支援的项目，小知了报了名。

等等！不是出国留学！不是故意避开！也不是再也不回来！只去两个月！

还有件事你们肯定知道，就是体育界一知名运动员在生日会上跟女朋友求婚成功的事，当时的照片里有他俩，差点没嗑死我。谁知道小知了跟我说，就在那晚，她跟竹马说以后都不喜欢他了。

竹马因为第二天要去比赛，参加聚会被教练逮到了，被没收了手机，没收手机之前还给小知了打了个电话，说让她等他。

我那个时候就觉得竹马是不是觉悟了，但看小知了那副决绝的样子也没多嘴。所以，你们也能想到了，结束了比赛的竹马回国后发现，自家的小知了已经飞走了。

后来我看了竹马一场在本市的比赛，就是大家觉得不在状态的那场，教练骂他被罚黄牌。感觉再说下去身份真的要暴露了，大家不要去打扰正主就行。

不过那场比赛赢了，小知了那边看不了比赛，我跟她打电话说了。我记得那天挺热的，酷暑难耐，晚风也如热浪，我就坐在马路牙子上跟她口播比赛内容。说着说着，小知了突然打断我："我挺好的。"

我愣了一下。

"我很喜欢他，但是他并不是我的全部，没有他我活得也很好，听不到他的消息也很好，我好忙啊，我要挂电话了。"

小知了没挂成功，她哭了。其实我很少见她哭，她好像永远都是笑着的，嘴巴笑成心形，看起来又甜又窝心。她说她共情能力挺强的，看电影会哭，怕人家说就偷偷抹眼泪，确实，反正我是没撞见过。

这次还是在电话里。她哭得声音很小，她说："虽然没有他我也很好，可是总感觉不对，是哪里不对呢？是我的不甘心吗？不……不是的，是无论怎样我还是向着他的，那颗心脏还在跳动。"

她说那是与她的理智所背道而驰的，哪怕相隔千里也从未改变的心跳怦怦。说完她就把电话挂了，说出来有点矫情，我真的被虐得眼泪汪汪，恨不得去跟她竹马拼命！

我当时就在心里想，这对肯定结束了，也没啥好嗑的了，毕竟是一厢情愿，糖也不是糖，不如各自美丽吧。就在我整理了心情，准备舍弃我在CP超话的十二级大咖小号时，竹马让我仰卧起坐了！

前方高能，非战斗人员请尽快撤离！

竹马暑假在备战大赛，这个就不多说了，反正大赛结束后就直接飞去找小知了了。啊！这是什么"怼妻一时爽，追妻火葬场"的戏码啊！

我又可以了！

据说——真的是据说，竹马每次去找她，都自己做好饭带过去。

大家如果知道这是谁的话，应该是很了解的，咱们这位体育界颜霸是厨房杀手，有次上综艺节目，差点把人家的厨房炸了。这次居然做了饭带来！

能不能吃另说，这样的讨好，真是笨拙又可爱，我好爱，我太爱了。让我们祝福竹马能追回他的小青梅。

有后续再来更。

评论区：

“妈耶，嗑到了。”

“我已经能百分之百确定是谁了！啊！是LS吗？LS啊你也来追我吧！”

“楼上但凡吃点花生米也不会醉成这样。”

“这是真实存在的吗？只有我希望千万别追回来吗？不值得啊！姑娘！让他别追到才知道珍惜！哼！臭男人！”

“是你是你，你是光你是电你是唯一的神话。”

“呜呜呜，刮台风来接也太甜了吧？直接飞去找也太甜了吧？摸头杀也太甜了吧？”

“LS给妈妈冲！”

“是我想的那位吗？我昨天才看了他的比赛宣布他成为我的新老公，今天就看到他勇敢追爱去了？不！我不信！”

“答主，你快回来——”

2016年8月29日更新

匿名用户：

在一起了。

评论区：

“我搞到真的了？！”

“天哪！细节呢？我要看细节啊！”

“追了这才多久就答应了？我不准！小知了给我再晾他至少半年！”

“怪不得某人在官博Vlog上的比赛像开了挂一样。”

“楼上请扩写一下。”

2016年8月30日更新

匿名用户：

公开了。

别问，问就是嗑死我了。

问就是冷神热爱运动。

（评论区已关，欲知更多细节，请私信@纪南方70）

番外六 

这一场人间有你因而值得

01

“不如……”

“不行。”

“我还没说是什么。”

“你以为我不知道你在想什么吗？陈寂，我们认识太久了！”林招招坐在上桥的台阶上，手里拿着刚发下来的卷子，说，“云汀舅舅的字太难模仿了，上次就失败被老师罚站你不记得了吗？！你还没跟我道歉！”

陈寂说：“对不起。”

听不出任何诚意。

算了，林招招想，陈寂才七岁半，而她已经是个八岁的大孩子了，她应该学会包容。

她拿过陈寂的卷子，看了一会儿，无奈地说：“陈寂，这个我不是考试之前跟你讲过了吗？”

“哦。”陈寂看了一眼，说，“忘了。”

“那时候离考试还有十分钟。”

“我忘得快吧？”

也不知道在骄傲什么。

林招招被气得心肝疼，瞪了他一眼，学着大人的语气说：“我要被你气死啦！”

软软糯糯的小奶音，没什么杀伤力。超酷的陈寂无动于衷，继续坚持自己刚刚的提议：“你帮我签名，就不用气舅舅了。”

林招招说：“61分，已经及格了，舅舅不会生气的。”

云汀对陈寂成绩的要求，真的不算高。

陈寂歪头想了一下——他家条件没那么好，两套校服外套来回穿，蓝白的校服被洗得发白，宽大地罩着陈寂小小的身板，清秀的脸在努力装酷，却还是稚气十足。

他点头，说：“你说得对。”

他拿回自己的卷子，说：“但是我不想一个人去警察局找他。”

林招招说：“我们先吃晚饭，然后让我妈带我们去，好不好呀，陈寂？”她仰着头看陈寂，陈寂站在桥下，单手插裤兜，他点头说好。

还是很好说话的。

林招招想，她和陈寂在同一个班，同学们都说陈寂太不爱说话了也不爱笑，一看就很不好说话。其实才不是呢，陈寂可爱笑、可爱说话了，就是有时候会装酷。

也不知道有什么好装的。

林招招站起来，拍了拍屁股上的灰尘，正想叫陈寂回家吧，便听到有人喊：“小招宝，陈寂，你们俩又开小会呢？”

声音来自陈寂的身后。

那是一条小巷子，开了几家特色店，不是旺季鲜少有人来。说话的是花店的小姐姐，她穿着连帽衫，年轻、活力四射。小姐姐是一名花艺师，每一枝花在她的手下都能变成艺术品，有时候陈寂和林招招路过，她就会送他们一枝花。

而那一枝花，由陈寂送给林招招。

果然，这次小姐姐又送了枝玫瑰花，她小心地把刺去掉，递给陈寂，眨眨眼，狡黠又可爱：“去哄小姑娘吧。”

陈寂走到林招招面前，说：“花很漂亮。”

林招招听到妈妈在家门口喊她和陈寂吃饭，跟花店小姐姐告了别就扯着陈寂的袖子往桥上跑，噔噔噔地往家里走。

陈寂任由她扯着，说：“你还没夸花漂亮，很没有礼貌。”

林招招敷衍道：“漂亮漂亮。”

他们下了桥便直奔平遥巷，长长的巷子里，黄昏的那抹最后的光亮斜斜地照在墙上，被昏暗衬托得更加明亮。林妈妈站在门口，嗓音温柔：“慢点慢点。”

林招招跑得小脸都红了，问：“吃什么呀？”

妈妈走进院里，回答声远了点：“陈寂最喜欢的鸡蛋羹，招招最喜欢的糖醋小排。”

加餐不易，招招珍惜。

她欢呼雀跃地就要进门，却被陈寂拉住了手腕，她回头，见陈寂一脸严肃，很淡定自持的样子。她羞赧了一下，她应该像陈寂一样稳重的。

林招招佯装稳重了一下，问：“怎么啦？”

陈寂说：“我还没送你花。”

林招招说：“那你送吧。”

玫瑰花便到了林招招的手上，淡黄色的玫瑰花盛开在她的掌心，娇艳欲滴的色彩。她露出整齐的小白牙，说：“我很喜欢，陈寂。”

她笑得太可爱太粲然，陈寂装酷终于失败了，他也笑了起来。

02

云汀对陈寂的要求果然没那么高，只要及格一切好说，就算不及格，下次及格就可以了。他不止一次地说：“只要我们家陈寂开心就好了。”

林招招不懂，问道：“可是只有考得好才会开心啊。”

云汀就笑，他那时候还会抽烟，二十来岁，压力太大，偶尔会抽一支解解瘾，被林招招发现就赶紧按灭在地上。他故作沉思，在小姑娘迷惑的眼神下，很深沉地说：“每个人开心的理由是不一样的。”

林招招不知道陈寂怎么才会开心，所以她就喜欢逗他。

从八岁到十八岁，陈寂装酷的能力有增无减，但是总是拜倒在她的可爱攻击下。比如这次，陈寂回校上课，被老师抓去打乒乓球，好不容易打完下了场，围观的女同学全都来送水。

他被围在中间，接也不是，不接也不是。

还是上课铃声给他解了围，大部分同学都去上课了，只有同班同学这节课正好是体育课。陈寂随便接了一瓶，道了谢走到场外。

林招招也在喝水，小口小口地。

陈寂看了一眼，挑眉道：“喝我的水？”

林招招怕他抢，咕噜咕噜地喝完了，才放下矿泉水瓶，一抹嘴巴，唇上水光轻闪，化作一个可爱、天真的笑容：“你不是有吗？那么多。”

十八岁的陈寂，哪怕是刚运动过，大汗淋漓地打了很多场友谊赛，气质却仍然干净。他五指并拢，擦了擦刘海下的汗，瞳孔被汗水衬得黑而明亮，嘴角有浅淡的笑意。听到林招招的话，他回道：“嗯，可是我想喝我自己的。”

林招招说：“胡扯！你都喝你手上这瓶了。”

陈寂沉默了一下，转移话题：“我刚刚在打球的时候，你在底下笑什么，眼睛都笑没了，害得我差点笑场。”

“怪我是吗？”林招招抗议。

“嗯。”

“好吧。”林招招拧上瓶盖，空荡荡的瓶子立在脚边，她小声嘟囔，“看你人气那么高，为你开心。”

“哦？”

她的口是心非他倒是看得透彻。

林招招抬头瞪了他一眼，说："是你让我来看你的。"

陈寂点头："嗯。"

"是你说上半年公开赛忙，少看一眼就少一眼，让我不要错过这个机会的。"说到这里，林招招嘀咕起来，"怎么那么奇怪，搞得我好像很喜欢你一样！"

陈寂问："不喜欢我吗？"

"喜欢是喜欢啦，但搞得我好像暗恋你，不看你就不能续命一样。"

"你这思维散发得有点夸张吧？"陈寂无奈地说。

才没有。

林招招在心里小声反驳，她说的是事实，她确实在暗恋陈寂，她确实不看陈寂就不能续命。

但到底是暗恋，这些都不能说，只能继续谴责陈寂："结果呢？我放弃了自习课来看你打乒乓球，还斥巨资买了瓶矿泉水。"

陈寂微微瞪大眼睛："两块钱？"

林招招底气不足："两块钱对我来说就是巨款，不行吗？"

陈寂说："行。"

行就好，就能往下继续聊了。

聊什么呢？被打断了几秒，林招招也卡了一下壳，正好体育老师过来了，吹着口哨要集合。她连忙站起来，陈寂跟她一起往集合的地方走，说："好了，下次只喝你送的水。"

林招招"哼"了一声。

怕陈寂多想，她又很正义地说："我是为了你好。"

陈寂说："哦？"

林招招脸热了热，继续往下编："你又不认识那些女生，那她们对你来说就是陌生人。不要喝陌生人的水这个知识我们小学就学过吧？你都快十八岁啦！"

陈寂纠正她："虚岁已经十八岁了。"

林招招说："虚什么虚，我就只看周岁！"

她在他面前时总没有在别人面前那么温柔，老是凶他。偏偏小脸是可爱的，声音是软糯的，所以凶也凶得很软，奶凶奶凶的，像只不想与人亲近的小猫，听着就让人耳根子发软，只好任着她凶。

陈寂舔了舔发干的唇，看了看手中喝了一口的矿泉水瓶，在林招招即将归队的时候，说："可能又需要你的巨款了。"

他怕被人听见，于是贴着她的耳朵说，温热的呼吸打在耳边，顺着耳廓钻进心底，痒痒的，林招招的耳尖霎时就红了。她像只小兔子般跳开，嗔瞪他：

“注意保持距离。”

同学们看见了，调侃道：“陈寂！你在林招招面前怎么那么温柔！我不服！”

“赛场上也笑笑呗，这不是挺会笑吗？”

“林招招脸红了！”

“别胡说！”林招招红着脸跑到队里，“老师拿器械回来了说我早恋，我就把你们的小秘密都捅出去！”

“太狠了吧！”

“我那点小秘密可就告诉了你一个！”

“林招招，今天我就和你恩断义绝，你再也不是我的小可爱了！”

“陈寂，你也不管着她点！”

“好了。”陈寂把矿泉水瓶放下，将外套的拉链拉上去，边往自己位置走边说，“别逗她了，她脸皮薄，再说她翻脸了啊。”

“……”

误会更大了！

03

林招招知道陈寂是故意的。

就因为她某天夸了隔壁班班草帅，陈寂唯恐她早恋，坚决要跟她传绯闻，搞得整个江北高中都以为他俩在偷偷谈恋爱。

偷偷？明明是光明正大！

林招招比三指在喜欢陈寂的女生面前发的誓早就成了过往云烟，所有女生都认为林招招是只兔子。

“兔子，为什么？”陈寂知道的时候，问了一下。

“吃窝边草啊！”

谁是窝边草？

陈寂本人。

陈寂在心里笑了笑，他是觉得林招招像兔子，长耳兔，要多可爱就有多可爱。有时候被欺负了会奓毛，顺一顺又会乖起来。比如下了体育课后，林招招还是斥巨资给陈寂买了瓶矿泉水。

体育课是最后一节课，下课就放学了。周日下午没课，高三的学生们都赶着回家休息，高一高二的学生则在操场上释放着无穷的精力。

陈寂婉拒了几个学弟来找他打乒乓球的请求后，便没人再来骚扰他了。他想了想，在等林招招去小卖部给他买水的空，去学校外面买了两支可爱多。

等林招招回来的时候，看到的便是他一边吃可爱多一边等她。

陈寂把可爱多递给她：“喏。”

林招招一脸怀疑："现在是几月份？"

陈寂说："三月。"

顿了顿，他问："怎么了？"

林招招接过可爱多，边撕包装纸边说："哦，你可能忘了一件事。去年春天我吃雪糕结果肠胃炎犯了，你带我去医院的时候让我发誓，以后不到六月不准吃雪糕。"

"……"陈寂愣了一下就伸手去抢她手中的可爱多，"还给我。"

林招招早就防着他，往后一撤，堪堪躲过他的袭击后，她迅速往旁边坐，护着可爱多："你都给我了！"

她咬了一口："不要浪费钱！"

陈寂眯起眼睛。他们坐在操场的观众席上，能俯瞰整个操场，十六七岁的少年们在黄昏将近的操场上肆意地挥洒汗水，偶尔蹦出的脏话也让人觉得朝气蓬勃。

陈寂明明与他们年龄相仿，气质除了清澈，还多了几分压迫性。

林招招有点心虚，手心的可爱多依旧冰凉，她小声而委屈地说："是你给我买的，还不让我吃。"

陈寂说："肠胃炎很疼。"

林招招好了伤疤忘了疼，不以为然。

"上次在输液的时候，你疼得倒在我怀里了。"陈寂咬了口巧克力味的可爱多，巧克力在口腔里融化，他继续说，"疼得的眼泪不停地掉，嘴硬地说以后还吃。"

"我……"

"但是又跟我发誓，要是不到六月吃了雪糕，就让我打一顿。"陈寂的目光在她身上来来回回地看，不带任何杂念的澄澈，"打哪里？"

林招招却被他看得脸红了。

不光脸红了，为了博得一点陈寂的恻隐之心，眼眶也红了。像小兔子一样，长长的耳朵耷拉下来，蔫得不行："你怎么忍心，陈寂，我对你那么好！"

陈寂不为所动。

林招招见撒娇失败，转而去瞪他，把陈寂瞪笑了。

"怕了你了。"他把她手中的可爱多拿过来，说，"只能吃一小口。"

他给她买的是草莓味的，草莓果酱在白色中显得醒目，他抬了抬下巴："吃果酱。"

誓是自己发的，这时候谁也怪不得，她委屈地低下头去舔果酱，小小的舌尖伸出来，勾了红色的果酱，餍足地缠入口腔。

陈寂莫名地觉得口干起来。

他问："水呢？"

林招招把矿泉水递给他，还没说话，陈寂就拧开瓶盖，咕嘟咕嘟灌了半瓶水，喝得急了，水顺着他的嘴角流下来。

林招招讷讷："那么渴吗？"

陈寂垂下眼看她。她仰着头看着他，淡红色的大衣显得很温柔，唇上沾了点果酱，被无意识地舔去。

此刻喝了半瓶水的陈寂看着林招招，心里只有一个想法——

还是好渴。

04

严格来说，陈寂向林招招求婚那天，并非是临时起意。但还是像临溪市突如其来的初雪一般，没有任何征兆。等林招招终于察觉时，地上已经铺了一层白色的雪，陈寂则在她面前单膝跪了下来。

他们谈了好久的恋爱，从二十一岁到二十八岁。

所有人都以为陈寂会在某一场比赛拿下冠军时向林招招求婚。比如世界乒乓球锦标赛，以3：0的优势碾压对手的那场；比如乒乓球世界杯，3：2逆风翻盘，扛着伤势拿下冠军的那场；比如东京奥运会，击败周尽燃拿下单打冠军，成就大满贯的那场。

那么多理由，那么多看似合适的场景，实在太适合来一场轰轰烈烈的求婚。

可是他都没有。

他选择了在初冬下小雪的平遥巷。

那阵子他跟林招招都休了假，两人哪儿也没去，整天就在临溪逛，从城北逛到城南，从小学转到大学。他们在一望无际的田野里奔跑，在废弃的铁路旁看星星，在星河下接吻。

陈寂很会说情话，贴着她的耳根，把她压在废弃铁路的轨道上，凉气透过衣服渗进皮肤里，却又在他的指间变得滚烫。

他问："我怎么会那么喜欢你？"

有些纳闷，带了点疑惑。

怎么会那么喜欢她？怎么过去了那么久还是会心动，还是想给她摘星星摘月亮，想为她做一切十八岁少年才会做的疯狂的事。

林招招的眼睛笑成了月牙，在他用牙齿小心地磨着耳垂时，小声求饶："别……"

陈寂问："回家吗？"

林招招说："回家。"

陈寂给林招招戴上围巾，圣诞色的围巾，红色与绿色相互映衬，在她脖子上缠了一道又一道，衬得小脸白里透红，要多惹人爱就多惹人爱。

林招招软绵绵地瞪他："勒死啦！"

陈寂侧过脸在她的唇上吻了吻，说："小骗子。"

他收着劲，哪里舍得勒着她？

把人欺负够了，惹得她脸红了又红，心跳怦怦乱跳时，又牵着手往家走。

回的家还是平遥巷15号和16号，林招招想着回家后洗个热水澡，明天还要跟陈寂一起去泡温泉。

眼睫上忽地一凉。

陈寂往前走了一步，在她还没反应过来的时候，单膝跪地。

路灯忽明忽暗地在头顶闪烁，映出细细的雪在风中飞扬，某一年她送给他的星星灯被挂在墙上，如温柔的夜色，将星星点亮。

林招招的心跳莫名地加速。

陈寂的身上很快落了层薄雪，他仰着头看她。对上她讶异的眼神，他笑了笑，说："准备了好久，想问你这件事。"

林招招张了张口，她听见自己问了句什么。

陈寂问："你准备时候嫁给我？"

一句话，问得两个人的眼眶都红了起来。

他们认识了好久，从三岁到现在，整整二十五年；她暗恋了他好久，从十六岁到二十一岁，整整五年；他们又谈了好久的恋爱，从二十一岁到二十八岁，整整七年。

他确信，他再也不会爱别人胜过爱她。

他确信，他想让她彻彻底底地成为他一个人的，她的过去，她的现在，她的未来，都只能被他私人珍藏。

他确信，林招招也这么想。

所以他问："招招，你准备什么时候嫁给我？"

显而易见的答案，他却要她亲口说出来。

他身上与她同款的黑色大衣垂在地上，凛冽的寒风卷起雪花在呢子上打转，林招招静静地看着他，指尖在他的触碰下变得滚烫。

"我……"林招招开了口。

话还没说完，眼泪先砸了下来，汇聚在下巴变得冰冷起来，可她语气里的温度丝毫未减："我明天想跟你一起泡温泉。"

"嗯。"

"后天要在有暖气的房间里看一整天的电视，无所事事消磨时间。"

"好。"

"大后天要上班，我想吃糖醋小排。"

“好。”

“我喜欢看雪、喜欢看花，喜欢工作、喜欢闲荡，喜欢下雨天，喜欢赖床在被窝里看小说。不喜欢做饭，不喜欢阴天，不喜欢……”寻思了半天也没找到其他不喜欢的，只好抽抽搭搭地喊他的名字，“陈寂。”

“嗯？”

“陈寂。”

“我在。”

“我喜欢好多东西，可是我喜欢你永远胜过它们。”

“我知道。”

“所以……”

“嗯？”

“你再问一遍啊！”

陈寂笑了笑，温柔而有耐心地重复：“林招招同学，你愿意嫁给我吗？”

林招招说：“我愿意。”

她的人生从来都与他有关。

八岁的玫瑰花，十八岁的可爱多，二十八岁的星星灯，都是陈寂。

无法预知的未来。

他不可缺席。

后 记 

就像只有一颗星的夜

长长的一本书终于走到了“全文完”，从六月初动笔到十一月下旬完结，将近半年的时间，临近结束时，又开始不舍得。

其实动写这本书的念头的时间，还要再往前推到2018年的6月份，那时候刚写完《草莓味的你》，我在医学院短暂地住了三天。不是很大的校园，逛了一圈又一圈，我开玩笑地跟好友说：“医学院的小哥哥里，说不定就有沈渡。”

后来走到了法医楼。

我又突发奇想：“想写个学法医的女主。”

要高高在上，要冷冰冰，要永远昂着下巴对男主的爱情不屑一顾。当然大家看到了，我失败了，于是大家看到的小招宝，可爱率真，知世故而不世故，活在爱里。

所以，暗恋也甜。

像樱桃，清冽的甜。

我喜欢这样的林招招，因为有这样的林招招，才会有比较甜的暗恋，她不会太沉湎在自我感动的情绪里，没有因为喜欢陈寂，而没了自己。

这大概是我能想到的喜欢一个人，最好的方式。

这是我第一次写青梅竹马的长篇小说，从三岁初识到十六岁动心，漫长的岁月里，身边始终是他。这样的爱情，哪怕是暧昧时期，也是很纯粹的甜和宠，以至于我在写的时候总是嘴角上扬。而对这本书第一次写到哭，则印象深刻。

是陈寂过生日那次。

云汀跟林招招提起九岁那年的白衬衫，调侃似的问招招是不是也心疼了。招招没说话，过了好一会儿，才默默地拿手背摸了摸眼睛，低声而委屈地说：

“我快心疼死了。”

那是她最喜欢的陈寂。

她并不知道，其实陈寂并不委屈。他太通透，私心里想着只要有乒乓球、有舅舅、有林招招，一切就不算太糟糕。

其实刚开始设定的时候，有想过拉长故事线，最好狗血到让林招招去非洲五六年不回来，好让陈寂明明白白地知道自己错过了什么，好好尝一尝“怼妻一时爽，追妻火葬场”的滋味。可写到第一本结束时，想法自然而然地改变了。

像招招说的，喜欢本身，其实就取悦了自己。而且陈寂对她也很好，虽然不是基于爱情。他不开窍，而她又贪恋这点好，唯恐他开了窍疏远了她。当陈寂知道她喜欢他后，所表现出来的疏离与委婉的拒绝，这样的后果，她也有份。

她在漫长的暗恋中悟出了很多道理，她想，喜欢陈寂，其实她才是最幸福的那个人。

因为还能爱。

这件事本身就很幸运。

当然，后来陈寂也渐渐地明白了，他对林招招的喜欢，不仅限于友情与亲情，开了窍后迅速主动出击。追得不是很辛苦，甚至笃定她一定会来，却也免不了生了一丝后怕。

譬如非洲的那件事。

大赛临近，救援已至，所有人都告诉他应该怎么做，甚至同样喜欢林招招的赵闻溪也建议可以缓一缓再去，毕竟长路漫漫，早到或晚到都没区别。

陈寂却说：“去他的本应该，我非要见她不可。”

我大概从来没写过这样的男主，有点中二，有点叛逆，有点爱装酷，但内心又是有点柔软的陈寂，坦荡明亮又不爱说话的，我们的冷神同学。

记得有个情节，陈寂和江竭冲突那里。在最初的版本里，我给了陈寂一个正确的应对方式。很酷，很拽，很洒脱却一点也不陈寂的方式。我太想让他完美了，却偏离了人设。他不应该说那些话，当下的年纪让他不能那么洒脱。

那时的陈寂，春风得意，意气风发挡也挡不住，但不是一切都无所谓。他爱耍酷，会记仇，不会背地里害人，但遇到委屈也不会忍让。

这样活生生的，真实的，有着自己想法的陈寂。

所以，才有了现在的版本。才有了站在灯光与黑暗交织的灰色地带的陈寂，自矜地抬着下巴说：“你以为我在私底下不能为难你吗？但我不会。我只会在赛场上为难你。当然，赛场上的为难不叫为难，叫赢。”

啊，今天也是想当冷神女友粉的一天！

提到比赛，为了写这本书，我做了很多功课，也看了很多场乒乓球比赛。

当我看比赛、写比赛的时候，总避免不了几个词。

热血、努力、天赋、汗水。

还有梦想。

像郑同说过的："没有人不想拿冠军，但没有人能一直拿冠军。走到这一步，天赋、努力、不服输的性子、坚韧的品质缺一不可。你能做到，对手也能做到。"

唯有努力。

所以比起天赋，我更想表达的是努力。可能熟悉我的读者都知道，我喜欢的那个人也很努力，哪怕世界对他有很多很多恶意，他也能保持初心，努力努力再努力。

我喜欢这样的一腔热忱。

我喜欢陈寂每次站在赛场时的笃定，享受比赛，全力以赴。我喜欢陈寂和周尽燃并肩作战，各自为王。我喜欢身为队长的顾则的有责任、有担当。

他们每个人都用自己的方式努力着。

努力不一定有结果，但好的结果一定是努力换来的。

写这本书的过程中，我经历过很多事情，《草莓味的你》网剧版权售出，养了只猫，结束一份工作，离开一个地方，奔赴两座城市看了三场演唱会，还经历了一场限定的离别。

而作为我的第四本书，它的篇幅太长，我反应太迟钝，心态的变化太大，以至于有时候会失了平衡。

甚至，最丧的时候，我说出了"热爱不可抵岁月漫长"这句话。

那段时间，我单曲循环了尤长靖的《一颗星的夜》，去听他为这首歌做的小电台，在沉沉的夜里，听他说："一件事情到了最后肯定会变成好事，如果还没有，就证明还没到最后。一定要熬过这个黑夜，因为阳光一定会出现在黑夜之后。

"抬头看看天，我们都是一样在路上的人。在平行的时空里，其实我们是相伴而行的。

"一起加油吧。"

沮丧的情绪在慢慢缓解，被这首歌、这些话治愈，被陈寂和小招宝的甜治愈。我想，像小招宝说的，不必现在就要站起来，可以丧一会儿，可以难过一会儿，可以趴一会儿，但不要一直这样。因为我们的人生，是一条无法回头的单行道。

只有一颗星，只有一条路，要永远义无反顾，永远不回头，热血永远不凉。

初冬的天，棉花糖在呼呼大睡，而我和故事里的人的约会也告一段落了。最后，按以往惯例，分享我喜欢的一句话。

是李健老师说的。

他说：“看在热爱的分上，只可心中窃喜，不可抱怨。”

我依旧热爱，热爱写作，热爱故事中的人，热爱生活与世界。

下个故事见。

纪南方
2019年11月28日
写于皖北初冬